U0585699

渐白月

第二部
未央弦歌

乔岳 著

SPM
南方出版传媒
广东人民出版社
·广州·

图书在版编目（CIP）数据

渐台月：未央弦歌 / 乔岳著. —广州：广东人民出版社，
2018.8

ISBN 978-7-218-11996-0

Ⅰ. ①渐… Ⅱ. ①乔… Ⅲ. ①长篇历史小说—中国—当代
Ⅳ. ①I247.5

中国版本图书馆CIP数据核字（2017）第213288号

JIANTAIYUE：WEIYANG XIANGE

渐台月：未央弦歌

乔 岳 著　　　　　　　　　　版权所有　翻印必究

出 版 人：肖风华

策划编辑：钱飞遥
责任编辑：钱飞遥　刘　奎　陈　晔
文字编辑：刘　奎　陈　晔
责任技编：周　杰　易志华
装帧设计：河马设计工作室

出版发行：广东人民出版社
地　　址：广州市大沙头四马路10号（邮政编码：510102）
电　　话：（020）83798714（总编室）
传　　真：（020）83780199
网　　址：http：//www.gdpph.com
印　　刷：广州市一丰印刷有限公司
开　　本：787毫米×1092毫米　1/16
印　　张：21　字　　数：300千
版　　次：2018年8月第1版　2018年8月第1次印刷
定　　价：45.00元

如发现印装质量问题，影响阅读，请与出版社（020-83795749）联系调换。
售书热线：（020）83791487　邮购：（020）83781421

北风嘶朔马，严霜凌塞鸿。

白羽破天骄，金戈空胡笛。

云横祁连雪，旗映龙城虹。

兵行万里外，单于道已穷。

公历新年前，我拿到了这部长篇历史小说《渐台月》的书稿，包括第一部《狼山猎火》和第二部《未央弦歌》。出版社介绍说这是关于西汉时代的"半部正史，一部传奇"，作者乔岳也是南阳籍人士。我近年来闲居南阳，读的新作品比以前少了，可是这部书稿读完，却让我颇为感慨。

首先，这部书可谓是应时而生。实现中华民族的伟大复兴是我们这一代人的梦想，而西汉自古以来便是中国历史上最为雄伟瑰丽、豪气磅礴的时期，是汉文明崛起成为世界之巅漫长征途的发轫之初，更是后世历朝英雄豪杰、文人骚客所崇拜向往的时代。我们读唐诗中便经常看到与汉朝有关的句子，比如借用卫青奇袭龙城典故的王昌龄《出塞》诗：

秦时明月汉时关，万里长征人未还。

但使龙城飞将在，不教胡马度阴山！

还有借用公元前119年卫青以武刚车阵大破伊稚斜单于，单于率领数百骑逃跑典故的卢纶《塞下曲》：

月黑雁飞高，单于夜遁逃。

欲将轻骑逐，大雪满弓刀。

我们之所以被称为"汉人"，我们所说的语言被称为"汉语"，都要拜西汉时期的先祖所赐。而当今的世界格局，跟西汉初期我们的先祖所面临的世界格局有颇多相似之处，研究西汉的崛起，对实现中华民族伟大复兴具有重大的参考价值。这部书以流畅优美的文辞描绘了一幅波澜壮阔的西汉历史画卷，涉及当时的政治、经济、军事、科技、外交、地理、文学、日常生活起居等方方面面，作者能够从如此庞杂宏大的体系中抽丝剥茧，以汉匈战争为主线，替读者串起一部读之不忍释卷、画面栩栩如生的作品殊为不易；作者同时以自己的视角，借助书中的人物总结了西汉之所以兴盛的原因，读者们可自行从书中体会思考。

其次，这部书可谓是应运而生。弘扬民族精神、凝聚中国力量是实现中华民族伟大复兴的重要途径。我曾经说过：到中国不来河南，等于没有来中国，到河南而不到芒砀山，你不算是汉族人。为什么呢？当年汉高祖刘邦在芒砀山斩白蛇起义，经过与秦楚多年的激烈战争后建立了汉朝，而我们现在的汉民族，就是由刘邦建立的国号而来的。两汉时期从贵族到平民的思想中贯穿着轻生死、重然诺、尚仁义、贵军功的精神和力量，而这正是我们当今社会所急需的。这部小说很好地把握住了西汉时期人民的精神风貌，书中处处体现出了汉时广泛存在于民众中的血性，读之使人精神振奋，血脉贲张，是对我们民族精神的有力弘扬。

第三，这部书可谓是应地而生。作者是南阳籍人士，从小深受这昔年西汉"五都"之一、东汉"南都"的人文水土熏陶；再加上在西安的求学经历，最终促成他立下书写大汉春秋的志向。南阳不仅是东汉开国皇帝刘秀的"龙兴之地"，还是"汉时三杰"诸葛亮的躬耕地，张衡、张仲景的故乡，丰厚的汉文化遗存对后世产生了重大的影响，连一向倨傲的李白到了南阳之后，在其《南都行》诗中也不得不承认："此地多豪杰，邈然不可攀。"同样，南阳的汉文化遗产也对作者产生了难以估量的影响，使他能够写出这部气势恢宏的作品，并且在书中多次描写了故乡的风土人情，例如西汉时期南阳冶铁的盛况。

从创作目的和动机来看，作者跟我写康熙、雍正、乾隆系列一样，希望以史为鉴，给今人提供参考。各位读者可以在阅读时细细品味作者的用心。另外值得一提的是，作者身为外企高管，本身工作繁重，二十年来耕耘不辍，竟未放弃自己少年时的梦想，也殊为不易。

值周恩来总理逝世四十二周年之日，借李白《侠客行》中的诗句结尾，与各位读者共勉：

将炙啖朱亥，持觞劝侯嬴。

三杯吐然诺，五岳倒为轻。

纵死侠骨香，不惭世上英。

谁能书阁下，白首太玄经。

2018年1月8日，作序于南阳。

序
二

　　唐代边塞大诗人高适，曾经北上蓟门，借古时英雄表达自己建功立业的志向："北上登蓟门，茫茫见沙漠。倚剑对风尘，慨然思卫霍。"

　　诗中的"卫霍"就是汉武帝时抗击匈奴的大英雄卫青和霍去病。我第一次肃立在茂陵卫青、霍去病墓前时，心中也是如高适这般感慨。遥想当年，十七岁的霍去病被汉武帝任为骠姚校尉，随卫青击匈奴于漠南，勇冠三军，受封冠军侯；十九岁时霍去病被擢升为骠骑将军，率兵出击，全面占据河西走廊；二十二岁时霍去病又和卫青各率骑兵五万分别出代郡和定襄，深入漠北两千多里，乘胜追杀匈奴大军至狼居胥山，兵锋直逼瀚海……

　　可惜天妒英才，二十四岁那年，这位与卫青一起被称为"帝国双璧"的骠骑将军，刚刚留下了"匈奴未灭，何以家为"的千古名句不久，竟然在如此韶华就病逝于长安。他的墓至今仍然矗立在茂陵旁边，形如祁连山的封土和墓前的"马踏匈奴"石像，象征着他为国家立下的不朽功勋。两千多年之后，世人遥想当年少年大将霍去病的绝世风采，无不为他的勇气胆识而心生感佩，无不为他那舍己为国的壮志而热血沸腾。我也曾想过，何时有人能像金庸先生作《侠客行》和《射雕英雄传》一样，写出卫青、霍去病这般壮士拂剑、为国为民的"侠之大者"，让一股英雄正气在天地间驰骋纵横呢？

　　《狼山猎火》是长篇历史小说《渐台月》系列的第一部，本书《未央弦歌》是第二部。这是一部充满了英雄气概的小说。我看到《狼山猎火》的书名时，自然就想起高适《燕歌行》中的诗句："校尉羽书飞瀚海，单于猎火照狼山"。一个"飞"字带出了军情危急；而"瀚海""狼山"则带出了战场的苍茫雄浑。单是书名就令人感觉到"渔阳鼙鼓动地来"的紧迫节奏和紧张气氛。也正是因为如此，才能更加显现出卫、霍等人的英雄本色。故读此书时，只觉得很多章节想放声读出来，如读苏轼词，须关西大汉，手执铜琵琶、铁绰板，高吼"大江东去"……

这部书是关于男人的故事，书中充满了血性和信义。卫青的干城谋国、霍去病的勇冠三军、范衡的洒脱睿智、刘彻的雄才大略、司马迁的孤傲内敛、张骞的忠勇执着、图雅的至情至爱……连雷被、呼衍兄弟等一众角色，你都能感受到义薄云天的真性情；书中还出现了很多前朝的后人，也算是个小惊喜——读者可以找到蒙恬的后人、范蠡的血脉、楚怀王的重孙女，甚或是霍去病前世今生的缘分，颇多历史外的文学趣味。

这本历史小说的作者乔岳曾是我带的西安交大辩论队队员，颇有卫霍之风。我和他亦师亦友，他的笔名"从今四海为家日"来自诗豪刘禹锡的《西塞山怀古》："人世几回伤往事，山形依旧枕寒流。从今四海为家日，故垒萧萧芦荻秋"。这首怀古经典之诗何尝不能反映这本历史小说的深意？而今四海升平，却更不该忘记历史，一定要居安思危，不可丧失民族之魂。当年李白的《忆秦娥》悲伤于"西风残照，汉家陵阙"，而另一位伟人则站在历史的潮头慷慨高歌："西风烈，苍山如海，残阳如血"！于此斯世精神沦落之时，此书扬大汉之魂，励国人之志，值深读也！

长安寒山　甲午年秋月恭序
（作者韩鹏杰为西安交通大学人文学院教授）

目录

第一章 寿春秘计

　　时值元朔六年四月下旬，东南风为终南山的北麓送来了一阵阵的温热，关中大地上翻腾着一波波金黄色的麦浪。自从十几年前当今皇帝刘彻听从董仲舒的意见在渭河两岸广种小麦以来，麦田已经从华山东麓到终南山以西连成了一片，绵延八百多里。此时正是麦收时节，渭河直通黄河的漕渠两岸都是辛勤劳作的农夫，成捆的麦子被割下后整整齐齐地码在地头垅间。而漕渠中则是排得密密麻麻的漕船，借着南风之势，将一船船的漕粮、米酒、绸缎、铁器从关东运到长安。今年朝廷对匈奴作战取得了空前的大捷，皇帝四月初八颁下诏书举国庆功，赐天下民爵一级，每十户牛一头酒十坛，让天下各个州郡从太守到里长都忙得不亦乐乎，大汉疆域之中纵横万里之内，无不是笑语欢声。

　　此时从函谷关到长安的驿道上，两骑正缓缓并辔而行，后面跟着一支长长的队伍，上百名长随衣衫华丽，却都远远地跟在两骑的后面二十余丈处，不敢上前。只见前面两骑中一匹马通体紫红，神骏无比，比旁边的白马足足高出了半个头来。紫红马上坐了一个黑衣胖子，目光如电，但是脸上神色肃穆，仿佛满怀心事；而另一边的白马上则坐了一名青衣文士，神态潇洒自若，也不跟同行的胖子搭话，只是自顾自地左右观赏风景，间或用眼角的余光扫上黑衣胖子一眼。

　　一行人朝西逶迤而行，眼见太阳越来越低，终于躲到前方的山后去

1

了，但仍然从山影后面投射出万丈光芒，将东边天上的云彩照得一片火红。那胖子一路上默不作声，此时抬头看到远处终南山被夕阳勾勒出的金黄色轮廓，不由得看得痴了。而一边并辔而行的青衣男子则将这一切都瞧在眼里，他装作漫不经心地问道："雷大人，伍某有一事请教，那边山上的高台，可是上林苑里的？"

那雷大人不是别人，正是淮南王幕前位列"八公"之一的雷被，而问他话的那人也是淮南王幕前重臣，与雷被同列"八公"之一的伍被。此番二人奉淮南王之命出使京城，从寿春出发算来已经二十天了。淮南王因为没有得到皇帝诏书准许入京觐见，便命二人携带了大量的珍宝名器为皇帝祝贺北征匈奴大捷，同时也给雷被下了密令，是以雷被一路上显得心事重重。眼下他听到伍被发问，转头看了一眼远处山顶上的高台便缓缓说道："那就是当年周幽王烽火戏诸侯，弄得他身死为天下笑的烽火台，伍大人怎么会不知道呢？"

伍被听他话中语气不善，却丝毫不以为意，继续笑着说道："雷大人，这典故伍某当然是知道的，但伍某不如大人见多识广，望大人不要介意。"

雷被也不转头看伍被，点了点头算是回应。此时天色越来越暗，伍被看到远处一片灯火阑珊，便微笑着对雷被道："雷大人，京辅一带不能夜行，咱们到前面的市镇上寻得一口热饭，喝上一壶热酒如何？"雷被点头应允。当下二人快马前行，后面的队伍也加速跟上。

雷被和伍被到了灯火近处，只见是一片巨大的客栈，连绵一里多有余，立刻便有伙计将一行人迎了进去，一时间安排用饭住宿喂马，忙得脚不沾地。进得堂后，雷被和伍被单独坐了一席，一个伙计将菜牌恭恭敬敬递了上来，伍被依礼让雷被点菜，雷被也不推辞，看了一眼木简便放在桌子上，问那伙计道："这里离灞桥还有多远？"

那伙计客客气气地回答道："回大人，离这里不过二里。"

雷被继续问："那贵店可有上好的羊肉汤饼和桂魄菊魂酒？"

那伙计听到雷被的问话一时愣住了，他见雷被神色严肃，只能陪着小心堆出一副笑脸回答道："回大人，小店的……羊肉汤饼，也算是这方圆十几里小有名气的了，可是这桂魄菊魂酒，听说只有长安卫大将军府里……才有……"

雷被不再说话，伍被就着台上的烛火竟然看到他眼中隐隐泛出了泪光，不由得心中一凛。只听雷被对那伙计说道："上两大碗羊肉汤饼，多放肉，饼要煮烂些。"那伙计应允后飞跑到后厨忙碌去了，不一会儿便端出了两大碗羊肉汤饼上来，伍被是初次来到长安，没有吃过此等美食，甫一下箸便觉味道极佳，不一会儿便一扫而光，而雷被却没什么心情，吃了一半便将碗筷推到一旁，起身跟伍被告辞，竟然自顾自出了店门而去。

雷被出门后抬头往四周望去，只见一轮下弦月已经从天际升起，群星闪耀，几丝云彩挂在暗蓝色的天幕上，南边骊山和西面终南山的影子清晰可见。他沿着客栈边上的小路信步朝西面走去，不远处便见到了一片残垣断壁，他心中一凛，走近后依稀可辨是当年他和卫青范衡初次相遇的客栈，他在烧得焦黑的门口默然伫立良久，想起当晚自己竟然助纣为虐，帮助董豹同卫青、霍去病和张骞为敌，不由得又羞又恨。

正抱愧间，眼前缓缓飘来一点鬼火，饶是他武艺高强，一开始还是吃了一惊，身上的毛发都竖了起来。那鬼火在他眼前三尺开外停住了，悬在空中似乎在凝视着他，雷被不由得用手握紧了腰间的剑柄。那点鬼火开始围绕着他转了几圈，然后在他眼前划了一道漂亮的弧线，似乎是示意他跟上，然后朝着远处慢慢飘去。雷被一时竟然好奇起来，他悄无声地抽出鱼肠剑，跟着鬼火朝前走去，约莫走了两百步后转过一座土丘，眼前赫然现出了十几座坟茔，在月光下显得格外诡异冷清。

雷被吃了一惊，他还剑入鞘，快步走向前去，在星月的微光下看得分明，这是王掌柜夫妇、涂三和其他伙计们的坟。坟头的土还是新的，看来清明时节有人祭扫过，那点鬼火见雷被停住了脚步，便回到他身边，见他给王掌柜和涂三的坟跪拜之后便又带着他前行，到了最里面一座坟前。雷被定睛看去，只见墓碑上赫然写着："蒙门张氏之墓"，落款竟然是"南阳范衡携爱女蒙贞泣立"，雷被心中一时涌起无限感慨，他想起当年自己竟然帮助董豹羞辱范衡，后来又在朔方将功赎罪，跟范衡、蒙贞并肩与乌维大战的种种

3

情形，不由得双膝一软，一下子便跪倒在了坟前。

坟前放着一个小小的酒坛和一只小小的陶碗。酒坛已空，隐隐有一股熟悉的酒香从坛中传来，自然是雷被喝过后再也不能忘却的桂魄菊魂。雷被拿起酒碗在手中摩挲，月光下碗底刻着的"君幸酒"三个字清晰可见，他将酒碗转了过来，碗底是一个小小的"卫"字。再无所疑，这定是当今大将军、长平侯卫青府上所用之物。雷被一时间悲喜交加，想起他几天后便要前往卫青府中，又能见到卫青、范衡和霍去病的音容笑貌，不由得心绪起伏，胸中气血翻涌，一口鲜血竟然喷了出来，将手中的陶碗染红了一片。而正在此时，他眼角的余光扫到一个人影在不远处的树丛中若隐若现，他立刻调匀气息抽出鱼肠剑，纵身几下便跃到了那人身后用剑抵住了那人的后颈，轻声喝道："来者何人，为何偷窥于我？"

那人在月光下回过头来，脸上挂着似笑非笑的神情，竟然是跟他一起出使长安的伍被。雷被见居然是他，心里一时翻过了无数个念头：母亲自刎前伍被陪着刘安到自己家里的情形还犹在眼前，想起母亲就惨死在这柄鱼肠剑下，临终前还不忘告诫自己万万不可残害国家忠良，甚至至今仍在寿春秘不发丧，雷被不由得心中杀机大起，握着剑柄的手上用力，指骨关节一阵咔咔作响。

而对面的伍被竟然毫不惊慌，仿佛完全没有注意到雷被脸上神情的变化，若无其事地对雷被道："雷大人，伍某晚饭今天吃多了，便叫了几位大人出来散步，不想到惊扰到了大人。——那边入土的可是雷大人的故交？我们也前往祭扫一下如何？"

雷被的眼光迅速扫了一下四周，果然四周隐隐有十几人的身影伫立，他当即还剑入鞘，冲伍被抱拳道："伍大人好兴致，雷某胆气不够疑神疑鬼，让伍大人见笑了！"

伍被也打了个哈哈笑道："雷大人要是胆气尚且不足的话，那天下还有英雄吗？"

雷被冷冷一笑，正色答道："伍大人聪明盖世，不输于高祖麾下留侯张良，当然算是盖世豪杰。雷某见识浅陋，不过是一介武夫，哪里能跟伍大

4

人相提并论？但雷某知道这世间还有三人，却又远在伍大人之上了。"

此时伍被带来的十几名卫士也都走上前来，众人听到雷被正要纵论天下英豪，纷纷驻足凝神静听，希望雷被继续说下去。伍被一时觉得十分尴尬，便强颜干笑道："雷大人说笑了，伍某才疏学浅，怎么能跟留侯相比？但是雷大人所说的当世英雄，还请赐教。"

雷被也毫不客气地坦然受之，大声说道："好！这第一位，便是当今天子御前第一宠臣，大将军卫青。卫大人虽贵为皇后之弟，却不恃宠而骄，冲锋从来身先士卒，回师每每只身断后，北征匈奴五战五捷，为我大汉北向扩地千里，匈奴战士闻名而胆丧。伍大人，此人跟你比如何？"

伍被虽然已经料想到他会把卫青抖落出来，但是听雷被语调激昂、中气凛然地说出来，还是禁不住脸色大变，哪里还能想到如何回答？耳边又听雷被洪亮的声音继续说道："第二位是卫大将军的外甥，刚被皇上封为冠军侯的霍去病霍将军。霍将军年仅十七岁，却少年英勇，率八百轻骑奔袭千里烧绝匈奴王庭粮草，大败伊稚斜和乌维于狼山，俘获单于叔父，斩杀单于祖父，可谓是勇冠三军。伍大人，此人跟你比又如何呢？"

伍被听雷被在众人面前这样侃侃而谈，提起的卫青霍去病正是要雷被此行刺杀的对象，不由得感觉芒刺在背。他正要阻止雷被继续说下去，雷被的声音再次响起："伍大人，这第三位呢，则是太中大夫张骞张大人。张大人奉旨出使西域十三年，身陷胡地十载，数次出生入死，却能力保汉节不失，最终回到长安，为大汉画出了西域的山河图景。——雷某此生有幸，三年前曾在这附近的客栈里见过这枚汉节。"

说到这里雷被的眼中竟然隐隐有泪光闪动："张大人的家人几乎全被匈奴部落中的奸贼害死，身边只剩下一个独子，兀自横剑北征，挣下了堂堂博望侯的功名。伍大人，不知张大人跟你比又如何呢？"

雷被所说的每一个字都如同重锤般狠狠砸在了伍被的心坎上。伍被不是不清楚卫青、霍去病和张骞到底是何等人物，但是他既然已经选择了效忠淮南王刘安，只能咬着牙一条路走到黑了。此时见到月光下淮南王幕前万里挑一的武士们都肃然默立，脸上无不现出慨然神往之色，他不由得心中长叹

5

一口气，不愿再往深处去想了。而雷被则径自转身大步朝下榻的客栈走去。伍被看着他的背影渐渐走远，在夜色下已经看不分明，才长长地吐出了一口气，带领众卫士朝客栈缓缓走去。

第二天一早，一行人动身逶迤前往长安，伍被依旧跟雷被在前面并辔而行，过得大半个时辰便远远看到了巍峨的霸城门屹立在几里开外。此处虽然离城门还很远，一行人却已经混入了早起赶长安早市的车水马龙中，伍被看到身边驼马成群，大车小车上来自天南海北的杂货琳琅满目，将宽五丈有余的驰道挤了个满满当当，好一番繁华盛世景象！伍被不由得心中暗自感慨，留了神四处打量，而一边的雷被却没有什么精神，对周遭的一切都仿佛视而不见。正在伍被四处张望眼花缭乱之际，只见前面一骑白马迎面驰来，那马极为神骏，在清晨的阳光照耀下十分抢眼，即使在拥挤的官道上逆行而来，却丝毫不显迟滞。马上是一名十七八岁的少年，一身寻常铁冠灰袍却难掩浑身的英武之气。转眼间那少年便策马来到了雷被和伍被的面前，伍被跟那少年打了一个照面，只见他星目中寒芒流动，伍被竟然在初夏的阳光下森森地打了几个冷战。

那少年看了伍被一眼后迎着雷被拱手施礼笑道："雷先生别来无恙？去病奉舅父之命出城迎候先生一行！"

雷被看到霍去病策马前来，这才从凌乱的思绪中回过神来，他正要翻身下马给霍去病行礼，却被霍去病策马上前伸手在他肘间轻轻一托说道："先生不必多礼，舅父和范先生正在府上等候，算来您前天就应该到的，昨晚才从骊山驿处得到消息今天入城。张骞大人也在府上，这就请先生随我到府上歇息，舅父给先生接风洗尘。"

雷被听到卫青和范衡都颇为挂念自己的行程，他心下既温暖又过意不去，只见霍去病对伍被也拱手道："不知这位可是伍先生？舅父有命，请伍先生一起前往小酌。"

这下把伍被吓了一跳，他见霍去病气宇轩昂，加上本来自己心里有鬼，一下子便紧张了起来，结结巴巴地回复道："霍……霍将军，卑职……有要务在身，要先去馆陶长公主府上，请雷大人和将军自便……"

霍去病没等伍被把话说完便诚恳地说道："伍大人，舅父和范先生都读过伍先生和雷先生合著的《淮南鸿烈》，我家范先生说此书自从建元二年进献给当今天子后，便在京师广为流传，万人争睹，是我大汉立国后的不世奇书。今晚舅父在府上设宴，是想跟两位先生叙旧论道，虚心请教，望先生不吝拨冗前往指教。"

伍被听到霍去病这一席话竟然愣住了。卫青现在是一人之下万人之上的朝廷股肱，霍去病也是命世良将，对他一名郡国臣子的邀请却如此诚挚，让他大感意外。他想了一会儿后回复道："多谢大将军盛情邀请，如果馆陶长公主处没有羁留，卑职定当前往！"

霍去病笑道："那就有劳先生了。"当下他同雷被并辔而行朝长安城内走去，一路上同雷被有说有笑。伍被策马跟在后面，他时不时望向前面霍去病的身影，就在这片刻之间，他已经隐隐喜欢上了这个英武淳朴、锋芒内敛的少年。

大队人马到了霸城门，验过关防后伍被和雷被便分为两路，雷被只身跟着霍去病前往卫青府上，而伍被则带人到堂邑侯府去觐见馆陶长公主。与霍去病和雷被分别后，伍被一路上思绪起伏，连到了堂邑侯府门前还在胡思乱想，要不是听到了门房的厉声呵斥他还没想到要下马。待到他缓过神来后立刻下马把淮南王刘安的名札递上，门房才脸色转和，派人飞奔进去禀报了。不一会儿便有一名府中掌事前来，将伍被迎到了前厅等候。

伍被虽然早已见惯了淮南王府的堂皇轩敞，对堂邑侯府的气派还是感到暗自心惊，只见这厅里的陈设辉煌夺目，眼前的案几屏榻无一不是世间宝物，他又不敢东张西望，等了大半天才听到一阵脚步声从屏风后面的通道传来，他连忙在庭前的席上跪下，静静等着来人现身。只听得一阵玉佩相击的悦耳叮咚声越来越近，紧接着十几名侍女众星捧月般围着一名男子从正堂内侧的屏风后走了出来，那男子长身玉立，面容俊俏，似笑非笑地看着伍被说道："长公主玉体欠安，仍在歇息，命董某前来招待伍先生，先生请起。"

伍被知道眼前这人定是馆陶长公主的男宠董偃无疑，立刻恭维道："卑职得见董君玉颜，实在是平生大幸！王爷吩咐过卑职，只要见到董君，那就是见到了长公主！王爷给长公主修书一封，请董君转呈给长公主。"说完伍被便从怀中取出一个极其精美的锦囊，恭恭敬敬地呈到了董偃手中。

董偃微微一颔首，笑着谢道："请伍先生代长公主问候王爷，董某自当择机将信转呈给我家主人，伍先生如果没有别的事情请先回馆舍歇息，这边有什么信儿董某立刻命人送去。"

伍被听董偃这么说，分明是长公主不想见他，顿时觉得有些无趣，他当下跟董偃讪讪告辞退了下去。董偃则目送伍被出门，待到伍被的背影消失在庭院远处的照壁后，转身便往内堂走去，他屏退了身边的侍女后趋身来到卧榻之前，恭恭敬敬地将锦囊递到了正在榻上闭目养神的长公主刘嫖手里。刘嫖打开锦囊取出帛书扫了一眼便扔到了地上，董偃耳边只听长公主没好气地说道："那个不成器的刘迁，早先娶了皇帝的外甥女也留不住，还想让本宫再给他做媒找宗室的公主？做他的千秋大梦吧！"

董偃用眼角的余光扫了一眼地上躺着的那张帛书，那是一张上好的吴地黄帛，背面朝上静静躺在厚重的青砖上，上面两行字赫然在目：东海明珠十斛，辽东貂皮一百张。他身子微微一颤，无声地咽下了一口口水。

而那边伍被从堂邑侯府出来后，立刻屏退了所有侍从，只身策马往城北而去。他一路打听，终于到了位于连绵不绝的公侯甲第北侧的一座高楼前。他抬头望了一眼上面悬挂的"簪玉楼"三个大字，嘴角露出了一丝难以察觉的微笑。伍被在门前的石桩上拴好马便往楼里走去，门口的堂奴见他衣着华贵器宇不凡，料想是个有钱的主儿，连忙满脸堆笑地将他往楼中迎去，嘴里忙不迭地说道："这位大人来的真是时候，本楼刚刚从邯郸又接来了一拨儿歌姬，琴箫歌舞都没的说，连未央宫里都未必有这等姿色呢，要不让小的给大人安排一下？"

伍被兀自往前走，浑然不理那堂奴的巴结，待他走到楼中放眼望去，只见楼内地方颇为敞亮，长宽各有十丈上下，正中间是一座歌台，雕栏玉砌，竟是十分精致，四周各有三排坐席，都是锦绣夺目。两侧的楼梯通往楼上，上面足足还有四层，云幕低垂，看来是隔成的一个个包间。此刻已经将近午时，楼内不见一个歌女，但是堂奴僮仆们都已经肃然侍立，打眼望去楼内站着的不下百人却鸦雀无声。伍被暗自佩服：这簪玉楼主治家甚严，果然名不虚传。

一直跟着伍被进来的堂奴看他一副潇洒自如的样子，也识趣地停下了啰嗦，静静陪在一边。伍被四下打量完毕，这才笑着对那堂奴说道："不知你家主人是否在楼里？烦请禀报一声，就说寿春伍被来访即可。"

话音未落，二楼便有一人朗声道："伍大人别来无恙乎？李同携犬子在此恭候多时了！"

抬头一看，只见一名精干的中年男子带着一高一矮的两名少年已经从楼上快步走了下来，在伍被面前就地跪倒行礼。伍被连忙将那中年男子扶起，二人互相打量一番，伍被温言道："李先生这几年没见，样貌清减了许多！"

那中年男子笑着回复道："伍大人比以前还精神多了！自从上次寿春一别，李同听从大人的吩咐，这几年少吃荤腥，多多操琴，现在感觉不错，浑身清爽了许多。大人您……这鬓上的白发可是多了些，唉，大人为王爷操持国事，也该多注意身子！广利、延年，前来见过伍大人！"

伍被这才发现李同的两个儿子还跪在一边，他连忙将两人扶起认真打量，长子李广利显得年长一些，跟他父亲已经差不多高了，眉宇间英气逼人，但是看着自己的眼神却有些闪烁；次子李延年比李广利矮了半头，身子骨也显得单薄，却是脸如冠玉，肤若凝脂，眼神中竟有一种勾魂摄魄的媚态，让伍被心里一凛："这孩子若是女儿身，那必是倾国之色。"伍被正待要跟两人寒暄几句，李同却使了个眼色让两个儿子退了下去，自己则陪着伍被上了二楼进到一间房内。李同命人将房门关上，又遣退了僮仆后请伍被入席，席上早有整治好的一桌酒菜。李同起身给伍被的樽中斟满了一杯酒，又给自己斟满了一杯，伍被闻到酒香扑鼻而来，不由得大赞道："好酒！"

李同脸上浮现出一丝得意之色，对伍被道："伍大人，这酒名为昆仑觞，坊间都说是堂邑侯府所酿，实际上却是小人所找的相水之人精酿而成。不是小人夸口，眼下长安城中能跟小人这酒相提并论的只有卫青府上的桂魄菊魂而已，此二者同为天子御酒。来，小人先敬大人一杯，谢大人对犬子的提携之恩！"说完一仰头，将杯中的昆仑觞一饮而尽。

伍被却举杯不饮，对李同道："李先生，区区举手之劳，何足挂齿！广利和延年两个孩子本来就被先生调教得极为出色。延年自从三年前在寿春宫里高歌一曲后，便被王爷惊为天人，举荐到馆陶长公主那里，享尽荣华是迟早的事情，就看日后如何进得未央宫了。广利武功不错，我这番回寿春便在王爷那边给他录下门籍，先从淮南王近侍开始做起，还怕以后没有功名不成？"

李同听伍被这么娓娓道来，已经忍不住满眼的泪水，他离席跪下，朝着伍被恭恭敬敬地磕了三个头，哽咽道："先生大恩大德，李某何以为报？我中山李氏本与赵国大将李牧同宗，秦灭赵国后将我李氏尽入乐户贱籍，先祖被挟持流落至此，经历四代才有此家业。李某无时无刻不想着光宗耀祖……可本朝的民籍律制却让我李家报国无门……伍大人……对我李家实在有再生之德……"

伍被听到李同祖上居然是跟赵国大将李牧同宗，不由得心下大惊。他立刻在脑中盘算了一阵，眼中精光一闪将杯子放在案上，离席扶起李同，温言道："李先生原来家源渊薮，请恕伍某之前失敬之罪。先生可听伍某一言：当朝太中大夫范衡不仅出身贱籍，而且是个残废，他那样的人尚且能在御前爬行，而先生不仅有先祖荫护，智谋气概更是远胜那个姓范的瘸子，何愁后人不能光宗耀祖？伍某不过是略尽绵薄之力罢了。"他一口气说下来，见李同眼中光芒渐生，便话锋一转问道："不知伍某去年托付给先生之事有没有进展？"

伍被这一番话说得李同心潮澎湃起伏，他抹去了眼中的泪水低声回复道："回大人，自从得到大人钧令后，小人便让犬子延年想方设法接近卫家那小杂种，眼下已经跟那个小杂种成了莫逆之交。上天有眼，卫家虽然家教极严，唯独对这小杂种网开一面，吃喝玩乐尽由着他胡来。这小子整日里跟着延年斗鸡遛狗，大人下午如果还在这里，八成能见到这小杂种。"

伍被立刻放下心来，他拿起案上的酒杯一口气饮完，大赞道："好酒！"他抹了抹嘴继续道："只管让延年跟他交往，吃喝玩乐一切花销都算在伍某身上！其他事情你一概不用多问，等到时机成熟后我自会告诉你如何行事。切切不可让那小杂种知道我来过你这地方！"

李同连忙给伍被斟满一杯，连声答道："是，是，谨遵大人钧令。伍大人，家有小女李嫣，一直养在深闺，琴箫歌舞都还过得去，小人叫她过来给大人抚琴一曲助助酒兴。"

伍被正要摆手说不必了，李同已经击掌三下，只听门声响处，走进来两个怀抱琴具的小童，后面跟着一名身形曼妙的少女，那少女朝着伍被盈盈一拜，抬头朝伍被嫣然一笑。伍被与她目光相触，便如同被雷击一般浑身一颤，只觉得口干舌燥，喉咙中已经无法出声，手中盛满酒的玉杯竟然掉在了地上摔得粉碎。

伍被这一席酒喝得如同身在梦中，戌时初刻才离开了簪玉楼前往卫青府邸。整个下午李同频频举杯，再加上李嫣的绝世歌舞，让伍被魂飞天外，浑然不觉自己是长安客了。酒到酣时，伍被借着醉意跟李同耳语了一句："李家既有此女，何不陪在君王左右？"此语将李同刹那间惊出了一身冷汗，连忙叫女儿退下，伏地叩首再三向伍被请教，伍被不过轻描淡写地说了一句："李先生难道不见卫皇后故事吗？我看尽可如此安排。"

这句话如闪电般将李同的心头照得一片雪亮。卫皇后卑微时只是平阳公主家的一名歌女，当今天子在姐姐平阳公主家吃一顿饭便遇到了卫子夫，宠幸后随即将她选侍入宫，如今已经贵为皇后。卫子夫的弟弟卫青、外甥霍去病都已经封侯，位极人臣。卫子夫未发达时跟自家一样位列贱籍，家境尚且远不如己，为什么李家后人不能专宠后宫、拜将封侯？李同越想越不敢细想，他对伍被的感激之情已经无以复加，不知道如何才能报答。

而伍被也借着酒气壮了胆色，他告别李同前去卫青家赴宴，一路上细细思索，总觉得不可能是卫青提前知道了淮南王和他的图谋。雷被老母还在寿春，他又是个孝子，万万不至于会置老母安危于不顾。虽然昨晚在灞河边上雷被纵论天下英雄时对卫青和霍去病颇有崇敬之意，但雷被平素对淮南王也忠心耿耿，这两重因由应该会让雷被下手。今天自己在馆陶长公主和李同府上布下的生死劫可谓深谋远虑，刘迁能否再娶到宗室公主？卫律那小子今后是否会跟卫青和张骞反目？李嫣今后能否成为天子宠妃？那李广利和李延

11

年未来又将如何？自己想不清楚将来会有什么样的后果。

今晚在卫青府上酒酣耳热之际，如果雷被能当场动手刺杀卫青和霍去病，那淮南大业可成。以雷被的武功，出其不意杀掉卫青和霍去病应该不是什么难事，雷被只身逃出长安应该也不成什么问题。但是自己要是去蹚这趟浑水的话估计就性命不保了，好在自己这番出使就没想过能活着回来，他双亲已经过世，至今尚未婚娶了无挂念，今天如果能当场见到卫青和霍去病死于雷被剑下，也算是人生一大乐事！想到这里他心里反而释然，快马加鞭朝卫青府上驰去。

从簪玉楼到大将军府只有五里地，伍被很快便到了门前。此时已经是掌灯时分，门前的灯火将周边照得如同白昼，伍被拴好马便往大门走去，通报姓名后不久便见到门里面一名青衣少年已经迎了出来，在灯火下伍被看得分明，正是早上在霸城门遇到的霍去病。霍去病朝他一揖笑道："伍先生快请进，舅父和雷先生正在堂中等候！"

伍被素来听说卫青礼贤下士，待人诚挚，看来此言不虚。他虽然心念及此，但还是装出一副惊讶的样子对霍去病说道："霍将军，伍某只是偏远郡国的一名小臣而已，何劳大将军如此抬举！"

霍去病却肃然说道："伍先生，我家范先生说您是吴国名臣伍子胥的后人，文采智谋当世无人能及，乃是我家的贵客，舅父正在等先生入座开席，这就请先生同我一起进去。"

霍去病说完便转身在前面带路朝府中走去。伍被听到霍去病刚才这一番话，心中一阵翻腾，直觉酒气上涌，让他极为难受，一时竟然语塞，慢慢跟在霍去病身后朝院里走去。

卫青虽然已经官拜大将军，爵封长平侯，食邑万户，但是府邸还是他任车骑将军时的宅子。宅子并不大，入了院门后前行三十步便是前厅，两侧的厢房住的是府内的掌事和僮仆，不过十几人而已，前厅后的院子内住着霍去病、范衡、卫律、卫英和蒙贞，最里面的院子里住着卫青一家。伍被行至前厅，只见厅内灯火通明，照得如同白昼一般，阵阵酒香和肉香从厅内传来，饶是伍被已经吃了一场，也忍不住食欲大增。伍被一跨入厅内，便见到一名魁梧的中年人迎面过来，连忙给那人施礼道："伍被参见大将军！"

那人脸上一阵尴尬，回礼道："伍先生，在下张骞，卫大人在此。"他略一欠身将身后的一名汉子让到了前面，伍被见卫青身材颇高，脸色黝黑沧桑，双目却如渊般深不见底，不由得心中一阵感慨：素来听闻长安京师中有"一门六侯爷"之称的大将军府，平日里住着长平侯卫青、冠军侯霍去病、白水侯范衡，还有卫青三个已经封侯的儿子，今日居然还见到了博望侯张骞，果然是卧虎藏龙。

伍被还在胡思乱想，卫青已经走上前来对他深深一揖："伍先生能与雷先生一起赏光寒舍，卫某不胜荣幸！今日里备下薄酒一席略表敬意，这就请先生入座。"

伍被见卫青待人谦恭有礼，踌躇了一下便慨然应道："既蒙大将军盛情，那卑职就恭敬不如从命了！"他随着霍去病的指引入了席，坐了卫青右面的下首，他看到雷被坐在对面卫青的左下首位置，正似笑非笑地看着他，不由得心中一紧，他再往右手边看去，只见张骞坐在自己右侧，张骞的对面坐了一名面容清癯的青衣老者，正神采奕奕地看着他，两人目光相接，那老者拱手道："久仰伍先生大名，在下南阳范衡，幸会幸会！"

听到范衡的名号，伍被心中一凛。范衡捐金五万斤给朝廷用以北征匈奴，在朔方同雷被一起守城大败乌维和胭脂山三天王，又担任行军总管于狼山大破伊稚斜和乌维，这都是朝廷传旨到各郡国彰显其功的，而且范衡的一手琴笛绝技已经在朝野上下被传得神乎其神。放在别人的心中，范衡不过是又一公侯权臣而已，但是于伍被，心中却另有一番滋味了：范衡先祖是越国大夫范蠡，而自己的先祖却是吴国大夫伍子胥。二人各为其主，暗地里较量多年。先是伍子胥率兵攻破越国，几乎将越国灭掉，可惜吴王夫差耳根子软，留了越王勾践和大夫范蠡的活口，让此二人在吴国为奴，两人卧薪尝胆十年，竟然后来又励精图治将吴国灭了，伍子胥亡国前被逼自杀，范蠡功成名就后则携西施泛舟五湖，后来又去齐国当了天下首富。自己的先祖当年可以说是死在了范衡的先祖手中，此刻见到范衡一副神态自若的样子，让伍被心中好一阵酸楚。

在座的诸人中只有范衡注意到了伍被脸色微妙的变化，他以为伍被是有点生分，便有意岔开话题道："今天卫大人备下了皇上御赐的昆仑觞和府上自酿的薄酒，用来招待两位淮南贵客，望伍先生和雷先生今日开怀畅饮，一醉方休！"

卫青听到范衡如此一说，也拊掌笑道："今天用来招待两位贵客的菜简陋了些，是从朔方城外黄河滩上带回来的羔羊，府里的厨子们说这肉不过加一把沙葱、一把盐煮来沾酱便是天下美味，请各位这就动箸一试如何？"

伍被这才注意到眼前的食案上放了一铜锅热气腾腾的羊肉，闻到鼻中确实是鲜香无比。他拿起筷子夹了一块放到口中，只觉一股香气直冲鼻腔，羊肉入口即化，饶是寿春宫中美食远胜长安未央、长乐二宫，他也从没吃过这样好吃的羊肉，当即大赞道："好！伍被何等有幸，能吃到我大汉北疆第一重镇朔方的羊肉！今日就叨扰大将军了！这一杯酒，我来敬大将军！"说完他援引手边的铜杯为礼，竟然一口气咕咚咕咚将樽中酒全喝了下去。此酒入喉甚是清冽，跟中午和李同喝的酒完全是一个味道，定是天下一等一的美酒昆仑觞无疑了。伍被放下酒杯，回味着酒在口舌间的余香，心下滋味只有自己知道：卫青将这皇帝御赐的昆仑觞拿来招待他，果然当他和雷被是贵客。

席中诸人见伍被如此豪迈，也纷纷将杯中美酒一饮而尽。卫青、张骞和霍去病本来就没有太多心机，并没有太在意伍被刚才这一喧宾夺主的举动，只有范衡感觉到了伍被的反常，他虽然也喝完了一大杯酒，却开始仔细留意起伍被和雷被二人的一举一动来。

而卫青、张骞和霍去病接下来频频举杯，向雷被和伍被不停劝酒，三巡后便有了几分酒意。卫青又令侍女换上了府上自酿的桂魄菊魂，对雷被和伍被道："这酒说来在长安也有些名气，是范先生的方子，去年雪下得大，酿了不下百坛，虽然比不上陛下御赐的昆仑觞，但是味道也算不错，请两位大人也尝尝。"

卫青话音刚落，便听到雷被大声说道："大将军不必自谦，雷某喝了几十年的酒，说句大不敬的话，大将军府上的桂魄菊魂才是天下第一！请大将军尽管上酒，卑职今天醉死在这里才算不枉此生了！"

14

雷被这一番话让众人都警觉了起来，雷被素来是个持重之人，口中从来没有说出此等放浪之言。饶是卫青已经微醺，也立刻觉察出了雷被今日的反常。他装作漫不经心地朝雷被打量了几眼，只见他双眼通红，身子微微颤动，远非平日里一副神光内敛的样子，卫青不由得在心中有了疑问："莫不成他遇到了什么变故？"

就在卫青打算询问雷被的当口，雷被一把推开面前的食案站了起来，眼睛死死盯着卫青身后，带着几分醉意问道："敢问大将军，这棵珊瑚……是什么来历？"

卫青知道雷被一定是注意到了厅中摆放的火焰树。这树确实是镇世之宝，在夜里被烛火照射后一开始并无异样，只是呈暗红色而已，但是烛火照耀时间越长，这树便越发亮堂，一个时辰之后宛如自己会发光一样，通体散发出火焰般的红色，照得四周一片明亮。

卫青肃然答道："此树是皇上御赐的火焰树，卫某放在此处以怀慕天恩。"雷被揉了揉眼睛再看过去，只见火焰树光亮所到之处，将后壁上一幅图画照得清清楚楚：那是一副高五尺、宽八尺的帛图，当中画着一匹骏马，通体乌黑只有四蹄雪白。骏马身上已经被射了好几箭，左前蹄抬在半空，另外三蹄着地，当是忍受着极大的痛苦。而一名将军肩头中箭血染战袍，但他丝毫不为自己的箭伤所动，而是用左手轻抚马的脸颊，前额与马额相抵，右手握住马胸前的一支箭杆作拔箭之势。马对主人的依恋和将军脸上的悲伤都被画得传神之极。图上面的一行字清晰可见：狼山破阵图，御笔赐大将军卫青。画上并没有落款和日期，但定是当今天子亲绘无疑了。

伍被其实也早就被这幅画和这棵火焰树所吸引了。他见多识广，知道这是极为珍贵的东海珊瑚树，此树可以吸收光芒，然后再映射出来，在光照下如同挂满了火焰一般。但是如此高大的火焰树他也从没见过，不由得惊叹京都宝物之匪夷所思。而那图画他听卫青一说便明白了，他仔细将那图画的细节一一揣摩，一时间不由得心中悔意翻腾：之前常常听人说起卫青是国之柱石，他不仅不能感同身受，反而心下颇有嫉妒之意。今天见面后方知天外有天，人外有人，卫青的气质风度立刻便将他震服。想到自己给刘安献下了毒计，让雷被来刺杀卫青，伍被身上顿时出了一层密汗，他故作镇定端起一杯酒自顾自喝了一口，放下杯子时手却一直不停颤抖，将杯中的酒溅出来了不少。

厅上雷被还在凝神看画，其他人都默不作声。张骞和霍去病回忆起当时战场上的凶险残酷，依然心有余悸。卫青眼前更是浮现出了踏雪乌骓临死前望着自己的眼神，双目立刻变得温热。此时只有范衡在一边悄没声地盯着雷被和伍被的一举一动。

过了好一阵子，雷被才转过了身子，眼中的泪水在烛光下闪闪发亮。他哽咽道："卫大人，如果卑职当时一起出征的话，乌骓……应该还活着……"

卫青心下更加凄然，他只能朝雷被远远一拱手，口中已不复能言。雷被朝卫青艰难地一笑，然后转头对范衡道："雷某三生有幸，得闻先生在朔方城上吹奏的一曲匈奴长调，能否今日再恭请先生奏上一遍？"

范衡刚才屏气凝神细细观察，他知道雷被今日行为举止大异于常，当下便决定随机而动，看看到底是怎么回事。他立刻回答道："雷先生既出此言，范某岂敢不从？那就在各位面前献丑了。"他从袖中取出君山湘妃祠中斑竹制成的笛子，低头略一思索，便吹了起来。

笛声一开始委婉悠扬，仿佛是风儿拂过草原，抚过成群的牛羊，又仿佛是河水流出高山，蜿蜒在广袤的大地之上；瞬间笛声变得高昂起来，宛如万马奔腾嘶啸西风；紧接着又变调如金石相激，宛如置身在两军搏杀的战场。雷被的心神已经完全被笛声所摄，他闭上了眼睛，觉得自己的身子突然变得轻飘飘的，随着笛声在天际飘荡，不知要去往哪里。

笛声渐渐停止，雷被也慢慢回过神来，他睁开了双眼，眼中光芒突然暴现，转头对伍被道："伍大人，素闻你的《广陵散》为天下一绝，不如咱俩也给主人们献上一曲如何？你抚琴，我来舞剑。"

伍被刚才正听得如痴如醉，听到雷被这么一说，心里先是一惊，随即便笑道："雷大人既出此言，那自当遵命，不知可否借卫大人府上的琴一用？"

卫青微笑着问范衡："范先生意下如何？"

范衡微微笑道："早闻《广陵散》乃是伍大人惊世之曲，今日得闻，

16

此生幸甚！"他用手指向宴席的一侧道："范某人早已为伍大人备好了，请伍大人赐教。"

一边的侍女们早已将琴具琴架抱了上来，片刻间便将昆仑琴架好放在了伍被身前。伍被借着酒力在灯火下仔细打量面前这具命世之琴，只见黑色的漆身上断纹层叠，初看下去仿佛是朵朵梅花，而花影之后又仿佛是烟雨空濛的隐隐山川，一座座正向他扑面而来，不由得一阵头晕目眩。他连忙收摄心神，闭上双眼轻抚琴弦，略一思索便弹了起来。

而那边雷被也已执鱼肠剑在手，朝堂上的卫青深深一躬身，便持剑舞了起来。霍去病定睛看雷被的一招一式，只见他开场动作缓滞，每一招将剑送出，招数并未用老便收住剑势，仿佛是在故意隐藏锋芒。而耳边的琴曲也颇为艰涩，似乎在诉说一位侠士平生不得志，寄居于市井间的艰难生活。堂中诸人都被琴曲和剑舞吸引住了，目不转睛地看着雷被手中流转的剑光。

范衡此刻却陡然警觉了起来。《广陵散》这曲子在他云游四海时便多次听过，尤其是在江都王封地广陵一带更是流传于公卿巨贾当中。这首曲子讲的是当年聂政刺韩傀的故事，分为《井里》（聂政故乡）、《取韩》、《亡身》、《沉名》、《烈妇》五章，再现了聂政刺杀韩傀的整个过程。眼下伍被所弹奏的正是《井里》这一章，而雷被的剑舞也正进行到了聂政隐居井里孝敬母亲的这一段，举手投足间都是朴拙的样子。但是范衡知道一旦琴曲演奏到了下一章，那便是《取韩》了，他见座中诸人都出神于琴曲剑舞，不由得心里大为着急，当下用食指蘸酒在面前食案中写下"谨防有变"四个字，连同一大碗羊肉让身后的侍女给霍去病端了过去。霍去病立刻看到了食案中的字迹，他惊愕地看了一眼范衡，然后点了点头表示会意。范衡见霍去病坐直了身子，右手已经按在了腰中剑柄上，便稍稍松了一口气。

而那边琴曲陡然转为高亢，雷被手中的鱼肠剑招数突然变化，幻成一条银蛇绕着他的身子盘旋起伏，间或剑芒突然伸出，便如银蛇吐信一般。雷被此时动作极快，脚下踩着八卦方位，已经看不清他的每个动作，只见他在堂中纵横跳跃，一会儿逼近卫青，一会儿逼近霍去病，看得范衡几乎屏住了呼吸，而霍去病也已是眼花缭乱。众人耳边乐声激荡，仿佛在眼前现出聂政为母亲守孝完

17

毕后纵马前往韩国都城、天地间只有一人一马的肃杀场景；紧接着乐声更加激越，金石之音大作，众人眼前竟然隐隐看到了聂政在韩傀家中一路斩杀、当者必死的所向披靡之象。范衡见雷被手中剑光如电，越来越靠近卫青，不由得大声叫道："雷大人好剑法！去病，还不去跟雷大人共舞一曲！"

霍去病得令，长身而起跃入了堂中，他手中已经多了一柄暗红色的赤霄剑。雷被见霍去病加入，大声叫好，手中鱼肠剑丝毫没有缓滞，而霍去病也将赤霄剑气如行云流水一般纵横在卫青座前，赤霄剑影幻动，剑身竟然慢慢由暗红色变成了橘红色，仿佛是烈火中正在锻造的剑身一样，剑气在堂中掠过，众人只感到一股股热气扑面而来。

这边伍被已经用尽了全身的精气来演奏这曲《广陵散》，浑身已经被汗气湿透，头顶上冒出缕缕白气，《取韩》这一章已经到了生死关头，只要接下来一剑刺出，韩傀便要丧命于聂政剑下。他双手用力催动琴弦，正要将此节奏出，忽然耳中传来范衡不徐不疾的声音："大丈夫当恬然无思、澹然无虑；以天为盖，以地为舆，四时为马，阴阳为御，乘云凌霄，与造化者俱。伍被，你琴上的修为，可是比你的文章差远了！"

伍被听得真切，范衡口中所说，正是自己在《淮南鸿烈》中开篇《原道训》中写下的句子。听到范衡说自己的修为还差得很远，他心中哪里能咽下这口气？心神激荡之际，他只觉眼前突然发黑，手中的弦音立刻凌乱了起来，口中一股鲜血激喷而出，让席间众人都吃了一惊。只见雷被眼中凶光大盛，身子如流星般弹出，剑光已经对准了摇摇欲坠的伍被，口中大声喝道："狗贼，纳命来！"

堂中众人都被雷被的举动惊呆了。霍去病一直在防备雷被，怕他对卫青不利，哪想到他突然调转剑锋朝伍被刺去，当下也立刻朝伍被扑去，将赤霄剑堪堪向前刺出，只盼能架开雷被的这一剑；霍去病身后的卫青更是大吃一惊，他身子腾空朝前跃去，腰中湛卢剑也已出鞘，跟霍去病一般的心思要挡下雷被这一剑。

但雷被本来就较卫青霍去病占了先机，他的动作又快，湛卢剑和赤霄剑虽然已经化成两道闪电朝雷被追身而去，但是鱼肠剑的剑光已经几乎抵到了伍被的胸口。眼见那道寒光就要刺进伍被的身子，众人耳边只听一声暴喝，伍被的身子被斜斜拉出了七尺开外，跟一个身影滚在了一起，在地上又连着打了好几个滚，滚到火焰树边上才停了下来。

出手救下伍被的正是坐在伍被身边的张骞。他一直默不作声喝酒，眼中却仔细观察席间众人的一举一动。当《广陵散》奏到激越之时，他知道变故就在眼前，接下来便看到了雷被出手刺杀伍被的惊险一幕。眼见卫青和霍去病都来不及救下伍被，便一侧身抱着伍被朝一边滚去，堪堪避过了雷被这雷霆万钧的一剑。

但是雷被却不依不饶，他一击未中，迅疾持剑追来，朝着躺在地上的伍被又是一剑。眼见伍被这次又无处可躲，一道银光却从一边刺来，与鱼肠剑相交火花四溅，把雷被的这一剑又格开了。但是雷被迅疾变招，剑光陡然放低，变刺为削朝伍被身上招呼，一道红色的剑光又从一边劈来，把雷被的这一剑又格了开去。这时张骞也看清了眼前的情势——卫青和霍去病已经赶上来将雷被夹在了中间，他干脆一把将伍被抱起死死护在墙上，自己的脊背朝外对着雷被的剑光。

雷被面对张骞的后背无法下手，正要绕到张骞身侧，卫青和霍去病已经冲了过来，挡在了张骞和雷被的中间。卫青又惊又疑，他朝雷被脸上望去，只见他满脸悲愤，眼中的泪光映出了火焰树血红的影子，显得十分狰狞。卫青湛卢剑入鞘，轻轻踏上两步，对雷被温言道："雷大人，今晚你……是怎么了？"

雷被再也忍不住胸腹间憋了这许久的委屈和悲伤，泣不成声道："卫大人，这姓伍的是刘安座下走狗，最是奸诈无比，他……以我娘为质……逼我前来刺杀大将军和霍将军……我娘自然不许……自刎于鱼肠剑下……到现在我都不敢发丧，生怕刘安和这狗贼知道……大将军，淮南国……要谋反了！"

雷被这一席话犹如惊雷滚过座中诸人的耳际，所有人都瞠目结舌呆在了当场。卫青也被震得脑中一片空白，他缓了缓神转过身去用如电的目光盯着伍被，一字一顿地问道："伍先生，你好大的胆子！"

伍被一开始被卫青看得心惊肉跳，但他很快便恢复了平静，大声抗辩道："大将军，伍某平日跟雷被素有嫌隙，他这是在栽赃！我家王爷素来忠于朝廷，谋反这事是断断没有的！"

雷被闻言大怒，他朝前跃起对着伍被的脸上便是一掌，打得他双眼金星直冒，嘴里的牙齿也掉了一半，左脸登时高高肿起。雷被还要反手打伍被第二掌，却被卫青拦下了。卫青对伍被冷冷说道："伍大人既然不愿意在寒舍开口，那只能去见廷尉了。去病，明天一早把他押到御史大夫张汤处，审明后交由皇上发落。"

收拾完堂中的残局，卫青、张骞、霍去病和范衡连夜会同雷被商议当晚发生之事，听雷被一一道来淮南国近来的诸般情形，卫青等人都觉得十分惊悚。在座诸人中只有范衡亲历过孝景皇帝年间吴王刘濞挑起的七国之乱，当年山东到关中逃难的道路上全都是函谷关外往关内避祸的百姓，驰道上军旅不断，羽檄如流星般来往。范衡那时虽然富可敌国，但是也如丧家犬一般只带了几个亲随怀揣金玉朝长安一路狂奔，惶惶不可终日，今天想起来还是心有余悸。

此时众人都是一般的心思，刘安和刘迁这般忤逆不道的大罪，一定要尽早报知皇帝，将此祸消于青萍之末。众人商议完毕，当即便由范衡构思执笔，一个时辰不到，一篇洋洋洒洒的奏章便已浓墨淋漓地现于众人面前了。卫青又来来回回通读了几遍，思索了一下对范衡说道："范先生，雷大人家慈为大汉社稷舍生成仁，此等节义可追上古先贤，请先生在此奏章中代为请功。"

听闻卫青提到雷被母亲，诸人心中都是一酸。范衡点点头，接过奏章续写完毕，卫青又从头细细读了一遍，随即用了印，然后令人加了大将军的蜡封后火速送进未央宫。临行前卫青再三交待，一定要亲手交给皇帝御前贴身太监苏文，请他代为转呈皇帝。

卫青紧接着让霍去病和张骞押解伍被前往御史大夫张汤治下的内官大狱，同时修书一封给张汤，把今晚的事情简要说了个明白。等到一切料理清净时，东方天色已晓，卫青将雷被温言安慰一番，让他去厢房歇息了。卫青也请范衡回去休息，他自己则坐在堂上，一点一点地整理着自己的思绪，这明摆着是本朝头一件泼天大案，弄不好便是一场漫天腥风血雨。

此时后院中传来兵刃相激的声音，近日来卫英、卫律和蒙贞都颇为用功，剑法和骑射都有精进，诗书琴笛也在范衡的教导下进步很快。蒙贞已经是个十四岁的姑娘了，出落得光彩照人，身上却没有一丝女孩儿家常有的娇羞之态，卫青常常暗自叹服真不愧是蒙恬之后；卫英也不是当年灞桥客栈中那个憨厚可爱的狗儿了，身子已经快跟去病一样高，只是略显单薄一些；但是变化最大的还是卫律，他比蒙贞和卫英大两岁，外貌继承了张骞和图雅身上的全部优点，个头已经跟张骞一样高大，头发是浓密的黄褐色，一双湛蓝的眼睛像极了母亲，以至于卫青每每跟卫律对视时眼前便浮现出图雅的音容笑貌。卫律在剑术和诗书音律方面跟卫英和蒙贞相比略微差些，但是骑马射箭却有着草原游牧民族的天分，甚至比卫青霍去病的骑术还更胜一筹。

但是让卫青略微感觉不安的是卫律这一年来跟自己和范衡疏远了不少，已经不是三年前那个绕膝承欢的小孩子了，而且时不时一早骑马出门到半夜里才回来。卫青和范衡对他一直宠爱有加，也没有多过问，看来以后对他是要加强一些管教了。

卫青想着想着，只觉一阵阵倦意涌来，他靠在案上很快就进入了梦乡，等一觉醒来日已近午，雷被和范衡都已在中堂等候他了。霍去病也回来了，跟众人详细说了将伍被收治下狱的细节，卫青听罢略觉宽慰，看来眼下要做的就是静静等着皇帝如何处置这件大案。

众人下午各自休息平安无事。傍晚时分，未央宫中突然传来诏令，皇帝因为风寒不适，接下来五日百官不用上朝，在家静候传召。接下来这几天卫青阖府上下都忐忑不安，简直是度日如年。到了第四日中午宫中终于传旨，要雷被独自到未央宫面见皇帝，众人接旨后都十分高兴，雷被自己也十分兴奋，当即便跟着小黄门进宫去了。而卫青则吩咐家中准备宴席，请了张骞过来一起准备晚上给雷被庆贺。可是这一等便等到了亥时，天色已经全黑，也不见雷被回来。

卫青此时心中隐隐觉得不妙，正想派人前往宫中打探消息，只听门外传来人言马嘶的声音，卫青立刻起身走出了中堂，只见院前灯火下内侍苏文带着几名羽林健儿大摇大摆地走了进来。苏文见到卫青便皮笑肉不笑地作势行礼，卫青急急走上前将苏文一把扶住，低声问道："苏公公，雷被怎么样了？"

苏文抬起头意味深长地看了卫青一眼道："卫大人不挂念皇上龙体，却甚是挂念淮南国的一名叛臣啊！"

苏文这句话让卫青生生打了个冷战，他心知情况不妙，连忙换了一脸忧色问道："皇上龙体可是安康了些？有劳公公提点了！"

苏文四下里看了看，凑过来轻声耳语道："皇上这两天已经无碍了，但是淮南国的事情可是惹恼了皇上。大将军，听旨吧！"

卫青和范衡、霍去病、张骞等人一起跪倒在堂前，耳边只听苏文扯着公鸭嗓煞有介事地宣读起了圣旨："皇帝制曰：雷被位居淮南国三公之位，竟不思忠君报国，擅改郡国之令，诬陷属国栋梁，更试图离间皇家骨肉，其罪原不可赦。朕念其曾助卫青固守朔方有功，故免其死罪，交付有司发落。卫青阖府被其蛊惑，情有可原，免于责罚。但从今不可再与此等败类交往，更不得为之进言，违令者从重处罚。钦此！"

卫青还未听完便浑身被冷汗湿透。雷被揭穿了淮南王谋反的惊天阴谋，自己上的奏章中说的再也明白不过，皇帝怎么会看不明白？难道是淮南国提前恶人告状？想到这里，他抬起头对苏文大声道："苏公公，这……这当中一定有误会，请公公带言给皇上……"

"卫大人，皇上朗朗天视，自然不会有什么误会。皇上还传了口谕，让卫大人阖府上下不得干涉雷被之案，否则……否则……别怪皇上不给大人情面。卫大人，时候不早了，卑职还要回宫复命，您可要多保重啊。"苏文将"保重"两个字说得格外悠长，深深看了一眼跪在地上的卫青，转身走出了门外，径自率人回宫去了。

卫青低着头跪在那里，心乱如麻，一时竟然忘了起身。他不起来，身后的众人也都陪着他跪在院子里。过了良久，卫青才回过了神来，起身将范衡扶了起来，众人跟他到堂中坐定，范衡看着脸色阴郁的卫青问道："卫大人怎么看待此案？"

卫青想了一下答道："雷被对我阖府上下有救命之恩，若不是他助我们守朔方，诸位不一定还能坐在这里。我自然会全力相救，只怕会连累在座的诸位……"

听了卫青的话，堂中诸人心下都颇为感动，一时间均陷入了沉默。过了一会儿，范衡正色说道："卫大人是有情有义的大丈夫，我们也不能给大人丢脸。范某此生有幸，能与大人朝夕相处，愿与大人有难同当。"

"卑职也请大人驱策，虽死不辞。"张骞也在一边说道。

卫青心中涌出一股暖意，揉了揉眼睛对范衡说道："有劳先生陪我连夜上疏，替雷被洗刷冤屈。"

范衡摇了摇头，缓缓说道："卫大人，当下万万不可做的，便是上疏皇帝救雷被。"

范衡一言出口，惊得众人都是心里一颤。卫青盯着范衡道："请先生指教。"

范衡双眼似闭非闭，仿佛自言自语般喃喃道："卫大人，今天皇上在诏书中提到卫府上下都不得干预此案，又专门让苏公公给你带了口谕，皇上心机深刻，其中必有深意。恕范某妄言揣测圣意，皇上多半是相信雷被的话和大人的奏章了。但是此案关系到社稷百姓安危、天家骨肉存亡，皇上不得不用非常手段啊！"

范衡一席话娓娓道来，卫青觉得颇有道理，一下子将心中尚存的一丝侥幸烧了起来，燃成了熊熊的希望之火。霍去病迟疑了一下问道："范先生，那皇上为何要为难雷大人呢？"

范衡深深吸了一口气道："伍被这次进京，馆陶长公主家里也去了，卫大人府上也来了，然后却被不明不白送进了内官狱，这件事长安城中过不了几天便众人皆知，传到淮南国也不过再多七八天的工夫。卫大人的密奏虽然皇上已经看了，但这仅是雷被的一人之辞而已。各位大人请好好想一想，皇上现在会仅凭雷被的一人之辞跟淮南王翻脸吗？"

范衡这番话说得卫青心下一片雪亮。当前几十万大军镇守北部边关，长安和周边郡国并无重兵可用，一旦淮南国作乱，匈奴大军再趁火打劫的话，长安怕是要内外交困，将来的情势和后果实在是难以预料。他又不能不担心雷被的安危，便继续问道："范先生，那皇上会怎么处置雷被？"

"请大人放心，雷大人绝对没有性命之忧。如果皇上想要他的命的话，雷大人现在早没了。当下卫大人要做的有三件事：第一是万万不可上疏保雷被，卫大人是朝中栋梁，上的每一道奏章都关系重大，如果一旦被淮南王知道的话，一定会以骨肉至亲为由前来朝廷哭诉，那时雷大人怕是真的就性命不保了；第二是无论如何也要找到内官狱中可靠的人照顾雷大人；第三是皇上眼下明显不想祸起萧墙之内，他要稳住刘安。"范衡用力咽下一口唾沫，一字一顿地接着说道："请大人请命出征匈奴，将北部边患消除。外患不除，内忧难消啊。"

卫青击案叹道："先生所言极是！这第一件和第三件事不难，出征之事我心里也早有了打算，可是这内官狱里的情形我并不熟悉，张大人，你可有相熟的人在里面当差吗？"

张骞远离长安十几年，回来后的时间也多半跟随卫青出征，对法狱之属也不甚清楚，他躬身答道："卫大人，卑职觉得总是能找到路子的，我回去就立刻打听。"

卫青点点头，他看到一边的霍去病一副欲言又止的样子，便问道："去病，你可有话要说？"

霍去病有些神色尴尬地说道："舅舅，我倒认识在里面当差的一个人。此人原籍在鲁国泰山郡，因为家道贫寒便做了狱吏谋生，跟我是一般年纪。难得的是这人宅心仁厚，我曾有一次请他饮酒，酒罢他要将未吃完的肉和饼带走，我原以为他是要留给自己，后来才知道是要带给狱中的老弱囚犯。因此我想，把雷大人托付给此人一定是妥当的。"

卫青眼中一亮："你今晚便将此人请到府上，你亲自去。对了，你是怎么认识他的？他叫什么名字？"

霍去病脸上竟然一红，口齿不清地说道："我……我在城外骑射遇到的，他……他叫丙吉。"

就在卫青等人在府中密议的时候，丙吉正端坐在自己位于长安米市南侧的陋室里读董仲舒的《春秋繁露》。董仲舒的文字颇为艰涩，很多话语让丙吉反复琢磨也不得要领。室内灯光如豆，书简又十分沉重，看得丙吉腰酸背疼，双眼发涩。而就在他的座席前面，几只老鼠大摇大摆地不停窜来窜去，时不时冲着丙吉发出吱吱的声音，仿佛是在抗议在这里找不到吃的东西。丙吉放下书简苦笑着对老鼠们说道："鼠君鼠君，你们果然是鼠目寸光，你们全家不去公卿府上饮甘食肥却偏偏赖在我这里，吃不饱能怨我么？"一只老鼠似乎能听懂他说的话，径自走到席前叫得更加大声，仿佛是在跟丙吉争辩。丙吉无奈叹了口气，从枕边摸出一只面饼，掰下一小块扔给了那只老鼠，只听得一阵欢叫，几只老鼠欢天喜地在丙吉眼前吃了起来。

丙吉无奈地摇了摇头继续看书，这时传来了一阵敲门的声音。他从席上起身开门，只见一名青衣少年微笑着站在门外，他定睛一看，竟然是前些日子在长安城外练习射箭遇到的公子。他揉了揉酸涩的眼睛笑道："范公子快快请进，我这就去倒水！"

那少年却不进来，而是一把拉住了他急急地说道："丙老弟，我家府上有请，有劳你跟我去一趟喝几杯薄酒！"

丙吉连句客气话都没有来得及说出口，便被那少年强行拉出了门外。少年随手关门的时候往屋里看了一眼，只见房内只有一张卧榻，一床破被和几册书，在一盏残灯的照耀下显得格外凄凉；榻前几只老鼠竟然不怕人，停下了口中的食物瞪着少年，仿佛是在抗议这名不速之客。少年心中涌起一阵酸楚，他轻轻合上门，转身将丙吉推上了车。

丙吉进到了一辆宽敞的马车里，车内虽然不见如何华丽，却有一种让人宁静的气场和香味。丙吉闭上眼深深呼吸了几口，只觉得心神俱醉，浑身一阵舒坦畅快。那位公子在前面驾车，一路上也不同他说话，耳边只听马蹄声声敲在长安城里的青石路上。车子行进颇快，车内却是极稳，约莫半炷香工夫车子停了下来，那少年跳下马来将丙吉请出了车外。丙吉看见一座肃穆的大宅门静静矗立在几丈开外，他在灯火下看得清清楚楚，大门的匾额上是几个隶书大字——大将军府。

丙吉的双腿一下子有些发软，还没来得及回过神来，便已经被那少年托着腋下带进了大门。只见门口两侧的卫士长随们都躬身朝他们行礼，让丙吉更加不知所措。待他俩来到正堂前十几步开外，那少年停下了脚步，低声对他道："丙大人，实不相瞒，今天要见你的是我舅舅大将军卫青，还有博望侯张骞大人、白水侯范衡大人。在下霍去病，前些日子在灞河边不便以真实身份相见，还望丙大人见谅。这就请丙大人进屋说话。"

丙吉听了霍去病的话后更是头晕目眩。他四月里骑马携弓在灞河边找了个无人的地方，在柳树上挂了靶子练习箭法，没想到遇到了一对少年男女骑马沿着灞河并辔而行。那少年见他练习颇为努力，便跳下马来跟他切磋指点，交谈间知道了他在内官狱当狱吏。那少年问他为何要练习骑射，他当时豪情万丈地说有朝一日愿意跟随卫青大将军驰马狼山血染黄沙，将匈奴驱赶于万里之外，那少年当即对他刮目相看，更是请他到长安城里的庆云楼畅饮了一番，两人两个多时辰谈下来竟然颇为投机，惺惺相惜之际几欲成为莫逆之交。那少年自称范病已，那少女名叫范贞，二人是兄妹，三人酒酣之后范公子将他送回了家里并约定改日再饮，没想到今天见面竟然被带到了卫青府上，而这范公子就是名震朝野的冠军侯、骠姚校尉霍去病。

霍去病没容丙吉缓过神来便将他拉进了中堂，丙吉进到了堂内连脚步都迈不动了。堂内气氛凝重，中间摆了几张座席，他恍惚听到霍去病在向他一一介绍，上首已经起身的一名中年人是卫青，下首的一名中年汉子是张骞；另一名老者正微笑着给他颔首致意，那是范衡。范衡身侧侍立着一位妙龄少女，也在笑盈盈地看着他，正是那天在灞河边上遇到的范贞。丙吉听到众人的名号后顿觉脑袋大了一圈，他眼光不敢与众人目光相接，霍去病又扶着他不许他跪下，他只能低着头一一作揖过去还礼。就在他抬起头的一瞬间，眼角的余光被堂上火焰树旁当今天子亲绘的《狼山破阵图》吸引住了，不由得看得痴了。

丙吉的一举一动都被范衡看在眼里。范衡见他望着《狼山破阵图》一副如痴如醉的样子，却对一边的当世至宝火焰树视而不见，不由得心下一动：这孩子竟是个至性至情之人。那边卫青看到丙吉张着嘴痴痴盯着图画，也觉得这孩子挺有意思。他离席走到丙吉面前抱拳说道："丙大人请上座，今天备下了几杯薄酒，请大人品鉴。"

丙吉这才回过神来，他见到面前这位威震海内的大将军竟然是如此随和的一个人，忍不住鼻子一酸，兜头便拜倒在卫青面前哽咽道："请恕卑职无礼，丙吉拜……见大将军！"

卫青将丙吉从地上扶了起来，拉着他入席安坐，对侍立在一边的少女温言说道："贞儿，给丙大人斟酒。"

那少女轻快地答应了一声，双手托着酒案盈盈走来跪在了丙吉身侧。她将酒案放在地下，拿起一个铜壶给丙吉斟满了一杯。丙吉往杯里看去，只见酒色在灯火下如琥珀般透亮，一股香气扑鼻而来。那少女将铜壶放回酒案，又提起另外一个陶壶给丙吉又倒了一杯，只见这酒作金黄色，比刚才那杯颜色稍浅，但是香味更加馥郁，兼有桂菊之气，让丙吉连连吞下了好几口口水。

待到贞儿穿梭在席间给众人一一斟满，霍去病朝丙吉抱拳说道："丙大人，这第一杯酒是皇上御赐的昆仑觞，是馆陶长公主家中特酿；第二杯是敝府上的桂魄菊魂，味道也算是不错，舅舅特地吩咐拿来招待丙大人。"卫青此时也举起了杯子温言说道："丙大人，请！"

丙吉却不举杯，他躬身对卫青道："大将军但有驱策，卑职虽万死而不辞，怎敢劳大将军如此厚待？"他说完话后，竟然不敢抬头看卫青，更不敢将酒杯举起。

丙吉的话一下子让堂中的气氛变得尴尬，卫青将酒杯举在空中，竟不知该如何开口，他看了一下范衡，范衡会意，对丙吉温言道：

"丙大人，今日之事牵涉重大，保不准有动摇我大汉国本之虞。卫大人既然要托付于你，这一杯酒，请大人饮下以壮行色！"

丙吉浑身一颤，举杯一饮而尽。接下来这席酒饮了足足两个时辰，待丙吉从卫青府上出来时，已是泪湿青衫。卫青跟他细细说了雷被一案的来龙去脉，他知道雷被身负亡母之痛秘不发丧，一路隐忍到了长安，就是为了揭穿淮南王刘安造反的阴谋，不由得敬佩交加。谁知天威难测，雷被居然被系入狱中，而淮南国密谋叛乱的祸首之一伍被，却在今天中午时分被未央宫里派来的内侍大摇大摆地从内官大狱中接了出去。丙吉中午就下了值，午时之后发生的事情他并不知道，他当即辞别卫青，从霍去病处借了一匹马，一路朝内官狱狂奔而去。

马蹄声清脆，划过长安城的夜空，给这座城市带来了少许不安。一路上遇到两拨巡夜的更卒，丙吉将内官狱吏的腰牌给对方一看，对方也就立刻放行。不多时丙吉便来到了狱门前，他拴好马，强压住砰砰乱跳的心脏，故作镇静朝狱内走去。一路上有熟悉的狱卒跟他打招呼，便一一打发了过去。他径直走进了典狱长史的房间，见长史不在，便问当值的狱卒："今天可有入狱的重犯？"

那狱卒见是上司到来，马上堆出一脸笑容，谄媚地说道："丙大人，重犯倒是没有，不过有个来路不明的：未央宫卫尉下午拖过来一个半死不活的人，现在就搁在甲申号子里。不用劳大人操心，卑职尽可料理妥善，请大人早点回去歇息……"

"带我去看看！"丙吉打断了那狱卒的话。那狱卒见主官脸色不善，连忙收住了脸上的笑容，带着丙吉往甲申号子走去。待走近牢房往里一看，不由得让丙吉触目惊心：只见地上躺着一个血肉模糊的人，面容已经看不清楚，身形跟卫青描述的有几分相似。丙吉装作若无其事地往回走，顺便将那狱卒支开，在狱中四处巡视了一遍又回到了甲申号前。他看看四下无人便用随身的钥匙打开牢房的门，迅速走了进去把门上。

丙吉凑着灯火细细察看地上的囚犯，只见那人身材甚是粗壮，浑身的衣服已经被鞭子抽成了碎缕，身上渗出的鲜血已经凝结，布条粘在身上就像一个破抹布团子。那人脸上也被抽了几鞭，纵横交错的几道伤痕甚是可怖。丙吉见他躺在地上一动不动，心里甚是担忧，连忙俯下身子去试他的鼻息，但觉他气息虽然微弱，但也较为均匀，当下便放心了许多。他知道此人伤势甚重，此时万万不能贸然揭去衣服，便从怀中取出范衡给的伤药，在那人身上诸多伤口上敷了起来。待到处理那人脸上的伤口时，那人悠悠醒转，一眼看到眼前的丙吉，突然坐起身来，用大得不可思议的力气一把将丙吉按在了

29

地上，厉声道："你这狗贼，回去转告伍被，我就想死在这里，不要你家主子假仁假义的伺候！"

丙吉万万没想到雷被一个几乎垂死之人居然还有这么大力气，被他摔得浑身几乎要散架一般。他见到雷被披头散发张牙舞爪的样子，连忙支撑着身子往后靠到了墙边，低声辩解道："雷大人不要误会，我受卫青大人所托前来看望，这……这是卫大人给你的东西。"

说罢丙吉从怀中取出一个蜡丸递给雷被，雷被将信将疑地接过来，手上用力将蜡丸捏碎，只见里面是一张小小的绢条，上面密密麻麻写满了字。雷被就着灯火仔细看了几遍，仰天低笑了三声，将绢条吞进了肚子里。

丙吉见雷被浑身血污，在灯火下的笑容显得十分狰狞，不由得有些害怕。只见雷被十分激动，竟然一骨碌站了起来，全然不顾浑身的创伤，在牢房里不停走来走去。他身上创口裂开，鲜血一滴滴溅在牢房地面的青砖上，不一会儿便形成了一条长长的血印，在灯火下显得十分骇人。待到雷被在牢里走了几十趟，他停下了脚步问丙吉道："小子，你怎么认识卫大人？"

丙吉见他脸上伤口纵横甚是可怖，但是望向自己的眼光却柔和了下来，便也稍稍放下心来，连忙回复道："卑职其实说不上认识卫大人，也就是……今天才有幸见到。不过卑职前些日子曾经跟霍去病大人和蒙贞姑娘在长安城外有过一面之缘，霍大人不嫌卑职贫贱，请卑职在庆云楼畅饮，这才因为霍大人得以见到大将军。大将军吩咐卑职好生照看雷大人，卑职怎敢不……"

丙吉话还未说完，雷被已经仰天大笑起来。待他笑声甫歇，便不屑地对丙吉说道："小子，你不过一个小小的狱吏，居然让冠军侯请你去庆云楼畅饮？看你年纪不大，口气倒不小！"

雷被这几句话说得丙吉几乎要落下泪来。他家境贫寒，自幼失去双亲，跟着身为狱吏的叔父在鲁国郡邸狱中长大。叔父前几年调任长安内官狱，他也跟着到了长安，因为熟悉狱中杂务，便借着叔父的关系来到内官狱谋职，每年的俸禄仅够勉强糊口而已。叔父一生未娶，于两年前病逝，只给他留下了一间破屋和一匹老马。这两年国家北部边境战事吃紧，他不甘心就此在狱中度过一生，一心想要跟随大军出征立下战功，所以平日里练习骑射不辍。

可是周遭的同僚对他的志向和行为纷纷挖苦讽刺，还给他起了个绰号叫"内官侯"，嘲笑他即便封侯，领地也不过是在内官狱中，让他时时感到心烦。那一天在城外偶遇霍去病和蒙贞，霍去病手把手教他了一个多时辰射箭，让他的箭法大有起色，还跟他在庆云楼会饮了两个时辰，让他心中感激不已。可是眼下又从雷被口中听到讥讽之意，怎能不让丙吉的心里感到难受？

丙吉默默地从怀中取出两枚金锭和一个青瓷药瓶，放在了雷被眼前的地下。他对雷被道："雷大人，这是五斤黄金，自然不是卑职能挣到的。这是霍大人亲手交给我，让我好生照顾大人的。冠军侯英雄盖世，卑职从没想过高攀，但是霍大人不嫌卑职身份低贱，将此事托付给了卑职，那卑职就算粉身碎骨也不能辜负。这药是卫大人府上的金创药，请雷大人自行敷用，说是治外伤有奇效。卑职会给大人求医问药，照顾酒食，这金子请大人自行保管，如果卑职俸禄不够时再向大人讨要。大人请早点歇息，卑职还要给霍大人回话报平安，就此别过。"

雷被一眼便认出了那青瓷药瓶确实是卫青府上之物，他在朔方见过，知道丙吉所言不虚。等他字字句句听完丙吉的话，只觉他言语神态不卑不亢，竟然大有古圣先贤之风，不由得心中大为惭愧，心中竟然对这个其貌不扬的瘦弱少年生出了一股敬意。更见丙吉艰难地从地上爬了起来，显然是受了伤，雷被不由得对自己刚才的莽撞大为后悔，眼见起身便要离开，雷被不由得十分着急，低声道："小兄弟别走，是雷某眼瞎不识英雄，请受雷被一拜！"他话音未落便朝丙吉深深一揖，接着低声说道："我还有话要小兄弟带回给卫大人，不如请你给咱们买些酒肉回来，咱们边喝边说如何？"

丙吉点点头立刻前去操办。不一会儿便从外面带回了一大坛酒，一大块酱牛肉和一只烤羊腿，还有几个面饼。雷被闻到香味不由得食指大动，他也确实饿得够呛，从食盒中抄起羊腿大啃起来。丙吉在一边给他倒了一碗酒，雷被端过来一口喝光，大声赞道："这酒还不赖！小兄弟，你这酒菜是从哪里弄来的？"

丙吉回复道："回大人，卑职从簪玉楼买回来的。"

雷被听到簪玉楼三个字后笑了起来："你这年纪轻轻倒不学好，今后少去北闾倡优之处！"

丙吉脸上一红，低声分辩："大人，卑职之前不曾去过。眼下已经过了子时，城中酒肆就他家还开业。"

雷被口中塞满了羊肉，唔唔了几声算是表示知晓了，心里又是一阵过意不去。他看丙吉在面前垂头而坐，却对眼前的酒食视若不见，遂拿过食盒中的一只空碗，倒了满满一碗酒递给丙吉，不由分说地喝道："小兄弟，你陪我喝几碗！"

丙吉本来打算推辞，但见雷被神色坚决，便接过来跟雷被对饮了一碗。这酒是他在簪玉楼拣着最贵的买的，酒名风雅，号为"流香雪"，是用上好的糯米加酒曲和蜂蜜所酿，酒酿好后不经过滤，原浆呈雪白粘稠状，是以名为"流香雪"。此酒原本是长安城中一等一的美酒，但是自从范衡将桂魄菊魂带入长安、馆陶长公主家特酿昆仑觞横空出世后，此酒便只能排在第三了。饶是如此，丙吉之前也不曾喝过此等美酒。谁料到今天际遇出奇，短短几个时辰内便尝遍了这天下三大美酒，让丙吉不由得醺然欲醉，话也开始多了起来："雷大人，此酒虽然很好，但是还比不上卫大将军府中的酒。"

雷被睁大眼睛放下了正在啃的羊腿，一字一顿地问道："你喝了桂魄菊魂和昆仑觞？"丙吉点了点头。雷被眼光中带着惊奇，上上下下又打量了丙吉几眼，顺手撕下了一大块牛肉放到嘴里，又给丙吉和自己倒了满满两碗流香雪。二人一饮而尽后，雷被赞道："你小子好运气，我跟大将军和霍将军在朔方出生入死，也不过比你多喝了几碗而已！来来来，再喝！"

雷被频频劝酒，不一会儿丙吉便觉头晕眼花，不胜酒力。他见雷被又是一碗酒碰将过来，连忙将碗放到身后，连连摆手道："雷大人，卑职不能再喝了，卑职待会儿要给霍将军回话，将大人这边的情形一一禀告。请大人自便。"

雷被听到丙吉如此说，便也放下了酒碗，用残破的袖子擦了擦嘴边的油腻，满不在乎地说道："请你带话给卫大人和霍大人，就说我这里一切都好。皇帝给我定的罪名是诬告刘安，离间骨肉，在未央宫前殿门外赏了我五十鞭。其实淮南王是不是真的要反，他自己心里清楚。我挨这五十鞭子是

32

为了谁，他自己也清楚。你让各位大人不要担心。别说你这内官狱，就算是未央宫，我也是来去自如，要想关住我有那么容易？"雷被话音未落便朝地上击了一掌，声音虽然极轻，但是地上的一块青砖已经被击得粉碎。

丙吉见雷被重伤之余还有如此神威，不由得瞠目结舌，结结巴巴地问道："皇……皇上难道都知道？那他为何还要如此重罚大人？"

雷被冷笑道："当今天子心机深刻，庙算无双，他要不是真打我，再把我丢到这九重大狱里，凭什么能让刘安那反贼相信皇上会信任他？"

丙吉一时语塞，半天说不出话来。当今天子刘彻威加海内，名震九州，在丙吉这等普通吏民心中是当神一样敬畏的，此时听雷被一口一个"他"说出来，言语间颇有不敬之意，不由得心中有气。他梗直了脖子说道："雷大人，皇上英明神武，打你自然有皇上的道理，请不要对皇上无礼。"

雷被万万没料到丙吉会出此言，先是一愣，随即咯咯笑了起来，过了一会才收起笑容，正色对丙吉说道："小兄弟，你说说看，当今皇上最喜欢读什么书？"

丙吉此时不过十六七岁年纪，他读书不多，只是粗通文墨而已，听雷被说起，登时脸上一红，低声答道："大人，恐怕皇上喜欢看的是董仲舒大人写的《春秋》吧。"

雷被赞许地点点头："难为你还知道这些，皇上确实喜欢看《春秋》。但是《春秋》这部书却不是董仲舒写的，而是孔丘做鲁国的司寇时，据鲁国太史之书编写的。孔丘是儒家开山宗师，这你知道吧？"

雷被见丙吉点了点头，便继续道："孔丘这一生，除了编订《春秋》外，还编了《诗经》，注解了《易经》，收了几千名弟子，其中最为贤达的有七十二位。这些人把孔子生前的话语记了下来，编成了一部叫做《论语》的书，我刚才说的这几部书，你都要仔细去读一读。"

丙吉认真听雷被娓娓道来，此时连忙点了点头。耳边又听雷被继续道："当今皇帝极好儒术，对孔丘礼敬有加。但是依我看来，儒家中最有成就者却是孟轲，这人拜了孔丘的孙子为老师，学有大成后一生育人无数，流传下来的一部《孟子》，当属儒家典籍之最。可惜的是，当今皇上并不许民

33

间广为传阅这部书。因为在这部书里，孟轲提出了'君为轻，社稷次之，民为贵'的说法。"

丙吉听到这里顿时觉得一阵心塞：雷被今晚跟他说的话是之前闻所未闻的，他一直以为当今皇帝便是拥有天下的主宰，哪里会想到生民为贵？他不愿意这就同意雷被所说的话，但是又隐隐觉得雷被说的是对的，心里一时翻江倒海。正恍惚间，又听雷被说道："但是无论《论语》还是《孟子》，说的还是君臣父子社稷这些东西，真正能把天、地、人合在一起说明白的，唯有老子的《道德经》这部书。小兄弟，这辈子如果只让你看两部书的话，你就先把《道德经》看明白好了，那时你对眼前这一切，无论是江山美人还是生老病死都能参悟得透，不会成为你心中的挂碍，你才知道我今晚所言非虚了。"

丙吉愣了一会儿，问雷被："雷大人自然是熟读《道德经》了，那为何还落在此般境地呢？"

这下轮到雷被愣住了，他盯着丙吉看了半天，突然仰天长笑起来，笑得丙吉心中一阵发毛。等雷被收住笑声后，把面前的碗里倒满了流香雪递给丙吉，自己干脆举起了酒坛，跟丙吉一碰后将坛中酒仰头统统倒进了喉中，随即甩手将坛子扔到墙上摔了个粉碎。他站起身来，气运丹田朗声说道："大哉此问！你听好了：大丈夫来这世上一遭，不可不看的另外一部书就是《孟子》。《道德经》是给你养神的，足以让你神游八极之外，勘破天地运行之道；而《孟子》是给你养气的，养你的浩然之气：虽千万人，吾往矣！不管是匈奴军阵还是这内官大狱！"

丙吉看着雷被酒意上涌后通红的面容，只觉心头一热，仰头将满满一碗流香雪倒入了口中。

丙吉将雷被安顿好之后回到家已经是丑时，他不愿这个时候再去打搅霍去病，而是和衣躺在床上准备天亮后再去。此时他虽然酒意正酣，但是却睡意全无。昨天发生的事情历历在目，宛如在梦里一样。雷被酒后跟他畅谈，动情之处竟然痛哭流涕，历数从当年在灞桥客栈中跟卫青、霍去病、张骞、范衡不打不相识；到被卫青的气度所感化，只身前往朔方助战大破乌维；再到奉刘安之命前往长安刺杀卫青霍去病，听得丙吉肝胆欲裂。尤其是丙吉听雷被说到张骞夫人图雅被乌维用冷箭射死时，竟然十分伤心，忍不住泪如雨下。刚才一次推心置腹长谈，他知道了雷被在遇到卫青之前十分刚愎自用、自命不凡，遇到卫青之后才知道自己如临高山、如临深渊，方知天外有天，人外有人，性情有了很大的变化。丙吉临走时，雷被在狱中匆匆写就了一块木简，从身上撕下来一块布包好，特地嘱咐让丙吉带给范衡。丙吉小心翼翼揣在了怀中，等着早上卯时三刻前往大将军府，给霍去病回话时顺便交给范衡。

转眼间卯时的更漏声响起，外面天色渐亮，车马行人的声音也渐渐入耳。丙吉简单洗漱了一下，出门骑着霍去病借给他的那匹马朝大将军府而去，待他到了府前把马拴好时，门前早有人认出了丙吉，连忙恭恭敬敬将他迎到了中堂，同时有人已经飞奔进去禀报了。

丙吉在堂上稍坐了一会儿，望着堂中的火焰树和当今天子亲绘的《狼山破阵图》发了一会儿呆，便听得木拐拄地的声音传来，紧接着从屏风后面走出来一位老者和一名少女，正是范衡和蒙贞。

范衡面含微笑让丙吉安坐，让蒙贞亲自给丙吉倒茶，丙吉见蒙贞明眸皓齿，双手肌肤胜雪，心中怦怦直跳，一时竟然手足无措。范衡看出了他的局促，便主动开口道："丙大人，卫大人和霍大人今早接旨入宫去了，皇上有要事相商。卫大人临走时留言要老夫在府上等候大人。雷大人那边情况可好？"

丙吉听范衡口中一个又一个"大人"称呼他，宛如芒刺在背。他连称不敢，欠着身子将雷被在狱中的情形仔仔细细给范衡说了一遍。范衡听他娓娓道来条理分明，一颗替雷被悬着的心也放了下来，范衡觉得丙吉虽然只是一个小小的狱吏，但见识和谈吐竟然大有公卿之风，不由得对他刮目相看。说完雷被的情形后，丙吉从怀中取出了雷被要他交给范衡的木简恭恭敬敬地递了过来。

范衡拆开包在外面的破布，只见上面血迹斑斑，显然皇帝赏给雷被的五十鞭子打得是结结实实。范衡见木简上草草以隶书写了几行字，便仔细读了下去，读完后便把眼光从木简上移到了丙吉身上。范衡细细打量丙吉，只见他虽然低眉垂目坐在那里一副谦卑之色，但身形却如磐石般沉稳，浑身上下透着一股泰然之气。范衡微微一想，对丙吉道："丙大人，请跟老夫来。"

丙吉跟着范衡和蒙贞走进了后院的一间厢房，只见正中摆着一张矮席，上面放了一大四小五张案子，矮席的一侧放了一座琴架，上面是一具黑亮亮的古琴。矮席的后面是一个巨大的书架，上面摆满了一册一册的竹简木简，怕是有几百册之多。范衡让蒙贞从书架上拿下一个红色的漆盒，他在里面细细检视，然后取出了两本薄薄的书册递给了丙吉，丙吉拿到手中一看，是两本羊皮封面的书，一本是《孟子》，另一本是《道德经》，正是雷被在狱中对他所说过的两部书。他小心翼翼地翻开一看，里面几十页素色绢纸上尽是工工整整的小篆。这字体仿佛在哪里见过，他晃了晃脑袋努力回想：对了，一定是在泰山之巅、玉女池畔秦丞相李斯所手书的秦始皇封禅碑上。

范衡注意到了丙吉神色的变化，他问道："丙大人可曾看过这两部书？"

丙吉连忙答道："卑职不曾看过，只是看到书上的字迹跟我故乡的一块碑上的字很像，是以刚才走神了一下。"

范衡的脸上现出一丝难以察觉的诧异："丙大人故乡可在泰山郡？你见到的碑可是始皇封禅碑？"

这下轮到丙吉诧异了："范大人说的分毫不差，卑职故乡就在泰山西侧的桃花峪。小时候上山放羊，羊儿常常在山上玉女池边喝水，池边有一座始皇封禅碑，落款是秦丞相李斯写的，就是这两本书上的字迹。"

范衡笑道："丙大人故乡的山泉水是极好喝的。你若早生个七八年，说不定咱们早就在玉女池边见过面了。你看到这两本书的字迹似曾相识，那是因为我在二十年前便去过泰山，在玉女池畔住了一个月，就是为了临摹碑上李斯的小篆。我下山时走的就是你家所在的桃花峪。"他指了指站在一边的蒙贞说道："贞儿说起来跟你也是同乡，她的先祖蒙恬就是泰山郡人氏。孔子和孟子都是薛郡人，离你家很近。你家里双亲都还好吗？"

丙吉听说范衡去过自己老家，贞儿跟自己还是同乡，心里跟他们更加亲近了几分。但是突然又听到范衡问及他的父母，不由得心中酸楚，眼圈一红道："回大人，我爹娘……在我五岁时就去世了……我一直跟着叔父长大，前年……他也走了……"

范衡自觉失言，一时竟然无话。丙吉天生话不多，也不知道该如何跟范衡和蒙贞换个话题，他突然想起来手中还拿着两本书，便问范衡道："范大人，这两本书是要卑职捎带给雷大人的吗？"

范衡微笑道："这两本书是雷大人要我送给你的，书是我前些年抄录的，就是仿的李斯小篆。雷大人这些日子在狱中无事，正好教你读书。你拿去好好研习，雷大人文才武功都是当世一流，就是脾气大些，请你多担待。"

丙吉看着手里极其精美的两册羊皮绢本，眼眶里的泪水打了好几转，还是没能忍住，落了下来。

就在丙吉跟范衡见面的时候，当今天子刘彻正在未央宫沧池之中的渐台上召见卫青、霍去病和张骞，一同陪着皇帝的还有司马相如和司马迁。司马迁虽然还没有接替父亲司马谈成为太史令，但是由于司马谈眼疾越来越严重，皇帝这几个月来反而时时叫司马迁在身边侍奉。这两位司马大人虽然都已经贵为侍中，但是看着眼前的卫青、霍去病和张骞三人，心里多少还有点不是滋味。司马迁跟霍去病曾经一路前往洛阳、南阳、云梦和成都，在三峡几乎阴阳相隔，那时霍去病不过是一个小小的郎中，三年间便位居列侯；再加上司马迁对霍去病当年没能救起自己这事多少有点心存芥蒂，跟霍去病面对面相坐时便有点不自然了。

不过，司马迁这些细微的心事谁也没有注意到，包括霍去病本人。今天皇帝心情很好，天气也很好。从渐台顶上往南望去是青黛色的终南山，城西的渭水缓缓往东北方流去，宫中的各色花卉依次盛开，空气中弥漫着甜甜的香味。眼下已经到了五月，关中的麦田已是一片金黄，在阳光的照射下宛若金色的海洋将长安城包围了起来。刘彻看了一会儿风景，又看到身边的臣子们一个个小心谨慎的样子，便有意把气氛放松一些。他问司马相如："长卿，朕上次命你去出使西南，已经过去多少个年头了？"

司马相如听刘彻这么一问，立刻想起自己当年奉旨衣锦还乡时的风光，不由得一阵心酸，他强作镇静回复道："回陛下，已经是十二年前的事情了。"

刘彻仿佛是被司马相如的回复触动了心事，不无感慨地说道："是啊长卿，日子过得真快。那年你出使西郡，回来后邛、笮、冉、駹、斯榆的君长都请求成为大汉的臣属，你居功甚伟。"

司马相如听到皇帝这么表扬自己，一时竟然哽咽说不出话来，恍惚中耳边听到刘彻的声音继续传来："长卿，西南是物华天宝之地，前秦时司马错就曾经进谏秦王以蜀地为纵深兼并天下，后来高祖立足汉中，依托巴蜀，终定九州四海。朕想听你说说，巴蜀之南是什么样的情形？朕近年来用兵西北苦战不已，西南诸夷将来会成为朕的边患吗？"

司马相如本来就是蜀人，对西南一带情形颇为熟悉，他没多想便回复道："陛下，西南路途险阻，虽有百夷割据，但是都不成气候。只要陛下遣使前往晓以大义，诸夷无不望节披靡。"

"哈哈哈哈……"刘彻放声长笑，众人无不动容。只见刘彻从袖中取出一管竹笛放在众人面前，张骞一眼便认出了这是自己三年前回长安时进献给皇帝的竹笛，耳边只听刘彻缓缓说道："长卿，你多年前替朕前往巴蜀安抚父老乡亲们，朕心里颇为感念。眼下卫青和去病虽然取得了狼山大捷，料想伊稚斜和乌维一时也不敢来犯，但是朕心里始终放不下西南。这几日来朕想了又想，这西南夷若是不能平抚，将来说不定就是我大汉心腹之患。"

司马相如听到刘彻这番话，不由得心潮起伏，伏地叩首道："陛下如果不弃微臣，微臣愿效犬马之劳再度出使，替陛下消除西南之患！"

刘彻微微一笑："长卿，这次就不劳你了，你要给朕踏踏实实去修茂陵。出使西南的事情就交给张骞好了。张骞，这笛子是你从西域带回来的，说是从身毒国传去的，你要去给朕搞明白了，身毒国到底在什么地方，为何这笛子上有前秦工室的印记？"

这番话听在司马相如和张骞耳中各有一番惊喜。司马相如听到茂陵之役委派给了自己，登时便觉天旋地转，这绝对是满朝文武都极其艳羡的天字号第一肥差，当中不知道有多少油水！替皇帝凿通西南的念想立刻被他抛到了九霄云外；而张骞听到皇帝要派自己出使西南，更是喜出望外，他立刻大声回复道："微臣领旨！"

一边的卫青和霍去病听到张骞又要出使西南，心中替他高兴之余又颇为不舍，此时又听到刘彻问司马迁："子长，你岳父许有根精习水战，朕没记错吧？"

司马迁连忙回复道："回陛下，微臣岳父精习水性是没错的，是否精习水战微臣并不知道。"

刘彻并没有被司马迁的回复所动摇，他缓缓说道："子长，朕明日便诏令霍去病同你岳父前往云梦泽督建水军，你不必随军前往。卫青，"

"臣在！"

"你明日前往九原，匈奴虽然新败，但是不可不防。"

"臣领旨！"

"子长，你给朕起卦。张骞、去病和卫青三路都是长征，朕要知道凶吉。"

"微臣领旨。"

司马迁从怀中取出蓍草，依次摆了三卦，他看着地上的蓍草排列对刘彻道："陛下，大将军和霍将军之征都是大吉。大将军出征的卦象是雷火丰，风云际会必然大捷；霍将军出征卦象是风地观，只要待机行事，推行教化无碍。只是张大夫的天雷无妄……"

刘彻已经知道张骞出使之事怕是有所不利，他沉吟了一下正要说话，只听一阵嘈杂的声音从渐台下传来，紧接着便见到一名白衣少女气喘吁吁跑到了渐台之上。她奔跑之下俏脸涨得通红，额头也已经微微见汗，却完全无视台上跪着的几名大臣，径直跑到刘彻面前上气不接下气地跟刘彻说道："父皇，我才不要嫁给刘迁那个废物！"

紧接着一名红衣贵妇也气喘吁吁地跑了上来，她听到少女对刘彻说的话后登时脸色惨白，立刻拉着少女跪在了刘彻面前，一边对少女厉声呵斥道："凌儿，休得对父皇无礼！"一边对刘彻低声哀求道："臣妾管教无方，请……陛下责罚……"

这时一大群哭丧着脸的太监和宫女才从台下跑了上来，见到眼前情形，立刻呼啦啦跪了一地。

一边的卫青看得分明，那贵妇便是自己的姐姐，当今皇后卫子夫；而那少女便是当今皇帝的掌上明珠，也是自己的外甥女，年方十三岁的嫡亲长公主刘凌。霍去病见到这非比寻常的一幕，忍不住抬起头来从侧面好奇地打量了一下自己这位表妹：只见她容貌极美，脸色由于刚才的奔跑而变得格外红润，在五月的阳光照耀之下更显俏丽。而此时刘凌也看到了跪在自己侧面的霍去病，二人目光相接，霍去病立刻低下头躲过了她的目光，而刘凌更是大感意外，她无论如何没想到霍去病竟然也在，忍不住失声道："你……你怎么会在这里？"

刘凌此言一出，众人顿时感到现场的气氛变得有些诡异。霍去病不敢抬头尴尬回复道："公……公主殿下，微臣是皇上传召前来的……"刘凌咬了咬嘴唇，望向霍去病的眼神中竟然变得满是柔情蜜意。

台上诸人中，司马相如最是通晓女子情事，立刻便知道了这位公主八成是喜欢上了霍去病才不愿嫁给刘迁。他偷眼打量皇后卫子夫，只见她低头跪在那里，云鬓边插着的金步摇已是在微微颤动，显然是了解女儿的心思；而一边的卫青、张骞、司马迁都是以眼观鼻，装傻泥塑一般跪坐在渐台上。司马相如心里哼了一声，觉得这出戏有得看了。

刘彻心下一时说不出是什么滋味，他看着女儿的眼睛缓缓说道："凌儿休得无礼，刘迁是我大汉宗室子弟，出身贵重，才华不凡，剑术超群，他有什么不好？"

刘凌被父亲这么一说，竟然一时语塞，她把眼光从霍去病身上收了回来，对刘彻哽咽道："可是……可是我要是去了寿春，就见不到父皇和娘了……"

刘彻这下笑了起来："傻丫头，朕怎么舍得你离开？朕过几日便要下诏给淮南国，让刘迁搬到长安来当差，朕到时赐给你们一座大宅子，就在未央宫边上可好？"

刘凌仍要试图争辩，刘彻此时已经有些不耐烦了，他用冷冰冰的声音对跪在一旁的卫子夫道："朕还要在这里商量国事，你赶紧把凌儿带走，请馆陶长公主再入宫商量凌儿的婚事。她要当媒人就让她多操些心！"

刘凌的眼泪忍不住流了下来，她见父皇有些动气，也不敢再吵闹，起身时看了霍去病一眼便乖乖跟着母亲回去了。卫青的心底却传来了一阵深深的寒意——他已经差不多明白了刘彻的心思：皇帝要自己去驻防九原以防匈奴来犯，要去病和司马迁岳父前往云梦建造水军，保不准就是为了将来对付淮南王刘安。但是为了眼下稳住刘安，不惜让自己的爱女下嫁给叔叔辈的刘迁，这份心机实在是让人心寒。

而一边的霍去病却被刘凌离开前看向自己的眼神所深深刺痛了，那眼神中饱含着不舍和无助。他入宫次数不少，从小看着这位表妹长大，他十分喜欢这个表妹和小表弟刘据。眼见表妹要被当做牺牲品一般下嫁给刘迁，他心中又急又气，竟然对着刘彻冲口说道："陛下请三思，公主出嫁事大，淮南之事微臣等愿替陛下分忧。"

而此时刘彻正以极其深邃复杂的眼神打量着霍去病，二人目光相接，霍去病便觉心中一凛，连忙低下了头来。但是皇帝似乎没有生气，他看着霍去病缓缓道："好一个替朕分忧！霍去病，你想要娶凌儿吗？"

这一句话在台上众人听来都无异于天雷一般。霍去病耳边但觉嗡的一声，脸立刻涨得通红，他结结巴巴地回复道："陛下……微臣……岂敢高攀……微臣只是……"

"哈哈哈哈……"刘彻仰天长笑，将霍去病的话生生打断，笑声久久回荡在未央宫雄伟广袤的宫室之间。"你好好跟许有根去操练水军，朕自然会论功行赏。朕的家事不劳众爱卿分神，这就退下吧，朕回头让司马迁给你们找个好日子动身。"说完他起身伸了个懒腰，又看了一眼南面连绵不绝的青山，径自下渐台去了。

接下来几日各人纷纷忙得脚不沾地。司马相如在家匆匆准备了一日便到茂陵赴任去了，他出发之前一早特地携卓文君来到了张骞府上，将他十二年前出使巴蜀的地图文献都赠给了张骞。张骞心里十分感激，特地留司马相如伉俪用午饭，无奈司马相如离心似箭，跟张骞客气了几句便起身告辞。张骞也只好送他们离开。

刚刚跨出大门，卓文君回首朝张骞盈盈一拜："张大人，我已经修书通知家父，在成都恭候天使大驾。此番渡泸，家父会给张大人提供一切便利。"

张骞在朔方镇守时便听范衡和霍去病说过卓文君父亲卓王孙的为人，本来就颇为仰慕，听文君此言自然是大喜过望，连忙还礼道："张某实在是感念夫人盛情，只怕会给令尊带来许多麻烦了！"

文君盈盈再拜道："张大人为国远征不计生死，妾身阖家都十分感佩，帮助大人原本是义之所在，请大人不要客气。"说罢转身跟随司马相如乘车而去，留下张骞站在门口望着远去的车马怅然出了一会儿神。

霍去病和许有根那边也是不敢怠慢，二人立刻相见合计，开始匆匆收拾行装，按照司马迁给他们择的吉日五月初四，也就是后天便要动身。范衡精通地理，对比了东出函谷关，经洛阳、南阳、江陵到达云梦这一路线和经汉中买舟沿汉水直下云梦这一路线，估算水路至少能省下三天的行程，还少去了许多的车马靡费，于是建议霍去病和许有根先经褒斜道到汉中，这样头五日便跟张骞一路行进了。

而卫青此番出征则是北上，他此行特地带上了苏建和苏武。苏建上次狼山之役后被贬为了庶人，卫青有心让苏建再次立功官复原职，同时他对苏建的儿子苏武也颇有好感，也想让苏武多去历练历练。

上次皇帝召见后又传来圣旨，霍去病和许有根筹建云梦水军之事乃是军务，由卫青统筹，一切按照卫青号令便宜行事；同时任命许有根为云梦水军校尉，归霍去病节制；而张骞远征西南则由皇帝亲自过问，一路行程奏报须直送未央宫。张骞此番出征仍旧带了甘父作为副使，而卫青则让范衡陪同霍去病前往云梦，顺便把卫律和蒙贞也一同带去；自己则带了卫英前往九原。一切安排妥当后，霍去病又去丙吉住处把雷被之事关照了一番这才出发。

　　第三天便是五月初四，卫青和霍去病、张骞各领一彪人马辞别长安，一路往北，一路往南分头疾驰而去。张骞本来就是汉中人，此番出使西南路过自己故乡，心里既高兴又伤感。高兴的是阔别十几年后终于有机会踏上故土，伤感的是父母均已过世，之前他跟图雅相约清明时节带上儿子回乡祭扫，现在却已经与爱妻阴阳两隔。还好这一路上有霍去病、范衡和许有根为伴，他跟许有根本来不认识，但是一天相处下来便觉得对方豪爽大方，跟自己十分投脾气，于是路上又多了一名酒侣。张骞遗憾的是儿子卫律跟自己仍然是感情很淡，虽然在卫青和范衡的教导下知书达理了很多，见到他也客客气气，但是父子间总是缺少了那份只属于家人的亲密。

　　霍去病和范衡上次经过褒斜道还是三年多前，这番故道重游，别有一番滋味。这三年间栈道几乎被扩宽了一倍，连车马都能并排而行了，沿途商旅不绝，驿站边上都开满了民间的客栈酒肆，好一派盛世风光。从长安到汉中这五百里竟然五天便走完了。初八黄昏时分众人已经到了汉中，远处的城楼已经清晰可见。从明天起，霍去病和范衡便要跟张骞分道而行了，众人都依依不舍，准备晚上到酒肆中痛饮一番。

　　就在范衡在车中跟贞儿说笑的时候，只听车外马蹄声杂沓，数骑从远处飞奔而来。范衡听来势颇急，便掀开门帘朝外望去：只见前面几丈开外，清一色的八匹白马已经被人牵着停在了路上，一人跑到霍去病和张骞的车驾前就地拜倒，大声说道："奉卓王孙先生之命，小人卓凡前来迎接各位大人！"

范衡又惊又喜，他高声问道："你家主人来汉中了吗？"

卓凡还没来得及回答，他身后七人中走出一位黑衣长者，只见他双鬓虽已斑白，但仍是虎步鹰视，神采斐然，走上三步后朝着范衡深深一拜大声笑道："有劳范大人挂念！各位大人途经汉中，我卓某人岂敢不出门相迎？"

范衡听卓王孙这么说，一时间又好笑又感动：成都离汉中差不多近千里之遥，一半是平原一半是高山，光是路途上至少也要七八天，卓王孙所说的出门相迎竟是迎出了千里之外。想到这里范衡心下一动，他问卓王孙："卓先生，你如何知晓我们要前往汉中？"

卓王孙不无得意地说道："回大人，当然是接到小女传书了！文君先是要我在成都迎候张大人，后来又接到灞桥驿站消息说霍大人和范大人也一同前来，到了汉中再买舟南下。那我只好多走几步路赶来汉中迎接各位大人了。这就请随我到驿站安歇，随后劳驾各位大人前往江边，我已经备下酒宴。"

虽然自己一行的行程没有保密，出发前也已经知会沿途驿站准备接待，范衡心中仍在琢磨何以卓王孙能够如此迅速得知自己的行踪。卓王孙仿佛是看穿了范衡的心思，他从袖中拿出一枚小小的骨哨，低声吹了两声，只见天边盘旋的几只鸽子闻哨而动，扑着翅膀朝卓王孙飞来，其中一只还落在了卓王孙的肩上。卓王孙用手捏起信鸽在面前晃了几晃，得意洋洋地对范衡说道："范大人，这可是真正的飞羽传书，比骑马快了一倍也不止！长安飞到汉中只要大半天，汉中再飞到成都也不过一两天。来来来，先去喝酒，回头再说！"

卓王孙这番话让众人都颇为惊奇。当前大汉传递军情最快的是烽燧，天气晴好时两个时辰之内军情便可传千里之外，但是一遇阴雨风雪便大打折扣；其次是加急羽书，快马传驿人马接力，一昼夜可达千里，这飞鸽传书如果能比驿马倍速的话，到成都也就是一天半的时间。如果汉军采用此法通信，那军情传递实在能大为改观。

当下众人全都跟着卓王孙前往城中，不少人都心存好奇，想知道这飞鸽传书到底是咋回事。卓王孙一路上都跟霍去病和张骞高谈阔论，间或跟马车里的范衡搭上几句话，很快便抵达了城外的驿站。这驿站便建在汉水边上，四周群山环绕，旁边碧水东流，景色极美。众人放下行李简单洗漱后便跟着卓王孙前往江边，此时夕阳西下，河水如金，而河边的草地上早已经摆好了座席，范衡见江边摆着几架巨大的烤炉和一排炉灶，上上下下忙着的厨子和婢女竟然不下百人，饶是他当年生活奢靡，心里也不由得暗暗吃惊。

当下卓王孙恭请众人入席。霍去病虽然贵为冠军侯食邑千户，但是在辈分上较张骞和范衡为低，所以他坚持让张骞和范衡分别坐了首席次席。他也让许有根坐在自己上首，但是许有根知道霍去病是自己上司，坚辞不受，霍去病也只能作罢。而甘父和蒙贞卫律便依次挨着许有根坐下了。卓王孙见众人落座，便重重击掌三声，酒宴正式开始。

只见两列婢女手持鱼雁灯走了过来，在每人身边都放了一盏，灯中的桐油里加了香料，兼具驱除蚊虫的功效，灯芯足有四枚之多，照得周边一片通明；接下来两列婢女又将每人案上摆上了酒樽，添满酒后悄悄侍立在一边；紧接着又是两队婢女前来，将一盘盘烤得喷香的鱼端了上来。许有根长期在云梦泽中渔猎，最是嗜好吃鱼，只见面前的一大盘中既有自己认识的江鲢和鳜鱼，又有不认识的大小各类江鱼，全都是去鳞剥皮，两面烤得焦黄喷香，不由得心情大好，咽了一大口口水。

那边卓王孙举杯致意，大家都喝了一大口。范衡一口酒入喉，便觉香气贯顶，俨然便是自己家酿制的香夷酒，他大声笑道："好酒！"

卓王孙立刻会意笑道："范大人，这酒用的是你家的方子，但是水和米都是汉中本地所产，味道还不错吧？"

范衡叹道："卓先生，岂止不错，比敝府家酿强出太多了！你改了方子吧？"

卓王孙心下十分得意，但是脸上还是作出一副谦恭的神色："范大人，我哪里敢改大人家的方子啊？只不过酿酒时用的是褒河上游的山泉，再加上汉中本地种的稻米。此处水质甘美冰凉，引水种出来的稻米比成都和长沙都要香糯，酿出来的酒也就不一般了。由于汉中水土很好所以盛产美人，那烽火戏诸侯故事里的褒姒便是汉中人氏。"

众人听说褒姒原来是本地人氏，都颇为感慨，只有张骞是汉中人，原本就知道褒姒出生于此地。范衡听卓王孙说起汉中的水和米，不由得感触良多。他知道在北方寒地种稻子虽然是一年一熟，但是稻米远较南方香糯，他又喝了一大口杯中的酒，越发觉得好喝，不由得大声赞道："卓先生，这酒可有名字？"

卓王孙立刻无法掩饰自己的得意之色，脸上放光道："回范大人，这酒仿了大人府上的酒名，因为酿在汉中这大汉龙兴之地，就叫大汉魂。"

范衡听到这个酒名，先是一愣，随即赞道："难得卓先生这么有心，这名字起得好！"

卓王孙这下笑得合不拢嘴，大声吩咐道："卓凡，范大人果然喜欢此酒，你派人送三百坛到卫大将军府上，再各送两百坛到张大人和许大人府上，明天一早就去办！现在请各位大人开怀畅饮便是！"

当下众人再也不客气，纷纷低头大吃。霍去病平日里吃鱼不多，主要是怕刺多麻烦，但是卓王孙这一餐竟是让庖厨将鱼刺尽数细细剔除，鱼肉也被烤得外焦里嫩，让他忍不住连吃了好几条，再佐以这香醇之极的大汉魂，竟是十分畅快淋漓。

而那边厢一道道烤鱼端上来，不一会儿众人便觉酒足饭饱，隐隐有熏然欲醉之意。此时卓王孙见酒已酣，便吩咐身边侍女给众人端上来一道菜。张骞看盘中是两只碧绿竹叶包着的三角团子，等身边侍女用小刀挑开后，露出里面雪白的一角来，一股稻米和竹叶的清香混合着扑鼻而来，饶是他已经酒足饭饱，仍然忍不住垂涎欲滴。

席中众人都不知此为何物，只有两人除外。范衡年轻时常年在江南经营丝绸生意，许有根则从小在云梦泽长大，两人都知道在江南有端午节吃粽子的习俗。许有根同女儿彩云相依为命多年，因为女儿极爱吃粽子，打她小时便变着花样给她包。此刻看到眼前剥开的洁白如玉的粽子，上面几缕金黄的油丝渗了出来，许有根忍不住拿起来咬了一口，只觉粽叶和糯米的清香一下子便散到了口中，说不出的舒服。而粽子里面包着的是一只腌得流油的鸭蛋黄，蛋黄入口但觉鲜香无比，在口中沙沙的感觉是何其熟悉！许有根闭上眼细细回味，仿佛已经置身于碧波万顷的云梦泽中，他眼里蓦然一热，连忙闭上了眼将口中的粽子咽了下去。

卓王孙早已经有了七八分酒意，他趁醉对范衡道："范大人，敝人近日来得了一具古琴，想请大人帮忙给相一相。"

范衡一听有古琴可看，也顿时来了兴致。卓王孙击掌示意，一名婢女立刻托着一具古琴走到范衡身前跪了下来。范衡在灯火下细细打量，只见琴身如墨，断纹似水，琴弦却只有五根，自然是上古之物，此琴一看便非凡器。他左手按弦，右手在靠近自己的细弦上一挑，只听弦音若天际的雷声般隐隐传了出去，把他自己吓了一跳。他转头盯着卓王孙问道："卓先生，这琴从哪里来？可有名号？"

卓王孙见范衡神色严肃，便也坐直了身子认真回复道："回范大人，自从上次有幸在南阳结识大人后，卓某便交上了泼天大运。大人让卓某在成都冶铁供大军北伐，端的是送给了我金山银海啊！卓某在云梦泽曾闻大人和令爱抚弦，一直念念不忘。这两年来便一直遍寻天下名琴，苦于一直无所获。可是就在上个月，一个乞丐来到我府上，问我为何寻琴，卓某见他虽然衣着破烂，但是眉宇间气度不凡，便对他也颇为客气，并如实相告是为了赠与范大人。那乞丐听完后便从随身的布袋中取了这具琴给我，说是名为风雷，是当年师旷所用。"

这几句话虽然平淡，但在众人听来，都十分佩服卓王孙的义气。范衡一面听一面觉得既感动又好笑，感动的是卓王孙竟是这样一位性情中人，好笑的是卓王孙也太不懂官场人情世故，这么贵重的礼物居然就当着这几百号人的面要公开送给自己。卓王孙话音刚落，范衡听到身边的蒙贞发出了一声低呼，他看了蒙贞一眼，只见她刚刚从失态中恢复了平静。

蒙贞惊呼的原因是她听到了这具琴是师旷遗物。师旷是春秋晋平公时的太宰，不仅精通音律，而且长于治国。范衡曾经给蒙贞讲过师旷的故事：相传师旷用琴演奏《清徵》一曲时，仙鹤列庭而舞；演奏《清角》一曲时，风雨骤至，端的是乐之神也。难得的是师旷还心怀社稷百姓，曾经劝诫齐景公治国必先惠民，在师旷任上晋国和齐国的百姓都颇受国君优待，因此师旷也深受当时百姓爱戴。这时众人心中都对给卓王孙这具琴的乞丐产生了极大

47

的兴趣，果然范衡接着问道："卓先生，那乞丐是什么来头？"

卓王孙无奈摇了摇头说道："他什么也不肯说，只是随身拿出了几个铜钱卜了一卦，便大笑着离开了，口里高声叫着上雷下火，大吉，此琴适得其主，而且就在十日之后。说来邪门，这琴得来才两天便接到小女来信说是张大人要来，我那时还想了一下会不会有机会见到范大人，哪想到两天后飞鸽传书来报范大人和霍大人、许大人也前往汉中，我真是又惊又喜，便立刻携此琴赶来相迎。"他想了一下又说道："对了，他还说了一句，此琴为纯阳之器，以女主为上上配。"

众人听卓王孙这般道来，都觉得颇为不可思议，范衡略通《易经》，听起来更是觉得神奇：那乞丐绝非一般人，他随手用铜钱卜得的必是丰卦无疑：上雷下火，卦辞曰"遇其配主，虽旬无咎，往有尚"，说的就是十天之后此琴遇到主人，而此行中只有蒙贞是女子。他脑中一念电光般闪过，便朝卓王孙拱手谢道："卓先生如此厚礼，范某实在担当不起，既然各位大人都相聚在汉江之畔，明日又要各奔东西，不如先不要论琴之归属，先让小女奏上一曲给各位助兴可好？"

范衡话音未落，众人便已经轰然叫好。卓王孙令人在草地中支好琴台，蒙贞离席前来，她坐下后素手调弦三两声，略一沉思便开始弹奏一曲《楚辞》中的《渔父》。琴声婉转清亮，但是气势万千，当中仿佛间杂风雷之音，每一声变调都仿佛紧紧扣在了众人的心弦上，让人心驰神醉。

此时一阵苍凉的歌声伴着琴音而起，琴音先是猝不及防一下子便低了下去，但是旋即又跟上了歌声变得激扬起来；而那歌声虽然是云梦泽中的楚地口音，歌词却听得格外分明：

> 好奇服兮带长铗，
> 饮坠露兮餐秋菊。
> 交手行兮送美人，
> 之南浦兮伤春心。
> 望千里兮魂何在？

魄归来兮哀江南!
国人莫知我兮,
又何怀乎故都?

　　唱歌的人是许有根,歌声苍凉悲壮,直教人潸然泪下。范衡知道许有根的家世渊源,听他此时唱的楚歌是关于屈原的,不由得心生恻隐之心:这大汉江山要不是因为项羽残暴无义,说不定还是他的呢。他父亲给他取名有根,恐怕也是希望他能延续楚怀王一脉,偏生他生了女儿后妻子便去世了,他又是个情种至今不肯再娶,楚怀王这一脉也就从此断了子嗣。难道这一切都是冥冥天意?想到这里,范衡身上一阵发冷,竟然忍不住连打了几个寒战。

　　许有根一唱三叹,蒙贞的琴声伴随歌声起伏,她虽然极力收摄弦音,但是琴声中还是隐隐有风起云涌的气象,实在是太过霸气,跟歌声交织反而时不时反客为主。蒙贞一曲还未弹毕,已经是额头见汗,显然她是在倾尽全力驾驭这具名琴。此时座中诸人都已经听得如痴如醉,而霍去病凝视着蒙贞被灯火照得通红的脸颊,心里涌上一股无法形容的柔情蜜意,又是骄傲又是怜惜。

　　而就在最末席,一名褐发碧眼的少年也在怔怔地望着蒙贞。他眼中已经没有了整个世界,只有眼前这名少女袖如流云皓腕翻飞。这一刻他只觉得时间过得很慢很慢,那少女的动作在他眼中也慢了下来,举止宛如回风之流雪,天际之孤鸿,他痴痴凝望着她,仿佛要把每一幅画面都烙进脑海。这一曲一咏过了半刻才结束,他揉了揉眼睛,端起面前的大汉魂一饮而尽,而一边的侍女则又迅速给他把酒添上。

　　众人此时也回过了神来,纷纷击掌拍案为蒙贞和许有根喝彩。许有根斟满一杯酒走到卓王孙面前说道:"卓先生心思周到,这份心意许某人深领了!望先生得空便前往云梦,许某也会几道拿手的酒菜,到时跟先生再痛饮一番!"说完他将杯中酒一饮而尽。

　　听到许有根如此承自己的情,卓王孙心里也十分高兴。他的确知道许有根喜欢吃鱼和粽子,他也确实因地取材安排了这场汉江鱼宴,但是他没有说破，而是站起身来，回敬了许有根一杯道："许大人不要客气。卓某得空一定前往云梦叨扰大人。卓某曾经跟令婿相处多日，司马大人少年老成，好学不倦，年纪轻轻便是朝廷栋梁，实在是可喜可贺！"

许有根听卓王孙这么夸奖司马迁，顿时觉得不太好意思，连忙回复道："卓先生哪里话？你的女婿司马大人才是人中俊杰，今后还望请卓先生在贵婿面前说说司马迁的好话，请司马大人多多提携！"

谁知卓王孙听了许有根的话后脸上没有现出一丝高兴的神色，他干巴巴地对许有根说道："许大人，司马犬子我们就不要提了，不过敝人今天倒有个想法，说不定便能促成一件大喜之事。"卓王孙一边说一边让身边侍女倒满了一杯酒，走到范衡跟前笑道："范大人，两年不见贞儿，真是出落得越发俊俏了，你看刚才这一曲弹的……要论容貌才华，我看未央宫里的那些主儿们也不一定比得上令爱……卓某人今日斗胆为贞儿作桩媒如何？"

卓王孙这番话便如将几条大鲶鱼扔进了一个小池塘中，在各人心中都激起了巨大的涟漪。范衡自然想过女儿的亲事，他也知道霍去病和蒙贞在一起生活了几年，两小无猜，这大半年来两人经常并辔同游他也清楚。虽然他乐见蒙贞和霍去病结成一对儿，但是不知道为什么他心中总有一丝不安，甚至有时是怀着一丝恐惧，可是他又不愿意多想，只盼望船到桥头自然直，顺其自然算了。今天卓王孙突然提出这个问题，范衡竟然呆住了，不知道该如何回答。

而一边的张骞和许有根都不知道卓王孙究竟要搞什么名堂，只能坐在那里静观其变。席中的霍去病和蒙贞又惊又怒，两人对望了一眼，脸色都已是涨得通红。范衡自然看到了两人脸上神色的变化，他打算赶紧掐断卓王孙的话头不让霍去病和蒙贞难堪，于是便高声说道："卓先生莫开玩笑，小女并不急着成婚，做媒之事大可从长计议，先谢过先生好意了！"

谁知卓王孙毫不理会范衡，他借着醉意脚步虚浮走近蒙贞，指着霍去病问道："贞儿，你告诉我，你喜欢的是不是这位大英雄？"

蒙贞立刻恨不得找条地缝钻进去，脸一下子红得就像熟透了的桃子，低头道："他……他哪里是什么英雄了……"

此言一出，便等于承认了两人之间的恋情，范衡更是长长松了一口气。卓王孙红光满面击掌赞道："卓某人果然没有看走眼！早在成都时我就觉得你俩是挺般配的一对！"

霍去病和蒙贞的脑袋都是一阵发懵。他俩自以为在人前掩饰的很好，竟然还是没能躲过卓王孙这个老狐狸的法眼。两人一时都极为尴尬，忸怩不知如何是好，耳边只听范衡对卓王孙道："卓先生，不带这么戏弄小女的，来来来，罚酒三杯！"

卓王孙接过三杯酒仰天喝干，大笑道："范大人罚的酒我认了！不过霍大人要娶令千金也不能太寒酸，聘礼就由我这个媒人来准备好了。范大人家财巨万，我可不得准备上一万斤黄金？要不然会被范大人笑话的！"

这下大家不禁莞尔，许有根在一边饮了一大口大汉魂，心下佩服卓王孙粪土万金的豪气。眼见眼前一片祥和之气，许有根想起了自己的女儿许彩云，想起来她跟司马迁平日里的种种恩爱，不由得一缕柔情涌上心头，他看着天边明月映在汉江中的倒影，忍不住又喝了一大口酒。

就在这时，一个冷冷的声音从角落里传来："霍去病要娶的是卫长公主刘凌，不是蒙贞。"

这句话便如惊雷一般炸在众人的头上，蒙贞更是头晕目眩，几乎要跌坐在席中。大家都往声音传来之处望去，发现说这话的人竟然是卫律。此刻卫律已经站起身来，冷冷地看着霍去病，一字一顿地说道："霍大人，前几日在渐台上的事情你已经忘了吗？"

座中诸人只有张骞和霍去病知道那日在渐台上所发生的事情，两人对望一眼，都是又惊又怒。张骞大声喝道："狗崽子，你乱说什么？给我闭嘴！"

谁知卫律丝毫不怕父亲，他指着霍去病大声说道："霍大人，你自己说，要是长公主刘凌想要嫁给你，你该如何是好？"

霍去病已经起身急步来到蒙贞身边，扶住了她浑身颤抖摇摇欲坠的身子。他凝视着蒙贞苍白的面容，良久才回头对卫律道："那天在渐台上长公主一时心急，说的话我们岂能当真？律儿你不要妄加猜测，更不要在外面乱说天家私事。"他又回头看着蒙贞泪眼婆娑的俏脸说道："贞儿，自从你在朔方城下救了我一命后，我心里再也容不下别人。如果我辜负你的一片情义，便有如此灯！"话音未落已经抽出了赤霄剑，只见他手腕轻点，二人身边的一盏鱼雁灯应手而灭，那青铜精铸的灯体已经被劈为两半。

蒙贞连忙用手去捂霍去病的嘴，要阻止他发誓却已经来不及了，她苍白的脸上又涌现出了一抹血色，看着霍去病的双眼柔声说道："我自然相信。你又救过我何止一次？当年要不是你和卫大人，我和爹爹说不定就……"她鼻子一酸，眼泪便又淌了下来。

卫律见二人相拥情意绵绵，心中妒火更是熊熊燃起，他正要再说话，张骞已经冲了过来，一记耳光将他打得口鼻流血。张骞怒斥道："你这个不知好歹的狗东西，霍大人的事情你也敢多嘴！"

卫律被父亲打得头昏脑胀，几乎要摔倒在地上，他努力站直了身子，用力甩了甩头，想要把眼前乱冒的金星和耳中的轰鸣甩走。回过神后他见父亲面目狰狞地站在面前，对自己狠狠地说道："卫大人和霍大人当年把你从乌维手中救出来，你就是这样报恩的吗？"

卫律听到父亲这句话后顿时心下多了几分歉疚，但是嘴上依旧不服："卫大人和霍大人的恩德我自然记得，你又不是我爹，哪里轮得到你在这里指手画脚？"

卫律这句话深深刺痛了张骞，张骞顿时气结，站在原地浑身颤抖不已。卫律看他脸上肌肉抽动十分可怕，不由得往后退了两步。就在这时，他见父亲从腰中抽出了佩剑，剑锋在月光下寒光一闪，便朝自己刺了过来。

卫律此时脑子里一片空白，难道生父真要对自己痛下杀手？眼睁睁看着剑尖离自己不过一尺之遥，他冲张骞古怪地笑了一下便闭上了眼睛：母亲已经去世，自己喜欢的女子也已经情归别处，这个世界确实也没什么可留恋的了。

恍惚中他听到周边一阵惊呼，感觉自己被一股巨大但是柔和的力量抱了起来，一下子飞到了半空中，随即又重重摔在了地上。浑身剧痛之余，他听到一阵阵粗重的呼吸声传来，一股股的热气喷到了他的脸上，他睁开了眼，原来自己被一个人死死地压在了地上。那人带着哭腔，用不是很流利的汉语对张骞说道："主公，不能啊！托赫公子……是图雅居次仅存的血脉啊！"

救下卫律的正是甘父。他见张骞竟然在盛怒之际起了杀机，便在千钧一发之际冲过去将卫律抱住压在了地上，用身体将他牢牢护住，而他自己的右肩却被张骞的佩剑划开了长长一道口子，鲜血四溅。张骞听到妻子的名字，顿时眼前一黑，胸中气血沸腾，噗的一声吐出一大口鲜血来，沾满了手中的钢剑。他踉踉跄跄走上两步以剑支地抬头看着天边的明月喃喃说道："月娘……我对不起你……我连咱们的孩子都照顾不好……我……这就去找你……"

张骞说罢横过剑锋，朝自己颈中抹去。卫律躺在地上，看到月影中父亲剑锋上映出的清冷月光，竟然忍不住撕心裂肺地大声喊道："爹，不要啊！"

就在卫律喊出这一声的同时，站在张骞侧面的霍去病挥出了赤霄剑，剑身在夜空中划出了一道橙色的弧线，分毫不差地挡在了张骞佩剑的前面。双剑相交火花四溅，照亮了张骞泪水纵横的面容，将他手中的佩剑震了出去，落在了两丈开外。霍去病迅疾还剑入鞘，一把将张骞牢牢抱住，颤声说道："张大人万万不可……皇上交代的差事……还要回去复命啊！"

张骞也回过了神来，他在恍惚之际听到卫律清清楚楚地叫了他一声"爹"，内心顿时崩溃，泪水决眶而出。他朝地上躺着的卫律看去，谁知卫律已经把头别过了一边，再也看不清他脸上的神色。张骞呆呆地看了卫律一会儿，并不见他回头，便把已经送到了嘴边滚烫的"律儿"两个字硬生生咽了回去，低声对霍去病道："霍大人教训的极是，张某实在不识大体，被家事扰乱了心神，望请大人恕罪。"

霍去病扶着他低声道："张大人不要自责，律儿有我和范先生照顾，请大人放心出使西南。"

张骞感激地朝霍去病一揖，刚从地上爬起来的卫律正在一边扭着头看许有根和蒙贞给甘父包扎伤口，听到霍去病的话后羞愧难当，恨不得找个地缝钻进去。他见众人都在关注甘父的伤势，便想抽空偷偷溜走，谁知耳边却传来范衡平静而严厉的声音："律儿，你过来。"

卫律觑着眼看了一眼范衡，只见他表情平静如水，眼中并无厌恶之色，便稍稍放下心来。卫律走上前去跪在了范衡面前，只听范衡问道："律儿，你要从实告诉我，皇上在渐台上跟臣子们说的话，你是怎么知道的？"

刚才变故仓促，卓王孙被吓得目瞪口呆，半晌才回过神来。许有根对外伤处置颇有心得，他指导蒙贞将甘父的伤口处理包扎完毕，然后也扶着甘父走了过来。众人将卫律围在了中间，都想知道这个问题的答案。

范衡的担心不无道理：如果这件事情都能传出未央宫，让卫律这等半大少年知道的话，那宫禁之中谈论的军国大事不知有多少已经面临泄密的风险，怕是关系着数以万计将士的生死。就在众人屏息凝神等候答案之时，卫律低下了头嗫嚅着说道："我……我是听李广利说的。"

李广利这个名字在范衡耳中听来颇为熟悉，却又一时想不起来在哪里听过，只听霍去病继续问道："律儿，李广利可是李延年的长兄、簪玉楼主人李同的长子？"

卫律没有说话，只是重重点了点头算是回答。

听到"簪玉楼主人李同"这几个字，范衡的心像是被谁狠狠捏了一把，疼得喘不过气来。他想起就在十四年前，他从李同那里赎回了贞儿的母亲，一起赎回的还有腹中的贞儿、秦始皇赐给蒙恬的昆仑琴和蒙恬所作的《备胡六策》。

众人这一餐吃得五味杂陈，感慨万千，回去休息已经接近子时。第二天一早，霍去病便携范衡、蒙贞和许有根、卫律乘船沿汉江而下奔赴云梦泽，而张骞和卓王孙、甘父则在汉中休息了一天，顺便去游览了韩信拜将台、高祖离宫，第三天便整理队伍出发朝成都而去了。卓王孙知道张骞要去从未到过的西南夷地界，不由得童心大起，他将生意吩咐给了身边的亲信，要随张骞一起前往。张骞也乐得卓王孙一起同行，于是便爽快答应了。

卓王孙带领张骞一行经广汉郡历时五天到达成都，一行人在卓王孙的府上稍事休整，找好了通译和家丁，准备好了马匹、粮草和兵器。张骞本来要持天子符节去调动蜀郡太守的甲兵随行护卫，却被卓王孙劝住了："张大人，敝人在西南一带经商多年，盐铁生意直通滇越，对这周边的情势有些了解。这一路大人要是带兵出征的话，那沿途要途经夜郎国和大小诸夷各部，

54

各番王接到线报有甲兵前来，说不准就派兵伏击我们了。所以大人这一路带上敝府上家奴便是，免得多生是非；况且这些人武功绝不在官兵之下，定能保得大人和随行平安。"

张骞觉得卓王孙说得很有道理，便欣然同意。当晚卓王孙带张骞和随行的四位副使甘父、王然于、柏始昌、吕越人前往成都闹市游览，张骞见成都集市中直到深夜还是熙熙攘攘，行人摩肩接踵，不由得大为感慨，怕是天下除了长安外就属成都繁华了。是夜卓王孙又在成都府中大宴张骞一行，众人喝得十分痛快，张骞乘着酒兴在席间定下了兵分两路凿通西南抵达身毒的计划：由王然于、柏始昌、吕越人三位副使从江州经夜郎国、南越国抵达交趾，与当地商贾交流然后探寻前往身毒的道路，这是东线；而张骞和甘父另分一路，从犍为郡南下，经大雪山到达滇越国，再寻访到身毒的道路，这是西路。张骞与诸副使约定，一旦到达两千里之外还无所获的话，便循着原路回来，在成都会合。

其时南越国已经归顺大汉，南越国世子为未央宫宿卫，而夜郎是南越国的属国，因此东路较为安全，张骞一开始执意让三位副使带着卓王孙前往；而西路路途艰险，中间多为未知之地，由张骞和甘父负责开辟。无奈卓王孙坚决要陪张骞一起走西路，张骞也只好答应了。张骞欲将携带来的黄金白璧分给几位副使作为出使的礼物，却被卓王孙劝住了。卓王孙告诉张骞西南夷各国盛产黄金美玉，其国内有江名曰金沙，有山名曰玉山，而蜀地所产的丝绸却是各国王侯所喜爱，而且价值远超黄金白玉，所以张骞便采纳了卓王孙的意见，携带了大量的蜀锦前往。卓王孙请人择出发的吉日，一算竟然就是后天，当下大家各自加急准备。而卓王孙则要在第二日也就是出发前前去拜祭蜀主祠，并且力邀张骞跟他一起去，说是蜀主神通广大，定可保出使平安大吉。

张骞本来对求神问道这类事情并无甚兴致，但是看在卓王孙的面子上便一同去了。天还没亮两人就轻装骑马，只带了几名僮仆出发，快马加鞭跑了不到两个时辰便到了。此时天已放亮，张骞随着卓王孙沿山道拾级而上，来到祠堂前面的平台上回头一看，不由得愣住了：只见面前一条大江奔腾而来，在身前百余丈处被一道屹立江中宛如鱼脊的长坝一分为二，外面的一侧江水波涛汹涌朝西而去，而内江水流都被堵在一个窄颈阔肚宛如宝瓶的河道中，经瓶口缓冲，水势平静地向东流去。张骞被眼前的景色所吸引驻留了半天，直到卓王孙的僮仆过来请他，才醒悟过来连忙跟随入内。

进得祠内，张骞一眼见到面前立着一尊高两丈有余的石像，石像容貌威严，身材魁伟，但是目光却甚是仁慈温和。石像前面立了一个牌位，上书"巴蜀主人李冰之灵位"。石像前的香炉中燃着数十支明晃晃的香烛，周边堆满了果蔬肉祭品，显见是香火极为旺盛。他这才想起来这便是前秦蜀郡郡守李冰的祠，刚才看到的便是名闻天下的离堆了。但是李冰居然被当地百姓尊为巴蜀主人，这却是张骞第一次知晓。

卓王孙家中的众多仆人早已经恭候在这里，准备了一头羊、一头猪为祭品，张骞见了不由得暗暗吃惊：这也算是合了少牢之礼了。眼见卓王孙在李冰像前三跪九叩，口中念念有词，他也在卓王孙身后跟着拜了几拜。等到卓王孙礼毕，张骞便跟他一起出了祠堂拨马返回成都。在路上张骞忍不住问卓王孙："卓先生，为何李冰是巴蜀主人？他在巴蜀称王了吗？"

卓王孙稍显诧异地看了张骞一眼，想了一想，用马鞭指着右前方道："张大人请看，那边的铁炉都是敝人的家业。卓某能有今天，全拜李冰大人在天之灵所赐。"

张骞顺着卓王孙指的方向看去，只见不下上百座高炉矗立在内江岸边，其时恰逢好几座高炉正在出铁，橘红色的铁水隔着江水远远望去甚是灿烂夺目。张骞拱了拱手对卓王孙道："卓先生，张某愿闻其详。"

卓王孙看着滔滔江水慢慢地说道："张大人可能不知道，咱们眼前的这条岷江，古时候可没这么温顺。前朝有儿歌唱道："岷江清兮沃我田，岷江浊兮魂飞散。"说的是每年夏天汛期一到，大水淹来，这岷江两岸不知多少百姓就成了水中鱼鳖之食！李冰大人在秦昭襄王年间从咸阳来到了蜀郡任郡守，看到无数百姓因为水患流离失所，便立誓要替百姓根除了这岷江水患。李大人跟他的公子一起沿岷江两岸细细查勘，最后选定了这天苍山下的玉垒峰来兴修水利。由于这玉垒峰深入岷江中流，李大人便凿通了这山体，开了这宝瓶口引水到成都灌溉良田，后来又在上游几十丈处用竹笼装满卵石沉入水中修成了这鱼嘴堰，把多余的水引到了外江泄洪。自从这离堆修成之后一百多年，成都再无水害，反而多出了千万亩良田。因此百姓就在这天苍山下、玉垒峰畔修建了蜀主祠，尊李冰大人为巴蜀主人。而巴蜀国当年的国君蚕丛、鱼凫等人，反倒慢慢没人知晓了。"

听到古蜀国国君无人记得，而造福一方百姓的郡守李冰却被万千民众奉为神明香火不绝，张骞心下一时感慨万千，默然不语，耳边又听卓王孙继续说道："蜀郡百姓相传李冰大人得禹王在天之灵襄助，被赐予了大禹治水时所用的神椎仙斧，所以才能成就此绝世伟业。其实李大人何止为巴蜀兴修水利啊！开凿盐井、采气取火煮盐的法子也是李大人留下的。所以这么多代传下来，蜀主祠已经成了方圆几千里之内的神祠，连远在江汉的盐商都每年赶来祭拜。其实卓某的祖父当年被秦始皇从邯郸流放到巴蜀后衣食无依，是靠偷吃蜀主祠里的祭品才苟活……下来的。后来先祖致富后便立下重誓：卓家后人每逢初一十五、婚丧嫁娶、出门远行，都要到蜀主祠来祭祀，献上少牢之礼。"说到最后，卓王孙已是语带哽咽。

张骞这才明白为何卓王孙说他能有今天全拜李冰所赐，不由得点了点头叹道："李大人真乃天上星宿下凡，不知李大人后来如何，离开蜀地了吗？"

卓王孙黯然道："李大人操劳过度，仙逝在治水任上。在洛水章山后崖便有蜀主陵，陵的一侧也有一座蜀主祠。"

张骞听闻李冰累死在任上，不由得也随着卓王孙神伤。他想了一下问卓王孙："卓先生，那蜀主陵离这里有多远？"

卓王孙立刻就明白了张骞的心思，艰难地笑道："离这里还有一百多里，今天怕是赶不及了，等大人回到成都时卓某陪大人前去祭扫如何？"

张骞点点头："好，有劳先生了。"

众人次日便从成都分为两路出发，三位副使赶往江州，而张骞与卓王孙和甘父则前往临邛，那临邛还是卓王孙的故乡，众人休整一天后再从临邛出发渡过沫水、泸水前往滇越。张骞一行启程后一日便到达了临邛，他们并未多作停留，而是补给饮食和马匹后便继续朝西南方行进。一行人进入大雪山界内立刻发现路途艰险，行进速度也大大慢了下来，终于在第五天才渡过了沫水抵达打箭炉。卓王孙的属下之前最远也只来过这里跟西羌的商人交易，随行并无一人曾经踏出过打箭炉之南一步，因为再往西南方行进便是西羌属地，离开大汉边境了。

　　张骞和卓王孙一行在此滞留了三天，请通译物色通晓汉语的西羌人向导。谁知向导们听说张骞一行要绕过大雪山，渡过泸水前往滇越，纷纷摇头表示路途凶险不愿前往，但是重赏之下必有勇夫，到了第三天晚上终于找到了一名西羌猎人愿意带他们前往。当下张骞大喜过望，付过重酬后次日便在猎人的带领下出发朝西而行，打算到达雪山西部边缘后再折向南。

　　这一路上气象万千，一会儿是烈日高照，一会儿是狂风冰雹。眼见路越走越高，空气也逐渐稀薄，人和马都感觉呼吸艰难浑身吃力，张骞总是觉得脑子里轻飘飘的。好在一路上风光极美，映入眼帘的一边是雄伟的雪山冰川，一边是起伏的丘陵森林。比起张骞在西域见到的雪山，西南的雪山更显挺拔陡峭。西羌猎人告诉张骞，最高那座雪峰名为贡嘎，是羌人心目中的神山。

　　当晚张骞一行便在雪山下安营扎寨，由于旅途疲惫加上身体不适，用过晚饭后各人都早早睡去。待到半夜，张骞突然听到外面一阵马嘶，显然是马群受到了惊吓，随即又听到一阵人声喧闹，肯定是发生了什么事情。张骞挺身而起，披上外衣到帐篷外面一看，只见外面陆续燃起的火把将周边照得如同白昼，队伍中的人几乎都醒来聚集在了一起。张骞走上前去拨开人群，但见眼前火光照亮之处，一只毛色灰白的豹子被困在绳套之中，它的一只后腿被绳索牢牢套住，正在剧烈挣扎，时不时对周边的人发出威胁的低吼。

　　甘父已经在人群中看热闹了，见张骞走来，笑着对他说道："主公，猎人扎营前在四周下了套子，这只豹子想来偷马却被套住了。这货的一身皮囊不错，正好给主公做件袍子。"

　　甘父说完便弯弓搭箭对准了豹头，等着豹子挣扎稍歇便欲一箭射死它。那只豹子此刻仍在垂死挣扎，身子一直在剧烈晃动，而甘父又存了心给张骞剥一张完整的豹皮，所以也不着急，好整以暇等着豹子老实下来后从眼睛射入。只见那豹子的后腿被绳索越缠越紧，那绳套是用极结实的麻绳所制，野兽被套住后断无逃脱之理。不多时它便累得够呛，停止了无谓的挣扎，开始剧烈喘气。这时它也看到了甘父站在正前方弯弓对准了自己，它立刻便明白自己命悬一线，不由得把下巴放在地上发出一阵哀鸣，然后仿佛又是放心不下什么似的，回头朝着远处无边的黑暗发出了两声悲啸。

张骞听到豹子的啸声中饱含着悲伤和不舍，心里深处仿佛被针给刺了一下，一股慈悲之情涌了出来，他对甘父说道："甘父，把弓放下，把昨晚没吃完的羊肉给我拿些过来。"

甘父犹豫着放下了铁弓，一边早有人把一只肥美的烤羊腿端了过来。张骞拿起烤羊腿往前走了几步，豹子有些吃惊地看着张骞走近，身子由于恐惧和紧张而弓了起来，却在不停颤抖，时刻准备着拼死一搏。

张骞走到离豹子两丈开外站住了，把羊腿扔到了豹子嘴边，豹子闻了闻羊腿，又抬起头跟张骞对望了一会儿，它见张骞的面容和目光都十分慈祥，立刻对张骞的戒备之心大减，身子也不那么僵硬了。但是它却不吃羊肉，而是不停回头望着远处哀鸣，一副十分牵挂的样子。张骞顺着豹子回望的方向看去，只见远处黑暗中隐隐有两只大猫般的影子在晃动，耳中隐约传来幼豹的哀鸣，张骞立刻便明白了，这是一只带着孩子的母豹，夜里来营中偷东西给小豹吃却落入了圈套。

张骞恻隐之心大发，径直朝豹子的侧后方走去。卓王孙大骇之下，正要叫人前来保护张骞，甘父已经弯弓跃到张骞身边对准豹子以防伤到张骞。张骞走近豹子，在火光下看到那绳套已经深深勒入了豹子后腿的皮肉，时间长了这条腿怕是难以保住。他抽出佩剑将豹子腿上的绳套割断，张骞还剑入鞘，把甘父手中的弓压了下来，温言对豹子说道："去吧。"

那只母豹一骨碌站起身来，甩了甩脑袋，用感激的眼神看着张骞，两只前爪抠地低下了身子，仿佛是像家猫一般冲张骞伸了个懒腰，那神情像极了人作揖的样子。母豹低头叼起面前的羊腿，转身几个起落便消失在茫茫的夜色中。

人群很快便散去了，可是张骞被这豹子一番折腾，加上此处地势很高，头疼欲裂，便再也没有了睡意。卓王孙跟他一样觉得难受睡不着，两人索性叫人拿了两壶酒在帐外的篝火边对饮了起来。此时风势渐渐大了，吹动天上云彩，云层如脱缰的野马一样在他们头上飞奔，不多时便消散无踪。只见墨蓝色的天穹上繁星密布，迢迢银汉横于天中，里面的一团团星云清晰可辨。天上时不时有流星划过，曳着长长的尾迹消失在天际。远处东南方向的贡嘎雪山主峰也从云中露出了真容，在星光下显得格外雄伟。山顶风势甚急，把山上积雪吹了起来，形成了一道长长的旗云飘在山头。

眼见四周渐渐静了下来，卓王孙跟张骞已经饮至半酣。卓王孙长叹道：“张大人真是慈悲心肠，那畜生可算是捡了一条命回去。”

张骞微微一笑答道：“畜生们活着也不容易，万物皆有灵啊！当年我和甘父出使西域，在雪原之中断了粮，又遇到了两只饥肠辘辘的狐狸，我和甘父射下的鸟便分给狐狸一些，那两只狐狸竟然知恩图报，也把捉到的野兔夜里叼给我们。就这样我们两人两狐走了七天七夜才脱险。人跟畜生也该互相照应一下，何必相互为难呢？”

卓王孙见张骞话里有话，他脑子里转了几转，试探着问道：“张大人，贵公子……实在是一表人才，如果大人不嫌弃的话，可以让公子到成都住一段时间，跟犬子卓焕一起做做生意，跑跑四海。”

张骞心里感动，他明白卓王孙的好意，于是便回复道：“多谢先生盛情！不过犬子实在是太过顽劣，所以一直养在卫大人府上严加管教，张某只怕犬子来成都后只会给先生添乱了。”

卓王孙微笑道：“大人不必多虑，我家里也有儿孙辈跟贵公子差不多年纪的，可以一起读书骑射。卓某请的西席在巴蜀也算是很有名气的，不会耽误贵公子的前程。张大人如果不方便开口的话，让卓某跟范大人说一下，让律儿每年来住上几个月吧！”

张骞感激地跟卓王孙对饮了一杯，说道：“那就叨扰卓先生了。令爱久在长安，如果先生需要什么照应，也请知会张某。”

听到张骞提起了卓文君，卓王孙眼中先是一亮，随即又黯淡了下去。过了半晌卓王孙才长长吐了一口气：“文君……这孩子过得不容易……”

张骞听卓王孙竟然说出这句话，不由得心中有些奇怪，但他也不便追问，便默默举杯跟卓王孙喝了一口。卓王孙咕嘟咕嘟连喝了几大口，放下酒杯缓缓说道："张大人有所不知，卓氏虽然是商籍，但是自先祖以降家教极严，子孙后代都算是忠直之人。当年司马相如与小女文君成婚，实际上是用了心思将文君骗了过去。这当中的内情后来被卓某辗转知道了，实在是气愤至极，但无奈那时小女对司马相如死心塌地，也只能作罢了。现在小女虽然知道了司马犬子的为人，但是为时已晚，只能嫁鸡随鸡，嫁狗随狗了。"

张骞听卓王孙竟然这么评价司马相如，不由得有些吃惊，他问道："司马大人文采风流，又是……皇上宠信之人，怎么会这样？"

卓王孙又喝了几大口酒冷笑道："张大人不信也罢，不过请大人回想一下司马相如的这一路宦途：这厮先是给孝景皇帝当武骑常侍，后来又因为贪图富贵去了梁王幕前，梁王一死便没了着落，只能回到成都赋闲，后来用尽心思跟小女成婚，卓某资助他的钱财何止千万！然后他就拿着我给他的钱去当今皇帝那里捐了个郎中。张大人，孝景皇帝待司马相如不薄，他能跑去梁王那里拍马屁，干出来这骑墙草的事情，我真替他害臊！"

司马相如这段历史张骞是知道的，他默默点了点头算是表示对卓王孙的支持。耳边又听卓王孙说道："张大人，卓某也听说过图雅公主的事情。如今佳人已经乘鹤仙去，而大人也不可久无内室。大人这次出使回去，也要替自己打算一下啊！"

听到卓王孙提起图雅的名字，张骞的泪水一下子便模糊了双眼。他强自忍住悲痛说道："多谢先生提醒。月娘当年孤身在狼山等了我十年，不惜与族人决裂随我回到长安，我已经决意用此余生报答月娘对我的情义。请先生再不要提起这件事。"

卓王孙别过脸望着月光下清冷的贡嘎雪山，一阵冷风掠过，将他眼中的泪水吹溅到了手中的酒杯里。

第二天辰时一行人便又出发了。这一路路途艰险，卓王孙早做好了准备，带足了骡马和饮食，虽然随行只有十几人，但是马匹却有三十多匹，还是清一色耐苦耐寒、脚力甚健的西羌骏马。尽管如此，每个时辰也行不过二十里开外。如此这般走了三天，才走到了贡嘎雪山的西南方。这几日众人看大雪山上风云变幻，十里不同天，一会儿艳阳高照，一会儿瓢泼大雨，夜里有时还飘起了雪花，路上可谓是十分艰辛。而好处则是这一路景色极美，众人每天早上都看到贡嘎雪山山顶被清晨的阳光点亮，慢慢由红色变成金色再变成夺目的雪白。而晚上日落时更是气象万千，在漫天火烧云的衬映下，雪山慢慢变回金色，再转为红色。当山头的最后一抹橘红消失时，西羌猎人便停止行进，在地势较高处选择干燥的地方安营扎寨歇息。

到了第四天晚上，一行人已经适应了高原的空气和气候。晚上西羌猎人捕到了两只岩羊，宰杀后便架起火烤了起来。羌人世代居于苦寒之地，日常饮食多为牛羊肉和奶制品，对烧烤一事十分在行，不一会儿便将岩羊烤得香气四溢，让人垂涎欲滴。

张骞等人晚上就着烤羊肉又痛饮了一番，到了亥时便在帐中沉沉睡去。不知道睡了多久，张骞在梦中被人急促地推醒，睁开眼一看，是甘父跪在床头，用匈奴语急促地说道："主……主公，有强盗！"

张骞这一惊非同小可，他昨晚本来就和衣而睡，当下立刻起身拿起身边的铁弓和佩剑跟随甘父冲出了帐外。他还没来得及看清外面的情势，一名披头散发的彪形大汉便已经挥舞着长刀冲了过来，却被甘父一剑劈成了两半，鲜血溅了张骞一脸。张骞来不及抹去脸上的血迹就见两个人影又扑了过来，他向左前方跨出一步，一剑将前面一人的头颅砍下，又紧接着一剑将后面一人刺穿。他这时已经看清了周遭，只见随行十余人住的大帐已经燃起了熊熊大火，三人横尸帐外，几个挣扎着要逃出来的随从也被乱刀砍死在大帐门口，死状十分凄惨。周围的敌人怕是有二十多个，都是清一色面色黝黑的西羌汉子，身材都极其魁梧，手中提着环首大刀正在肆意砍杀，在火光下显得格外狰狞。张骞再往回看去，见卓王孙所住的帐篷还安然无恙，便大声对甘父用匈奴语说："快去备马前来，我去救卓先生！"

甘父得令，弯弓射死两名冲上前来的西羌强盗，然后冲到马群中一剑砍断拴马绳，翻身骑上了一匹，又牵起两匹便往回冲。而这边张骞已经冲进卓王孙的帐篷，将还在睡梦中的卓王孙一把提了起来，转身扔到了一匹马上，他自己骑上另外一匹，三人拨马朝南方逃去。

甘父善于养马相马，即使在仓促间选出来的也是百里挑一的良驹，三人一路狂奔，一开始身后马匹追赶的声音甚急，甘父时时回身放箭，将当先的几名盗贼射落马下，余下的人便不敢太过上前。过了一会儿便与追赶盗贼的距离渐渐拉远。这时天也慢慢亮了起来，甘父见右侧是一望无垠的草地，极目望去几十里外一览无余，断无逃出生天的可能，便带领张骞和卓王孙朝左侧的山谷中奔去。

山势颇为崎岖，马在山路上奔跑十分吃力，三人用力抽打马儿，待到强撑着翻过一道山梁进入了一条雪谷，卓王孙的马吃不住了，口吐白沫悲鸣一声跪倒在了雪地中。甘父回马将卓王孙提起放在自己身前，跟张骞继续往山谷中驰去，待到三人转过一个弯时，不由得倒抽一口冷气，只见前面一条巨大的冰川横在几十丈外拦住了去路，冰川在晨光中泛着幽蓝的光芒，而冰川前是一方深潭，潭水墨绿，显然是深不见底。潭水从一条小溪流出，划开地上的积雪，欢快地朝山谷外流去。

三人停下四处张望，只见山谷两侧是堆满了积雪的岩石，人和马都难以攀越，而此时身后追兵声音越来越近，还间杂着獒犬的狂吠声。甘父闻声色变，他跳下马来，用力将周边的雪聚拢在一起，堆成了一个高五尺、厚四尺的雪堆，他把张骞和卓王孙拉到雪堆后，把箭囊中仅存的三支钢箭取出，两支插在了身边的雪地上，而把另外一支搭在了弓弦上。他从雪堆侧面望出去，只见两只黑色的獒犬当先跑了过来，后面跟着六骑骏马，当先一人赫然便是这几日来为他们当向导的西羌猎人。

张骞和卓王孙也看到了猎人，三人瞬间便明白了，那猎人实际上是一个盗贼头子，趁夜色伏击张骞一行显然是早有预谋，到了这人迹罕至的大雪山边缘便下了毒手。卓王孙想到自己随行的十几个长随都已经死于非命，不由得又伤心又气愤，坐在雪地上不由自主剧烈地颤抖起来。

那六骑停在了离雪堆一百多丈外，只听有人用羌语喝止住了两条獒犬，那两条恶犬也停住不再往前，只是在远处不停地狂吠。风中传来那名西羌猎人语调奇怪的汉语："张大人，请出来吧。"

张骞跟甘父对望了一眼，然后大声回道："你是什么人？为何要谋害我们？"

对方放声长笑回复道："我们都是这滇蜀道上的牧人，偶尔借用一下来往客商的钱财。张大人是大汉的天使，弟兄们不敢得罪大汉，只是想借大人的汉节一用，带到蜀郡后问天朝要上一笔赎金便放几位大人回去。从此我们兄弟便收手不干了，所以请大人放心，我们是不会伤害你们三位的，这就请大人出来，我们好生伺候。"

张骞对甘父低声说道："有无把握射死其中三人，再想办法把其余人引过来杀掉？"甘父看了一眼远处说道："他们距离太远，这把弓怕是难以射到百丈之外。"

对方仿佛了解张骞的心思一般，从百丈开外射过来一支响箭，箭势极强，掠过三人头顶，又朝后飞出二十丈外径直射入了蓝色玄冰之内。张骞耳边只听到远处传来一阵狰狞的笑声："张大人，你们随行携带的金城连弩已经尽数落入我们手中，卓大人临邛工室的手艺名不虚传，的确是天下无双的利器。你们逃不掉了，赶紧出来随我回去吧！哈哈哈哈！"

张骞三人听到汉军中威力最大的金城连弩被贼人所得，不由得一阵心惊。张骞低声对甘父和卓王孙说道："节在人在，节亡人亡。汉节绝对不可落入这帮贼子手中。我待会儿假装投降，咱们把兵器藏好，待走近后击杀这几个贼子。"卓王孙和甘父会意，甘父把铁弓和三支箭插在了背后，把箭囊和弓囊扔在了一边。三人从雪堆后站起了身子，张骞从怀中掏出汉节，高声对那西羌猎人说道："使节在此，要的话请来取便是！"

那几名羌人大喜过望，正要拨马前行，却被那猎人制止了，他高声叫道："请张大人自己先行过来，往前走百步后把汉节扔到地上！"

张骞见自己的计谋被对方识破，反而镇静了下来。他大声骂道："你们这些畜生，竟然妄想持节要挟大汉！我天朝必派甲兵将你等九族剿灭！此等天朝信物，岂能落入你们这些贼子之手！"他将汉节收入怀中，抽剑出鞘，大喊一声便向敌人冲了过去。

那猎人被张骞的举动惊住了，他开始一阵愕然，随即便清醒了过来，举起手中的金城连弩，在望山中瞄准张骞的肩头便是一箭。那钢箭宛如霹雳一般飞至，将张骞的左肩射穿，深深射入他身后的雪中不见了踪影，只是在雪地上留下了几缕飞溅的血迹。但是张骞竟然丝毫不为所动，身子只是晃了一下便继续朝前冲去。

那几个西羌盗贼看到张骞如此神勇，不由得脸色大变。那猎人的身子也在马上晃了一晃，随即又恢复了镇定，他在望山中瞄准了飞奔过来的张骞的额头，便欲射出这致命的一箭。

卓王孙和甘父见到张骞受伤，大声惊呼着飞奔过来。甘父瞬间已经跃出了十几丈，手中已经多了一张铁弓，而其他几个西羌盗贼看到两人冲了过来，便都端起了手中的连弩，死死瞄准了甘父和卓王孙，只等着带头猎人的弩弦一响，他们便要射出弩中钢箭。

就在这时，山谷中所有人的耳中只听到一声长啸，震得各人心中都是一颤。那几名西羌盗贼的胯下骏马竟然被吓破了胆，开始在原地转圈，两条獒犬也被吓得趴在了地上。张骞恍惚间看到眼前白影一闪，一只灰白毛色的豹子从山谷一侧的高处凌空扑了过来，在那西羌猎人的颈中咬了一口，然后在空中转了个身稳稳落在了地上。只见鲜血从猎人颈中喷向天际，他迟疑着用手摸了一下脖子，便从马上跌了下来，抽搐了几下不动了。

这变故极其突兀，其余五人都已经呆住了，但是那雪豹却毫不迟缓，从雪中跃起三丈多高，一口咬在另一名盗贼的颈中，那人被豹子活活拽下马来，鲜血在雪地上四处喷溅，眼见也不活了。

甘父已经冲出了几十丈外，他用匈奴语大声咒骂，连续三箭射出，其余三人应弦而倒，都是被钢箭穿颅而过，仅剩的一名西羌盗贼已被吓破了胆，拨马便往回逃去，瞬间已经跑出了五十丈之外。甘父扔掉手中铁弓，飞身前扑在雪地上滑行到了那名猎人的尸首旁边，顺手抄起地上的金城连弩便是一箭，那名逃跑的盗贼被钢箭从背后穿心而过，从马上重重地摔了下来，溅起一大团血雾。

甘父见敌人已经被消灭殆尽，转身将连弩对准了在雪中缓缓走向张骞的豹子。他正要扣动弩机，只听张骞大声说道："甘父，放下弩，我……我认得它。"

卓王孙和甘父吃惊地看着那雪豹朝张骞一步一步走去，这是一只年轻漂亮的母豹，浑身雪白的毛皮上点缀着灰色的斑点，有力的尾巴横掠过雪地，扫起一阵阵雪雾。豹子走到张骞身前弓起了身子，绕着张骞的腿蹭了几下，便卧在了他身旁。而此时两只浑身紫灰色的小豹子不知从什么地方欢快地跑了过来，好奇地打量了一阵子张骞，便在母亲身边厮闹了起来。

甘父将两只獒犬射死，飞奔回到张骞身边扶住他。只见张骞脸色苍白，身子由于失血过多而微微颤抖，甘父立刻取出金创药为张骞包扎起来。那伤口虽然前后穿透，所幸没有伤及筋骨和动脉，是以并无大碍。但是卓王孙心有余悸，从地上捡起了一具连弩用来防身，生怕雪豹扑过来伤到他。谁知那豹子只是漠然地看了他一眼便不再理会他，仿佛眼里根本没有卓王孙存在一般。过了一会儿张骞脸上有了一丝血色，他用手摸了摸雪豹的头，感慨万千地说道："你这畜生，倒是救了我们三个！"

雪豹眯着眼睛，似乎很享受被张骞抚摸脑袋的感觉，它回过头来舔了一下张骞的手，张骞只觉豹子的舌头极其粗糙，但是暖烘烘的甚有生气。甘父和卓王孙开始吓了一跳，后来发现是雪豹跟张骞表示亲昵，这才放下心来。

等到给张骞包扎停当，已是天色大亮，旭日初升。三人坐在雪地上喘息片刻，卓王孙问张骞："张大人，咱们……接下来该如何是好？"

张骞思索了一下说道："我们杀回去，把国书和礼物夺回来！"

卓王孙吓了一跳，结结巴巴道："大人……敌人人多势众，我们……要是能把营中的信鸽偷回来，两天之内便可将消息送回成都，那时郡守便可派大军前来剿匪……"

张骞一听卓王孙还带了信鸽，心中一喜，他想了一会儿说道："来不及了。今早我看到一共有二十余名盗匪，被我们消灭在这山谷里的肯定是这帮盗匪的头领和精锐，算上被我们杀死在营中的，差不多一半已经没了。这边匪首如果久久不回的话，盗贼肯定派人前来查探，我们中途设伏，用金城连弩击杀来贼，然后易装前往营地，趁机夺回国书和礼物。"

甘父听了张骞的话，猛地一击掌："主公说的对！我们回去杀他个人

66

仰马翻！"

卓王孙看了看手里的连弩，咬牙切齿地低声喝道："对，回去杀他个龟儿子的！"

当下三人取火烧柴，烤了香喷喷的狗肉，那三只豹子也跟着大吃了一顿，看来十分享受这熟肉的味道。甘父趁机把落在谷外的尸首也拖了回来，放到了雪堆后面，又把几匹马聚拢在了一起，然后在山谷口烧了一堆火。待到火势旺盛时甘父在火上撒了一泡尿，浓烟一下子便升腾了起来，几里外都清晰可见。

母豹和小豹子们仿佛很懂事，它们在山谷深处玩耍，也不往外跑。果然不多时便有三骑从远处飞奔而来，转到山谷口看到了火堆后显得十分诧异，紧接着又看到了山谷中的豹子和马，他们立刻取出随身弓箭，缓缓策马向前对准了豹子。

这时只听破空之声大作，三支钢箭从三人侧方射来，箭箭穿颈而过，这三人连声音都没来得及发出便倒毙于马下。张骞和甘父从岩石后跃出，将三具尸体上的衣服扒了下来换上，卓王孙闻到皮袍上的腥膻之气几乎要呕吐出来，最后还是强忍着穿上了。张骞看了一眼高升的太阳已经悬在南方天际，三人骑上羌人强盗的马便往回奔去。

而那母豹本来在看两只小豹啃咬狗肉，此时见张骞一行上马要走，便对两只小豹低吼一声，两个小家伙立刻窜向山谷一边的高处，躲进石缝里不见了。母豹回望了一眼小豹子们藏身的地方，一弓身便弹了出去，几个起落便追上了张骞。

张骞眼角的余光见到母豹竟然跟了上来，心里暗暗吃惊，他往回看去没有发现小豹子才稍觉放心。这时太阳已经高高升起，远处几里外一队人马正在迎面走来，张骞极目看去，正是余下的八名盗贼驱赶着汉使的马匹和货物逶迤而行。张骞对并排而驰的甘父说道："靠近后再射，一个活口也不留！"

甘父得令，他与张骞之间稍稍拉开距离，见那只雪豹正跟着张骞飞驰，他拨马上前，用自己身后拉起的烟尘遮住了张骞和雪豹的行踪。转瞬间甘父已经飞奔到了马队前两百丈开外，对面一个盗贼远远看到自己的同伴飞驰而来便拨马快速迎了上来，一边大声用羌语冲甘父问话。甘父并不回答，他算着与盗贼的距离，眼见离他已经在百丈之内，举起连弩便射向马队最后面压阵的一名盗贼，那盗贼丝毫没有防备，被一箭穿胸而过，颓然倒毙于马下。

当先的盗贼这才在逆光中发现来者不善，来骑扬起的烟尘中还有两骑若隐若现，边上居然还有一头豹子跟着冲来，他大声回头呼喝示警，但是为时已晚，张骞一箭便将他射于马下，随后甘父和张骞连环射出钢箭，又有四人被射于马下。但是余下两人已经清醒过来，他们从马上跃下，藏身于成群的马匹中取出连弩朝三人射来，一时间三人身边箭如飞蝗，险象环生。

那雪豹见到张骞遇险，在跑动中发出一声长啸，吓得群马战栗不已，只见它从侧面兜了一个圈子便冲入马群之中，马儿受到惊吓，摆脱了缰绳四处狂奔了起来，瞬间便将那两名羌人暴露在张骞和甘父的视线之内。随着两声弦响，两名盗贼应声而倒。

这一战不过转眼间便已结束。甘父巡视战场，将还未断气的盗贼一一射死，又将受惊四散的马匹聚拢在了一起，他检视马背上驮的货物，见国礼和国书都在，便宽下了心。卓王孙生平享尽了荣华富贵，哪里经历过这等血光四溅的场面？他到现在还惊魂未定。甘父将他扶下马来接过他手中的金城连弩，才发现他连一箭都未曾发过。甘父将箭匣卸掉，把弦从弩机上摘了下来，然后四下寻找张骞的身影，才发现张骞正坐在远处的草地上，怔怔地望着身前三尺处卧着的雪豹。甘父走过去坐在了张骞身侧，笑着对张骞说道："主公，这畜生是来报恩的。之前我们族中也有传说，说是呼衍都离将军的太祖父从狼群口中救下了一只小老虎，那老虎便跟着呼衍老英雄再不离开，帮老英雄四处征战从无败绩，一直到十年后老英雄去世后才悄然离去。部落中的老人们都知道这件事。主公，你给它取个名字吧，我们南下把它和两个小豹子带上。"

张骞笑着摇了摇头："甘父，我怎么能跟呼衍老英雄相比？再说这豹子毕竟是野兽，跟咱们一起怕是多有不便。"

甘父也摇了摇头："主公，我们部落的大巫师曾经说过：如果雄鹰落在你的肩头，或者有虎豹舔过你的手，那它们就是把你当主人了，你赶是赶不走的。"

张骞半信半疑地点了点头，这时二人听到卓王孙兴奋的声音从一边传来："张大人，找到了！"

甘父扶着张骞起身一看，只见卓王孙从一匹马的背上取下一个黑布罩着的笼子，他揭开黑布，笼子里面是两只惊恐的灰色信鸽。卓王孙从怀中取出一根炭条和一方白绢，在白绢上面草草画了一阵，然后将白绢撕开卷起，分别塞进了两只鸽子脚上的小竹筒里。又找到了一把米将两只鸽子喂了一阵，然后对着鸽子念念有词片刻后打开了笼子。那两只鸽子先是迷茫地在三人头上飞了一阵，旋即找准了方向朝着北方飞去，眼见鸽子们的身影越来越小，不一会儿便消失在了众人的视线中。

卓王孙刚才放入小竹筒的是给成都家中带回的信，他在信中让长子卓焕火速禀报蜀郡太守庄助，请庄助派兵前来护送张骞前往滇越。他估计信鸽一天便能回到打箭炉，再一天便能回到临邛。但是算上汉军调动的时间，最快到来也要七天之后。眼前这帮贼人虽然已被尽数消灭，却难保不会有同伙在这一带游荡。是以卓王孙建议张骞和甘父动身前往泸江渡口，过了江便是夜郎地界，那里人民多温顺友善，不似羌人好勇斗狠，所以他在飞鸽传出的信中也说的是在泸江渡口汇合。张骞觉得有道理，便动身沿着山间的商道前往泸江渡口。

三人一路上照顾这几十匹马颇为费力，眼见离大雪山越来越远，路上也越来越热。果然如甘父所说，那母豹领着两只小豹跟张骞一行一路相随，马群一开始见到三只豹子还十分惊恐，但是过了两天发现平安无事也就习惯了。甘父对三只豹子奉若神明，一路上将烤好的肉分给它们，偶尔还跟母豹一起去打猎，带回几只岩羊和兔子。两只小豹子十分喜欢甘父，一得空便跟他一起玩耍。路上偶尔遇到来往商旅队伍，见到这三人三豹一起出行都觉得十分不可思议，加上对母豹心怀惧意，都远远躲开了，是以这一路上张骞一行都平安无事。

随后的天气开始越来越湿热，三人白天都是一身大汗湿透。张骞左肩的箭伤开始恶化，伤口溃烂流脓，甘父用尽了随身携带的药也无济于事。第三天开始张骞发了高烧，白天昏昏沉沉中坚持骑马赶路，到了傍晚上却从马上摔下来沉睡不起。甘父和卓王孙把他抬到草地上，又从附近的小溪中取水给他退烧，忙了半天后甘父把张骞肩头的衣服解开给伤口透透气，这时他也实在是困极了，倒卧在张骞身边便睡了过去。

　　张骞此时正在梦境中，他一会儿梦到卫律，一会儿梦到卫青，一会儿又梦到了刘彻。他只觉得自己身子轻飘飘要往天际飞去，却又被甘父死死拉住。他恍惚中他又看到图雅走了过来，她湛蓝色的眼睛还是那么美丽，她扶着他躺下，从袖中取出一方丝帕为他清理伤口。张骞梦中只觉左肩伤口处一阵麻木，随即觉得一股温热顺着伤口的血肉传到了身子里，一开始觉得有些刺痛，到后来竟然是说不出的舒服。张骞不知是梦是真，他不忍心睁开眼，颤声问道："月娘，真的……是你吗？我……好想你……"

　　四周除了风声和蛙虫和鸣外再也听不到其他声音。张骞渐渐感到左肩有了知觉，他缓缓睁开眼，只见甘父和卓王孙眼含热泪跪坐在身侧，他眼角的余光看到雪豹正在舔自己的伤口。甘父握住了他的手哽咽着说道："主公别动，豹子就是……这样给自己疗伤的，你的伤……肯定是无碍了！"

　　张骞闭上了眼睛，滚烫的泪水从他脸颊滑落。他轻声对甘父说道："卫将军家的狗叫金虎，就给它起名叫大白吧。那两只小豹子，就叫二白和小白吧。"

　　霍去病范衡一行辞别了张骞等人后便乘舟南下。汉水清澈，两岸青山连绵，这一路景色极好，加上顺水行舟神速，只不过五日间便到了南郡郡治江陵。霍去病和蒙贞都是第二次来到江陵，想起上次在这里还是跟卓王孙同行，不由得心下甚是感慨。此番出行皇帝早已颁下诏书让沿途大小官员好生伺候，那南郡太守怎敢怠慢？连驿馆都不敢让霍去病一行入住，而是直接将他们接到了府邸中接风洗尘，连自己住的正房都让了出来。好在霍去病等人并不难伺候，加上众人旅途劳顿，酒宴早早结束各人便回房歇息去了。

　　回来后范衡却无法入睡。他这一路都在观察卫律的一举一动，现在可以确定的是卫律对蒙贞动了情思，但是佳人已经情有所属，这少年的烦恼一时间恐怕是难以消除。范衡心中更为忧虑的是：簪玉楼主李同这人他多年前便认识，决计不是个寻常角色。李同的二公子李延年与馆陶长公主、董偃、司马相如等人十分交好，而且李延年男扮女装歌舞双绝，皇帝十分宠爱他。范衡也隐约知道馆陶长公主与淮南王刘安交情不浅，淮南王太子刘迁来到京师甚至都住他这个姑姑家里。卫律年纪尚幼，前些日子经常早出晚归，如果是跟李广利和李延年那些人整日里混在一起的话，保不住会惹出什么麻烦来。想到这里他决定跟卫律好好谈一谈，当下便让长随把卫律叫了过来。

　　卫律进屋后看到范衡显得手足无措。范衡和颜悦色请他坐下，屏退身边众人后对卫律说道："律儿，我今天有些话想要问你，你要据实回答。"

卫律咬着嘴唇点了点头。范衡继续说道："前几天在汉中，你提到李广利跟你说卫长公主刘凌要嫁给霍去病，这是怎么回事？"

卫律垂着头说道："范先生，是我不好。这次临行前李广利请我饮酒，我们喝多了之后他告诉我的。我也问他是否真有此事，从哪里听说的，他只是赌咒发誓说有这回事，但是没告诉我谁告诉他的。"

范衡注意卫律的神情动作，知道他确实没有说谎，便放下了一大半心来。他叮嘱卫律道："律儿，江湖险恶，这些天子家的私事我们听过了就忘了，万万不可拿来嚼舌头，说不定就会惹来杀身之祸，你可记住了？"

卫律立刻点头，范衡又对他说道："律儿，你要跟你义父和你父亲多学学，好男儿志在四方，功在社稷，等你立功封侯、开牙建府时，还愁没有如花美眷吗？"

卫律眼中的光芒一下子黯淡了下来，过了一会儿才慢慢恢复，他问范衡："范先生，您看我能给皇上做点啥才能建功立业？"

范衡微笑道："为皇上、为百姓都可以啊！这次皇上让我们来云梦泽督办水军，为的是稳定东南，震慑两越。你难道不想去造船或者操练水师吗？"

卫律还没来得及回答，只听窗外一人桀桀而笑，声音宛如猫头鹰一般刺耳："范大人这么说我就放心了，要不然我还以为是要来讨伐我衡山国的呢！"

范衡听到笑声脸色一下子变得苍白，他低声对卫律说："律儿，扶我起来出去。你不要说话，看我周旋便是。"

卫律点头会意，扶着范衡出了房门，只见院子中溶溶月色下一人负手而立，范衡仔细打量，只见那人约莫三十岁上下，面容清瘦，双眼如鹰，眉宇间像极了淮南王太子刘迁。范衡听那人刚才说起衡山国，语气颇为托大，料想他便是衡山国诸王子之一，但又不知道是哪一位，便躬身行礼道："卑职范衡拜见殿下，请恕不识泰山之罪，敢问殿下名讳？"

那人大喇喇的受了范衡一拜，只是淡淡地回了一句："范大人不必多礼，我尚未封侯，该我拜见大人才是。"他口中虽然这么说，却对范衡殊无半点敬意，而是从袖中取出一封书信在月光下晃了晃："范大人，此信甚为重要，请大人回去细细查看。我这就告辞了。"他把书信往前面一扔，掉在了卫律和范衡面前三尺开外。

眼见那人转身便要离开，卫律却按捺不住心头的怒火，大声对那人喝道："喂，你怎么这么没教养！快把信捡起来送到我家大人手中！"

那人听到卫律这么一喝，一下子转过身来愣住了，他盯着卫律看了片刻，脸上浮现出一丝狞笑，迅疾欺身上来给了卫律两个耳光，口中喝道："小杂种竟敢对我无礼！"然后又迅速跃出两丈开外，留下卫律和范衡呆立在当场。

卫律双手正在扶着范衡，加上那人动作又是极快，还来不及反应便已吃了重重两记耳光，打得他眼前金星直冒，嘴中一阵甜腥。范衡一看卫律嘴角鲜血已经冒了出来，不由得又惊又怒，对那人道："你……你究竟是什么人……"

那人纵声长笑："范大人，失陪了，咱们后会有期！"他转身几个起落，便已掠到院墙边上，他接着提气一跃，身子已在半空，眼见便要如大鸟一般飘过墙去。

此时一条长鞭悄无声息地卷了过来，如长蛇般缠在了他的双腿上，长鞭迅疾回撤，将那人从半空中硬生生拽了回来。鞭身犹如一条巨蟒在空中转身，将那人在半空中抡了大半个圆圈，重重摔在了卫律和范衡面前。

眼见那人摔在地上，挣扎着爬不起来，长鞭如蟒蛇一般缩了回去。范衡顺势看去，只见霍去病已经将长鞭束于腰间走了过来，对地上那人冷冷说道："卫律生母乃天子亲封的长公主刘月娘，生父乃博望侯、太中大夫张骞大人，长平侯、大将军卫青大人是其义父。你是哪里来的毛贼，竟敢对范大人和律儿无礼？"

卫律平生最恨别人骂自己杂种，他听到霍去病为自己仗义执言，心头一热，几乎要落下泪来。此时许有根和蒙贞都已听到动静奔了出来，蒙贞见卫律受伤，从袖中掏出一方丝帕递给卫律，卫律接过蒙贞手中的丝帕抹去嘴角的血迹，闻到帕中传来她身上的淡淡幽香，心中又酸又涩。

这时蒙贞从一边扶好了范衡，而许有根已经从地上将那封信捡了起来递到了范衡手中。卫律见那人显然被摔得不轻，躺在地上不住呻吟却不回答霍去病的话，不由得越发厌恶，冲上去猛踢了几脚，口中恶狠狠地说道："霍大人和范大人问你话你竟敢不回！你是从哪里跑来的小杂种，看爷爷我打不死你！"

范衡见卫律几下便将那人踢成了猪头一般，生怕卫律下手不知轻重，连忙将他喝住。卫律还不解气，又重重在他身上踢了两脚才走回范衡身边。此时许有根已经从赶来的府役手中接过了一支火把给范衡照亮，范衡就着灯火将白绢写就的书信仔细看了一遍，他越往后看脸色越是难看，等他读完后将信合起，问地上的那人："你可是衡山王次子刘孝殿下？"

地上那人身上的狂妄早已消失殆尽，有气无力地哀求道："范……范大人救命……正是本人……"

这下四周一下子便安静了下来，众人看着地上被卫律打得鼻青脸肿的刘孝，一时竟然不知如何是好。卫律心里迅速盘算，虽然刘孝无礼在先，但是他也知道自己闯了大祸，这下该如何收场？突然间他心念一动，对范衡和霍去病道："霍大人、范大人，此人深夜擅闯太守府邸，对范大人无礼，还妄想冒充衡山王世子，依我看应该拖下去严刑拷问，看他会不会从实招来！"

范衡心头一跳，他十分佩服卫律的随机应变，便点点头说道："律儿此言甚是。此人夜闯太守官邸，本来依大汉律便是杖责之后流放。来人！先把他押下去关起来等候明日发落！"

早有两名府役如狼似虎般把这人拖了下去，只听他一路嚎叫："范大人，我真的……是刘孝啊！你们放开我！啊……"众人只听到一记响亮的耳光从远处传来，显见府役对那人动了手，然后又是一阵嚎叫声远远传来："我要禀报父王和皇上，把你们统统斩首……不，碎尸万段……啊……"众人耳中又听到几记老拳见肉的声音传来，便再也没了动静。

范衡望着远去众人的火光渐渐消失在内巷，长长出了一口气对众人说道："律儿和贞儿回房休息，霍大人和许大人请进屋说话。"蒙贞和卫律听言立刻退下，待到霍去病和许有根进到范衡的房间坐定屏退了他人后，范衡把手中的书信递给了霍去病，霍去病看完后神色凝重地递给了许有根，许有根看得很仔细，来来回回看了三遍，一言不发地将信递给了范衡。

范衡沉吟了一阵开口缓缓说道："信两位大人已经看过了，如果信中所说淮南王勾结闽越王余善之事属实，那此事事关重大，我等必须立刻上奏未央宫。但是有一事我不太明白：衡山王刘赐和淮南王刘安乃是亲兄弟，刘赐怎么会如此大义灭亲，主动告发刘安？还有即使要告发刘安，为何要经我等之手，而不是直接上奏长安？"

霍去病也想不甚明白，他转头问许有根："许大人，你有何高见？"

许有根盯着眼前的灯火说道："范大人质疑的很有道理，卑职在云梦泽生活了几十年，知道衡山国和淮南国交情一直不错，不明白为何会有此变故。至于为何要经我等之手，卑职在想也许衡山王已经密奏了皇上也未可知。"

范衡点点头说道："许大人所言极是。我们不能耽误，即刻写成节略上奏天子，把此信也一并转过去。刚才律儿倒是机灵，我们干脆将错就错，把这个刘孝派人押回衡山国，就说他冒充世子擅闯郡守府邸，让衡山国自行料理好了。"

霍去病和许有根都觉得范衡处置甚妙。范衡接着问许有根："许大人，衡山王信中说请我等到豫章郡造船督练水军，大人意下如何？"

许有根想了一下说道："回大人，云梦泽中最适合造船练兵之地有三：西边是眼下我们所在的江陵，巴山秦岭的千年大木可沿长江汉水顺流而下，是造大船的首选之地；中部是君山，也不乏茂林修竹；东边就是豫章郡了，那地方东接彭蠡，西衔云梦，最是兵家必争之地，只不过……太靠近寿春。水师运送骑兵两天即可踏遍淮南国全境，我们在豫章造船操练水师，不知淮南国会作何想？"

范衡苦笑着摇了摇头说道："许大人担心的不无道理，我等也一并上奏了吧，看圣意如何。"

当下范衡主笔，一个时辰便写好了节略，将今日发生之事细细描绘了一遍，同时奏请皇帝选择督办水师之地，顺便把衡山王来信也附了上去。范衡以白绢写就两份，把衡山王来信也誊抄了一份，吩咐下人将奏章分别用八百里飞骑和卓王孙给的飞鸽传书至长安。等到一切忙活停当，已经是深夜了。

飞鸽传书果然快捷，六天后霍去病和范衡便接到了皇帝的诏书，还是通过卓王孙的信鸽邮路传来的。诏书很简单，告诉范衡一行事情具已知悉，请他们不要受影响继续进行建造训练水师之事，地点就定在豫章郡，并且另派了楼船校尉杨朴前来听候调遣。范衡一行当即精神大振，连夜收拾行装出发前往豫章。

　　众人行船沿长江而下直入云梦泽，顺水行舟速度极快，两日就快要抵达君山。许有根近乡情怯，整日里坐在舱内望着远处的青山和四周来往的渔船不语。范衡知道他的心思，便有意放缓行舟，在日落时分到达了君山外的渔舟聚集之地，离君山只有一箭之遥。待到范衡一行的座船停下跟渔舟一起生火造饭时，许有根走出了船舱，他看到夕阳半沉彩霞满天渔歌相和的盛世图景，不由得潸然泪下，随即对着广袤的湖面长啸起来。

　　啸声壮怀激烈，听得人如痴如醉，不多时便有小舟前来，舟上之人大声问道："可是许大哥回来了？"

　　许有根一听就知道是之前自己的兄弟，大声应道："云梦许有根，奉旨回乡组建大汉水师，请各位兄弟捧个场！"

　　小舟得令，像箭一般迅疾飞了出去，在渔船聚集之地驶过，船上一个沧桑的楚音回响在湖面上："许大哥回来了！许大哥回来了！！"

　　停在君山周围的小船开始骚动，不一会儿便争先恐后朝范衡一行的座船驶来，一名虬须大汉当先驶到，他抱着一个坛子站在船头冲许有根大喊道："许大哥，这是今年新酿的春酒，给你尝尝！"他手上青筋暴起，用力将一坛酒抛了过来。

　　许有根将酒坛稳稳接住，打开盖子仰天便往喉中倒去，只见那酒如飞瀑般落入他的口中。许有根饮了半坛后将酒坛放下，大声笑道："屈老弟的春酒果然是这泽中第一，你跟大伙也尝尝我从汉中带回来的好酒！"说罢回舱中取出两坛卓王孙给他们装上的大汉魂，一前一后掷了过去，那汉子一一接过放在了船头。

　　此时范衡、霍去病、卫律和蒙贞也都从舱中来到了甲板上，众人看到泽中小舟往来聚拢，舟上渔火在水中的倒影在暮色中画出一道道美丽的影子，不由得心神俱醉。许有根大声跟泽中渔家介绍范衡和霍去病，众人听说是威震匈奴的骠骑将军和太中大夫来到云梦督建水师，一时间欢声雷动。不一会儿无数渔家将做好的鱼肉菜饭送上船来，许有根和范衡、霍去病等人吃着这泽中的百家饭、就着泽中的春酒喝得无比痛快。

第二日一早，许有根前往君山湘妃祠祭扫亡妻之灵，范衡和霍去病在路上略微听说了许有根之妻楚莹生下彩云后血崩而死的事情，也就陪着许有根一起前往祭扫。霍去病命人带来了两坛大汉魂，一行人登陆后步行前往湘妃祠。这君山上景色极好，竹林茂盛，小溪潺潺，走在竹林中的小路上竟是比外面凉快了许多。许有根在前面领路，绕过一个小山梁，后面陡然开阔，竹林掩映下斑驳的阳光照在一座祠堂上，那就是君山著名的湘妃祠了。

许有根提着酒坛朝祠后走去，到了一座砖石砌成的墓前停住了。霍去病跟在他身后，只见墓前一方石碑上用小篆恭恭敬敬地写着"楚莹之墓"，下面落款居然是"夫许有根，女许彩云，婿司马迁敬立"。霍去病在这里乍然看到司马迁的名字还有些吃惊，后来想起他是楚莹和许有根的女婿这才释然。

墓前极为整洁，显然被人精心打扫过。墓前鱼干鲜果粽子等祭品堆得老高，被码得整整齐齐放在祭坛中。墓四周被各色鲜花所簇拥，显得生气勃勃。许有根在墓前坐下，顺手拍开了两坛酒的泥封，将一坛酒缓缓倒入墓周边的泥土中，仿佛是在跟楚莹拉家常般说道："莹儿，我又回来了。这是给你从汉中带回来的酒。你在世时不肯喝酒，说是给人谋算不能出差错，要来世再陪我喝。现在……你总能陪我喝了吧……"他将另一坛酒举起来，仰起头一口气便已经将半坛酒喝了下去。

范衡听到许有根在楚莹墓前的喃喃自语，心头一酸。他见许有根已经动了真情，便给霍去病、卫律和蒙贞使了个眼色，四人悄悄退下走到了湘妃祠前面。范衡见祠堂被重新修过，跟自己五十年前来的时候相比迥然不同，气派庄严了许多，不由得大为诧异。待到蒙贞和卫律扶着他进去后，就着祠中的烛火，范衡赫然看到祠中立着三尊塑像。其中两尊年代久远，一看便知是古物，另一尊则是当代所塑。范衡看那远处两尊塑像前面立着两个牌位，分别写着"湘妃娘娘娥皇之灵位"和"湘妃娘娘女英之灵位"，而近处那尊塑像前面的牌位上写的却是"云梦娘娘楚莹之灵位"。

范衡心中一下子好奇起来。他仔细打量那尊塑像，只见她长发披肩，衣着朴素，全然不似娥皇女英那般浑身珠光宝气。眼前的楚莹脸色白里透红，一双妙目凝视着双手中捧着的书简，端的是栩栩如生。范衡看了半天才如梦初醒，摇头叹道："真乃巧夺天工，犹若神明啊！"

"什么叫犹若神明？娘娘本来就是神仙！"突然从众人身后传来一声呵斥，把范衡吓了一跳。霍去病回头看去，只见一名老妪拄着拐杖走来，她连正眼都不瞧霍去病范衡一行，径直走到楚莹的塑像前，用衣袖把祭台的四周用力擦了擦，然后从怀中掏出三个又大又红的桃子放了上去，这才转身对着楚莹的塑像拜了几拜。她回头看到范衡等人还站在那里，没好气地训斥道："你们怎么这么无礼？见了娘娘还不参拜？"

霍去病正要跟老妪分辩，却被范衡拉住了衣袖，他只好跟着范衡躬身拜了三拜。耳中还听那老妪冷嘲热讽地说道："多拜几下不吃亏的！就算有人官做得再大，钱赚得再多，只要在这云梦泽中行走，免不了请楚娘娘保个平安呢！"

范衡听老妪话里有话，不由得心下大生好奇，他向老妪拜了一拜问道："这位大娘，我们是从长安到豫章经商的，途中经过这里，看到娘娘灵前香火祭祀甚是隆盛，不免十分好奇。敝人曾在孝文皇帝三年春天来过这里，不记得那时祠中可曾供奉这位娘娘，这当中故事还请大娘赐教。"

那老妪听到范衡的话，脸上竟然现出一副茫然的神色，口中喃喃说道："孝文皇帝三年春天……那是五十年前的事情了，那时候恐怕你还是个孩子吧？"

范衡越发显得恭敬，他拱手低头说道："正是，那年敝人刚刚五岁，跟家父在清明时来过湘妃祠祭扫。"

老妪叹了口气说道："令尊倒是个有心的人。这事情还真要从孝文皇帝三年说起。你走了没多久后的那年夏天，云梦泽上游的湘水、汉水和长江洪水肆虐，把四周岸上全淹了。楚莹娘娘事先占卜得知，便让渔民警告岸上居民早早备下舟船，在六月初三日登船逃生。那些信了娘娘的全家都得以保全，也有不信的，娘娘便让泽中渔家在岸边相机救人。那一次娘娘怕是救下了几万人的命啊！后来在孝文皇帝七年秋天，泽中渔家聚居的芦苇荡失火，娘娘也卜卦知道了，让大伙儿赶紧离开，半个时辰后大火便铺天盖地而来，连烧了七天七夜。楚娘娘这次又救了不下万人，我就是那次从大火中跟着先父从芦苇荡中划船逃出来的。"

老妪语声一时哽咽，她抹了一把眼泪继续说道："平日里诊病送药的事情就更不用说了，可是……就这么个神仙一般的人儿，活到三十多岁就没了，这……这到底是为什么啊？"

"那是因为莹儿为了保全我熊家的血脉，以巫之名跟上天立下了盟誓。"

众人一起转身，看到许有根从外面走了进来。他走到楚莹的塑像跟前，用手轻抚她的头发，语调格外平静地说道："莹儿一直说她泄露天机太多不能生育，她便用自己性命与上天约定，如果能给她一个孩子，愿以性命相抵。"

许有根转身过来对范衡和霍去病等人一揖到地，又对那老妪深深一礼："熊嬷嬷，多亏你时时来照看莹儿。许有根这厢有礼了。"

熊嬷嬷见到是许有根，冲他点点头算是还礼，她擦去眼中的泪水后坐在了地上的蒲团上，闭目朝楚莹的塑像口中念念有词，不再理会范衡他们。

一行人跟熊嬷嬷告别后离开了湘妃祠，蒙贞回头朝祠中望去，看到楚莹俏立在那里，抬起头对她微微一笑。她揉了揉眼睛再看过去，只见楚莹的塑像还是在看书的样子，一切仍旧是原状，一阵风吹过，四周的竹叶簌簌作响。

众人在君山上盘桓了大半天，回到舟中已经是傍晚时分，许有根请那名虬须大汉到船上商议，范衡和霍去病才知道此人名叫屈宪，是熊嬷嬷的儿子，更是三闾大夫屈原的后人。范衡和霍去病惊异之下留屈宪会饮，几人畅谈到半夜，喝得痛快淋漓。许有根跟屈宪合计了一下，从泽中可以召去豫章造船的工匠约莫在三百人左右，可为水师舵工桨手的约莫在五百人左右，而善于弓弩水战的约莫在两百人左右，算下来也有千人上下了。许有根觉得再从豫章、江陵、长沙一带募集楚地健儿，半年内组建万人上下的水师是没有问题的。范衡和霍去病听闻后都觉得十分高兴，于是便拜屈宪为许有根的副职，让他在君山一带招募水师健儿工匠，十日内前往豫章会合，而范衡一行则在次日便出发了。

从君山到豫章也是顺流而下，云梦泽虽然广达千里，但是范衡一行借着西风一天半就到了豫章郡治下的浔阳城。座船刚一抵岸便有哨卫入城飞报，不多时便有两骑率众飞驰而来，到座船前下马便拜。当先一人身着甲衣高声说道："楼船校尉杨朴，会同豫章太守恭迎霍大人和范大人！"

霍去病见杨朴年岁尚轻，英气勃勃，不由得对他颇有好感，他让杨朴和豫章太守起身，一行人前往浔阳城内的太守府邸。此时已经过午，霍去病等人简单用过午饭，稍事安顿后也差不多到了申时，按照约定，霍去病和范衡、许有根前往中厅同杨朴等人会面商议军务，却得到太守仆役来报已经在中厅设下宴席，请卫律和蒙贞也一同前往。

于是众人一同前去，依次落座后太守和杨朴便频频劝酒，众人到目前为止尚未谈到任何军务之事，因此霍去病和许有根都颇为心急。酒过三巡之后霍去病便按下酒樽不再饮，对杨朴笑着说道："杨大人，我等到豫章来并非为了饮酒，皇上遣大人过来协办军务，料想大人必然已经了然于胸，还请大人说说该如何是好？"

杨朴听霍去病一顶高帽戴将过来，却不急着接话，他十分谦恭地说道："霍大人，皇上有旨，这水军督办之事唯大人马首是瞻，卑职不敢妄言。许大人谙熟水战，还请许大人多多指教。"

霍去病见杨朴居然是个老练的官油子，心里掠过一丝不快，他沉吟了一下对许有根说道："许大人，你看我们该怎么办呢？"

许有根不敢怠慢，他细细想了一下说道："回霍大人，皇上已经明示我等以备东越，东越国水师以轻舟近战为主，来去无踪，我等当然要以快制快，可仿照云梦龙舟建造飞舸，每舟配八名桨手一名舵手，其余可安排弓箭手和长矛甲士备战。我军弓箭必须要强以致远，船必须要快以出其不意。"

霍去病觉得许有根所说甚有道理，他点了点头问杨朴道："杨大人意下如何？"

杨朴与许有根的看法根本就完全相左，他这时不能不站出来说两句了：“霍大人，许大人所说虽然不无道理，但只是适于内河捕盗。我大汉水师必须要督造楼船以扬我国威，被坚执锐以备东越。楼船必然要高广出于水面，这样才能洞察敌情，强弩才能致远，并以威势取胜。而且楼船可以链锁相接，连成水上长城，则敌人无不望风披靡，落荒而逃。”

许有根摇了摇头说道：“杨大人此言差矣，我等如果要讨伐东越的话，根本不是要去汪洋大海中作战，大抵是沿白沙、豫章河而下，内河水浅，楼船如何能够顺利行进？况且我在云梦多年，孝文皇帝十年之前盗匪丛生，都是以小船奇袭来往商船，官兵的楼船来了云梦也无济于事，反而被盗匪烧毁多艘，最后还是靠我云梦飞舸才得以击退水贼。我等在豫章督办水师，一定要因地制宜行事，千万不可辜负了圣上的期望。”

杨朴正要反驳，只听得身边一人噗地一声笑了出来，他转头看去，却是身边一个褐发碧眼的半大孩子在吃吃而笑：“许大人，你要是让他建造小船的话，那皇上封他的楼船校尉岂不是盛名之下，其实难副了吗？让他在皇上面前怎么能交代过去啊？哈哈哈哈……”

杨朴大怒之下正要发作，只见一名府役从外面飞奔而来，上气不接下气地说道：“各位大人，衡……衡山王来了！”

众人还没来得及起身相迎，杨朴便看见一名黑衣男子一手持鞭，一手牵着一个五花大绑的人昂首走了进来。那人约莫五十多岁年纪，头发花白，相貌堂堂，颇有天家气势，走进来环视各人，一双鹰眼精光四射，看得杨朴心里一阵发毛。那人的眼光一一扫过范衡等人的脸，最后落在卫律脸上死死盯着看了一会儿，看得卫律不寒而栗。

这边豫章太守早已命人将首座收拾了出来，而霍去病、范衡和许有根也认出来了被五花大绑的那人便是夜闯江陵太守府邸的刘孝。刘孝身上的外伤虽然好了七七八八，但是脸上被卫律打过的地方还是淤青一片，像极了秦岭山中的熊猫。这时三人心中都十分紧张，几天前霍去病命人将刘孝送回衡山国时，坐的是一艘快船，四名府役带着好吃好喝的护送刘孝出发的，哪知今天被他父亲绑得像粽子一样牵了过来砸场子，原本想就此揭过的一桩梁子，看来今天是再也回避不了了。

霍去病起身走上去在刘赐面前单膝跪下行礼道："卑职霍去病，拜见衡山王殿下，恭请殿下入座！"其余人也纷纷起身行礼，卫律动作稍微迟缓了一步，他起身离席正要跪拜，却被刘赐兜头一鞭抽了过来，卫律躲闪不及，头只是稍稍偏了一下，还是被鞭子抽中了颈部，连皮带肉被揭去了一块，顿时鲜血淋漓。

蒙贞见卫律受伤，忍不住低声惊呼了一声。刘赐冷冷看着站在眼前怒气冲天的卫律骂道："见了本王也不知道行礼，这一鞭是赏你的！"

卫律正要破口大骂，嘴却被一边冲上前来的许有根伸出左手捂住了，许有根右手已拿了一方麻布捂住了卫律的伤口，右膝轻轻在卫律腿窝上一点，扶着卫律跪在了地上，大声说道："大王不要跟这熊孩子一般见识，是卑职前日里冲撞了世子殿下，请大王责罚！"

"本王怎敢得罪长安天子使臣呢！"刘赐阴森森地地说道，"本王把犬子带了过来，是因为他实在是罪大恶极，竟敢擅闯天使府邸，而且还出言不逊，三位大人对犬子实在太客气了，还派人好生送了回来。可是本王却寝食难安，要不把犬子带来当着三位大人的面重重责罚一顿，本王以后还怎么有脸去长安面圣呢？"他话音未落便是随手一鞭挥出，打得刘孝衣屑纷飞，胸前竟然渗出鲜血来。

范衡见衡山王竟然如此暴戾，不由得心中生出一阵厌恶。他正琢磨该如何化解眼前这桩恩怨，却看到身边的杨朴一个箭步冲了上去，用身子死死护住了刘孝，带着哭腔对刘赐说道："大王息怒，二世子为人英雄仗义，天下闻名，这当中定有误会！请大王先饮上几杯洗却舟车劳顿慢慢再议可好？"

杨朴同时跟霍去病使了个眼色，霍去病会意，立刻起身恭恭敬敬扶着刘赐坐到了首席的位子上，给刘赐斟了满满一杯酒："大王，卑职之前对世子也多有得罪，请大王重重责罚，卑职等决计不敢推脱。卑职先敬大王一杯，请大王息怒消气！"

刘赐一口气将酒饮尽，他眼角余光看到杨朴已经扶着刘孝坐在了下首，心中郁结稍解。他一眼见到正跪在地下的范衡，便对霍去病挥了挥手："都回去坐下吧。本王听说范大人琴笛双绝，名满京师，今天就请大人抚琴一曲给我们助助兴好了。"

范衡跪在地上回复道："大王谬赞了！衡山国中奇人异士众多，琴箫之风远胜于京师，卑职怎敢在大王面前弄斧？"

范衡说的不假。淮南衡山两国国君雅好文艺，座下门客中擅于琴箫者极多，衡山王刘赐本人也是以琴见长，他听到范衡将一顶高帽子戴将过来，心中竟然是一阵舒坦，阴郁的脸色也展开了些："范大人不必客气，你家里藏着的昆仑可有带来？能否让本王见识一下？"

这次出行范衡确实没有带昆仑，他犹豫了一下说道："回大王，昆仑卑职没有带来，但是在旅途中得到一具古琴，因为是五弦，卑职并不习惯弹奏，近日里疏于练习，怕是要让大王失望了！"

刘赐的脸色变得有些难看了，他只觉得范衡一再推脱，心里肯定没把自己放在眼里，但是范衡言语间却又十分谦恭，他也一时找不出来什么由头发作。正踌躇间，听到一个女子温婉的声音说道："大王，家父近年来抚琴只是为了自娱而已，他近日来舟船劳顿身体欠安，正好奴家这几天得了一首新曲，愿为大王试弦。"

刘赐朝说话的女子看去，只见她身着一袭绿裙，头发松松地挽在一边，显然还未行笄礼，虽然低着头看不清面容，但是浑身散发出的清丽之气也让人精神为之一振。他点点头赞道："好啊，本王就听你替父弄弦！"

不多时仆役便将蒙贞房中的风雷抱了过来架设完毕，刘赐远远望去果然只有五弦，他便知道此琴年代久远，必然来头不小。他看着蒙贞挽袖正容，对着琴身凝神沉思片刻，竟然闭上了双眼开始弹奏起来。

蒙贞的举动不仅让刘赐心中着实吃了一惊，连范衡也是如此。刘赐是觉得蒙贞肯定是神乎其技，而范衡却知道为何蒙贞闭目而弹。在卓王孙将风雷送给蒙贞后的第二天，船行在汉水之上时，蒙贞向范衡细细问起了师旷的故事，虽然范衡以前在蒙贞小时候就曾经给她讲过，但是这次她问得极为细致。范衡告诉蒙贞师旷当年为了能够心无旁骛练琴，不惜用艾草薰瞎了自己的眼睛，从此他就在黑暗的世界里用心体会琴弦上的每一丝声音、琴腹中的每一缕振动，终于成为空前绝后的一代宗师。蒙贞当时听得入了神，之后一路上时时抱琴对着汉水青山若有所思。范衡也偶尔见她将琴置于膝上却不弹奏，而是闭目虚抚，便知道她怕是已经入了琴魔。范衡了解世上凡是习琴之人，如有跟琴缘分极深的，在修为上到了一定火候后往往无法精进，为琴所困寝食难安。孔夫子当年习《文王操》便是如此，连弹三月后才幡然醒悟此曲乃周文王所作，孔夫子开悟后不禁泪如雨下。但凡入了琴魔后，如果能自己勘破魔咒，那修为便可出神入化，人与琴融为一体再不分开。但若是勘不破的话，那便会极为伤神，甚至有可能发疯。

当下范衡见蒙贞双眼紧闭，不由得心里十分紧张。修琴之事格外讲究人琴一体，道法自然，需要的是举重若轻的法门和气度，如果身体不能放松的话，操琴则会伤到元气。但是眼下不容范衡多想，蒙贞已经弹奏了起来。

霍去病也十分紧张地盯着蒙贞。一开始只听弦音悲切，曲调似曾相识，他苦苦思索，终于想起来这是范衡三年前在云梦舟中以斑竹笛所吹奏的《湘夫人》。

霍去病凝神听去，只觉得细微之处又有些差别，琴声在堂中飘扬，霍去病眼前仿佛出现了一位绝世美女，她肤色胜雪，身着罗绮长裙，裙上笼着轻雾般的柔纱。她身姿婀娜，行走起来裙幅飘扬，衣带随风飞舞。她在湖边的兰花蕙草之间穿行，仿佛在寻找草药。她的眼睛像湖水一般清澈，霍去病隐约之间在她的眼波中看到了大泽的倒影：只见碧水连天，云霞蒸腾，清波荡漾，湖中远山隐隐，群山错落直上青云；湖边清澈见底的沙石中点缀着无数宝石碧玉，色彩夺目竟然如龙鳞般灿烂；湖岸上长满了蘅芷茝蘼，鲜花夺目，香气馥郁；西面大江奔腾、水波激荡，滚滚江水涌入泽中，江水由急变缓，轻轻抚着水面上盛开的荷花与菱花；泽中渔舟来往，渔歌相和，水鸟翔集，鱼龙欢跃；天空时雨时晴白云苍狗，昼夜日月轮转星河沉沉，四季风霜雪雨变幻莫测，好一幅摄人心魄的如画江山！

弦音变幻莫测，刘赐酷爱音乐，平日里抚琴不已，这次听到蒙贞的演奏，只觉得自己的心神已经跟着琴音飞了出去。他一开始听到宫音堂皇，几次变调便在他眼前展示出了一派大好山河，高山大泽若隐若现。随即琴音变为商调，七调轮转，把一位绝代佳人在他眼前刻画得栩栩如生；接着羽音清越，仿佛是泉水叮咚欢腾而来；而后徵音高昂，仿佛是雷电交加。刘赐沉浸在这举世无双的琴音中，竟然深深地醉了。

范衡更是激动万分。他看到蒙贞头上已经冒出丝丝白气，但脸上并不见汗水，而且她紧闭的双眼也已经变成了似闭非闭，衣袖仍如流云般在弦上翻飞，范衡知道她已经破了琴魔之咒，而且已经完全驯服了风雷之琴，怕是她从今以后跟琴中师旷之灵也融为了一体，再也不能分开了。

蒙贞一曲弹完后朝众人盈盈一拜，厅中万籁俱寂良久，连一丝声音都没有。过了半天，刘赐才用颤抖的声音问道："姑娘，你弹奏的这首曲子叫什么名字？说的可是司马长卿《子虚赋》中的图景？"

蒙贞抿嘴一笑再拜道："大王真是料事如神，奴家所奏之曲名为《云梦》，是前几日在泽中行舟，看到阴阳变化后所作新曲。司马相如大人《子虚赋》中楚王游云梦的图景多少也有涉及，但是奴家曲中所奏并无渔猎之事。"

"云梦，云梦……"刘赐口中喃喃自语。他十分喜爱司马相如的《子虚赋》和《上林赋》，衡山国又西接云梦泽，他不止一次梦想过像楚王那样在泽中渔猎，但是梦醒后发现自己却仅仅是大汉属下一个郡国之主，碍于礼节无法效仿楚王出巡，这是他生平最大憾事。刘赐今天听到蒙贞一曲琴音所诉，竟然触动了他内心深处最隐秘的伤心事，让他忍不住黯然伤神，心绪大起大落之间气血逆行，众人耳中只听哇的一声，刘赐竟然吐出了一大口黑血。

不知道过了多久，刘赐从昏迷中醒来的时候已经是夜半时分，他觉得浑身几次大汗出透，把身下的被褥都浸湿了。他环顾四周，只见锦帐低垂，烛火通明，四周陈设竟然是无比的熟悉，原来已经置身于衡山郡自己的王宫中。他试着用双臂撑起了身子往外看去，只见几名宫女宦者侍立在床前，心下稍觉安慰，而不远处设了一榻，一人伏榻而眠，正是次子刘孝。

床边的宫女见刘赐已经醒转，连忙上前服侍，给他端水擦汗。刘赐喝下一碗蜂蜜参汤后感觉精神好了许多。这时刘孝也已经听到动静醒转了过来，他走到刘赐面前跪下说道："父王感觉可好些了？吓死儿臣了。"

刘赐看到跪在病床前的刘孝，心下一阵感动。他重病之余回到宫里，病榻边上却不见太子和王后的踪影，不免让他觉得一阵寒心。他让刘孝坐下，对他温言说道："孝儿，这国中能托付大事的也只有你了，所以爹才让你出去办差，不想让你受了这许多委屈。"

刘孝听到父亲体恤自己，眼眶一红差点没掉下泪来。他哽咽着说道："父王，儿臣无能，辜负了父王的期许，见辱于霍去病和那个小杂种，请父王治罪！"

刘赐摇了摇头说道："孝儿，你没有做错什么，是咱们爷俩儿把自己托大了，小看了那几个人而已。也怪我之前考虑不周。我原来想霍去病虽然大败匈奴，也不过是匹夫之勇，那范衡不过是个商人，许有根更不过是个渔夫而已。这次见面才知道这几人绝对都不简单。对了，刚才酒宴上发生了什么事？"

刘孝脸色一变说道："父王在酒宴上昏倒已经是三日之前的事了，当时父王呕血不止，豫章太守请了医正来诊脉，说是气血郁积所致，放放血并无坏处，后来给父王扎了几针止住了血，但是见父王还是昏迷不醒，霍去病便命人用快舟和车马将父王送了回来。宫中的太医监诊了脉说父王并无大碍，只是劳心劳神过度，呕血后反而气血畅通，休息几天再进补进便没事了。"

刘孝听到自己昏迷是三天前的事情，不由得心中吃了一惊，他深深呼吸了一下，确实觉得胸中比之前更为舒畅，便知道太医监说的不假。他故作镇定问道："孝儿不必担心，我自己感觉不错，将养两日就可处理政事了。那霍去病回去了没有？"

刘孝回道："他还没走，这三日就在住在太子家里，父王回宫当天王后和太子都前来服侍，后来太子就把霍去病领回了他自己府中。"

刘赐听说霍去病还在，心中一下子紧张起来，他问刘孝："孝儿，这几日都发生了什么事情？给爹细细说来，不可有半点疏漏。"

刘孝一边回想一边说道："父王那晚在酒宴之上昏厥，霍去病等人倒是全力救治，后来听说衡山国太医监颇多名医，便连夜从浔阳城送父王回来。父王一路上都在做梦，时不时呼喊'云梦''云梦'两字。回宫后已经是黎明时分，王后和太子赶来入侍，见父王无碍后便各自离开了，太子还把霍去病带了回去，这两日霍去病也曾来看过父王，都是少坐片刻便告辞了。"

刘赐基本上已经明白了事情的来龙去脉。他是高祖少子淮南厉王刘长第三子、当今淮南王刘安的亲弟弟。在他父亲刘长还在世的时候，淮南国地广千里，涵盖当今的淮南、衡山、庐江三国，自从父亲被孝文皇帝以反叛朝廷之罪流放蜀地，中途绝食而死后，原来的淮南之地便被裂疆为三国，小的淮南分封给了长兄刘安，衡山分封给了次兄刘勃，庐江分封给了自己。后来孝景帝年间吴楚七国之乱，吴王派使者前来撺掇一起叛汉，那时自己羽翼未丰，只能同东越国暗通款曲，不敢公然与长安作对，谁知这些事情也被孝景皇帝知道了，干脆将他迁到了衡山，免得他跟东越继续来往。而原衡山王则被迁到了济北，算是朝廷对其反对七国之乱的褒奖。这一切恩怨情仇在他脑中都历历在目，久而久之，成了心中无法抹去的阴影。

刘赐少年时饱读诗书，对楚辞极感兴趣。后来他读过司马相如的辞赋，云梦泽中楚王出猎的场景更是让他心驰神往。他一直梦想自己能成为楚王那样的大国之君，而不是在这里守着一个小小的衡山，至于反叛朝廷，将天子取而代之这件事他倒从来没想过。正沉思间，刘赐听到刘孝问道："父王，儿臣有一事不甚明白，还望请父王教诲。"

"但说无妨。"

"父王为何要儿臣送信给霍去病告发淮南国谋逆反叛，图谋不轨？"

刘赐沉吟了一会儿反问刘孝道："你可知为何皇帝要霍去病前来云梦督建水师？"

"名为备东越，难道是为了制淮南？"

"不错。长安密报说前些日子淮南国郎中令雷被奏告皇帝淮南国谋反，却被皇帝打入大狱。近日来皇帝对淮南国颇有恩泽，听说连卫长公主行了笄礼后也要下嫁淮南太子刘迁，这可是自高祖以来对诸侯王最大的赏赐了。可是难易相成，祸福相依，这对淮南国未必是好事。霍去病等人前来，足见皇帝对刘安已经有所防范了。"

"所以父王要落井下石？"刘孝话一出口便觉得不妥，但是已经收不回来了，好在刘赐正沉浸在他自己的思绪中未加留意，而是从容答道："我与刘安是一母同胞，如果淮南事发被皇上怪罪下来，衡山国多半今后也没了。如果皇帝念在我们主动告发的份上，恐怕就不会对衡山国怎么样，说不定还把淮南并入衡山也未可知。孝儿，我们岂能坐以待毙，必须未雨绸缪才是啊！"

刘孝这下彻底被父亲的深谋远虑所折服了，他正要恭维父亲几句，却听到一个女人的哭泣声从殿外传来，紧接着门帘被掀开，一个中年美妇云鬓散乱衣冠不整地从外面跌跌撞撞跑了进来，刘孝一看居然是父王的王后徐来。只见徐来一下子扑倒在刘赐的床前哭喊道："大王一定要为臣妾做主啊，太子……太子他对臣妾图谋不轨……呜呜呜……"

殿中众人被王后的话吓傻了，都不知道该如何是好。刘赐脑子里也顿时一片空白，而刘孝先是一惊，随即心中窃喜，幸灾乐祸起来。只见刘赐的脸色由白变青，再变为通红，他把周边的宫女太监们全都喝退，强自忍住怒气问道："这到底是怎么回事，给本王从实招来！"

徐来哭得梨花带雨般说道："大王，臣妾这几日挂念大王身体，一直茶饭不思，可是……太子他……以给我祝寿为名，今晚在宫中摆下酒宴，非要臣妾去饮酒不可……可是等到臣妾到时，太子已经喝到半醉，他……他就上前非礼臣妾……"

徐来说到这里已经是泣不成声，刘赐听得将信将疑，他一时不敢相信太子刘爽竟然如此胆大妄为，当下犹豫起来不做声了。但是徐来伸出手将一枚玉佩呈在了刘赐面前，刘赐一看之下脸色乍变，大声怒喝道："孽子该死！"

刘孝定睛看去，那枚玉佩是一条小小的螭龙，自己也有一枚几乎一模一样的，只不过龙首的方向不一样而已。这是生母、衡山王原配、前王后乘舒送给自己和长兄的一对螭龙玉佩，乃用昆仑青玉所刻，平日里就戴在腰间，这定是从太子刘爽身上拿下的无疑。

刘孝偷眼朝父亲看去，只见他胸口起伏，显然是极为难受，不由得暗自担心起来。父亲确实有意将太子刘爽废掉，然后传位给自己，但是王命未下、宗册未改是算不了数的。所以刘孝是打心眼里希望父亲能多活几年，至少把自己的太子立了再驾崩也不迟。

这时门外又急匆匆冲进来一个人，只见他满身酒气，头上冠带已经歪斜到了一边，束腰的玉带也被扯得七零八落，脸上却写满了怒气，冲着徐来大声呵斥道："今天当着父王的面你要给我说清楚，我娘是不是被你毒死的？！"

来人正是衡山国太子刘爽。刘赐听到刘爽质问徐来的这句话，便如晴空一个霹雳一般震得他脑子里嗡嗡直响。前王后乘舒身子一向康健，却在两年前吃了彭蠡泽中捕上来的秋蟹后呕吐腹泻而死。当时太医诊断是中了寒气发散所致，刘赐后来也没有再起疑心，今天听刘爽突然说起乘舒之死是徐来所为，他身子一阵发冷，当下打了好几个寒颤。

但是刘赐心思动得极快，他起身从床侧抽出长剑隔空朝刘孝掷去，大喝道："孝儿守住大门，别让他们跑了！今天非要把这些烂污事情给本王说个清楚不可，否则谁也别想走！"

刘孝接过长剑，起身便跃到了殿门内侧，虎视眈眈守在门口。他耳中只听刘爽一阵毛骨悚然的笑声传来："父王，你是相信这个贱人还是相信儿臣？这个贱人的一个侍女是苗人，就是这个贱人指使那个苗女给我娘下了蛊！那个苗女已经招供了，现在就关押在儿臣府中，父王可以叫来对质！"

刘赐一把将地上的王后提了起来，看到她脸无血色，眼神中全是惊恐，心里已经明白了七八分。刘赐劈头就是一记耳光，打得徐来嘴角出血，他把徐来狠狠摔在了地上，嘶声说道："孝儿，立刻命人将这个逆子和这个贱人收监，留待本王慢慢处置！"

刘孝心中大喜过望，他转身正要开门叫外面当值的宿卫，却听到刘爽在身后冷笑着说道："父王且慢，你的好儿子刘孝跟你的宠妾骊姬之间的好事你也得过问过问，我衡山国人伦颠倒，怕是要沦为天下笑柄你还不知道呢。"

刘孝听到刘爽揭破了自己和父亲宠妃之间的奸情，顿时宛如五雷轰顶，浑身麻木呆立当场，他张大了口却说不出话来，心里只有一个念头在翻滚："他怎么会知道呢？他怎么会知道呢？"

刘赐已经被气得浑身发抖，听到刘爽雪上加霜的几句话，他突然觉得心里一塞，仿佛心跳顿时停住了一般，他指着刘爽说："你……你……"已经不知道要说什么是好。刘爽对着他狰狞地一笑："父王，我等着你来废我的太子之位呢。你多注意饮食，儿臣这就告辞了，等着我上书长安天子吧!"

刘爽仰天长笑,他经过刘孝身边时根本不正眼看他,踢开门径自走了出去。只见天际乌云翻滚,远处电闪雷鸣,一场夏日的暴雨正要横扫这座城池。

此时霍去病正在衡山国太子刘爽的府上等候消息。他来到衡山郡已经三天了,衡山王刘赐在豫章郡酒宴上吐血昏倒,着实让他和范衡吃了一惊。霍去病知道此事非同小可,万一刘赐有什么闪失那麻烦就大了,所以他亲自护送刘赐前往衡山郡,把范衡和许有根留在了浔阳。他一把刘赐送回宫里便见到了太子刘爽,刘爽对霍去病极为客气,将他安排在自己府中歇息,这两日霍去病和刘爽每天都去宫里看望刘赐,当值的太医监虽然告诉他们刘赐没什么大碍,但是由于他一直昏迷不醒,霍去病也不敢提前离开,总要等他清醒了前去告辞才好回豫章郡。

这天晚上已经过了亥时,霍去病早已用过晚饭,而太子则在酉时就进宫去了。他这两天跟太子刘爽一起相处了些时间,对刘爽颇有好感。他虽然见刘爽这几天一直心事重重强颜欢笑,不过以为他挂念父亲病重而已,也没有多想。霍去病晚上在太子府中花园里散了一会儿步,突然感到一阵疾风吹来,抬头看天边已经是乌云密布,无数道电光在云中翻滚,看来不多时便要下一场暴雨。霍去病正转身打算回房避雨,突然听到一阵沉重的脚步声从院子深处传来,他在夜色中看去,只见两人急奔而至,一人是这两天时时在一起的衡山国太子少傅白赢,另一人却不认识,怀中还抱了一个年约五六岁的小女孩。

白赢奔到霍去病的面前便噗通一声双膝跪下,几乎带着哭腔说道:"霍大人请速回豫章,太子殿下……怕是保不住了……"

霍去病大吃一惊,他后退一步,只见电光照耀下白赢已经是泪流满面,他立刻说道:"白少傅请起,我们到屋里说话。"

白赢却不起身,他将一封信从怀中取出,用颤抖的声音说道:"霍大人,已经来不及了,请大人带上这封信速速出城,此信是太子殿下拜托大人转呈皇上的,中有衡山国谋反的证据,大人可先行拆阅,见机便宜行事。"

90

白蠃见霍去病将信将疑地接过了信，他又把身边一人怀中抱着的女孩儿接了过来，哽咽着对霍去病说道："霍大人义薄云天，天下皆知。这是江都王刘建的独生女儿细君翁主，江都王荒淫无道，谋图大逆，不久必将伏诛于江都。但是这孩子并无罪过，望大人怜悯收养，好歹给她一条活路吧！"白蠃说到这里已经是泣不成声。

　　霍去病看到白蠃怀中睡熟的女孩儿脸上犹自挂着泪痕，显然是哭过不久，只见她小脸圆润，在电光辉映下十分可爱。他心下突然想到如果将这个小姑娘带回豫章，贞儿势必会十分高兴，一定会尽心抚养。他的心一下子仿佛被融化了一般，全然忘了问白蠃为何江都王也要造反，便轻轻将小女孩抱在怀中，对白蠃点了点头算是答应了。

　　白蠃身边的男子见霍去病接过了小女孩，也是喜极而泣。他冲着霍去病磕了三个头大声说道："卑职江都王内史赵吉，谢过骠骑将军。卑职也有一封书信在细君翁主的身上，江都王刘建谋反之事都在信中，请将军有空自行拆阅。"他站起身来对仍旧跪在一边的白蠃说道："师兄，你我和陈喜师弟在会稽山大禹陵下学了十年王霸之术，可惜所遇非人，江都王和淮南王都要反叛朝廷，我和陈喜难辞其咎，我就先行一步了，盼有来世再报师兄回护之德。"

　　赵吉话音未落便已从腰中抽出佩剑在颈中一抹，鲜血和着雨滴从天上落下来，溅了霍去病和白蠃一身。霍去病无论如何也想不到赵吉竟然如此刚烈，托孤后立刻自刎而死。饶是他在沙场奋战多年，在此变故之际也不由得心神激荡，他问白蠃道："白少傅，这……这到底是怎么回事？"

　　白蠃望着地上赵吉的尸首失神落魄地说道："回大人，赵吉、陈喜都是我的师弟，我们三人早年一起在会稽山大禹陵下拜师学艺，想以王道辅佐诸侯。十年学成后我来到了衡山国，赵吉去了江都王幕中，而陈喜去了淮南国。我和陈喜先后成为国中太子少傅，赵吉在江都王刘建即位后因为没有太子便转为内史，但实际上教的便是细君翁主。今天他见到将军受托细君翁主，这一生的心愿便结了，因此无牵无挂而去。而我还不知太子处境如何，尚不敢追随赵吉于黄泉。宫中太子被拘生死未知，片刻内城中就要大索，请

91

大人这就起身从东门出城，以此符出门即可。大人的照夜白是天下无双良驹，只要一出城，衡山国再无人能追得上大人。"他从怀中取出一枚虎符递给了霍去病。

霍去病接过虎符，眼中已经湿润了。他哑着嗓音对白嬴说道："白少傅保重，我们后会有期。"

霍去病立刻动身，凭着白嬴给他的虎符顺利驰出了衡山城东门，他在狂风暴雨中沿着驿道向南策马疾行，怀中的小女孩却一直在熟睡。白嬴告诉他为了确保路上安全孩子不会哭闹，赵吉之前给她吃了昏睡药，十二个时辰后会自行醒来。霍去病临行前用油布将她和书信仔细包好，是以暴雨虽然肆虐，孩子却在霍去病温暖的怀抱中安然无恙。霍去病胯下所乘的照夜白是甘父在上林苑中以西域苜蓿仔细调养出来的，在中原可谓是万中无一，只有卫青坐骑飞燕赤堪与相比。饶是如此，霍去病还是一口气沿着驿道狂奔了将近四个时辰，等他赶到彭蠡泽边通往浔阳的渡口时，天色已经渐渐变亮，泽中浊浪滔天，远近目光所及处水天相接，一片苍茫。霍去病拨马在渡口转了两转，却连一只小船也没见到，他心下已经知道八成是衡山王早有预谋，将自己的退路已经切断了。霍去病心下一阵焦躁，他知道往下游去的话便是江都王刘建地界，而上游则已经归属大汉江夏郡，并不为藩王所辖，他心中一动当下拨马便往上游驰去。

照夜白还没来得及跑出几步，霍去病听到身后湖面上有人大声呼喊："霍将军留步！请速上船！"霍去病听出来是许有根的声音，他又惊又喜，立刻拨马回头向湖面望去，只见一艘长约五丈、宽约两丈的渡船迎风驶来，船头一人蓑衣斗笠持篙站在船头，任由风吹浪打犹稳如泰山，正是水师校尉许有根。

眼见渡船离岸还有三丈开外，霍去病大喝一声："许大人请让开！"他手中缰绳一紧，双腿轻轻一夹马腹，照夜白已经迎面冲了上去，在岸边奋力一跃腾空而起，然后稳稳落在了渡船的甲板上。许有根只觉船身一沉，随即大笑道："霍大人好俊的身手！"

霍去病并没有接许有根的话，他跃下马来进入船舱，将怀中的小女孩小心翼翼地抱了出来，放在了舱中的竹席上。许有根见他轻轻解开几层桐油布，露出了一张熟睡的小姑娘的脸，不由得大吃一惊，他有些口吃地问道："霍大人，这……这是谁家闺女？"

霍去病擦了一下脸上的雨水说道："这是江都王翁主刘细君，江都王怕是也要反了，府中死士托孤于我，我自当好好照看。"

许有根看到小女孩儿熟睡的面容跟彩云小时候有几分相像，不由得心中一股暖意升起，他抱起细君仔细端详，只见她脸色红润，睫毛细长，嘴唇和鼻子肉嘟嘟的十分可爱，心中不禁叹道："这是个十足的美人胚子！"他看到小女孩的颈中有一条细长的金链子，便伸手顺着链子一摸，将一面黄灿灿的金牌掏了出来，只见金牌上写了一行字：元朔二年正月十六日辰时三刻，定是小家伙的生辰无疑了。许有根略微一算，这姑娘只不过四周岁年纪。

而一边的霍去病则已经拆开了白嬴和赵吉留给他的信，他一开始还神色镇定，越往后看越是吃惊，许有根看到霍去病拿信的手竟然在微微颤抖。霍去病反复看了两遍后将信用桐油布包好放入怀中，神色凝重地对许有根说道："许大人，我们回到浔阳还得多久？"

许有根思索了一下，他们这艘船是普通的平底渡船，船身不大不小，但是并无桅杆和帆具，即使眼下是顺风也借力不多，仅凭八名桨手的人力前行。他回复霍去病道："霍将军，怕是要三个时辰才能到。"

霍去病回头凝望着雨幕中扬帆疾驰而来的八艘巨舰的影子缓缓说道："许大人，我们备战吧。"

许有根也看到了乘风破浪而来的八艘楼船。此时天色已亮，但是湖面上阴云密布，一道道闪电撕扯着天空，将乌云的边缘映成红色。远处的楼船借着东风来速极快，这些楼船都是三桅巨舰，三张帆撑起来兜满了风，在纷乱的电光照耀下显得格外狰狞。虽然楼船现在还在三里开外，但是照这个速度下去，怕是一刻之内便要追上自己的渡船了。许有根观察了片刻对霍去病说道："霍大人，卑职久闻大人箭法精绝，请大人在敌船离我七十丈开外射敌船桅上帆索，如能射落四艘楼船上的帆，我们就有五分胜算。"

霍去病知道许有根善于水战，他也不问许有根用什么法子，便从背上的弓囊中取出在成都打造的十石铁弓，将腰中箭囊里的箭都取了出来放在身旁。许有根眼睛一扫，便知道霍去病身上只带了十支箭，但是他用的箭全都是精钢打造，箭身闪着淡蓝色的光芒。他心下一动，望了望天上交织的闪电，取出怀中一枚骨哨吹了起来。

哨声幽咽，但是在各人耳中却是说不出的动听。许有根吹了半刻，然后侧耳倾听湖面上的回声，不多时便面有喜色道："霍大人不要担心，属下可以为大人分忧。"

霍去病甚至都没有听到许有根的话语，他已经弯弓如满月，对准了一马当先的楼船。

当先的楼船上甲板上站着的便是刘孝，他已经看清楚了眼前霍去病的渡船，忍不住大声笑道："霍将军休矣，你等当快快投降束手就擒，何苦再劳我衡山水师大驾！"

霍去病并未答话，屏神静气一箭射出，便将刘孝座船主桅之帆射落。霍去病又是连续两箭射出，更是将副桅和次桅之帆射落，刘孝的座船便如江心之浮草一般打起转来，速度一下子便慢了下来，偏离航线朝向一侧驶去。

刘孝本以为稳操胜券，哪里想到自己的座船被霍去病三箭便射得失去了方向。他大怒之下往身后看去，只见三帆齐落，却不见有船工上前去挂帆，所有人都已经缩下了身子，生怕霍去病的神箭射将过来小命不保。刘孝越看越气，唰的一声拔出腰间佩剑，对着最近的一名船工喝道："去给我把帆升起来！"

那船工见主帅动怒，只好弯腰朝后跑去，他远远跑到次桅下，用绳子将帆系在腰间便要往上爬去，这时只见侧后方右舷的楼船如山一般朝他冲来，他只能抱紧了桅杆等待撞击。只听一阵咯剌剌的声音响过，自己座船的右舷连同船尾已经被撞了个粉碎，而对方的船也船首破裂，不少人被震到了湖里。

刘孝也被撞了个七荤八素，他站起身后不禁大怒，捡起掉落在地上的鼓槌奋力击鼓道："有谁能将霍去病斩于阵前，我会奏请父王封他为奋威校尉，赏黄金千斤！"

重赏之下必有勇夫，当下三艘完好的楼船立刻转舵便向霍去病所乘渡船撞去，霍去病毫不慌乱，他一一弯弓射去，将冲在最前方的三艘楼船的帆索尽数射断，那三艘船失去动力，登时漂在湖面上打起转来。远远跟在后面的三艘楼船忌惮霍去病神箭，竟然不敢再往前靠过来。

许有根这下对霍去病是佩服得五体投地。将军九箭定彭蠡，八艘楼船已经去了五艘，余下三艘远远躲着不敢上前。许有根虽然知道自己船上怕是只剩下一支钢箭了，但是威势已在，敌人不敢贸然前来挑战。他脱下上衣，露出一身虬结般的肌肉，将一把锋利的短刀绑在腿上对霍去病说道："霍将军请稍歇，卑职去去就来。"

霍去病正凝神观察敌情，见许有根准备跃入水中，一把将他拉住说道："许大人，只要再给我几支箭即可，你别去！"

许有根还没来得及说话，耳边却听到一个如洪钟般的声音远远传来："前方可是云梦许有根许大哥？彭蠡陈雄闻号前来援手！"

许有根心中喜极，大声回复道："正是在下，我正护送霍去病将军回豫章，衡山王反叛朝廷，谋逆不轨，追杀霍将军至此。请陈兄弟助我一臂之力，凿穿敌船后以火焚之，将这帮孙子们沉到湖里喂王八！"

许有根话音刚落，只听后面欢声雷动，陈雄大声说道："陈雄率诸兄弟给霍将军请安！请霍将军安心，我等保证让反贼片甲不留！"

霍去病朝后看去，只见几十艘小船已经云集身后，船首站的清一色身披蓑衣的精壮汉子，显然是泽中久经风浪的渔民，怕是有上百人之多。他心下顿觉一阵温暖，略一思索便朗声说道："霍某十分感激各位相救之恩，请各位兄弟万勿多作杀伤。衡山国之事天子自有处置，就此谢过！"霍去病躬身抱拳为礼。

对面纷纷鼓噪起来，陈雄大声回复道："谨记霍将军钧令！请霍大人和许大哥且看我等手段！"他话音一落，船首众人全都缩回了船舱，只听桨声大作，数十艘小船箭一般飞散在湖面上，朝着衡山国水师驶去。小船避开已经失去动力的五艘船，快速逼近余下三艘楼船，楼船上箭如飞蝗般射来，但是小船上面铺着厚厚的蓑草，箭根本无法射穿，不一会儿便插满了船的一侧。

霍去病远远望去，只见从几艘小船箭射不到的一侧跳下几名汉子，潜入水中便不见了。过不多时那三艘鼓帆前来的楼船竟然纷纷偏离航向，两艘朝还在湖中打转的五艘楼船冲来，一下子便撞了个木屑纷飞七零八落，而余下一艘却朝着外侧扬帆而去，不一会儿便消失在了战场外。而己方参战的小船们则在湖上集结，逐一接上从水中跃出的汉子们，好整以暇地驶了回来。

饶是霍去病身经百战，眼前的一幕也让他头晕目眩，心中惊奇不已。许有根双手颤抖着捧起仅存的一支钢箭献给霍去病道："霍大人慈悲心肠，兄弟们只是凿坏了敌船舵机而已。今天一战大局已定，请大人用此箭射敌船主桅顶端。此等铁器在我泽中俗称'天雷引'，如果罪大恶极之人该遭天谴，则天雷必至。请大人一试。"

霍去病将信将疑接过钢箭，望了一眼天上如网般密布的闪电，朝刘孝座船主桅弯弓射去。只听铮的一声，箭头已经没入桅杆，只留下一半箭身露在外面。刘孝此时已经气急败坏，他捶胸顿足大叫道："霍去病，我一定领兵攻入长安取你首级，你给我等着！"

他话音未落，只见一道长长的闪电从云中探了出来，分毫不爽地击在了钢箭的尾部，形成了一团巨大的火球，然后众人耳中才听到一声炸响，那桅杆便如通天巨烛一般熊熊燃烧了起来，不一会儿火势蔓及全船，火光映照下人影杂乱，纷纷往湖中跳去。

第五章

引象滇南

东方朔跪坐在漪兰殿中，低头看着地面上散落的棋子，连大气都不敢出一声。刘彻午时过后便召他进宫博弈，他陪着小心已经输了两局。本来皇帝龙心大悦，顺手赐了他两枚蟠桃，两人边啃桃子边下棋，待到第三局入劫时殿外黄门飞奔而至送上羽书，皇帝看见封泥上粘着的三根羽毛后立刻打开，谁知越看脸色越黑，最后竟然一怒之下将棋盘扫于榻下，棋子蹦蹦跳跳洒落了一地。东方朔连忙跪到了地上，他觑着眼看到刘彻拿着羽书的手竟然在隐隐颤抖，心下不由得大为恐慌：眼下怕是只有匈奴战事才能让皇帝如此揪心了，难道是卫青在五原吃了败仗？他刚动了这个念头便不敢再往下想了，万一卫青有个三长两短这一朝该怎么撑下去？东方朔眼中一酸，身子不由自主也微微发颤，强忍着不让眼泪留下来。

只听正殿屏风后一阵珠帘漫卷的窸窸窣窣声音响过，一名绝色美人在两名宫女的搀扶之下款款走了出来。那美人看到正在殿中来回急走的刘彻和跪在地上的东方朔，立刻给左右的宫女使了个眼色，两人连忙上前跪着开始把地上的棋子捡到棋盒中。谁知这一幕被刘彻看到后更是生气，他大声骂道："贱人们，要是夫人有个闪失，朕把你们剁碎了喂狗！"

两名宫女登时被吓傻在了当场，跪在地上不知如何是好。那美人走上前去跟刘彻盈盈一拜，然后拉住了刘彻的手柔声说道："陛下别生气啦！不要责怪她们好不好，是臣妾要她们去的啦。"

刘彻见到美人后怒气便消了一半，他轻轻扶住了美人的腰说道："瑶儿，朕接到霍去病从豫章送来的奏报，实在是没法看下去！这帮不要脸的东西，竟然给朕造了这么多烂污出来，让朕如何能有脸面见列祖列宗于庙堂！"他说完便将手中的两封绢书递给了美人。

那美人正是当今宠冠六宫的王夫人王瑶。她已经有了九个月的身孕，行走起来不是很方便，是以身边随时都有两名宫女搀扶。她细细读完两封书信，眉头也不由得皱得越来越紧。她眼角的余光扫到了正跪在地上大气都不敢出一声的东方朔，心下灵机一动问道："东方大人，上次你在宣室殿给我们说齐桓公成就霸业的故事，说到他的家事便隐而不语，你为何要卖关子呢？"

东方朔何等心思，听王瑶这么一问便知道皇帝八成是遇到了家里的烂事，他此刻心中对王瑶是佩服至极，不过他也从皇帝和王瑶的对话中已经得知卫青应该无恙，心里立刻便舒坦了起来。东方朔脑子里一转便赶紧说道："回夫人，齐桓公虽然因管仲而霸，史书上多有称赞，不过他家里的事情可谓是一团污糟，所以微臣隐去不说，以免污了夫人的清听。"

王瑶叹了口气说道："东方大人，皇上要你在宣室殿讲《春秋》，还不是想让臣子们以史为鉴，多给自己点警醒？哪有你隐而不白的道理呢？"

东方朔立刻叩头道："夫人责怪得对！是微臣一时糊涂！这事情还要从鲁桓公说起。鲁桓公十八年夏天，他带着自己的王后文姜去齐国跟齐襄王饮酒，驻留齐国多日，这当中文姜便跟齐襄王私通，结果被鲁桓公发现了。其实文姜是齐襄王的亲妹妹，做出这等事实在是有违人伦。那齐襄王后来干脆一不做二不休，竟然让人谋杀了鲁桓公。这下鲁国不干了，当时管仲相鲁，鲁国可不是好惹的，便要齐国给一个说法。齐襄公的弟弟公子纠和公子小白看到国内昏君无道，恐怕大祸临头纷纷出逃。公子纠逃到了鲁国，管仲为他的太傅；而公子小白逃到了莒国，鲍叔牙当他的太傅。后来齐襄公被人所杀，齐国内乱无主，管仲追杀公子小白，差点把公子小白射死，打算辅佐公子纠为齐王。幸好公子小白装死逃过一劫，连夜赶回齐国即位，这公子小白便是史书上说的齐桓公。齐桓公即位后跟他哥哥一样，跟他几个妹妹也有不伦之举。可是天道好还，齐桓公在位四十多年风光无限，临死前却落得几个儿子争夺王位，自己最后饿死宫中无人安葬的悲惨下场。"

王瑶听罢微微点了点头问道："东方大人，你说的这些故事，可有经史记载？"

东方朔连忙回道："回夫人，这些事都记录在《春秋左传》中，可参阅《桓公十八年》这篇。"

王瑶轻轻摇了摇刘彻的手撒娇道："陛下，你看谁家会没些烦心的事情呢？陛下不要生气了，这件事交给东方大人去办好不好？臣妾陪陛下对弈一局如何？"

刘彻凝神听东方朔娓娓道来，再经王瑶这么一番撒娇，皱着的眉头又松开了一些。他让身边的宫女把王瑶手中的绢书递给东方朔后问道："曼倩，朕家里的这些事情该要如何处置？"

东方朔读了几行字便在刹那间浑身冷汗出透，他大气也不敢出，更不敢看刘彻的眼睛，叩首道："臣不敢妄言天子家事。"

"混账！平日里你一个人的话比满朝文武还多，朕一问你正事便要泼撒赖，小心朕剥了你的皮！"

东方朔愁眉苦脸地说道："陛下要剥微臣的皮，微臣自然甘之如饴。不过……要是宗正大人知道了微臣越俎代庖的事情，恐怕也要来剥臣的皮，那时候怕是……怕是微臣再也见不到皇上了……呜呜呜……"

东方朔说到动情处，仿佛已经要跟刘彻生离死别了一般，跪在地上哭得喘不过气来。让刘彻既好气又好笑，恨不得走上前去踹他两脚。但是东方朔的一句话也点醒了梦中人：信中所说无论是淮南王、衡山王还是江都王的事情，大可都让宗正刘义去查实，再以刘氏家法处置。刘义是代王，还是自己的侄子，当前掌管刘氏宗族事务，无论祭祀丧葬嫁娶家法一应在内，偏生此人又是个刻薄性子，东方朔决计是得罪不起的。最妙的是，这刘义平日里对淮南等国便有成见，数次上书要求将淮南王徙封他地。

想到这里刘彻脸上不由自主地浮现出一丝狞笑。当年祖父孝文皇帝因为淮南厉王刘长图谋反叛，将之流放到蜀郡，中途刘长自杀，长安城中竟然谣言四起，说是皇帝觊觎淮南国土地丰饶物产丰富，不惜逼杀亲兄弟以纳其赋税入朝廷。后来孝文皇帝为了自证清白，竟然把淮南国又重新裂为三国，分封给了刘长的三个儿子，包括现在的淮南和衡山两国。刚才让刘彻心中气恼的是，从霍去病转来的衡山国白嬴和江都国赵吉的密信中看到衡山国和江都国后宫一团乌糟，实在是有违天理人伦；而淮南国又在磨刀霍霍，蠢蠢欲动意图反叛。自己为了对匈奴作战扫除边患，将一干大将如卫青、李广、苏建等人尽数派在北部边疆驻防，只留了一个霍去病在云梦泽以备不测。而且自己还费了那么大的心血，为了安抚淮南王不惜将雷被下狱，将长女刘凌下嫁给淮南国太子刘迁，这么大的恩宠居然还不能打动刘安这班混蛋，实在是忍无可忍！那不如先下手为强，干脆将这三王斩草除根算了。

刘彻一刹那间便打定了主意。他走上前去轻轻踢了一脚还在哭得死去活来的东方朔骂道："曼倩，你现在就跟苏文一起前去传旨，要代王刘义会同张汤前去查实衡山国和江都国之事，让大行令李息前去查实淮南国之事，让他们即刻启程，不得有误！"

东方朔的哭声马上便停住了，叩首道："微臣领旨！"然后就地爬了起来，抹了把鼻涕退下去转身便跑。他还没跑出三步，便听刘彻大声喝道："让审卿去查淮南，韩说带兵三万驻扎河南郡，李息带兵两万驻扎沛郡！任何人要是敢把朕的家事说出去，朕将他碎尸万段！"

东方朔回身领旨，他在原地愣了一会儿才转身走开。皇帝最后两句话他听得清清楚楚，皇帝要审卿去查淮南，那一场腥风血雨就在眼前了。

接下来两个时辰内，羽檄如流星般从未央宫飞往城中各处。张汤、东方朔、审卿三人当晚便到代王刘义府中报到，而李息和韩说则是连夜奔赴沛郡和河南郡调动兵马。谁也没有注意到两只灰色的信鸽在夜幕中飞出了长安，一只朝东南飞去，而另一只则扎进了西南方的夜空中。

当晚代王刘义府中灯火通明，正堂中端坐着腰杆笔直的刘义。他年方二十，看起来却是一副老成持重的样子。论辈分他是刘彻的侄子，但是代王封号极其尊崇，孝文皇帝未入长安继位时便是代王，替高祖皇帝镇守边疆，之后的历任代王都忠于汉室，所以从他爷爷起便是皇家宗正，但凡刘氏家务都由宗正过问，代为行使皇帝的诏令。此刻他看着眼前霍去病的奏章和附上的两封书信，饶是他平日里涵养极好，此时也禁不住出了几身冷汗。

两个时辰前东方朔和苏文前来传旨，并且带来了皇帝转来的密信，东方朔还没来得及回宫，又有黄门飞骑前来，要东方朔跟刘义一起前往淮南、江都和衡山办案。刘义刚请东方朔在堂中坐定，连茶还没来得及倒上，张汤和审卿也气喘吁吁地赶来了，同样是奉旨前往刘义处报到。刘义把三封书信给几人传阅完毕，大家都是倒吸几口凉气，谁也不说话了。

这三封信中第一封是霍去病、许有根和范衡的上疏，原原本本讲述了在衡山郡和彭蠡泽中发生的一切，如果这些事情坐实的话，那衡山国谋害大汉使臣和朝廷命官的罪名肯定是逃不掉的，按照大汉律论处已经是死罪。而第二封是衡山国太子刘爽揭发父王刘赐和弟弟刘孝图谋不轨，私设甲兵、私刻官印、私交闽越的事情，信中还提到了刘孝同刘赐的妃子私通的丑事，如果这一切也被查证属实，那衡山国怕是要被连根族灭除国。

第三封信则更为惊悚。信是江都王内史赵吉绝笔，提到了江都王刘建荒淫无耻，在服丧期间便与父王刘非的妃子淖姬勾搭成奸，连自己的亲妹妹刘徵臣也不放过。刘建为人狠毒，多次无端残杀身边宫人和属官，还跟淮南国太子刘迁勾结，诅咒皇帝和大臣。信中更是提到了淮南王太子私刻天子和丞相大臣印玺，准备矫诏以皇帝名义剥去其他属国封地、赐死其他属国两千石以上大臣，以嫁祸长安天子，借天下大乱后趁机夺取皇位的阴谋。各郡国中唯独江都国和衡山国为淮南盟友得免，其他如齐国、代国、鲁国、赵国、燕国诸王和大臣等统统在被谋害之列。更为发指的是，刘迁竟然通过辽东东胡遗老跟匈奴太子乌维勾结，准备南北夹击攻下长安。

刘义看完信便知这恐怕是大汉立国以来头一件泼天大案。当年剪除诸吕之乱，被族灭的也不过是吕氏一门千余人而已，这下子牵涉到三个王，每家上下少说也有上千人，再加上国中大臣近侍，被牵连的怕是要上万人。他平素是个谨慎小心的人，此时遇到这等难题更不知如何是好了，只能就近问下首坐着的张汤："张大人，皇上虽然把事情交办给了本王，但是这桩要案还是请张大人多拿主意。下一步我们该如何是好？"

张汤本来就在细心观察在座诸人的神色，他见东方朔坐在那里眼观鼻

101

鼻观心，显然是尽量想置身事外，而审卿则是面有得意之色，刘义确实是一副为难的样子，心下便有了主意。他回答道："回王爷，皇上家里出了这等谋逆不伦的事情，心里怕是难受的紧，又没个人能去商量商量。我们要是查得紧了，有干天家骨肉情义；要是查得松了，又于大汉律说不过去，最怕今后再有人效尤，那天下岂不是大乱了？审大人跟我都是廷尉出身，讲的是秉公执法；而东方大人是天子近侍，皇上的心思他最清楚，不如请东方大人示下该如何是好？"

东方朔本来在一边装傻，他最不愿意牵涉到这种皇家是非中，偏生皇帝就要他蹚这滩浑水。现在张汤又把火烧到了自己身上，他当然十分不情愿，于是立刻摆出了一副严肃的神情说道："张大人此言差矣！皇上早已在诏书里交办得清清楚楚，为何大人还要让在下揣摩圣意呢？请大人再看几遍诏书。"

张汤被东方朔这个软钉子刺得无可奈何。他本意是想知道皇帝看到霍去病奏疏后的反应，好来揣测皇帝的心思再见机行事，没想到被东方朔两句话便顶了回来。诏书上明明写着从严法办，绝不姑息，但是鬼知道那是皇帝亲口说的还是东方朔这小子自己写的？诏书的拟定门道多着呢，皇帝哪有一个字一个字仔细看的？所以太监和近臣在当中夹带私货的事情时有发生，但是接诏的臣子们即使心知肚明也不敢声张，只能把哑巴亏吃下肚去。张汤于是也不说话了，堂上一时陷入了沉默。

半晌后，审卿淡淡开口了："王爷，张大人，东方大人，以卑职愚见，一定要按皇上诏书中的意思从严查处。这等大逆不道的事情，哪里容得下半点姑息？各位大人要是觉得怕脏了手，就交由卑职去办好了。"

东方朔重重一拍桌子大声道："审大人真不愧是铮铮铁骨！请审大人放手去查，事成之日，我一定将审大人的功劳原原本本禀告皇上！"

张汤脸色变了一变，随即又恢复了正常，他干笑着附和东方朔道："审大人一片冰心，皇上迟早可鉴。"

刘义听到这三位先后表态，心中的一块大石也落了地。他看了看屋角的更漏道："那本王心里就踏实了。时候不早了，请各位大人就在敝府上歇息吧，明早我们启程前往沛郡。从此刻开始到查案结束，我们四人共进共退，没有本王的谕令，谁也不能离开一步。"

而远在国境西南的张骞一行也历尽了艰辛，他们在五月底才得到了蜀郡太守庄助的增援，加上卓王孙长子卓焕派来的家丁，组成了一支三百多人的队伍，浩浩荡荡朝滇越国进发了。庄助派来的三百精兵衣甲鲜明，军容齐整，卓王孙家里的仆役们也不遑多让，这下子张骞出使的队伍一下子壮大了许多。但是张骞却不以为兴师动众为然，他没有什么可高兴的，只是默默地带领着队伍朝西南继续行进，而大白也带着二白和小白紧紧跟随。一开始随行的兵士和家丁们还对三只豹子甚为忌惮，但是过了几日也就习惯了。

从贡嘎雪山往南行进几日，沿途又路过了三座雄伟的雪山，一行人来到了一条奔腾的大河边。张骞站在河边极目望去，只见远处十三座雪峰傲然挺立，雪山半腰云雾缭绕，看起来气势夺人，甚至远较贡嘎雪山峻峭挺拔。而眼前是一条碧绿清澈的江水，水势湍急。江上只有一条溜索连接对岸，人马牲畜都要经溜索往来。张骞与甘父、卓王孙合计了一下，当即议定请操持溜索的渡工帮忙，把三百多人和牲畜渡过去。

当下两岸的渡工便忙碌了起来。渡人尚且简单，渡马则颇为不易。一条溜索从早上到晚上再到第二天下午才把人马堪堪渡完，最后留在岸边的是张骞和甘父，还有三只豹子。那渡工无论如何也不敢把豹子渡过去，张骞无奈，蹲下了身子摸了摸大白的脑袋对它说道："你带着孩子们去贡嘎雪山下等我，我等回程时再去看你。"大白对张骞的话不置可否，只是偏过头望向一侧。张骞心下稍觉宽慰，便跟甘父一起上了渡工的提篮，两人用手交错攀援，眼看不多时便要到达对岸。

张骞见离对岸不过三丈开外，用不了几下便可抵达，心中感到轻松了不少。正在此时，他见对岸几百名官兵大声鼓噪，对着他身后指指点点大声呼喝，便忍不住朝后看去。这一看不打紧，只见大白口中叼着小白跃进了湍急的江水中，正向着对岸奋力游来。可是江水流势太急，饶是大白已经用尽了全身的力气，还是被江水带着朝下游冲去。下游不远处是一道瀑布，张骞虽然看不到瀑布高低，但是听到水声空冥震撼，料想是极深，水落下去溅起的雾气弥漫上来，在阳光照射下形成了一道极其鲜艳的彩虹。张骞见大白和小白被越冲越远，眼看就要到了瀑布的边缘，他忍不住大声喊道："快跳上来！"

大白仿佛听懂了张骞的话，它奋力游到了岸边，一跃上岸，颤抖着把小白放在了草地上。眼下已经是六月，阳光甚是热烈，但是大白却在阳光下不停发抖。张骞既感动又怜惜，他双手攀援溜索，几下便来到了对岸，跃出提篮便朝大白奔去，到了它身前用手一摸，但觉触手处一片刺骨冰凉，他立刻便明白了，那水是千年玄冰融化所致，是以在六月艳阳天下也是极寒。张骞见到还在一边不停打着寒颤的小白，心下一酸，将小白抱在了怀里，用自己的体温来温暖这只可怜的小豹子。他往河对面看过去，只见二白在岸边来回奔跑，发出一阵阵的悲鸣，似乎是呼唤母亲前来接应自己。而张骞身边的大白则在大口喘着粗气，似乎是在积蓄能量等着游回去接自己的孩子渡河。

张骞心下感动，他用衣襟把小白擦干放在了大白身边，转身朝提篮走去。而甘父已经明白了张骞的用意，他抢了过去一步跨进提篮大声道："主公稍等，我去去就来！"甘父双臂交错，几下便回到了对岸，他轻轻跃上岸边将二白抱住放进了怀里，又顺着提篮渡了回来。岸边几百名官兵见到甘父救回了小豹子，无不欢呼雀跃，一边的卓王孙看到此情此景，心下甚为感动，转眼去看大白时，只见它正低下头，在仔细舔小白身上的毛。

此后十天，张骞一行沿着金沙江岸边的马道逶迤前行。这一路上景色无比壮丽，一边是碧绿的江水，一边是雄伟的雪山，沿途偶尔有往来的商旅路过，路上零星散布着几户西羌牧民。但是越往南行人烟越是稠密，而居民的服饰也渐渐华丽了起来，妇女身上多戴金银饰品。到了第十天一早，张骞一行来到了一个无边无际的大湖之畔，湖边矗立着一座颇为巍峨的城池，随行人员告诉张骞和卓王孙，滇越国的都城到了。张骞大喜过望，他命队伍就地安营扎寨，派使者带上礼物清单和国书前往城中拜访滇越王。不过两个时辰使者便回来报信，滇越王派了特使前往城门外迎接张骞入城。张骞让大队人马就地歇息，他则带了甘父和卓王孙前往，同时命人将丝绸带上作为国礼进献。

张骞等人骑马很快便到了城外，只见一名颇为精壮的汉子迎了上来，张骞等人下马抱拳为礼，那汉子却是双手合十还礼。只听他用流利的汉语说道："滇越国御前行走段子兴奉吾王之命前来迎接大汉天使，恭请各位大人随我到宫中觐见。"

张骞见段子兴分明是汉人，口音竟然是巴蜀一带的方言，心中立刻感觉亲近了许多，他回答道："有劳段大人前来迎接，请问大人可是巴蜀人士？"

段子兴恭恭敬敬答道："回张大人，敝人原籍就在巴蜀犍为郡，先父经商至此便定居了下来，算下来也有四十年了。"

张骞还没来得及回答，卓王孙在一边耐不住问道："段大人，令尊做的是什么生意？"

段子兴答道："回大人，是丝绸和盐。"

卓王孙仰天大笑道："段大人，你家贩过来的盐十有八九是我卓家的！丝绸这一行我不懂，不过卓某可以跟段大人一起把铁的生意做起来，用我巴蜀的铁来换滇越国的金和玉，你看如何？"

段子兴听得双眼放光，他连连称是，心中立刻将张骞和卓王孙奉为神明，一路小心伺候着往城里而去。张骞不停打量四周，只见城里虽然也颇为热闹，但是街市房屋形制规模较长安还是差远了，连天下五都的邯郸、南阳都不如，不过街道上倒是十分整洁干净。一行人径直走了约莫两里开外，拐过街角，只见眼前出现了一片金碧辉煌的宫室，墙壁洁白，屋瓦金黄，虽然远不如未央宫高大，但是也颇有一番气势。段子兴带领张骞等人下马后往宫内走去，入得宫门竟然是一个巨大的花园，院中散养着孔雀和大象，段子兴给他们一一介绍，张骞卓王孙和甘父从来没见过这么大的鸟儿和兽类，不由得面面相觑，颇为惊异。众人穿过花园来到了一座小巧的便殿前，张骞见殿内坐了一个大胖子，身后虽然有四名宫女手执蕉叶不停给他扇风，他还是满头大汗。段子兴连忙趋上前去给那胖子跪下行礼，大声说道："吾王万岁！北面大汉国皇帝派了特使前来觐见大王，祝吾王万寿无疆！！"

那大胖子便是当今滇越国国王庄嘉。他用带着浓重楚腔的汉话回答道："段爱卿，请他们坐吧。让他们说说，来我滇越所为何事啊？"

张骞和卓王孙听到国王竟然能说汉语，更是又惊又喜。庄嘉虽然楚地口音很重，但是张骞他们跟许有根相处过一段日子，也早已经习惯了。张骞走上一步拱手说道："大汉特使张骞拜见殿下，我等奉大汉天子之命出使西南，是想要探寻前往身毒国的道路，同时跟沿途各国修睦，希望能跟大汉互通关市，敦亲以待。大汉天子特地给殿下准备了礼物，以表敬意。"

那边段子兴早已派人将张骞带来的蜀锦捧了上来。庄嘉拿起一条细细抚摸，但觉触手轻柔丝滑，纹理致密，织出来的菱形图案十分漂亮，确实是滇越这里难得见到的货色，不由得眼中放光，十分高兴。他对段子兴说道："段爱卿，去把后花园里的凉亭准备好，本王要跟大汉国的使者们喝几杯！"

段子兴得令，小跑着出了便殿。不一会儿便有宫女来带领张骞一行前往，众人从便殿出发前行，绕过几座大殿来到了后花园。这里占地也是极大，花园中还有一汪湖水，湖中的小岛上也养着几头大象，几名奴仆正在喂大象吃香蕉。大象将一大串香蕉用鼻子卷起来塞进嘴里，不一会儿便吃了两大筐，此等庞然大物的食量让张骞觉得十分震惊。此时庄嘉也来到了花园，他请众人落座，宫女们将酒和食物一道道端了上来。卓王孙看那菜肴都是放在木盘中的芭蕉叶上，多为烤物，有鸡和鱼等，米饭则不知被什么草汁染成了绿色后又被揉成了团子，那酒则是被盛在了银杯里，呈乳白色浑浊状。庄嘉示意开宴，卓王孙尝了尝各种菜肴，觉得调味甚为特别，中有一股酸甜清香，给肉配的酱也是果酱，倒是把大半的肥腻之味给去掉了。酒入口很顺，米香味十足，虽然比不上长安和成都的美酒，但是配着滇越国的菜肴喝起来也别有一番风味。

庄嘉酒量惊人，每次举杯必干，眼见酒过三巡，庄嘉放下了杯子借着酒意问张骞："张骞，本王的先祖庄蹻从楚国而来，到这里也已经一百多年了。先王在世时对本王说过，当年天下群雄争霸，最后只剩下楚汉两国，是汉王用了奸计杀死了楚霸王才得了天下，日后汉王说不定会攻打滇越，因此从先王开始便勤修甲兵不辍。来人！把象阵排出来给这几位大汉国的使者看看！"

张骞脸色顿时变得铁青。滇越国开国国王庄蹻是楚国大将，在秦灭六国一统天下前便出兵入滇，灭了滇越一带的十三个部族，后来干脆也不回楚国了，在这里称王称霸。这段历史在他出发之前便已经做足了功课，也知道滇越国好勇斗狠，远非邻近的夜郎等国友善。只听几声号角响过，对面的湖心岛上突然多出了一百多头大象，张骞心中大大吃了一惊。甘父见那大象每头都有一丈多高，背上驮了一个竹筐，筐中是一名驯象师和三名弓箭手，领头的一头公象怕是有两丈高，两支长长的獠牙在阳光下显得格外狰狞，头象上还坐了一名号手，随着他号角声的长短高低，象群进退有度，动作协调，俨然组成了一个威力无穷的军阵。庄嘉也拿起了身边一个号角吹了起来，只听一阵低沉的声音远远传开，那头象走上几步，用鼻子连根卷起一棵碗口粗的芭蕉树，然后将那树抛向空中，待落下时用右前腿用力一踢，那棵树竟然被踢飞到了十丈开外的湖中，激起的水花溅到了张骞的脸上。

甘父见状大怒，他长身而起便欲朝庄嘉扑去，却被庄嘉的卫士们持剑围在了当中。甘父大声喝道："你这个小小的国王不要不知好歹，我家主公奉天子之命是来跟你修好的，你怎么能在我家主公面前耀武扬威？快给我家主公道歉，我们才饶你不敬之罪！"

庄嘉见到甘父狰狞的神色不由得吓了一跳，说话竟然开始结结巴巴："你……你胆敢冒犯本王，来……来人，把这个家伙拿下！"

张骞见情势危急，立刻站起身来对甘父喝道："放肆！不许在大王面前无礼！"他口中虽然这么说，身子却移到了甘父旁边，用手轻轻拨开指向甘父的数柄长剑，对庄嘉温言说道："大王请恕敝人属下失礼，我代为向大王道歉。大王国中的象阵的确是威力无穷，一般军阵万万不能相比，今天我们算是长见识了！"

庄嘉见张骞言语诚挚，显然是被自己的象阵所折服了，心中的不快立刻便跑到了九霄云外，他也就着台阶便滚了下来，在脸上堆出了笑容："张骞，你看我滇越国如此这般的象阵有十几个，可当别国十万雄师。我听先王说过，大汉国之前不过是关中南边的一个小国而已，后来虽然打败了项羽，但是还老被北边的匈奴欺负。你看这滇海方圆八百里无边无际，却不过是我国的内湖而已，滇越东西南北各有千里之遥，大汉可有我滇越国大？"庄嘉用手朝外指去，那王宫地势颇高，张骞目光所至，果然看到城墙外是无边无际的碧蓝湖水，湖上云雾蒸腾，颇有一番气势。

张骞听到庄嘉竟然要拿滇越国跟大汉比大小，言语中还颇为不逊，心中又好气又好笑，但他还是耐住了性子道："大王，大汉立国八十年，早已不是当年偏安于汉中的小国了。大王国中滇海虽然号称八百里，但是据我所知，在大汉境内地广两千里的大泽就有云梦和彭蠡，八百里方圆的湖泊不可胜数。前楚国虽然很大，但眼下也不过是我大汉的一隅而已，况且前秦一统的六国尽为我大汉所得，南北东西何止五千里之遥！"

庄嘉听到张骞说大汉东西南北各有五千里，不由得瞠目结舌，耳边又听张骞继续说道："大王远离长安，对眼下的情势不大清楚：匈奴欺负大汉的事情早已经是过眼云烟，汉军在卫青大将军的统领下与匈奴五战五捷，匈奴主力已经逃遁到阴山以北，自九原以南的河套之地尽为我大汉所得。大王国中的象阵固然厉害，却也未必能胜过匈奴来去如风的铁骑，更不用说我大汉的箭阵了。"

庄嘉却根本不信张骞说的汉军箭阵能胜过象阵，他大笑道："张骞，你当本王是傻子吗？别说箭了，寻常刀剑招呼到象身上也不过是当搔痒一般，汉军箭阵怎堪我象军一击？"

张骞却不直接反驳庄嘉，他对庄嘉说道："大王，我等随身所携带的兵器就在段大人那里，何不请大王一试我弓弩的威力呢？"

庄嘉看着段子兴点了点头，段子兴命身边卫士将代为保管的张骞等人的兵器奉上。庄嘉看到那具金城连弩甚为别致，在阳光下泛着暗黑蓝的光芒，便拿了起来。他转动摇臂，借着机关的力量将弩弦张开，又取了一支钢箭放入了弩槽中，他看了看四周，举起弩对准亭外五十步开外的一棵木棉树射了一箭，只听破空之声凄厉，那箭竟然将象腿般粗细的木棉树干射穿，只露出一截箭尾的白羽在外面兀自颤动。

庄嘉大惊失色，双手颤抖着放下了金城连弩，结结巴巴地问道："张骞，你……你使了什么妖术？这箭怎么……有这样威力？"

张骞平静地回答道："大王，这不是妖术，这是我大汉巴蜀铁坊中打

108

造出来的铁弩。大王有千头战象，我大汉有三千弩手就够了。大王训练象军怕是要花上几年，而我军打造铁弩只要区区二十七天！大王，我等入滇并非想耀武扬威，而是想跟大王互通关市，打通到身毒国道路。如大王多行方便，我等必将感激不尽，待回长安后禀报皇帝，大汉天子也将重谢大王！"

庄嘉见张骞言语诚恳，又想起张骞带来的丝绸确实极其贵重，显然是抱着极大的诚意而来。他看了看案上的弩，又看看张骞，突然间大笑了起来，他冲张骞说道："张大人，本王何尝不知道大汉国的诚意？此地到身毒国路途还有几千里，沿途尽是雪山大河，你在我滇越国休息几日，本王命人给你备好向导马匹和粮草，再命段子兴护送张大人一行前往。来来来，你陪本王多喝几杯！"

张骞大喜过望，他跟卓王孙对望一眼，异口同声道："多谢大王！"

这一餐竟然吃到了酉时，张骞、卓王孙和甘父都喝得酩酊大醉，被段子兴命人护送回了宾馆。这边几百名汉军将士也被滇越国安排进了城中的军营。张骞回去后便借着酒意沉沉睡去，谁知到了半夜时分却被馆舍外的喧闹声吵醒。张骞披上外衣走出门外，只见十几支火把照得院子里亮堂堂的，段子兴领着一名汉军服色的人走了进来。那人一脸风尘，衣衫破旧，看来这一路上奔波之极，他见到张骞便扑面跪倒，从怀中抽出一枚竹筒递了上来，低声说道："张大人，这是皇上的谕令。"张骞拆开一看脸色顿时变了，他对段子兴说道："段大人，咱们不去身毒了，皇上要我立刻回长安。"段子兴不知发生了什么变故，但是从张骞脸上神色的变化来看，料想绝非寻常之事，他一躬身说道："一切由张大人定夺。"

张骞第二日便匆匆辞别了庄嘉往长安奔去。庄嘉虽然心中略有不快，但也理解君命如山，他派了段子兴陪同张骞同往长安，带了滇越国的黄金和美玉作为礼物，难得的是他还赠给了刘彻一对大象，特地派了三名驯象师跟随。

张骞并不知道长安发生了什么，刘彻在诏书里也没说，只是要他到成都与太守庄助会合，然后两人同回长安。张骞不知道为何皇帝要庄助随行陪他回长安，是以一路上甚为担心。大象行进速度不快，张骞便兵分两路行进，他率领前锋马不停蹄赶路，这样只过了八天便赶到了贡嘎雪山脚下，离打箭炉不过一天的行程了。

眼看天色将晚，张骞命众人安营扎寨，埋锅造饭。这时一路上紧紧跟随的大白却显得躁动不安，围着张骞急急打转，不停咬着张骞的衣袍要带他出去。张骞出了营帐见大白迅速朝山的一侧跑去，他连忙上马跟了过去，甘父见状也立刻上马追去。卓王孙不知张骞所去为何，连忙叫上了十几名兵士策马紧紧跟随。顷刻间众人便奔出了三里开外，此时已经远离了商道，山上满是冰雪，马儿奔跑甚是艰难，开始不停喘粗气。张骞和甘父策马进入了一个甚为狭窄的山谷入口，待到卓王孙率人跟进到谷内时，立刻被眼前的一幕吓了一跳。

只见山谷中的雪地上遍地都是尸首，雪被血染成了一片片的暗黑色。张骞和甘父在谷中肃然而立，大白警惕地蹲在张骞身边看着众人。段子兴借着火把的光亮看去，那些尸首都是身着西羌牧人服色，当中不乏妇女儿童，许多人均是身首异处，死状极为凄惨，怕是有千人之多。有些尸首已经开始发黑，显然已经死去多天。卓王孙心知不妙，这西羌族最是好勇斗狠，睚眦必报，除非将一个部落全部灭门，否则复仇的事情将代代相传，一直到大仇得报。那边张骞已经在问一名随行的汉军骑兵："这些人是你们杀的吗？"那汉军骑兵已经被吓得六神无主，浑身颤抖着说道："回……大人，我们奉太守之命前去跟大人会合，余下的事情……卑职实在是不知道啊……"

张骞阴着脸不说话，他命人前来在谷中挖了个大坑将尸首掩埋。三百多人干了一天一夜才结束，张骞随后在坑前设下酒肉祭祀，然后再率领众人继续朝成都急进，在三天后抵达了成都。张骞、卓王孙和甘父刚刚在卓王孙的别业中洗漱停当，便有蜀郡太守门下一名差役飞马前来邀请三人前往太守府中议事，张骞本来也奉了圣旨要跟太守庄助一同回京，就立刻答应了，于是三人乘车一同前往。抵达后张骞率先下车，一眼便看到了庄助正在门口迎候，而庄助身边一位神态潇洒的灰袍汉子正冲他颔首微笑，竟然是曾经跟他一同出征狼山的骑将军公孙贺。

张骞和甘父见到公孙贺十分高兴，张骞不知公孙贺为何前来成都，心中十分好奇，想着找机会问个究竟。待到卓王孙也和众人寒暄后，庄助将众人引入后堂，席间早有酒菜伺候上了。庄助乃是会稽郡人士，本来就精于美食，此番又把蜀地的风味加了进来，这一桌席面竟是极为考究。众人落座后庄助便频频举杯劝酒，公孙贺见那酒作深琥珀色，入口甚是绵甜，不由得咂了咂嘴赞道："好酒！庄大人，这酒我可从来没喝过，你从哪里弄来的？"

庄助听到公孙贺夸奖，不由得心下十分得意，他回复道："公孙大人喜欢就好！这是庄某家乡会稽郡的老酒，用料甚是简单，不过是寻常糯米加曲而已。这酒倒是温补提气，各位大人多喝无妨。来，再尝尝这豆花吧，这道菜更不寻常。"

卓王孙好奇地端起侍婢刚刚送上来的木碗，只见碗中是一大块凝成羊脂状的白玉，上面堆了一大块豆酱，金黄色的油花漂浮在白玉上，光是看起来就十分漂亮。卓王孙舀起了一勺放入口中，但觉滑腻鲜香至极，不由得大声赞道："好吃！"听到卓王孙夸奖，庄助立刻面有得色，他再朝张骞望去，却发现张骞脸上神色复杂，仿佛心事重重的样子，并不为这豆花的美味所动，庄助心里突然咯噔了一下子，讪讪地低下了头自顾自吃了起来。

张骞并不是不欣赏这豆花的美味。他去年在宣室殿曾经品尝过这稀世美味，但是这玩意儿怕是只有皇帝宫中和馆陶公主府上才有，再有就是淮南王宫里了。庄助府中厨房也能做出这玩意儿，只能说明他跟馆陶公主和淮南王的关系不一般。眼下淮南国的情形不知道怎么样了，雷被在狱中可否安好？卫青在五原是否又有了战事？霍去病和范衡督办水师进展如何？张骞越想越多，眼前的美味竟然无论如何让他提不起精神来。

边上的公孙贺不动声色地将一切都看在眼里，见眼前气氛有些尴尬，便有意打岔道："庄大人可谓有心，这豆花和老酒搭配起来滋味着实不错，我今天算是见识了！庄大人，皇上此番令我前来成都，一是为了迎接张大人回京，二是传旨嘉奖大人。庄大人在打箭炉荡寇，诛杀西羌反贼两千余人，还派兵护送张大人出使滇越。捷报传入长安后，皇上在未央宫早朝时大为赞叹，特赏赐庄大人黄金五十斤，一会儿还要请大人受赏呢！"

公孙贺也是今天跟张骞前后脚抵达，庄助还以为他是来专程迎接张骞回京，想到皇帝对这位跟自己同秩的太中大夫如此厚爱，心里着实有些嫉妒，但是他涵养极好，丝毫没有表露出来。这下庄助突然听到皇帝因为平叛有功赏赐自己，不由得激动万分。虽然眼下还没正式接旨受赏，他还是立刻站起身来朝着北面跪下恭恭敬敬叩了三个响头，大声说道："吾皇万岁、万岁、万万岁！微臣何德何能，竟然受此大赏，微臣感激不尽，日后不惜粉身碎骨以报天恩！"

公孙贺见庄助言辞激动行为夸张，心下颇为不然，咳了两声后说道："庄大人对皇上一片忠心，天地可鉴！敝人定当禀报皇上。请大人速速起身，我还要多敬大人几杯呢！"

庄助一脸凝重地站起身来谢过公孙贺，他正要回到自己的位子上，却听到张骞冷冷地问道："庄大人，被你剿灭的那两千西羌反贼中，怕有一半都是妇孺老人吧？"

庄助的脸上顿时失去了血色，身子晃了一晃，强作镇定对张骞说道："张大人何出此言？庄某的功劳都是把脑袋别在腰里，在沙场上挣出来的，请大人明察！"

张骞冷冷哼了一声，袍袖一拂竟然长身而起转头离去。卓王孙和甘父见状对望一眼，也都停箸不食，随着张骞离开了前厅。庄助只觉得浑身发冷，他往张骞的席上望去，只见杯箸齐整，竟然是连一口酒菜都没有吃过。

公孙贺仿佛对眼前发生的事情视而不见，他自顾自大吃大喝了一阵子，才打着饱嗝站起身来，看着眼前魂不守舍的庄助阴阴一笑："庄大人，敝人还有一个好消息没告诉你，皇上命你速速回京，太中大夫一职，正虚位以待大人呢。"

公孙贺话音未落，一阵阴风掠过堂中，将两排鱼雁桐油灯吹得忽明忽暗，两人映在墙壁上的影子登时交织在一起，乱作一团。

宴后，张骞与卓王孙乘车朝成都别业缓缓而去，甘父不愿意坐车，步行随侍在一侧。卓王孙见张骞心情阴郁，便有心岔开话题，试着安慰他道："张大人，我们从成都出发前约定要去蜀主墓前祭拜，大人此番入京北上也算是顺路，不如卓某明日陪大人前往如何？"

张骞听到要去李冰墓前祭扫，神情顿时从忧郁变为凝重，他朝卓王孙深深点了点头谢道："卓先生有心，张某在此谢过了。"

晚上回府后卓王孙便开始让家人准备少牢之礼，还有酒果饼饵等祭品，一直忙活到深夜。而第二天一早寅时便出发前往什邡。这一路都是在成都平原上行进，车马速度极快，饶是如此，到达什邡章山脚下也是用了两个时辰。张骞在山下看到洛江被一道长堰一分为二，浩浩荡荡分别朝西北和西南方向流去，两岸是一望无际的碧绿稻田，农夫和水牛出没其间，远处村落散布，辰时的阳光斜照下来，将家家户户做早饭的炊烟抹上了一层淡淡的蓝色，看得张骞出了神。

张骞凝望着眼前的一切，心中波浪起伏难以平静，那边卓王孙仿佛没有注意到他的神色，漫不经心地说道："张大人，李冰大人先是把岷江降服，将成都和灌口变成了丰饶之地，接下来又来到广汉郡，将洛江也镇住了。大人请看，前面的白鹤潭就是李大人当年凿通洛江之处。"

张骞往前面看去，只见一方潭水清澈，广约百亩，潭边一群青年女子正在浣衣。眼下正是六月里的炎热天气，几位女子泼水互相嬉戏，还有几位正挽手在水中踏歌而舞，歌声清脆婉转。她们舞姿甚是优美，虽是荆钗素衣却掩饰不住浑身的青春气息，脚下踩着的是正在浣洗的衣服，雪肤碧水相映成趣，见到张骞一行前来也不以为意，洽洽然自以为乐，让张骞忍不住多看了几眼。

卓王孙见张骞心情好转，心中也高兴了起来，继续给张骞介绍眼前的风光："李冰大人将洛江治好后，水流三分入绵竹，七分入什邡，继成都之后，将广汉也变成了天下一等一的富饶之地。可惜李大人为巴蜀人民操劳过度，在大功告成之际仙逝在了治水的任上。"

张骞鼻子一酸。他默默注视着眼前的盛世繁华，想起李冰当年克服万千险阻而终能造福后世无数百姓所经历的艰辛，不由得心下一阵感动。眼见前面一座祠堂耸立，堂中香火缭绕，张骞便下马步行，待走到近处一看，果然是蜀主祠和李冰墓到了。进得祠中，卓王孙早已把准备好的少牢和蜀锦献上，祠中香火极盛，一尊精铁铸成的李冰像巍然而立，怕是有一丈多高，像前立着一块玉牌，上面刻着"蜀主李冰之灵"。张骞在李冰像前肃然跪下，对着铁像行了三跪九叩之礼。待张骞站起身来，看到李冰像脚下有黑铁铸成的两条黑龙和黄铜铸成的一条黄龙，三条龙都回首看着李冰作惊恐之状。在李冰像前跪拜后的人们都来到三条龙前面，用手依次击打龙头，再在龙身上唾上一口，卓王孙陪他三跪九叩完毕悄声告诉他："张大人，传说这两条黑龙是岷江和洛江之主，那条黄龙是掌管地下火气的。李大人来到巴蜀后制服了二江水患，又导出地下火气为百姓煮盐，因此这三条龙便使了恶法让李大人英年早逝。可是这巴蜀的万千百姓如何能饶得过这三条恶龙？前来祭奠李大人的同时便诅咒这三条恶龙，经过这上百年竟然硬生生将这三条龙咒死了！从此巴蜀再无水害火灾，天下财富三分出于此地，全赖李大人在天之灵保佑！"

卓王孙说完，对着李冰像又是深深一揖。

张骞默然良久，缓缓说道："生死都当如李大人，才不枉来这世上一遭。"

卓王孙也默然良久，对张骞肃然说道："张大人凿通天山，勘定滇越，此功可堪与李大人相比。"

张骞摇摇头："西北狼烟未灭，滇越敌友未明，张某何功之有？卓先生，千里相送，终有一别，张某感念先生这一路陪我历经艰辛，同生共死，终生不敢相忘，定将先生之大功报于皇上。此番皇上召我回京，怕是有西北战事交办，请先生这就回成都。只要张骞能够从沙场全身而回，定会邀请先生到长安相聚，届时张某以薄酒相待，请先生万勿嫌弃。"说完他双手抱拳朝卓王孙深深一拜。

卓王孙的嘴唇哆嗦了半天，却说不出一个字。他转过身子忍住不让泪水流下来，张骞就着蜀主祠中摇曳的烛火，看到了卓王孙如霜的两鬓。

张骞日夜兼程赶到长安不过用了八天，于七月初到达了家中。这一路上甚是辛劳，他回府后同甘父简单洗漱用饭，便递了奏章进未央宫。张骞原本以为皇帝立刻便要召见，谁知等了三天也不见动静，张骞期间去了卫青府上拜访，才知道霍去病和范衡还在云梦督办水军，卫青和卫英仍在五原戍边，连卫青夫人都不晓得何时皇帝会召他们回长安。张骞也只能回府等待，没想到这一等，竟然是一个多月。

眼看已经到了八月初，别说进宫面圣，就是连例行的朝会也没了。张骞心里面一直惴惴不安，他想去狱中看看雷被，但是又想起皇帝诏令严禁与雷被私交；他也想四处打探一下消息，无奈这十几年一直在外奔波，偌大的朝堂之上除了卫青霍去病和范衡外竟然没有几个至交好友，他想来想去终于想起一个人，便在晚饭后抱了一坛卓王孙送来的大汉魂前去。临行前他又想了一想，干脆多抱了一坛便乘车出发了。

车行约三里开外便到了目的地，张骞下车后让车夫自行回府，他来到门前将酒放下敲了敲门上的兽环，半晌才有人来应，张骞一问之下才知道主人竟然跟随宗正代王刘义出长安办差了，去的是淮南国，却不知道何年何月才能回来。张骞这下子心中又是惊奇又是高兴，惊奇的是这主人东方朔乃是当今皇帝御前第一近臣，此次前往淮南定是要大索一番，高兴的是雷被的案子果然如范衡所说，恐怕很快就有了分晓。张骞将两坛酒留给了门房便步行回府，他不再乘车便抄了一条近路准备看看沿街的风情。这一年来边境固若金汤，国内百姓安居乐业，所以长安城中已经解除了宵禁。此刻虽然已经到了戌时，但街上人来人往好不热闹。他拐过一条街角路过卫青府前，只见一个瘦弱的少年刚匆匆下马正要往拴马桩上系缰绳，他一眼便认出了那少年竟是丙吉，他几步快走上去拍了拍丙吉的肩膀笑着说道："丙大人别来无恙乎？"

丙吉刚拴好马，回头一看是张骞，立刻便欲拜倒行礼，张骞双手托住他的身子低声问道："丙大人来府上所为何事？"

丙吉看了看四周络绎不绝的人流低声说道："张大人，卑职前来给霍大人回话，请张大人一同入内一叙。"

张骞心中一喜问道："霍大人回来了？他几时到的长安？范大人也一同回来了吗？"

丙吉愣了一下回复道："回大人，霍将军大人还在云梦没回来，霍将军的弟弟五月初被皇上封为郎中，归李广大人节制，这几个月来一直在未央宫里当差。卫大人要卑职将狱中情形报于霍光大人。"

张骞这才明白过来。上次狼山大捷后霍去病从河东郡将同父异母的弟弟霍光带回了长安，皇帝在霍去病远赴云梦时把他弟弟霍光也封为了郎中，真可谓天恩殊宠。他之前见过霍光，虽然年纪不大却颇为老成持重，张骞对他印象颇好。当下二人进入府中，早有执事迎接进了堂上看茶，张骞和丙吉还没坐稳，便听到脚步声急促，一名黑衣少年匆匆跑了进来，见到张骞便单膝跪下行礼，却用平静的语调说道："卑职霍光拜见张大人。"

张骞扶起霍光细细打量，只见他眉目清秀，鼻梁挺拔，嘴唇较霍去病为薄，但眉宇间仍然像极了霍去病，只是身材却矮了不少。张骞笑道："霍大人近侍天子，少年持重，前途不可限量啊！"

霍光脸上一红答道："张大人说笑了，卑职当以大人为榜样才对。大人前来有何吩咐？霍光尽当勉力为之。"

张骞指了指丙吉："我路过大将军府时见丙大人前来，便一同叨扰一下霍大人。我回到长安已经一个多月了，递了奏章进宫也迟迟不见皇上召见，心中不免有些犯嘀咕。霍大人经常随侍在天子身边，能否告知宫中情形？"

霍光脸上竟然露出了一丝难以察觉的苦笑，他顿了一下才从容答道："张大人万勿称卑职大人。大人回长安后递上的奏章，恰巧是卑职进献给的皇上。大人请勿多虑，皇上读了大人的奏章后心情大悦，在后宫近侍面前连连称赞大人不辱使命。皇上近日里没有上朝，是因为王夫人五月里诞下了一位龙子，皇上取名为刘闳，因此在未央宫大宴三日，之后的朝会由于大将军和霍将军还有一干重臣都不在长安便取消了。不过皇上一直都在批阅群臣上奏和地方上计。另外因为大人在奏章中提到滇越国进贡的大象要走水路八月才能到长安，皇上便吩咐卑职待到大象和滇越国使者抵达长安时再安排在上林苑会饮，那时大人必能见到圣上。"

张骞听霍光这么一说，心里竟然是说不出的滋味。皇长子刘据已经六岁，但是仍然没有被立为太子，眼下又多了这么一个皇子，近日来长安街头坊尾都在传王夫人圣眷日隆，这大统之嗣不知皇帝心中会作何想。皇帝连续两个多月不早朝虽然绝非寻常，不过也说得过去。但是皇帝要等到大象前来才召见自己，就真的有点说不过去了。想到这里他突然闪过一个念头，便问霍光道：

116

"圣上在未央宫大宴三日，那可是本朝前所未有的盛举啊！谁来操持的呢？"

霍光恭恭敬敬答道："大人，是馆陶长公主和堂邑侯府上的董偃。圣上心情极好，是出的少府宫帑，说是花了一千万钱。"

张骞心中长叹一声，他不愿意再问下去，便有意岔开话题，问丙吉道："丙大人，雷先生在狱中可好？"

丙吉连忙回复道："回大人，雷先生一切都好，不过昨天夜里从未央宫中押来一名犯人，皇上直接下诏同雷大人关押在了一起。那名犯人名叫庄助，据说之前是蜀郡太守。"

丙吉话音未落，张骞手中的茶杯差点掉在了地上。他跟庄助见面不过是四十多天前，那时庄助还是意气风发的封疆大吏，怎么转眼间便成了阶下之囚？他连忙问丙吉："那庄助是什么罪名？为何要跟雷大人关在一起？"

丙吉想了想回答道："张大人，当时是未央宫宿卫夜里把庄助押进来的，还有一名黄门太监随行。那太监让卑职把庄助带进雷大人的牢房里，说是圣上的旨意，让庄助跟雷大人好好叙叙旧。至于为何如此安排，那庄助是何罪名卑职就不得而知。不过昨晚雷大人便将庄助痛殴了一番，狱吏们知道是皇上的旨意，也都不加干涉，卑职来大将军府上之前刚刚去探视过，雷大人心情颇为不错，那庄助虽然受了些皮外之苦，但是雷大人毕竟手下留情，他也没什么大事。"

张骞心中又好奇又好笑。看来庄助罪不至死，皇帝只是借雷被之手教训教训他，庄助下狱十有八九跟淮南国有关。张骞基本能够断定庄助枉杀西羌族妇孺老人，然后在皇帝面前虚报军功。这事虽然关系颇大，但是张骞也知道毕竟庄助在贡嘎雪山下对他有援助之恩，他并未报于皇帝。想到庄助在成都时公孙贺还奉皇帝之命前来封赏，转眼间却沦为了阶下之囚，张骞身上竟然感到一阵寒意，不由自主打了两个冷战。

那边霍光却幽幽长叹一声道："张大人，丙大人，庄大人的事情颇为复杂，不是三言两语能说得清楚的。两位大人近些日子里不要跟淮南国扯上任何干系，专心各自手里的事情便是。"

张骞和丙吉一起致谢。张骞看看更漏已晚，便同霍光告辞，霍光也不挽留，而是恭恭敬敬将二人送出门外，目送二人离开才回府闭门。张骞见离开大将军府已经有一箭之地，路上行人也渐渐稀少，他低声对丙吉说道："丙大人，我们去内官狱一趟如何？"

丙吉听到张骞的话后身子一颤。他知道皇帝对卫青一家下了禁足内官狱的诏令，不过对张骞似乎并没有特别要求。他用征询的目光看了张骞一眼，见他神色坚定便默默听令，带着张骞朝内官狱走去。

二人很快便抵达了内官狱，当值的狱吏见到主官前来，连忙将两人迎了进去。丙吉未在官署停留，而是直接带着张骞走进了牢中，来到了关押雷被的房间前面。张骞就着昏暗的灯火朝房内看去，只见一人面朝内侧躺在地上的矮榻上，另一人则面壁盘膝而坐。丙吉点着了一支火把将狱室照亮，张骞看到坐着那人背影瘦削，头发花白，而躺着那人身材也颇为瘦长，顿时心下起疑，他问身边的丙吉："雷先生到底在哪里？"

丙吉还没来得及回答，狱室中坐着的那人已经听到了张骞的声音，他的背影被灯火映照在墙上，竟然随着他的身子一起颤抖了起来。张骞看到他缓缓转过身来，脸上泪水纵横，眉眼间却依稀是雷被的模样。张骞心中大惊：只不过四个月没见，雷被竟然瘦成了这样，满头的黑发也变白了大半，定是在狱中吃了不少苦头。想到这里张骞心中火起，他一把揪住丙吉的领子将他拽了过来，低声怒喝道："卫大人让你好生照顾雷大人，你……"

雷被一个箭步赶了过来，隔着狱室的铁栏抓住了张骞的手腕，手上轻轻发力让张骞松开了丙吉，哽咽道："张大人，不要错怪了丙吉兄弟，他……把我照顾得很好……"

张骞看着雷被，心中五味杂陈，竟然一时说不出话来。这时地上躺着的那人也已经醒转，他看到狱室门外站着张骞，竟然一下子起身扑了过来，隔着铁栏紧紧抓住了张骞的袖子哭喊道："张大人救我！张大人救我！！"

那人虽然被打得鼻青脸肿，张骞还是一眼便认出了他是蜀郡太守庄助。庄助这次被皇帝诏令下狱对张骞来说颇感意外，看到眼前庄助这副落魄的样子张骞不由得心下恻然，他温言对庄助说道："庄大人少安勿躁，张某同雷大人一叙后再跟大人说话。"

庄助却像是完全没有听到张骞在说什么，他仍旧紧紧抓住张骞不放，在一边的雷被早已经不耐烦了，他左掌挥出打在庄助肩上，将他击倒在了地上，庄助身上吃痛，哆哆嗦嗦不敢起身再凑过来，而是蜷缩在角落里瑟瑟发抖。

　　庄助在元光年间便已经是太中大夫，随侍皇帝身边多年，可算是张骞的前辈，他一个月前还是威震一方的封疆大吏，现在却沦为阶下之囚，想到这里张骞恻隐之心大发，正要替庄助求情，这一切却早已被雷被看在了眼中，他对张骞缓缓说道："张大人，这狗贼私自结交淮南王，十几年前便存了大逆不道之心，依大汉律该被腰斩弃市诛灭九族，大人千万不可对这等蛇蝎之人存了慈悲，到最后反而被小人所害。"

　　庄助在地上大声喊道："张大人，在下是冤枉的，大人……千万不要相信雷被的话啊……"

　　雷被冷冷一笑说道："庄助，你在建元六年出使淮南国，回来时陪着刘安一同进京好不风光！刘安离开京师回寿春时田蚡在灞桥置酒送别，田蚡对刘安说了什么你还记得吗？"

　　庄助神情惨然，他用力回想，顿时变得脸色苍白，把头低了下去不敢再看雷被，死死咬住嘴唇不说话了，耳边却仍旧传来雷被金石一般冷冷的声音："田蚡对刘安说，皇上膝下无子，千秋之后只有淮南王大德可配天下，你当时就随侍在一侧，不仅没有斥责田蚡这大逆不道之言，还火上浇油说刘安是高祖皇帝的亲孙子，德行仁义天下无人不知。假如有一天宫车晏驾皇上过世，不是刘安又该是谁继位呢？"

　　庄助听得心惊胆战，这话他确实在刘安和田蚡跟前说过，雷被当时是刘安的护卫，可是说话的时候刘安分明将雷被远远支开到了灞桥对岸，在场的只有刘安、田蚡和他三个人。难道雷被的武功已经到了出神入化的境界，练成了顺风耳不成？

　　"那时我要是下定决心把你和刘安一起告了，估计就没有今天这场血雨腥风了。可惜当年我顾忌田蚡是国舅，皇上不会相信我一个淮南国卫尉的话；又念及刘安待我不薄，再说隔着那么宽的灞河，我也不敢说自己听的就真切了，我就把这件事咽进了肚子里，打算到死也不说出来。这么多年来我

119

一直在想，皇上待你恩重如山，你为何还要这么做，后来才知道是因为你之前得罪了田蚡，后来又见田蚡权势熏天，便想通过撮合刘安和田蚡来化解你和田蚡之间的恩怨，然后死心塌地当田蚡门下走狗。只不过你没料到田蚡没几年便被窦婴和灌夫索了命去，你干脆便横下一条心跟了刘安。可是刘安和你做得太过了，不仅要刺杀皇上，还要刺杀卫大将军和霍将军。你难道是吃了豹子胆，竟敢做出这等大逆不道之事？"

雷被说的句句是诛心之言，庄助听在耳中，便如一阵阵天雷轰顶，炸得他头昏脑胀，他只觉得呼吸越来越困难，眼前越来越黑，伴随着一阵突如其来的耳鸣便失去了知觉。

雷被冷冷看着躺在地下昏死过去的庄助，面无表情地用脚踢了踢他。丙吉连忙附身去探他鼻息，发现呼吸无碍便放了心。雷被见张骞望着地上的庄助出神，便有意岔开话题："张大人既然来了，不如我们坐下来饮上几杯？"

张骞这才回过神来，他还在想如何能在这牢里同雷被饮上几杯，那边厢丙吉已经在榻旁的竹篓中搬出来了两大坛酒，一大块熟腊肉，他老练地用佩剑将腊肉切开，将酒倒入三个粗陶碗中，放在一条食案上端了过来。张骞举杯与雷被对饮，但觉酒香甘洌醇厚，虽然入口颇为甜腻，也算是一等一的好酒了，不禁赞道："这酒可不俗，看来雷先生日子过得不错！"

雷被仰天大笑道："张大人，这酒是丙吉小兄弟从簪玉楼买来的，号为流香雪，虽然比不上大将军府上的桂魄菊魂，也算是聊胜于无了。"雷被随手接过丙吉手中的食案放在了榻上，招呼张骞和丙吉坐下后递给了丙吉一碗酒对他说道："这杯酒你要敬张大人，张大人是当世四大英雄之一，你得好好跟张大人学学。"

张骞听到雷被如此抬举自己不由得脸上一红，他跟丙吉碰了一下酒碗："丙大人，雷先生谬赞了，英雄两字实在是不敢当。适才错怪了大人，请大人见谅！"

丙吉见张骞如此谦逊，心中既感动又佩服，他将碗中酒一口气喝干，对张骞结结巴巴地说道："雷……雷先生平日里教习卑职读书，经常跟卑职说起当世四大英雄是卫大将军、范大人、霍将军和张大人，张大人今日赏光前来，卑职……实在是荣幸之至！"

张骞摇了摇头："雷大人着实是过奖了。卫大将军和霍将军大败匈奴，保我大汉亿万生民安全，为我大汉高庙列位先祖雪耻；范大人营造兵器转运粮草，助皇上运筹决胜于千里之外，此等功勋才当得起大英雄的名号。张某出使西域十三年一事无成，出使西南又无功而返，心中实在是惭愧啊！"

丙吉见到张骞神色竟然一下子黯然了下来，刚才与雷被久别重逢的喜悦在他脸上、眼中顷刻间消失殆尽，一时间也觉得心下格外酸楚。他默默从榻前的食案中拿起一样东西递给了张骞，张骞接过就着火光一看，竟然是半头大蒜。张骞在大月氏曾经见到当地人以大蒜烤羊腿，配起来吃风味特别，又知道当地人以蒜为药，便从西域带回了大蒜的种子。此时张骞细细端详手中的大蒜，只见它颗粒饱满皮光肉滑，比西域所产个头大了一倍还不止，只听丙吉慢慢说道："张大人，卑职见识浅薄不敢妄言，但是知道大人当年从西域带回来不少种子，现在上林苑中遍种葡萄和苜蓿，而这大蒜也都在集市上能买到了。自从去年卑职在内官狱给犯人饮食中加上了大蒜，死于腹泻和痈疽的犯人少了十之八九。卑职还听说大将军北伐匈奴所用战马也是被张大人带回的苜蓿所养，眼下脚力已经跟匈奴战马不相上下。卑职不知道别人怎么看，但是卑职却明白，张大人所立功勋世人眼下未必知道，可是此中功德，十年百年后必昭显于世，为后人所仰止啊！"

张骞听到丙吉这番话说来也不结巴了，竟然流利了许多，心中颇为惊异。他就着灯火仔细端详丙吉，只见火光描绘出了他棱角分明的脸庞，一层晶莹的光芒在他的双眸中跳跃闪动。张骞心下一阵感慨：这少年竟是一个忠厚明理之人！他不再跟丙吉争辩，而是转向雷被问道："雷先生，刚才你说庄助当年得罪了田蚡，后来又想巴结田蚡，再后来又勾搭上了刘安，张某离开长安太久了，这当中原委曲折，还请先生讲个明白。"

雷被将手中酒碗和腊肉放下，思索了一会儿才开口："张大人，庄助当年和你同列朝堂，品秩还在大人之上。要说这庄助当年发迹还得从建元三年的闽越国之乱讲起。那年闽越国发兵攻打东瓯国，东瓯国派使者到长安请求援兵，当时的太尉是国舅田蚡，田蚡觉得那东瓯和闽越都是蛮夷，让他们打来打去自生自灭算了，因此擅自按兵不动。皇上当时即位不久，却是庙算无双，便请了大臣们当廷辩论。庄助在朝堂上说，如果属国受到欺凌请求大汉援助而不果的话，那属国便会认为大汉既无情无义，又无力保护属国平安，如此这般为何还要归附大汉呢？如果这次皇上不发兵援救，那今后四方属国必将存了反叛之心，难保不会再有孝景皇帝年间的七国之乱发生。皇上觉得庄助说得很有道理，便发兵平息了闽越国之乱，庄助也因此见宠于皇上。"

"可是当时反对皇上出兵的不仅有田蚡，还有淮南王刘安。刘安是不想皇上染指于东南，而田蚡和刘安素来交好，两人便串通一气。庄助后来知道自己这下子得罪了两个厉害的主儿，即使眼下得宠于皇上，今后日子怕是也不会好过，便有意巴结田蚡和刘安以图后路。谁知道庄助费尽心思跟田蚡勾搭上了没多久，田蚡就得了暴病身亡，这件事对庄助打击挺大，让他消沉了颇有一段日子。"

张骞隐约知道田蚡是被传说中窦婴和灌夫的鬼魂索去了性命，就在他回长安前四年。当中的曲折却不甚清楚，于是便问雷被："听说田蚡之死跟窦婴和灌夫有关，雷先生可知道其中细节？"

雷被苦笑着点了点头，长叹一声说道："说来话长，这三个人的死，跟敝人都颇有干系。"

张骞和丙吉都是心中大骇，他俩对望一眼，屏住呼吸等着雷被继续说下去。

"窦婴是孝景皇帝的太后、当今皇帝的太皇太后的侄子，其实跟孝景皇帝还是平辈。当年七国之乱兵火最盛的时候，窦婴跟随太尉周亚夫前去平叛，在睢阳城下大破吴楚联军，窦婴麾下最为勇猛的是李广和灌夫二人。二人都因为军功被孝景皇帝擢升，李广成了郎中令，而灌夫成了中郎将。窦婴回到长安则被封为了魏其侯，建元元年又被当今天子封为了丞相，一时间权势无双。"

"可是没几年窦婴便失了势，缘于他得罪了自己的亲姑妈太皇太后窦氏。窦太后雅好黄老之术，可窦婴却尊奉儒家。再加上窦太后对孝景皇帝的同胞弟弟梁孝王宠爱至极，早就想把孝景皇帝的大位传给梁孝王，却被窦婴在朝堂上秉言直谏未能成功，心里对这个侄子极为不满，便找了个借口把他的官职免了赋闲在家。窦婴平日里无所事事，再加上当时灌夫也因罪免官流落在长安城，二人便交往甚密，情同父子。"

"那灌夫在长安极力结交四海豪侠之士，偶然间听说了田蚡跟淮南王结交、两人对皇上出言不逊的事情，便上告了朝廷。田蚡哪里肯示弱，也查实了灌夫家人在颍川横行乡里，鱼肉百姓的事情，也上告了朝廷。双方一时闹得不可开交，后来才经人调停算是和好了。可是不久后在田蚡的婚宴上灌夫借着酒劲大骂座中宾客，田蚡实在是受不了这口恶气，便把灌夫抓起来送给了廷尉。皇帝早朝上让群臣议罪，满朝文武一大半人都不愿蹚这滩浑水，一时间议而不决，最后王太后知道了，把皇上召进了长乐宫，哭着说她老人家在世时下面的臣子就敢这样欺负她弟弟，如果她要是晏驾后还不知会发生什么事情。皇上被太后这么一通数落，顿时起了杀机，诏令廷尉将灌夫夷灭三族。"

"皇帝诏令一下，窦婴便坐不住了。他跟灌夫情同父子，无论家人如何劝说，他都横下了一条心要救灌夫。孝景皇帝去世前将当今天子托付给了窦婴，并且给窦婴留下了一道免死遗诏，窦婴便从家里找到这份遗诏前往宫里，想以这道免死金牌换灌夫一家的性命，请皇帝给灌夫一条生路。可是皇帝让尚书监在宫里找寻遗诏的存底，找了三天三夜也没能找到，便以欺君之罪把窦婴也关进了大狱，过了几个月竟然把窦婴也杀掉了。"

张骞和丙吉回想当年的情形，心里不由得感慨万千。张骞问雷被："雷先生，窦婴当年力阻梁孝王继位，按理说对皇上有恩才对，为何皇上如此对待他呢？"

雷被冷冷笑道："在皇帝老子的眼里，谁都是欠他家的，哪里有这么多情分可言？况且张大人有所不知，窦婴虽然没让梁王继位，但是当年孝景皇帝废太子刘荣立当今天子，这窦婴也是极力反对的，你说皇帝能对他好到哪里去？"

丙吉和张骞听雷被这样说皇帝，都觉得背上一阵发冷。二人觉得雷被说的虽然有道理，可是都不愿意多往深处想。一时间三人都沉默了下来，半响后雷被才接着悠悠说道："当年窦婴被投入都司空狱，也就是现在的内官狱，住的就是眼下我们所在的牢房。"

丙吉和张骞听到后都大吃了一惊，丙吉问道："雷……雷大人，你来看望过窦婴吗？"

雷被低下了头说道："是的，当年我来看过他，不过他不知道而已。这次皇上把我投入内官狱，进的也是这间牢房，我来了就认出来了，世间报应可谓分毫不爽。这许多年来我一直对窦婴抱愧。窦婴是个忠直之人，于社稷也有大功。孝景皇帝给他的赎死遗诏是真的，在未央宫里也留了一份。是刘安……为了让田蚡得势，命我进入石渠阁偷出了先帝遗诏，害……害死了窦大人……"

听雷被说他潜入未央宫石渠阁偷出了先帝遗诏，张骞和丙吉先是大惊失色，后来看着雷被的眼泪一滴一滴落在食案中，不由得心下凄然。张骞脑子里一时间翻腾不已：如果雷被没有去偷孝景皇帝遗诏，那么窦婴就不会死，说不定还能保下灌夫一家，这两人虽然可能不会得势，但是田蚡要是没死的话倒恐怕现在还在丞相的位子上。田蚡与窦婴和灌夫的争执最后以三方俱败告终，如果这三人活到现在，真不知道这朝堂上会是什么样子，卫青是否还能像今天这样得宠？

张骞正要温言安慰雷被几句，却看到丙吉给雷被倒了满满一碗酒说道："雷大人莫要自责，卑职知道灌夫是死有余辜，窦婴一意回护不法豪强本来也是死罪，跟大人偷不偷那份遗诏关系并不大。卑职听说田蚡是被窦婴和灌夫的鬼魂索了命去，这件事至今还在长安城中流传。不过以卑职的愚见，说句大不敬的话，这三人死了倒好，否则我朝中怕是不得安宁。再说这三人在位时也没见他们能从匈奴手中抢回一只羊来，倒是卫大将军夺回了河套之地，让我等能吃上这等美味的腊羊肉。"

丙吉说完低头又切下了一大块腊肉递给了张骞，张骞接过腊肉，一口长长的浊气从胸中呼了出来，让他心里大为舒坦。张骞咬下一大口腊肉，但觉肉质鲜美无比，正是当年在朔方镇守时吃到的滩羊无疑。

第
六
章

射雕九原

　　八月一过，五原和朔方两郡周围方圆数千里的草原已渐渐变黄，秋风拂过大地，将长草吹出一道道波浪。眼下正是午时初刻，一只狐狸正在长草间奔走觅食。突然间它竖起了耳朵，鼻子在空中嗅了嗅，朝上风方向跑去。它越跑越快，翻过一道土梁后停了下来。只见眼前十几丈开外一只灰兔正趴在一块巨石旁边，窝在秋风中瑟瑟发抖。狐狸见到灰兔，兴奋得颈中的毛都倒竖了起来，它伏低身子，隐没在草丛中悄没声地朝前挪去，眼见已经挪到了离兔子三丈开外，那兔子仍然没有察觉到眼前的危险。那狐狸一声低吼，前爪刨地便向兔子扑去。兔子见到狐狸扑来，只能蜷作一团坐以待毙，可就在狐狸扑出去的一刹那，只听破空之声隐隐，一支利箭嗤的一声没入狐狸身子，箭镞透身而过，只留下三寸许长的箭羽露在身侧。那羽箭来势甚强，将数十斤重的狐狸斜斜带出三尺开外，在地上挣扎几下便不动了。

　　而天空中一直盘旋着的几头黑雕将这一切看得清清楚楚，它们却不急着飞下来，仍旧是冷眼旁观地上发生的一切。转眼间只听马蹄声疾，十几骑汉军骑兵前呼后拥着一位锦袍银冠的年轻人策马飞驰而来，行到石前众人纷纷策马立住，一名校官下马飞奔到石下从狐狸身上拔出箭，提起狐狸转身走到年轻人身前恭维道："苏公公好俊的箭法！"

　　那苏公公乃是当今长安未央长乐两宫内侍中第一红人苏文。他此番离宫前来五原郡，是奉天子刘彻之命前来给镇守在五原郡郡治九原城的大将军卫青颁布赏赐的。这几日里在五原郡卫青和苏建对苏文好生招待，让他一个太监竟然过足了当镇守边塞大将的瘾。今天苏文又要出城秋狩，卫青一开始并不同意，生怕他有个什么闪失，但是实在拗不过苏文一再坚持，再加上卫青和苏建这几个月四面出击也不见匈奴军队的影子，便同意了他出城，同时给他配了十八名百里挑一的骑兵护卫。

此时苏文十分得意，他摸着自己光溜溜的下巴微笑不语。随行诸人当中突然有人指着巨石边蜷着的灰兔问道："那只兔子是谁绑在这里的？"刚才拔箭的那名校官看了一眼笑道："定是寻常猎户……"他话音未落，众人耳边只听一声弦响，一支短箭已经从他喉间穿过，一股鲜血激射而出，溅落到身后的草间。

那校官仰天便倒，立时气绝身亡。众人被这突如其来的变故吓了一跳，各自弯弓在手纷纷四处望去，但见黄草连天，四面连个牛羊的影子也见不着。正惊疑间，耳边又隐隐听到三声弦响，随行中又有三人应声而倒，都是箭箭穿喉当即毙命。

苏文被这突如其来的变故吓傻了，只听身边一名校官大声喝道："有埋伏，大伙儿赶紧撤！"众人这才如梦初醒，纷纷策马往九原城方向跑去，但听耳边弓弦声不绝于耳，顷刻间又有三人中箭身亡。余下众人俱是心惊胆战，无不纵马狂奔，巴不得早点离开这是非之地。

一口气纵马跑出两里多地，苏文往后看去并不见有追兵尾随，他心中又惊又怒，如果这样就跑回九原城，连个敌人的影子都见不到的话，这事情传出去自己的脸可真不知道要往哪里搁了。想到这里苏文勒马清点手下，己方已经损失了七人，只余下十一骑跟随在侧。苏文极目回头望去，只见长草间隐隐散布着几具汉军尸首，失去主人的战马四散于草原各处。在方才停留的巨石旁，三名身着皮袍、头戴皮帽的匈奴人在长草间若隐若现。苏文细细查看四周，见除此三人外并无其他匈奴援军，不由得又羞又怒，大声向左右喝道："给我把这三个蛮贼宰了！"

"是！"左右领命，当即有六骑应声而出，催马向三人奔去。刚跑出一箭之遥，眼见那三名匈奴人就要进入汉军强弩射程，只听到一声哨响，三人转身没入了长草之中。当前三名汉军骑士勒马四处望去，只见草浪滚滚，哪里有匈奴人的影子？正张望间，只听几声弦响，三人都被箭射下马来倒地身亡。余下三名汉军齐声怒吼，从马上跳了下来蹲低了身子持弩四处搜寻，却被不知哪里射出的冷箭一一射中，只听远处几声惨叫传来，那三名汉军骑士也已中箭倒地身亡。

苏文远远看到这一幕，心中异常惊骇。自己所带十八骑出九原大营秋猎，到现在只剩下五骑，敌人却只有三位。苏文平生从未受过这等奇耻大辱，他血气上冲，顾不得自己的身份便从腰间取下金城连弩纵马奔了出去。苏文从前并没有用过弓弩，只是这次前来五原郡才第一次用上这等神器，没想到取准杀伤竟然这样容易，几天下来便爱不释手。身后的随从见主官冲锋陷阵，也都拨马紧紧跟在后面追来。转眼间苏文便策马来到了大石跟前，他就地打了几个转，只见原上黄草及腰，哪里能看到人影？他箭在弦上却无处可发，正犹豫间听到身后几声惨叫传来，又有三名汉军被射下马来，苏文还没回过神来，只觉得肩上一阵剧疼，一支利箭已经深入肩骨。苏文大叫一声，手中的弩立刻扔了出去，还没容他策马狂奔，身下坐骑一声惨嘶撒蹄就跑，原来马臀上也中了一箭。余下的两骑随从见苏文落荒而逃，也拨马就走，耳边只听到几声弓弦响，又有一人被射下马来。

与此同时，卫青正在五原郡将军府里跟郎中令李广、校尉苏建和赵破奴、郎中苏武一起议事，李广特地奉旨从右北平赶来，带领强弩校尉赵破奴一起与卫青商议今冬明春如何防备匈奴袭扰，并趁其不备奔袭匈奴王庭之事。五人谈到了午时三刻，宾主尽欢，卫青招待李广等人在府中用过了酒饭后，李广便向卫青和苏建告辞，卫青知道李广军务繁忙，九原城离右北平尚距千里之遥，便没有挽留他们，而是送李广和赵破奴出了大门。卫青一出门便看到一个十来岁的小男孩在门口牵着一匹马等候，那小男孩身着狼皮袍子，头发被剃成了板寸，但是一双大眼睛却黑白分明，极有神采。卫青并不认识这个小家伙，五原郡在黄河以北，靠近匈奴腹地，不像朔方有大批屯垦的边民，因此妇女儿童绝少出现在这里。卫青正要开口询问，只见那小男孩已经牵马奔上前来，对着李广亲热地叫了一声爷爷。李广将小男孩抱进了怀里，用粗糙的大手摸了摸他的脑袋，平日里不苟言笑的脸上竟然立刻写满了慈爱。他俯身对小男孩说道："陵儿，这就是爷爷经常给你说起的卫青大将军，快去给大将军磕头！"

陵儿见到卫青又惊又喜，立刻上前跪倒在地大声说道："李陵拜见大将军！"卫青听到李陵的名字，这才想起来之前听苏建说过李广长子李当户早死，留下一名遗腹子名叫李陵，眼下甫一见到，卫青立刻便喜欢上了这个神气十足而又持重有礼的孩子。他将李陵从地上扶了起来，用略带责备的口气对李广说道："李将军，下次前来务必让陵儿进府中等候，跟我们一起用饭！"李广嘿嘿一笑算是回应。卫青吩咐身边的侍从："快去厨中取些烤羊肉和面饼过来，给这位小哥在路上吃。"那侍从立刻领命飞奔而去，片刻工夫便用桐油布包了满满一大包烤得香喷喷的羊腿肉和面饼出来。李陵闻到扑鼻的香味传来，无声地咽了一口口水下去。

这一细微的动作也没能逃过卫青的眼睛。卫青知道李陵饿了有些时间了，他心下歉然，立刻从布包中拿出一片面饼，裹了满满的羊肉递给了李陵，李陵接过后低头道谢，马上狼吞虎咽吃了起来。卫青低头看着眼前的这个孩子，仿佛在他身上看到了当年霍去病的小小身影，他鼻子一酸，转头望向了天际南飞的雁阵。

李广心下一阵感动，没想到自己的上司竟然是如此一个面冷心热的人。他跟随卫青征战多年，一直见他不苟言笑，律己极严，此刻对待陵儿却是犹如慈父一般。但是李广并不善言辞，他不知道该如何向上司表示感谢之情，又不愿看着李陵急匆匆的吃相而难过，也只好顺着卫青的眼光去看天边飞雁。

卫青眼角的余光见到李陵转眼间便吃掉了大半个肉夹馍，生怕他噎着，便将腰间的皮囊解下来递给了他。李陵咬开塞子仰天便喝，咕嘟咕嘟几大口将嘴里的食物冲入了喉中，他抹了抹嘴赞道："好酒！谢大将军！"卫青见他小小年纪却颇有慷慨豪侠之气，心下更是喜欢，对李陵笑道："小朋友，你喜欢这酒便拿去带在路上喝好了。"

李陵再次谢过卫青，他却不再喝皮囊中的酒，而是递给了李广道：

"阿爷，你尝尝！"

李陵这个小小的动作把周边的大人们都逗笑了，苏建对李陵说道："你这孩子倒是孝顺，你阿爷刚才已经喝了不少，这酒是大将军府上珍酿，名为桂魄菊魂，连皇帝宫中的酒也比不上呢！大将军给你阿爷也带了十坛在路上喝，你这娃娃路上可切莫贪杯！"

这番话说得众人莫不灿然而笑。李广心下百感交集，他拱手冲卫青说道："大将军的恩德李广记住了，定不负大将军所托，渔阳、右北平一带就交给卑职镇守，保证不让匈奴一人一马入境！"

李广话音未落，众人听到远处一阵喧哗，卫青定睛一看，只见两名校官搀着未央宫内侍中第一红人苏文蹒跚而来。苏文背上还插着一支短箭，他脸色苍白，显然是失血不少，见到卫青后他扑面跪倒在了地上，失声痛哭道："请……大将军恕罪，小人中了匈奴……大军的埋伏，随行尽数被射死……呜呜呜……"

这下轮到卫青和李广吃惊了。九原城外已经修筑了不下千里的长城，不下百座的烽燧，匈奴大军前来怎会丝毫没有察觉？两人赶紧极目四望，并不见一丝狼烟升起，心下才稍稍放宽。卫青温言安慰道："苏公公请起，这到底是怎么回事？"

苏文哭得上气不接下气，一时无法回答卫青。李广就近细细查看苏文背上的短箭，很有把握地说道："苏公公莫要惊慌，跟你交手的不是匈奴大军，是匈奴族中射雕为生的猎户。"

苏文听到李广说自己是被匈奴猎户所伤，心中顿时气不打一处来，他的口齿立刻伶俐了起来，大声说道："李将军，匈奴平民怎么能连克我十七名精骑？定是匈奴军中万里无一的弓手，你莫要托大了反被敌人所害！"

李广不再理会苏文，他对卫青说道："大将军，匈奴族中能射雕者，本来就是百里挑一的射手。请大将军休息片刻，我和破奴陵儿去去就来。"他一声唿哨，转身几步跨上坐骑便飞奔而去，还没等卫青拦阻，赵破奴和李陵竟然几乎同时跟着李广跃上骏马，三人绝尘而去。

李广在九原城北门问清了苏文等人回来的方向，率领赵破奴和李陵朝北飞驰而去，一路上只闻蹄声滚滚，只不过两炷息香的工夫，三人已经遥遥可见散落在草丛间的汉军战马和那块巨石。李广在距巨石千步之外勒马停住，他朝四周仔仔细细看了一会儿，又往天上望去，极目所至之处但见天空一碧如洗，只有几片白云挂在西方天际，原野上四处散落的汉军尸首在随风起伏的草浪中隐约可见。李广右手一按马背，轻轻跃落地上，他从腰间抽出一支长箭直插入土中，用手大致量了一下箭影的长短，他估摸着敌人步行已经跑出了十几里开外。李广随即拔出长箭回身上马，示意赵破奴和李陵随他前行。三人往北奔驰了约莫一顿饭的工夫，李广看到远处天边有几个黑点在盘旋，随即下马将马拴在近处一片洼地中的石头上，然后伏低身子在草中急速向前奔去，赵破奴和李陵也效法紧紧跟随。三人往前奔出三里多地后已经能看清楚天上盘旋的黑雕的轮廓，李广示意李陵躺在草丛中，给他手里握了一柄短剑，他和赵破奴则分开潜入李陵周边的长草之中，两人手中铁弩都已上弦，伏在地上等候敌人前来。

不一会儿，空中翱翔的黑雕果然看到了躺在地上的李陵，三只朝李陵飞来，却不急于俯冲，而是在高空观察李陵的动静。李陵知道此时不能乱动，他眼睛半闭看着黑雕的一举一动，握紧了手中的短剑，等着黑雕俯冲时用以自卫。而李广则将右耳贴在地面上，聆听着地上传来的动静。

过了约莫一盏茶时分，李广听到一阵马蹄声从南边传来，他仔细聆听却发现情况不对，李广分开眼前的长草往声音传来之处望去，只见南边五里多地开外五名汉军骑兵正策马朝这边奔来，那五人显然已经看见了李广三人系在低洼之地的战马，他们驰近后便停了下来牵马徒步朝自己隐蔽的方向走来。眼见五名汉军越走越近，李广心中暗叫不妙，他低声学了两声鸟叫，不远处的赵破奴会意，借着长草的掩护奔了回去，就在赵破奴将要跟前来汉军会合的刹那，李广听到两声弦音响过，前来的五名汉军战士已经被射倒两人，赵破奴飞身而起将余下当先一人扑倒在地，只听又是两声弦响，另外两名汉军也中箭而亡。

李广心中大怒，这几声弦响来自三个不同的地方，显然是敌人已经来到了周围，却被前来的汉军吸引了注意力，于是布下了陷阱等着汉军自投罗网。李广从草中长身而起，对着一处弦响发出的方向连射两箭，随即就地滚倒，他在长草的缝隙中见到了一名匈奴猎人被自己刚才两箭的风声所惊正站起身来重新寻找掩护，李广一箭射出，只见那白羽宛如一颗流星直奔敌人而去，直直射入那名匈奴猎人的额头，那人连哼一声都来不及便倒地而亡。

李广看着那名匈奴猎人直挺挺倒了下去，此时从他的左侧传来了一声悲愤的呼喊，李广看到一个人影在草中猫着腰朝死去的那名猎人处飞奔而来，他算准余量，轻轻扣动弩机，将那名匈奴猎人从侧面射了个透。那人奔跑之势未衰，朝前打了十几个滚才停了下来，也已经气绝身亡。

这时赵破奴也已经拉着那名汉军骑士伏身奔了过来，将他一把按在了李陵身边。赵破奴这才发现来人竟然是苏武。他示意苏武跟李陵并排躺好不要出声，然后缓缓退开到李广的另一侧。李广和赵破奴各自又换了一个地方潜伏停当，等着剩下的敌人出现，两人在长草中一动不动宛若石像。苏武躺在李陵身边，对刚才发生的一幕仍然心有余悸，竟然不由自主颤抖了起来。李陵见苏武受到了惊吓，伸手过来拍了拍他，苏武见这个半大孩子的眼神竟然十分镇定，心中惧意渐渐消去，他调匀呼吸躺在地上，静静等着最后决战的结果。

一时间四野寂寥，只有风声掠过草原的沙沙声隐隐在耳边，间或听到一两声雕鸣。李广见天上的黑雕聚集越来越多，显然已经发现了地上的尸首，他心中一动，爬到一名匈奴猎人的尸首边，从他的怀里摸出了一枚小小的骨哨，轻轻吹出了三声短音。

赵破奴和李陵听到李广发出的信号，知道他要诱敌了，都打起了十二分的精神。李广侧耳倾听，却丝毫不见任何回应，他又吹了三声骨哨，静候良久却依然没有动静。李广看了一眼天上盘旋的黑雕，灵机一动从地上捡起了那名匈奴猎人的弓，从他的箭囊中拔出一支短箭，吹了两声短笛后仰天便射。那箭去势甚疾，眼看就要射入一只黑雕的胸膛，那雕却在空中翻了个身，用爪子拨开了那支短箭。

可是就在李广射出这箭的几乎同时，众人耳边都又听到一声弦响，一支利箭破空而上，将在空中减速翻滚的黑雕射了个透，那黑雕从空中打着旋儿掉落下来，摔在了李广和赵破奴中间，黑雕在地上扑棱了几下便不动了，显然已经死透。

苏武躺在地上看到两箭射上天际，后面一箭如流星赶月般将黑雕射落，这等神技他从来没见过，竟然感到一阵眩晕。他闭上眼睛回了一下神，等他再睁开眼睛时，李陵已经起身半跪在了地上，手里端起了一架铁弩对着远处。苏武也起身看去，只见正前方一名匈奴猎人手持一张空弓呆立在二十余丈开外，右前方近处赵破奴已经站起身来用弩对准了那猎人，而那猎人身子侧后方则挺立着李广，秋风将李广的黄色披风吹得鼓荡起来，和周边的长草融为了一色。苏武看到李广将箭扔在了地下，用右手拇指上的牛角引弦勾住了弓弦，将一张空弓拉成了满月。李广对天将弓弦一放，那名匈奴猎人听到弦响，竟然两腿一软扑倒在了地上，再也爬不起来。

李广三人离开后卫青立刻布置增援，他则勒马立在九原城北门等候众人归来，一个时辰后他见到远处飞奔而来的几十骑汉军，心里总算松了一口气。刚才李广没等他发号施令便带领赵破奴和李陵前去搜捕射伤苏文的匈奴人，着实让他捏了一把汗。卫青现在看到己方人员没有什么损失，李广还抓了一个俘虏回来，他悬着的心也就放下了。

卫青吩咐苏武和赵破奴前去审讯那名匈奴人，他则带着苏建、李广和李陵回到了将军府。此时不过是未时末刻，还没到吃晚饭的时间，卫青便在堂中看茶招待李广。正好苏文也已经被军中医正包扎完毕，一脸晦气地来找卫青，卫青也安排他在李广下首坐了下来。苏文一贯是长安城中侯门甲第的座上贵客，无论到哪里传旨颁诏主人无不奉他为首座嘉宾，这次到了卫青军中却往往只能坐在苏建李广等人下首，心里觉得十分不爽，无奈卫青眼下贵重朝野，他也不敢说什么，只能在李广身边坐下。

卫青知道李广这次出击颇为凶险，他却有意不问细节，只是同苏建李广聊些家常之事，让苏文颇感无聊，只能低头喝茶。过了约莫两泡茶的时分，赵破奴和苏武押着那名匈奴人来到了堂中，赵破奴向卫青、苏建和李广说道："大将军，此人是匈奴胭脂山部落中的射雕猎人，伊稚斜单于征召匈奴各部善射者从军，他跟两名兄长不愿跟大汉打仗，所以从王庭跑了出来。三人准备前往辽东左贤王部谋生，本来想从大汉和匈奴之间的边境溜过去，没想到遇到了飞将军，两名兄长被李将军射死，他输得心服口服。希望大将军饶他性命，让他去辽东左贤王部讨口饭吃。"

卫青听到赵破奴审讯的结果竟然跟李广判断的一样，不由得在心中对李广暗自佩服。他点了点头正要发话，却看到苏文霍的一下子站了起来，脸色通红对着赵破奴说道："赵将军，你审的怕是有误。匈奴族中的猎人怎么能射杀我十八名汉军骑兵？这分明是匈奴斥候中的精锐，你莫要被他骗了把他放走！"

赵破奴看看苏文，再看看卫青和李广，他见李广给他使了个眼色，又看到卫青点头示意他跟那名匈奴人当庭对质，便将苏文的话翻译给了那匈奴人听。谁知那匈奴人听了之后十分激动，对着苏文吹胡子瞪眼说了一大通，脸上满是不屑的神色。苏文看那匈奴俘虏对自己颇为轻慢，气得肺几乎要炸开，但是碍于三名主将的面子又不好轻举妄动。等到那匈奴人说完轮到赵破奴翻译时，赵破奴却脸有难色。李广在边地多年，对匈奴语颇为通晓，他不愿意让赵破奴为难，便替他说道："大将军，卑职如果没有猜错的话，这三人应当是胭脂山部落中一等一的金雕猎人。天上诸禽之中要数金雕最为难射，往往要三人配合才行。第一人和第二人朝金雕射箭只是为了扰乱雕的心神，让它在空中翻滚腾挪避让，这样第三人才有可乘之机能把雕射下来。这些金雕猎人并不是把雕射下来就完事了，而是往往跟踪到雕的巢穴，将小雕带回去养，去熬，最后能把雕训练成草原上一等一的猎手，猎狐狸和狼都不在话下，半大的老虎也没问题。"李广又转向苏文道："苏公公有所不知，这金雕猎人可是部落中的绝顶射箭高手，一般军中哪里有这等人物？这些猎人都是替部落中各天王射雕熬雕的，平日里可比匈奴军中的千夫长都要威风！"

卫青和苏建、苏武听到李广这么一说全都明白了。卫青叹道："李将军果然通晓敌情，卫某实在佩服。不知将军在看到苏公公伤势后何以便知晓这是匈奴射雕者所伤呢？"

李广回复道："大将军，苏公公身上的箭是轻锐的短箭，这是部落中专门为了射高空中的雕和鹰所用，而匈奴骑兵和斥候所用的都是长且重的箭，为的是破我汉军甲胄，所以卑职一看便知。"

苏文听李广这么说心下先软了一半，但是他依然梗着脖子问道："李大人，如果他们只是寻常猎人，为何要把我的随行骑兵全部射死？"

李广沉默了一下，叹息道："苏公公，眼下汉匈之战已经不比从前了。以前军臣老单于在时，双方下手都还留着一两分情面，不会赶尽杀绝，现在伊稚斜和乌维当道，拼的就是你死我活。在下想问问公公：你要是发现了这三名猎人，你是不是立刻就要砍了他们的脑袋回来报功？不是你死就是他亡，你说他会怎么办？"

李广这番话说得苏文恼羞成怒，却又不敢当场发作。他眼角余光看到赵破奴正低声跟那名匈奴人翻译刚才李广说的话，那名猎人显然是对李广极为佩服，一边听一边脱下帽子对着李广频频躬身施礼，却对自己连看都不看一眼。苏文肩上伤势颇重，他想到多半便是眼前这名匈奴人所赐，顿时脑子一热，起身走上前去，从腰间抽出长剑便从背后刺穿了那匈奴人的胸膛。那名俘虏哪里料得到苏文竟然在众目睽睽之下起了杀机，一声没吭便气绝身亡。

苏文这一举动一下子惊呆了四座。卫青心下大怒，他刚听李广说起这名金雕猎人在部落中地位颇为不俗，本来还要询问这名俘虏胭脂山和王庭中的诸多情形，没想到却被苏文这个阉人坏了大事。卫青一下子站起身来，指着苏文厉声喝道："苏公公，军法论杀降杖责二十大板，你也概莫能外。来人！把他拖出去，给我板子伺候！"

苏文这才意识到自己做下了愚蠢至极的事情，他连声求饶，卫青哪里会理他，早有军校将他拖了出去。堂上众人见卫青竟然如此执法不避权贵，心下又是佩服又是敬畏。而李广听到卫青所说杀降要以军法论处，眉宇间竟然不由自主地抽搐了一下，堂上众人却都没有看到。

堂外苏文求饶的声音渐渐不再可闻，堂内一片寂静，只能听到屋外的风声呼啸。卫青看着李广，让李广心中一阵发虚，低下头不愿跟卫青对视。隔了一会儿才听卫青说道："李大人，你骑艺绝伦射术无双，又通晓匈奴部中

134

诸多事情，卫某打心眼儿里佩服。不过有一事请李大人下不为例：像今日前去捉拿匈奴猎人之事，今后不要再逞一人之能，更不能让孩子身犯险地。"

李陵听到卫青说话时语气颇为严厉，一下子觉得又惊慌又温暖。他知道爷爷的脾气，肯定不会服气卫青这番话，他同时又被卫青关心自己安危的情义所感动。李陵还没出生便失去了父亲，自小被爷爷抚养成人，对爷爷敬若神明，可是今天第一次见到传说中的卫青，便被他的气度所吸引折服，对卫青的钦佩之情跟爷爷相比竟然不相上下了。李陵被这两种矛盾的心情反复冲击，心中五味杂陈，不由自主低下了头去。

李广却对卫青的话不以为然，他沉吟了一下说道："大将军，卑职今日贸然前往确实是怠慢了大将军，在此跟大将军道个歉。不过话说回来，前去捉拿这等金雕猎人，人多手杂是不顶用的，也就是要我和破奴这么两三个人偷偷摸过去才行。否则打草惊蛇，我们什么也抓不到。"

卫青知道李广说的有道理，其实他并不是对李广带的人少有意见，而是对他不听号令自作主张有意见。卫青眼下担心的是伊稚斜在漠北厉兵秣马，说不定什么时候就来攻打五原和朔方，右北平也不会太平，刚才那名金雕猎人说的话更是印证了卫青的猜测：连胭脂山的人马都已经被召集了，大战恐怕就在今冬明春。李广是军中名将才干无双，他如果能听从大将军帐中统一号令，与五原、朔方大军互成掎角之势，则进可攻退可守，说不定便能将伊稚斜主力消灭于漠南。但是如果李广还是一意孤行独来独往，那右北平大军一旦自行贸然出击就危险得很。想明白了这些道理，卫青今天决定不给李广留面子，便语气强硬地说道："李将军，这不是道歉不道歉的事情，而是你能否听令配合三军调度的事情。卫某的武功和见识都远远不及李大人，可是皇上毕竟让卫某统领十万大军镇守北疆，我们分兵迎敌时哪一路大军都不能出丝毫差错，否则关系到的可是国本和社稷安危，这当中何止牵涉到千百万人的家产性命？李大人，卫某今日拜托你两件事情：其一是出征时一定与中军协同，不可擅自行事；其二是军令如山，不可有丝毫违背。大人能否答应卫某？"

李广虽然知道卫青说的是正理，但是他听到卫青强硬的口气心里还是极不舒服，何况还是当着自己下属赵破奴和孙子李陵的面。他沉默了半晌才点头回答道："卑职谨记大将军教诲。"

李广身侧的李陵一直在低头聆听卫青和李广之间的对话，他的心都已经提到了嗓子眼。李陵自幼失怙，跟爷爷情同父子，对爷爷的一言一行都十分了解，他从李广的话语中听出了心中埋藏的不恭与不服，心中一急，竟然落下了眼泪。坐在李陵对面的苏武看到这个小小的孩子无声哭泣，心中一酸，别过头去不忍再看。卫青也注意到了李陵的神情，他心下也是一阵难受，便有意缓和堂上的气氛，温言对李广说道："李大人，今天不早了，请多留宿一晚，卫某晚上陪李大人喝上几杯，明早再回右北平如何？"

李广却对卫青拱手说道："大将军盛情卑职心领了，此番回右北平路途遥远，我们还是星夜赶路，待到大捷之时李广一定前来叨扰大将军，我们一醉方休可好？"

卫青长身而起大笑道："李大人，咱们一言为定！"他跟苏建和苏武一起将李广、赵破奴和李陵送出大将军府，吩咐苏建和苏武护送李广出城。苏建和苏武同李广一行和随行护卫们会合，从九原城南门出发前行了数里便到达了黄河渡口。此时正值塞外秋高气爽时节，碧空如洗，秋草金黄，天上南飞雁阵处处，地上汉军烽燧点点，苏武看到眼前的景色后深为着迷，长长地呼吸了几口混着新鲜秋日草香的空气。他见渡口边的船夫已经将船备好，李广一行便要沿河东去，再转陆路前往右北平了，便下马跟三人辞行。苏武心中感念李广和赵破奴对他的救命之恩，向二人跪拜行礼，赵破奴将他扶起请他回城，苏武起身后看到一边比自己低了一个头的李陵牵着马心事重重的样子，他心里一动，从怀中掏出一样物事走上前去塞到了李陵手中温言说道："小兄弟，这是我平日里吹的埙，你拿去路上解闷好了。"

李陵看到手中这个粗陶烧制的小小乐器在夕阳下漫射出一层柔和的光泽，圆滚滚的模样甚是可爱，便将埙塞入了怀中，冲苏武拱了拱手说道："那就谢谢苏大人了！"李广微笑着跟苏建和苏武点了点头，转身率领众人牵着马上了渡船。船夫们喊着号子将船从码头撑开一起划起桨来顺流而下，不一会儿便消失在黄河的拐弯处不见了。

卫青目送李广一行离开后回到了自己的书房，开始逐一批阅堆送过来的军情奏报。北边斥候将近日里伊稚斜大军的动向写成了详细的节略呈了上来，更印证了卫青的判断，匈奴必将趁机偷袭大汉，只是不确定在什么时候和什么地方而已。大半年前漠南之战卫青霍去病大败伊稚斜和乌维，斩杀了数万匈奴骑兵主力，伊稚斜绝对不会善罢甘休。

待到卫青将这些奏报逐一看完批复，已经过去了两个多时辰，天色早已黑了下来。其间厨房送上饭来，卫青也不觉得饥饿，竟然一口也没有动。他就着烛火写字时间太长，双目感到颇为酸胀，便索性披上斗篷来到院子里散步。此时已至塞外深秋时节，地上露结为霜，在月光照耀下反射着银色的光芒。卫青在院子里来回走了几圈，想起了还在云梦泽督办水军的霍去病和范衡，不知他们那况情如何了？长安传来消息，宗正刘义率领廷尉张汤、太中大夫东方朔和审卿前往淮南办案，也不知淮南国怎么样了？皇帝派自己镇守五原和朔方，显然是对淮南一案成竹在胸，不用自己再费神了。说到宫里的事情，王夫人最近也生下了一名龙子，听说近来圣眷日隆，大有取代姐姐的势头，姐姐和小外甥刘据不知最近可好？这许多事情一下子涌上心头，可是身边连个可商量的人都没有，卫青一下子便想起了范衡，"范先生，你在云梦还好么？"卫青心下默念，怅然望着天边的如钩新月，在月光下长长叹了一口气。

"大将军何故叹息？"一个声音从身后传来，卫青转过了身子，却看到帐下骑都尉宁乘正抱着一叠文书走来。卫青待他走近后勉强冲他笑了一下说道："没什么要紧的事情，只是有些感触而已。"

宁乘倒一下子来了兴致，他把文书放在近处的石桌上，捋着胡子慢慢走近笑道："请恕卑职冒昧，大将军的心事就让卑职猜一猜好了，说不定还能与大将军分忧。"

卫青听到宁乘这句话忍不住笑了，宁乘平日里行事谨慎，办事极有分寸，卫青对他印象颇好，当下便对宁乘说道："但猜无妨。"

宁乘低头看着月光下自己的影子沉思良久，然后仿佛自言自语般说道："大将军总领北疆兵马，防备匈奴乃是身上第一要务。眼下朔方、五原、代州、云中、渔阳等地固若金汤，十万大军枕戈待旦等候大将军出征号令，士气可贯日月，兵锋亮如霜雪，对匈奴之战没有不胜之理，大将军自然不会为此忧虑。"

宁乘低头又想了一会儿悠悠说道："可是南边千里之外未央宫里、东南三千里外淮南衡山国里的事情就不好说了。大将军置身域外，对这一头家事，一头国事知之甚少，怕是有不少担忧啊！"

卫青被宁乘说中了心事，不由得心中既佩服又警惕：宁乘此人心机聪明竟然与范衡同属一流，可是他却在自己身边效力了几年都没有被发觉。想到这里卫青心里竟然有些紧张，他正琢磨着该怎么接宁乘的话，却看他不紧不慢走到了石桌前抱起了那叠文书，仿佛又在自言自语说道："自古功臣难当哦，君不见白起、李牧与韩信，几人世间见白首？何不学萧文终与张文成，功成挂印辞凤阙，采菊种田见南山？"

卫青知道宁乘所说的白起、李牧和韩信分别是故秦国、赵国和汉初的大将，无不横遭惨死，而萧文终和张文成则是高祖麾下开国三杰中的萧何与张良。汉初开国功臣大多没有善终，只有萧何、曹参、张良、陈平几人得以保全性命。宁乘的劝诫之意他心领了，可是此刻北边狼烟未息，自己如何能挂印辞阙而去？他心中一下子竟然起伏不定，眼看宁乘朝自己躬身行礼就要离去，他一个大步上前拽住了宁乘的衣袖，低声说道："宁先生所说分毫不错，先生请指教卫某！"随后对宁乘深深一揖，竟然不再起身。

宁乘回身看到这位大汉开国以来第一名将、一人之下万人之上的万户侯卫青竟然如此谦卑地朝自己躬身行礼，眼里一热几乎要落下泪来。他连忙抱着文书扶起了卫青，哽咽着还礼道："宁某不过是大将军麾下的小小都尉，但有垂询怎敢不言？屋外寒气逼人，请大将军进屋说话。"

待到二人进了卫青书房，宁乘与卫青对面坐下后道："大将军请不必忧心淮南国事。皇上派了宗正代王刘义前去，可见早已胸中有数，那一同前往的张汤、审卿、东方朔都不是省油的灯，不把淮南国搅个天翻地覆才怪。皇上派李息将军率领两万大军镇守沛郡，那沛郡可是高祖龙兴之地，当今天子多年来一直减免沛郡的赋税，十几万青年子弟无不忠心汉室。且不说李息所带两万大军乃是国中精锐，其实只要到了沛郡振臂一呼，就地征召十万大军也易如反掌。另外韩说带领三万大军镇守洛阳，扼住了西进关中的要道，这两路大军就像一把铁钳夹在了刘安的头上。要说这两路还不是万无一失的话，令甥霍去病将军与范衡大夫、许有根校尉在豫章郡大兴水军，眼下已经有两万人之多，无异于一柄利剑直插刘安心脏。这三路兵马已有七万之众，几乎跟大将军所率塞北兵马一样多了，所以卑职斗胆猜测皇上拿下刘安也就是这一两个月的事情，说不定现在刘安已经身死国除了也未可知。”

卫青听宁乘这一番话说来，胸中的烦闷顿时去了一大半儿。他心里不由得不佩服宁乘：宁乘说的这些军情他也知道，消息源自长安城中每日都送来的驿报，难得的是宁乘能把这复杂的局势看得这么明白。想到这里卫青对宁乘笑道：“宁大人平日里为何见外不肯指点卫某？今天大人一番话让卫某茅塞顿开，可惜眼下唯缺美酒。来人！去厨房备下酒菜，我要跟宁大人彻夜畅饮！”

宁乘脸上一红，好在夜晚的灯下也看不甚分明，他低头叹道：“大将军，之前范大人跟随您出征，可谓洞察天地，算无遗策，卑职哪敢在范先生跟前现眼？”卫青听宁乘说起了范衡，心中对范衡思念更剧。不一时酒肴俱备，卫青为宁乘置饮，二人片刻间便将一坛酒喝得精光。借着酒意，宁乘对卫青说道：“大将军更不必忧心家事。前几日苏文公公前来封赏黄金千斤，足可见皇上对大将军的厚爱和深意。厚爱自不必说，其中深意，请卑职为大将军筹。”

宁乘用手指蘸了酒在卫青面前的案上写了一个大大的“疑”字，让卫青一下子惊出了一身冷汗。宁乘看出了卫青神色的变化，低声说道：“请大将军勿要担心，古今天子莫不有这个通病，疑神疑鬼疑大臣，后宫也概莫能外。大将军仁义无双，自然能破了皇上这一心病。但是皇上对其他人就不好说了。”

卫青再次称谢说道：“请宁大人不吝赐教！”

宁乘举杯跟卫青对饮，将杯中酒一口气喝干道：“请大将军恕卑职直言，皇上近日来宠幸王夫人，二皇子也刚刚出生不久，母因子贵，肯定多少要冷落卫皇后和皇长子。皇上何等聪明，大将军和霍将军都是卫皇后亲人，又都节制重兵在外，皇上能不多少存了忌惮之心？大将军，本朝立国八十多年了，你可听闻皇帝不远千里到营中命人送上如此厚重赏赐的吗？"

卫青心中一阵寒意掠过，脸上隐隐现出了茫然之色。帝王心术实在是难以猜测，所谓伴君如伴虎一点儿也不假。宁乘将这一切都看在眼里，他笑了一下说道："大将军不必多虑，大将军天纵神武，为人却谦恭有礼，自然可以保得了家人安全。只要大将军战功不断，卫皇后和皇子公主们在宫里也就稳稳当当。大将军，说句大不敬的话：皇上此番给大将军封赏，一是表示对大将军和卫皇后的厚爱依旧不变；二是因为近日里宠爱王夫人对大将军多少存了些歉意。大将军眼下要做的，就是要去除皇上心中的这些芥蒂。"

卫青沉思良久，但觉宁乘所言让他眼前一片光亮，只要他和霍去病力战匈奴不败，姐姐和小外甥的地位就不会有问题。卫青接着问道："请问先生，卫某该如何去除皇上心中的芥蒂？"

宁乘放下了手中的筷子，想了一会儿说道："大将军，何不将皇上赏赐来的千斤黄金转送给王夫人，祝贺她喜得龙子？"

卫青低头想了片刻，脸上神情转为霁和，点了点头，耳边又听宁乘道："大将军，宁犯君子不犯小人，那苏文虽然是个太监，犯起冲来可不能小瞧，请大将军赦了他的罪，给他好生养伤送回长安吧！"

卫青摇了摇头说道："苏文前来营中当受军法约束，从将军到士卒概莫能外。值此大战之际，三军不可夺气。宁大人不必担心，卫某自有分寸。"

宁乘看了看卫青平静的神色，抬头将杯中酒一饮而尽。

眼看着八月就要过去，长安城中已是秋意盎然，未央宫昭阳殿前的梧桐叶子也已经全部变为金黄，随着秋风在空中摇曳，时不时像雨一般飘下，将殿前的地上染上了一层金色。王瑶此刻正抱着四个月大的小皇子刘闳坐在殿中望着外面出神。刘闳生下来就十分乖巧，除了饿时会哭几声外，平时见到人则十分好奇，一双漆黑的大眼睛不停张望。王瑶刚刚给刘闳喂过奶，现在已经在母亲的怀抱中沉沉睡去。王瑶看着怀中沉睡的儿子，心中起伏难平，不由得将他抱得更紧了一些。

王瑶眼前案子上摆放的，是两百枚黄澄澄的马蹄金。每一枚足有两斤多重，蹄口边缘压制的花纹异常精美，蹄面上刻着"上林"二字。王瑶知道这马蹄金是天子少府治下的上林苑所铸，专门赏赐给诸侯王和列侯，还有祭祀时献给高庙的，端的是贵重无比。她也曾经得到过皇帝的赏赐，不过从来没有超过百斤，眼下这五百斤马蹄金就摆在眼前，王瑶眼花缭乱之际，心里却丝毫高兴不起来。

这五百斤黄金是大将军卫青令养子卫英从五原送来的，随之而来的还有一封帛书，上面只有一行字："恭祝夫人喜得龙子，愿夫人凤体安康，岁比千秋。臣卫青叩首拜上。"王瑶将这二十六个字反反复复看了不下几百遍，字迹确是卫青亲笔无疑：这一年来王瑶多次陪着刘彻在石渠阁和昭阳殿处理政务，哪些字是卫青幕中人所写，哪些是卫青亲笔，她知道得清清楚楚。王瑶心里一会儿浮现出春天上林苑梨园祝捷时卫青的面容，一会儿却又是皇后卫子夫的影子，正在她心中纷乱之际，却听到殿前传来当值黄门的公鸭嗓音："皇——上——驾——到！"她猛地回过了神来，连忙抱着刘闳起身抢出殿外，跪倒在从容缓步前来的刘彻面前，失声说道："陛下万岁！臣妾不知陛下前来，有失远迎，请陛下恕罪！"

刘彻脸色一变，他觉得今天王瑶的举动言辞颇为奇怪，全然没了往日里的娇媚和从容。他低头端详王瑶，只见她一副神不守舍的样子，心中顿时起疑。他再看四周跪着的昭阳殿中太监和宫女，虽然都是低头垂目，但神色与平时的差异却躲不过刘彻的眼睛。他往昭阳殿里走了几步，看到殿中案上摆满的马蹄金也吃了一惊。刘彻直接走了过去，弯腰拿起一枚在手里端详，这马蹄金是上林苑少府所铸无疑，但是数量这么多却让刘彻心中起了疑问。他眼角余光看到了案上的一封帛书，拿起来一看才知道是卫青送来的，刘彻竟然一时愣在了当场，心里顷刻间便转过了无数个念头。

王瑶抱着刘闳跪在殿前，她觉得周边的空气都要结了冰似的。她不知道皇帝看到这些金子会作何念想，她也不明白为何卫青要送她这么一份厚礼。卫子夫是当今皇后，威德高高在上，统领六宫粉黛；卫青更是名震天下的大将，宫里宫外莫不交口盛赞；自己虽然近来颇得宠幸，但是皇帝也并没有一直在昭阳殿待着，大半时间也都在石渠阁处理政务，自己怀孕之后更是很少在昭阳殿里过夜，直到刘闳出生后才来这里多了一些，皇帝平日里过来也主要是逗逗小皇子而已。自己出身于邯郸城里的平民家庭，在朝中无权无势，王瑶实在想不明白卫青到底在哪一点上会有求于自己，那他送这份重礼是何用意？

王瑶正胡思乱想间，听到刘彻又走回到了自己跟前，她不敢抬头，谁知刘彻却弯腰将她扶了起来，温言对她说道："瑶儿快快进殿，莫要让闳儿受了风寒。"王瑶抬头见到刘彻脸色如常，还多带了两分关切之情，悬着的心顿时放了下来，刚才的不安顷刻间烟消云散。她跟随着刘彻进到了昭阳殿中，但是殿里满眼的金光甚是刺眼，让王瑶心中又紧张了起来。不过此时皇帝看起来心情很好，自顾自逗着母亲怀中的刘闳，刘闳也刚刚醒来，好奇地看着自己的父亲，竟然咧开小嘴对着刘彻笑了起来，这下也逗得刘彻开怀大笑，将殿中紧张的气氛一扫而空。

王瑶感受着刘彻靠近她们母子时的温暖，只有这一刻她才觉得眼前的皇帝是一个实实在在的人，是她的郎君，是孩子的父亲。王瑶平日里觉得跟刘彻之间的距离很遥远，不管他们在宫闱中身体上有多亲密。王瑶从少女时所梦想的家的感觉，在这冰冷的未央宫里也只有这短短的片刻才能得到。眼前的人君临天下主宰万民，能给她所想要的一切，可她并不真的快乐。

王瑶不想打断这难得的温馨时刻，她想等到刘彻离开之前再说卫青礼金的事情，刘彻又逗了刘闳一会儿对王瑶说道："瑶儿，自从你生下闳儿后，皇后可曾来看过你？"

王瑶低头回答道："回陛下，闳儿出生七天后皇后便来了，把皇长子和三位公主都带来了，臣妾感念得很，还想这几日便去拜见皇后谢恩呢。"

刘彻笑着说道："很好，你今后要多带着闳儿去跟他哥哥姐姐玩儿。到皇后那里不可缺了礼数。"

王瑶连忙跪下说道："陛下，臣妾遵命，臣妾万死也不敢冒犯皇后！臣妾想把卫大人送来的黄金进献给皇后，还请陛下恩准。"

刘彻不易察觉地笑了一下："卫青送给你的你就留着，皇后那边朕另有赏赐。朕接下来一阵子政务繁忙，未必能常来看你，你给朕带好闳儿。朕走了，你们平身吧。"

王瑶抱着刘闳低头谢恩，等她抬起头来的时候，殿中已经没了刘彻的身影，阳光照在马蹄金上漫射出的光亮映在昭阳殿的四壁上，宛若漫天繁星。

此时离昭阳殿不远的椒房殿里，六岁的皇长子刘据正在跟着春秋博士江公读《春秋谷梁传》。今天读到的是《僖公二十二年》，江公摇头晃脑声情并茂地带着刘据读了三遍课文，然后逐字逐句给刘据讲解。当他讲到宋襄公与楚国作战，非要等楚军渡河后排好阵列才出击，结果大败逃回的故事时，刘据一下子显得有些迷茫，他问江公："师傅，在《春秋公羊传》里说宋襄公率仁义之师跟楚军作战，虽败犹荣，跟周文王比也不为过，可这《谷梁传》里却说宋襄公不会教人民打仗，为人君而弃其师，大败后人民不把他当国君看。到底哪本书说的才是对的呢？"

刘据这个问题一下子噎住了江公。当朝诸经博士治《春秋》有三派，分别是《左氏传》《公羊传》和《谷梁传》，《左氏传》眼下式微，《公羊传》却是红遍当朝，原因是皇帝最为宠信的博士董仲舒就是治的《公羊传》。江公是谷梁派嫡传弟子，自命清高不凡，平日里不太看得惯那些拿着《公羊传》咬文嚼字以判刑名狱讼的家伙们，尤其是以张汤审卿为代表的酷吏。江公对《公羊传》和《谷梁传》孰高孰下早已有了定论，但是对于皇长子的这个问题，他却不能不谨慎回答，否则要是刘据跑到董仲舒那边同发此问，自己的回答说不定就成了被张汤之流送进内官狱的凭证。所以面对刘据的这个问题，江公竟然一改平日里言辞犀利的样子，张大了嘴不知如何是好。

一边正在低头刺绣的卫皇后将儿子和老师的对话一字一句都听在了心里，她觉得宽慰之余也不忘了给江公解围，她起身走了过来扶着刘据的肩膀对他说道："据儿，宋襄公做的事情，有些是对的，有些也不对，你要学他做对的那些事，做错的呢，你可不要学他。你还记得表哥出征云梦前怎么跟你说的吗？"

刘据咬着嘴唇想了一会儿说道："去病表哥说，兵法无常，万万不可读死书拘泥于古，要不然吴起仕于楚国，以《吴子兵法》之强怎会被秦国所

143

灭？孙子仕于吴国，以《孙子兵法》之妙怎会被越国所辱？后世读书要尽观其精要，万万不可全信，再勘以当今之势加以运用才行。"

卫皇后听到儿子这么说心里感到无比欣慰，她抚摸着刘据的小脑袋说道："对啊，去病表哥读书不见得多，可是深得精义要旨。今天江先生跟你讲宋襄公故事，你给娘说说，他哪些是你能学的，哪些是你不能学的？"

刘据见母亲发问，连忙将书简又看了几遍才答道："回娘的话，宋襄公是个讲信义之人，他年轻时受齐桓公之请照顾齐国太子昭，他不负所托，以区区小国之力助太子昭后来登上了王位。他还在重病之余帮助流亡的晋公子重耳，这是儿臣要学习的；但是他也不自量力，晚年以宋国之弱妄想会盟称霸，最后因为迂腐败于楚成王之手，这是儿臣所要警醒的。"

卫子夫赞许地点了点头说道："你大体说得不错。《公羊传》和《谷梁传》各自有各自的道理，你要对照来看。去吧，跟着江先生再读一会儿书。"

刘据领命转身回到了席上，江公听卫皇后说"公羊"和"谷梁"各有千秋，心下虽然并不能苟同，却对卫子夫教子之方佩服得五体投地。卫子夫又回到自己的席上继续刺绣，江公便开始领着刘据继续读《春秋》，又读了一会儿后刘据抬起头问江公："师傅，为什么古代那么多君王年轻时都很厉害，到老了却很昏聩呢？比如宋襄公是这样，齐桓公也是这样呢？"

江公放下了手中的书简，看着灯光下刘据如漆般光亮的眼睛缓缓说道："殿下，《诗经·大雅》中说'靡不有初，鲜克有终'，意思是很多事情都有不错的开头，却少有好的结果。君子当日勤夜惕修身不已，这样才能做到有始有终。比如上古三皇五帝，周朝的文武成康，本朝的文景二帝莫不是这样，殿下也当效仿列位先皇有始有终，这样才不会辜负大汉百姓社稷所托。"

卫子夫的心被江公的最后一句话刺了一下，右手中银针一抖，立时把左手食指扎破，渗出的一点鲜血将手中的白绫染红了一小片。她正要让身边宫女帮她处置一下伤口，却看到殿外一名小黄门小跑着过来拜倒："皇后娘娘，王夫人带着皇次子刘闳在殿外求见！"

卫子夫心里咯噔了一下，连忙坐直了身子道："快快请王夫人进来！"一边读书的刘据和江公也愣住了，只见那小黄门飞奔着出了椒房殿，不多时便引着一位怀抱孩子的夫人进到了殿中，卫子夫早已从榻上站起身来，她上下打量着进来的妇人，只见她身披玄色狐皮大氅，脸色苍白不施粉黛，头发也随意地挽在一侧，显然是素颜前来，但是并没有丝毫减损她的倾国之容，饶是卫子夫见过无数人间绝色，也禁不住在心里喝了一声彩：好一个画中美人！

那边刘据和江公也站了起来，刘据一双大眼睛好奇地打量着进来的年轻夫人，只见她腮边刚刚被椒房殿里的暖气蒸出了一抹红晕，怀中抱着的小家伙也露出了真容：是一个睫毛长长、肤色白皙的婴儿。刘据对这个小家伙有着天生的好感，他走上前去想摸一摸他，却被母亲严厉的眼神阻止了。刘据只能讪讪地站住，看着这位美若天仙的娘子在母亲的面前行叩拜之礼。刘据见她一手扶地，一手还抱着孩子，心下甚是不忍，还好三跪之后母亲便把她扶了起来，从她怀中接过了那个小家伙，卫子夫看了一眼后脸上便带出了笑意，抱着他蹲低了身子给自己看。

刘据和江公好奇地看着襁褓中的婴儿，只见他肤色在半粉半透明之间，两只小手护住了双眼仿佛半梦半醒，刘据童心大起，用手摸了摸婴儿的脸，却发现两只粉嘟嘟的小手抱住了他的手再也不松开。刘据心中一阵高兴，他对母亲大声说道："娘，你看他！"

卫子夫的心也被这个小家伙所融化了。她已经有了一子三女，韶华正从她的身上渐渐逝去。她之前并不是不嫉妒王瑶，可是今天当她见到王瑶抱着刘闳前来请安后心中的妒意一下子便消失了一大半。卫子夫此时以慈母般的眼光看着二皇子刘闳，凝神注视着这个刚刚四个月的小家伙，心中竟然充满了爱怜，抬起头对王瑶嗔道："妹妹你不要见外，以后多过来走动走动，咱们姐妹俩说说话解解闷，也让他们兄弟俩热闹热闹！"

王瑶伏地再拜，卫子夫连忙单手将她扶了起来。王瑶起身后朝刘据看去，只见他还未到扶冠年纪，乌黑的头发被一枚金簪挽了起来，天庭饱满，双耳垂福，一双漆黑的眸子竟然是深不见底，让王瑶忍不住在心中喝了声彩：好俊的孩子！王瑶从怀中摸出了一个锦囊递给了卫子夫，垂首说道："皇后万勿见笑，臣妾出身寒门，拿不出像样的东西来孝敬皇后，只有这枚玉龙是传家之宝，入宫时家父送给我以保平安的，据家父说这几百年来都颇为应验。今日臣妾将这枚玉龙进献给皇长子，希望能保我大汉国祚万年，永远平安。"

卫子夫听到王瑶说保大汉国祚万年，心里竟然快速跳动了几下。她将刘闳递给身边的宫女，接过锦囊后将里面的玉龙取了出来，卫子夫在灯下细细观赏，只见那玉龙长约三寸，高约一寸，一副昂首挺胸志得意满的样子，玉质温润晶莹，刻工刀法洗练之极，只不过寥寥数刀便将玉龙刻得栩栩如生。卫子夫见惯了四海之内的宝物，但是这么精致的物件也不多见。卫子夫把玩了一会儿将玉龙放入锦囊还给了王瑶温言说道："妹妹不要客气，这是你的传家之宝，留给闳儿保他平安才好。"

王瑶却不去接，她双膝跪下颤声说道："皇后请务必收下，只有皇长子平安，闳儿才能平安。"

卫子夫细细揣摩王瑶话中的深意，一下子竟然呆住了：面前这个出身卑微的姑娘却有着一副玲珑剔透的心思！半晌她才回过神来微笑道："妹妹起来吧，那我就不客气了。据儿，把你自己最喜欢的物事拿出来送给弟弟可好？"

刘据忸怩了一阵子才说道："娘，你说的是父皇赐给我的小花马吗？我可以送给弟弟。"

卫子夫毫无表情地看着刘据，看得他心里一阵发毛，过了一会儿才不太情愿地从怀中掏出了一枚黑色犀牛角引弦递给母亲。卫子夫将犀角引弦塞入了王瑶的手中温言说道："这是我弟弟卫青征战匈奴时所用，前一阵子他出征前到宫里看我，被据儿吵闹着要走了。这是据儿最心爱之物，今日就送给闳儿，希望他长大后立下军功，保我社稷百姓平安。"

王瑶身子颤抖着接过了犀角引弦，她偷眼看向刘据，才发现小皇子的眼中已经含满了泪水，显然是十分不舍得这枚小小的引弦。王瑶心下一酸，强忍住不让自己失态说道："多谢皇后隆恩，臣妾一定好好教导闳儿，让他长大后镇守藩国护卫皇长子。"

卫子夫心下对王瑶的话十分满意，她又从身边的宫女手中抱过了刘闳细细端详，皇次子睡得正安稳，粉嘟嘟的小脸上挂满了笑意。

第七章

血雨衡山

　　刘彻从六月里开始已经有三个多月没上早朝了，倒也不是全因为他倦政，而是眼前处于非常时期，他不想受那些臣子们七嘴八舌的纷扰。用过晚膳后他照例来到石渠阁批阅奏章，当值的太监把卫青、霍去病和东方朔的奏报放在了一处，其他的奏报另行摞了有两尺多高，刘彻知道今晚又要熬夜了。

　　他先打开卫青的奏报看了起来。今年五原和朔方一带夏麦大丰收，收获的粮食竟然超过了两百万石，养的牛羊也过了百万头，五原朔方一带经过卫青的数年经营，耕地已经超过百万亩，草场更是有数倍之多。今年入秋以来匈奴虽然发动了几次袭扰，但是都被汉军剿灭，一个活着回去的也没有。汉军从抓获的俘虏口中得知伊稚斜在漠北蠢蠢欲动，不过卫青早有防备，不仅严阵以待，而且打算伺机主动进攻，出其不意与伊稚斜主力决战。看完后刘彻心下十分宽慰，他只简单回复了卫青让他先不要主动出击，待明年春天再说。

　　刘彻接着打开的是霍去病和范衡的奏章，刘彻看完后心下更为舒畅，两人和许有根杨朴一起在豫章郡大兴水军，三个月便造好了千艘云梦飞舸，每艘配桨手八名，舵手一名，弓手和矛手各六名，一支两万人之众的大汉水师竟然已成建制。这还不算，水师巡江时遇到衡山国水军袭扰，十八艘飞舸竟然将十艘衡山国楼船巨舰击沉在江中，到目前为止已经毁去了一大半衡山水师。刘彻这下彻底放心了：他命李息率军驻守沛郡，韩说分兵三路驻守洛阳、南阳和睢阳，再加上霍去病和范衡督建的水师，已经像铁桶一般围住了淮南、衡山和江都三国，想什么时候动手就看自己的心情了。

刘彻又打开了东方朔的奏章，这份奏章很长，他上上下下读了两遍也大致明白了。宗正刘义是个聪明人，前去淮南办案，却坐镇在霍去病把守的豫章郡，整日里跟霍去病和范衡饮酒，只是派了中尉殷宏前去质问查询，张汤、审卿和东方朔都陪着刘义待在豫章郡。饶是如此，却也坐实了刘安阴谋造反的罪名：刘安的孙子刘建跑到了豫章郡，将爷爷伙同叔父刘迁、郎中令伍被等人造反的事情揭了个底儿朝天。那刘建是个志大才疏的货色，自以为应当嗣了淮南国的王位，偏生他父亲刘不害是庶出所以绝无可能，所以在刘迁被立为太子后刘建一直怀恨在心。这下正好朝廷派人查刘安，这刘建便跳了出来，把刘安和刘迁等人伪造长安朝廷和各诸侯国官印的事情原原本本给刘义张汤等人说了出来，人证物证一应俱全。刘彻看完后恨得咬牙切齿，这刘安和刘迁颇为歹毒，伪造朝廷官印大肆扰乱各诸侯国军政为的是嫁祸自己：刘安等人打算假冒朝廷诏令，勒令其他诸侯王要么自杀要么流放，这样天下必然大乱，刘安然后再趁机号令天下诸侯合纵攻入长安。让他尤为心寒的是这帮人竟然打算刺杀卫青和霍去病，而且勾结伊稚斜夹攻长安，事成后以黄河为界与伊稚斜瓜分天下。

眼下虽然已经查实了刘安的罪名，但是并没有攻入淮南国抓捕刘安及其党羽，而衡山国和江都国的事情还没开始彻查。东方朔在奏章中请示皇帝下一步该如何是好。刘彻用力批复了"从严查处，绝不姑息"八个大字后，便觉得胸中一股浊气憋闷得紧，他索性掷笔起身，走出石渠阁透透气去。

刘彻在石渠阁前的台子上来回踱了几趟，眼下秋高气爽，夜空碧澄，一勾下弦月挂在天边，星光满天，银河清浅，远处渐台上灯火依稀。他知道司马谈和司马迁就在台上观星。刘彻信步下阁朝渐台走去，待他走上了台顶才发现只有司马迁一人在描绘星图。他问司马迁道："你父亲呢？"

司马迁看到皇帝前来立刻跪拜道："臣父得了伤寒，近日里卧床不起，因此只有微臣独自前来。"

刘彻沉吟了一下说道："回去让令尊多喝些热姜汤发发汗，让他秋冬日子里不要来了，你能代劳就行。"

司马迁跪谢皇恩。刘彻看了看天上的繁星，又朝台下的未央宫看去，只见月光下殿庑起伏连绵十分壮观，宫内巷道上灯火通明，勾勒出了未央宫各大殿阁的轮廓。而宫里诸殿中除了石渠阁只有椒房殿仍旧灯火通明，刘彻知道八成是皇长子刘据还在刻苦读书。刘彻沉吟了一下问司马迁："你能否给朕起一卦？"

司马迁连忙答应，他不敢问皇上所求何事，只能从怀中掏出起卦用的铜钱默默对天祷告，然后洒在了地上。司马迁定睛看去，六枚铜钱排成了一个屯卦。他沉吟了一下对刘彻说道："陛下，这一卦是屯。卦辞说元亨利贞，勿用有攸往，利建侯。是大吉之卦，不利于出门远行，有利于封侯封王。"

刘彻脸上浮现出了一丝笑容，他点点头示意司马迁继续说下去。司马迁看着地上的卦象又想了一会儿说道："陛下，此卦上为坎，下为震，震为雷。云行于上，雷动于下，君子观此卦象，应该取法于云雷，用云的恩泽、雷的威严来处理政事。这卦象中也有小草萌生开始困难，后来长成参天大树的意思。"

刘彻微笑着对司马迁说道："很好，你明日到椒房殿找当值太监去要皇长子的生辰八字，给朕找一个黄道吉日，朕要立太子。"

司马迁愣了一下，立刻伏地拜倒："陛下圣明！大汉社稷后继有人，微臣为陛下贺！"

刘彻心情大好，他示意司马迁平身，自己则缓步走下了渐台。司马迁看到皇帝一行渐行渐远，他却一屁股跌坐在了地上，呆呆地望着地上卦象中的上六，那爻辞他记得清清楚楚：乘马如班，泣血如涟。

五天后，皇帝诏书飞鸽传到了豫章郡中的浔阳城，东方朔看了一眼便前往宗正刘义处禀报。刘义正在和霍去病范衡烹茶，这些日子下来刘义和霍范二人成了莫逆之交，一方面是刘义感念霍去病和范衡对刘家坐稳天下立下的功劳，另一方面是刘义从小在代郡长大，习惯了一人一马一天一地的生活，跟霍去病和范衡能聊到一块儿去。是以这次前来查案，张汤在朝中的品秩虽然比霍去病和范衡高，刘义却不怎么待见他。这也正好遂了霍去病和范衡的意：张汤在查办馆陶长公主门下董豹董无疆杀人命案时跟卫青和霍去病结下了梁子，至今也没能解开。

东方朔见到三人后立刻眉开眼笑。他不是刻意来巴结这三人，其实要论皇帝恩宠的话，东方朔即便比不了卫青也跟霍去病不相上下，他是打心眼儿里喜欢跟霍去病和范衡凑在一起。霍范二人感激东方朔当年救命之恩，自然跟他交好，而刘义则一开始不喜欢东方朔，但是这一路相处下来才发现这是个心思极其玲珑剔透的货色，几次上疏时张汤审卿争执不下，刘义也拿不定主意，都是东方朔几句话便点醒梦中人。刘义从心里也不喜欢张汤审卿两人的酷吏做派，是以在到豫章郡路上这半个月间，刘义反而跟东方朔成了好朋友。

刘义、霍去病和范衡见到了东方朔，也都准备起身相迎，东方朔两步便跳到了范衡身边，嬉皮笑脸地把他按住，端起范衡面前的茶杯便咕嘟咕嘟喝了一气。范衡也不跟他计较，笑道："东方大人，皇上那边定是有好消息，说来给我们听听？"

东方朔笑道："范大人，衡山国不攻自破。衡山王刘赐上告天子，说太子刘爽淫乱不孝，要处刘爽死罪。谁知次子刘孝竟然也上疏天子，告发他亲爹衡山王阴谋反叛。皇上命我等带兵入衡山国与刘赐父子当面质询，然后再相机行事。"他从袖中取出了一个小小的帛卷起身递给了刘义，刘义展开细细读了一遍递给了霍去病，霍去病读完传给范衡，范衡扫了一眼，果然如东方朔所言。

霍去病心中五味杂陈。刘赐父子三人他都打过交道，对太子刘爽的印象不错。他还惦记着太子少傅白赢，想起他从衡山国逃出那晚白赢将细君翁主托付给他，赵吉横剑自刎的那一幕，霍去病不由得心下一阵刺痛。他又想起来了细君，这些天里蒙贞秘密将细君养了起来，整个豫章郡只有范衡、许有根和杨朴等少数几个人知道。细君十分乖巧，与霍去病和蒙贞相处极是融洽，把他们当作了亲生父母一般。霍去病突然想起细君可爱的样子，脸上不由自主浮现出一丝笑意。

那边刘义沉吟着问霍去病："霍大人，皇上让我们带兵进衡山国，这兵怎么个带法？衡山国守军要是不听号令怎么办？如果刘赐的罪名坐实了我们又该如何处置？"

霍去病想了一下回复道："回殿下，豫章郡以水军为主，可从浔阳城乘舟船出发。衡山国守军请殿下不必担忧，其水师经过两战已经精锐皆毁，其步兵本来也由长安派去的中尉所节制，只要殿下出示天子符节，肯定立刻听命于殿下。不管刘赐最后犯下何罪，我们只管上疏由皇帝定夺便是。卑职并不担心衡山国，卑职担心的是淮南国。殿下眼下已经查实了刘安的罪状，刘安不可能不知道，淮南国中兵马强壮，倒是不可大意。"

刘义觉得霍去病的这一番话十分有道理，他听后胆气也一下子壮了起来，击掌赞道："霍将军所言极是，咱们午后便出发前往衡山国！"

当下众人计议停当，张汤、审卿和杨朴留在浔阳镇守，刘义、东方朔和霍去病前往衡山国，许有根率三千水师护送。范衡腿脚不便本来要留下，但是刘义十分喜欢范衡陪他饮酒，加上刘义有心要成全范衡，好让他立功加封，便执意把范衡也带上了，蒙贞则留在了浔阳照顾细君翁主。吃过午饭众人便动身前往，许有根操练的三千水师精锐气势如虹，在两翼护卫，两百艘飞舟连绵不断，延伸出十几里开外。刘义霍去病等人乘坐的是一艘极为高大的三层楼船，这也是此番督建水师打造的唯一一艘楼船，留给主将指挥所用。从浔阳到衡山国都城光是水路就要走三个时辰，刘义便命人在楼船三层摆上酒席，同霍去病、东方朔和范衡对饮了起来，许有根因为当值所以没有饮酒。这一路上先是经过彭蠡泽，再进入长江，沿途渔舟往来水鸟翔集景色极美，几人喝到酒酣耳热，全然忘了此行怕是要掀起一场腥风血雨。

一行人在酉时中刻到达岸边渡口，许有根派一千水军就地扎营待命，他则率领其余两千人转为步军前行。他把随行携带的车马给几位主官备好后连夜赶往衡山国都城，从江边到都城还有两百多里地，全军衔枚急进，沿途遇到好几个衡山国哨卫，看到天子符节后立刻缴械投降，是以全军兵不血刃便在第二天午时到达了衡山国都城。城内的守军见到城下突然来了一支军队，大惊之下立刻关闭了城门。刘义经常来往于长安和他的封地代郡，最是

151

熟悉该如何处理，他命人带着天子符节到了城下，令城内中尉前来验符，不一会儿那中尉便来到了城门箭楼上，从城上缒下验了符后立刻开门迎接刘义等人，同时也派人飞马前往宫中急报衡山王刘赐。

刘义霍去病等人信马跟随中尉前行，不一会儿便来到了王宫前面，刘孝已经在宫门口迎接了。看到霍去病前来刘孝大惊失色，但是他很快便恢复了平静，对霍去病抱拳说道："霍将军，前些日子里多有误会，父王以为霍将军听信刘爽谗言，务必要请霍将军回来当面解释，请霍将军多多担待！"

霍去病还没开口回答，一旁的许有根对刘孝冷冷说道："想要请霍将军回来，用得着派八艘巨舰一路追赶的吗？"刘孝脸上一红不敢接话，讪讪地转身带着刘义等人往宫中走去。一行人走过三重宫门来到了主殿之上，只见当中端坐一人，鹰目如电——扫过众人，眼光留在霍去病脸上停留了片刻才开口说道："代王殿下一行前来，本王身体不适有失远迎，还请代王殿下恕罪。孝儿，请各位大人上座看茶！"

刘孝连声答应，他吩咐宫里的太监引领各人入席，待到众人坐好后他也坐到了刘赐的身边，目光不敢跟众人对视，心神不定地看着眼前的案几。东方朔将这一切看在眼里，心里一阵好奇：难道刘孝告发刘赐之事刘赐还不知情？东方朔还没来得及多想，便听到刘赐开口说道："代王殿下不远万里前来衡山这蕞尔小国替本王处理家事，本王实在是感念天子恩德，请回长安后替本王叩谢天子。本王竟然生出了这么一个不肖的儿子，不但妄图非礼主母，连在本王病笃之时也不见前来探视，反而面有喜色四处去说巴不得本王早日晏驾，还妄图勾结淮南国中的贼子一起谋反！还好被本王早早发现了端倪，已经废了他的太子之位关进了大牢。请殿下放心，现在大患已除，国内一切平安。不过有劳殿下和各位大人专程跑这么一趟，本王心里实在过意不去，本王已经备下了酒宴，待会儿亲自陪殿下和各位大人畅饮一番！孝儿，备酒上菜，叫乐舞上来助兴！"

东方朔现在可以基本判定刘赐还不知道他的好儿子刘孝密告亲爹造反之事，心里觉得一阵幸灾乐祸，看那刘孝怎么把这出戏演下去。他瞄了一下随行的几位：刘义显然也已经发现了，跟自己存了一样的心思先看戏再说，范衡脸上不动声色但心里也肯定明镜一般；只有霍去病忍不住问道："衡山王殿下，太子现在可好？卑职想见他一见，请命人带我前往。"

刘赐愣了一下说道："霍将军想要见逆子？那本王就遂了你的心愿。孝儿，让人把他带来。"

刘孝领命离席出去了，不多时便见到两名卫士拖着一个人进到了殿里，将他重重摔在了地上。霍去病朝那人望去，只见他浑身血污披头散发双目空洞，眼珠竟然已经被人挖去，只有伤痕累累的脸庞上依稀还有太子刘爽的模样。

殿中众人看到刘爽的惨样都觉得心惊胆战，霍去病大惊之下怒气冲天而起，他霍地起身走上前去将刘爽扶起，对他高声说道："太子殿下，我是霍去病，你有什么冤情尽管告诉我，我总要想办法替你昭雪！"

霍去病这几句话掷地有声，余音绕梁，让刘赐背上惊出了一层冷汗。刘义、东方朔、范衡和许有根见到刘爽如此惨状，都觉得心下十分不忍。所谓虎毒不食子，刘赐却对亲生儿子下得了如此狠手，几人心中顿时生出了对刘赐的恨意。

而那边刘爽却仿佛完全没有听到霍去病说话一般，却被吓得连连退缩，缩到一个柱子边蜷成了一团瑟瑟发抖。霍去病这才发现刘爽的双耳也被人割去，显然是被刺聋了，霍去病再听到刘爽喉中嘀嘀作响，怕是被迫吞了火炭下去，连话也说不出来了。霍去病上次来衡山国时住在刘爽家中，两人把酒畅谈颇为投缘，霍去病见太子知书达理，对他印象不错。后来太子在宫中被拘，太子少傅白赢连夜通知霍去病逃离险地，是以霍去病颇为感念刘爽府上的恩义。眼下突然见到那个往日里的倜傥公子变成了一个又聋又哑的瞎子，霍去病胸中烈焰熊熊而起，他虽然背对着刘赐和刘孝，两人却分明感受到了一阵滚滚的杀气扑面而来，身上竟然立刻被汗湿透了。

霍去病转过身来，神色平静地问刘赐："殿下，你凭什么说太子跟淮南国勾结造反？"

刘赐给刘孝使了个眼色，刘孝马上张口说道："代王殿下不是已经查实了淮南国伪造朝廷官印文书准备造反的事情了吗？淮南国太子太傅陈喜是废太子少傅白赢的同门师弟，前些日子跑来投靠废太子，废太子将他窝藏在家里被我搜了出来，找出了他们一起谋反的文书！"

霍去病冷笑着说道："世子殿下，这事真真不巧。卑职上次来衡山国，要不是白少傅把我放出城去，说不定今日就落得跟太子一般下场。白少傅给卑职了一封信，里面不但告发了陈喜阴谋造反，而且说到你和王爷也准备造反。太子既然告发陈喜，还怎能跟他一起造反？那陈喜呢？能否找来跟他对质？"

刘孝结结巴巴说道："陈……喜……已经畏罪自杀，死在狱中了……"

"哦，那白少傅是否也畏罪自杀，死在狱中了？"

"是……哦不不不……"刘孝额上汗如雨下，不敢跟霍去病对视。

堂上诸人心里已是雪亮，霍去病之前曾将衡山国中发生的事情原原本本告知了众人，结合眼下所见，必是刘赐和刘孝栽赃太子无疑。但是把自己亲生儿子折磨成这样子也远远出乎众人意料。代王刘义已经暗暗下定决心，非要把这一对毒如蛇蝎的父子整死不可，这两人不除，刘氏皇家宗室颜面何存！原本刘义觉得淮南王刘安可恨，现在看来刘赐更是猪狗不如。

霍去病不再理会刘赐和刘孝父子，他转身在刘爽面前单膝跪下，拉过刘爽的右手，在他手心中写了个"霍"字，他看刘爽立刻安静了下来，便在他手中一笔一划写道："我是霍去病，奉旨前来查案，但凡我所问，如果是的话点头即可，不是便摇头。"

刘爽现在才知道面前之人是霍去病，他想大声痛哭却哭不出来，只能咧着嘴抱紧了霍去病的腿，喉中发出一阵阵悲鸣。霍去病轻抚他的后背，待他平复了一些后在他掌中写道："陈喜谋反之事你可知道？"刘爽点了点头，霍去病又写道："你可有参与？"刘爽连忙摇头，霍去病再写道："是你让白少傅密报陈喜造反之事于我，让我密奏长安？"刘爽点了点头，霍去病又写道："是你父王跟刘安勾结要造反？"刘爽摇了摇头，霍去病迟疑了一下再写道："你父王自己要造反？"刘爽沉默了半天后点了点头。

霍去病心中再也明白不过，他在刘爽掌中写道："太子勿忧，我为你报仇。"刘爽等到霍去病写完，竟然紧紧抓住了霍去病的手，在他掌中写道："不要杀我父王和弟弟，杀王后。"霍去病心中一凛，缓缓握住了刘爽的手用力握了握算是答应。他从刘爽面前站起身来踱到刘赐眼前，冷笑道："殿下，你跟刘孝阴谋反叛，却想栽赃给太子。要不是白少傅跟霍某有几面之缘，将你等谋反之事告诉了朝廷，今天怕是就被你父子二人骗了。衡山王殿下，你好大的本事啊！"

刘赐脸上阴云密布，他等霍去病说完咯咯阴笑着说道："霍将军，既然你敬酒不吃，那就叫你见识见识本王的手段！"他右手用力在椅子扶手上一拍，大喝道："来人！"

霍去病离刘赐还有十几步开外，他突然感觉脚下一空，身子便要往下坠去，霍去病从腰间抽出长鞭甩出，鞭梢卷住了近处的柱子，他用力一拉整个人腾空而起攀援住了柱子，转头一看心中大惊：刚才众人所坐的地方变成了一个深不见底的大洞，刘义、东方朔、范衡和许有根都掉了进去，霍去病长鞭挥出，将离他最近的刘义卷住，大喝一声将他拉了上来，稳稳放在一侧的空地上，刘义还没来得及起身便有十几名卫士持剑将他团团围住，霜雪一般的剑锋架在了他的颈中，而殿中突然出现了几十名手持劲弩的卫士，团团围在霍去病周围，箭在弦上对准了他。

这下殿上情势立刻转换，刘赐纵声长笑，笑声如猫头鹰一般嘶哑难听。他起身离席在殿上踱来踱去，好整以暇地正了正头上的金冠。霍去病还攀在柱子上，看不清大洞里的情形，他高声叫道："范大人、东方大人、许大人，你们怎样了！"

洞里传来了一阵哎呦哎呦的声音，接着便听到东方朔气急败坏的声音传来："霍将军，擒贼先擒王！把这个混账王爷抓起来再救我们出去！"紧接着又听到范衡说道："去病，我等无大碍，你救代王殿下要紧！"

霍去病这才放心了一些。他从柱子上滑了下来，周边围住他的弓弩手们纷纷后退不敢上前。霍去病扫了一眼四周看清了形势：刘赐和刘孝在自己对面，隔着一个五丈多宽的大洞，自己是不可能直接跳过去的。从两旁绕过去捉拿刘赐和刘孝的道路上都是手持弓弩的卫士，怕是有百人之多。自己右手三丈开外十几名手持长剑的武士将刘义团团围住，只要一声号令刘义身上怕是就要多出来十几个血洞。他走上一步往洞里看去，顿时觉得头晕目眩，那洞约莫有十丈深，在离洞口三丈深处东方朔、范衡和许有根落入了一张大网，三人被裹在网里动弹不得，只看到东方朔龇牙咧嘴的面容，显然是颇为痛苦。而范衡和许有根被东方朔压在下面，估计也好不到哪里去。

霍去病心中反而冷静了下来，他眼睛紧紧盯着刘赐父子的一举一动，心中急速转念，想着如何破局将众人救出。刘赐当然知道霍去病心中的念头，他冷笑一声回身坐上了宝座，右手扳动扶手上的机关，只听一阵哗啦啦铁索声响过，一根钢梁从洞里缓缓升了出来，随之东方朔等三人也从洞里现了出来，却还是被大网紧紧裹住挂在钢梁之上。刘赐冷冷说道："升火！"一旁的侍卫便将手中的火把扔进了大洞之中，顷刻间洞底便传来噼噼啪啪的木柴燃烧声，火光立刻照亮了洞口。

霍去病离洞最近，他看到火把落下去点燃了洞底堆积如山的木柴，那木柴上浇满了桐油，遇火就着，烈焰冲天而上，火舌最高的时候差点舔着了东方朔的屁股，东方朔在网中奋力挣扎晃来晃去，才不至于被火持续炙烤。霍去病心急如焚，他将鞭换到左手，右手解下了腰中的流虹剑，他右腕一振剑已脱鞘，殿中诸人耳中都听到极细的嗡的一声，声音不响却威势巨大，让人心惊胆战。

刘赐高声喝道："霍去病，你要敢轻举妄动的话，本王就让你变成一只刺猬！我手中只要按动这个机关，这三只狗便会落入火海烧成灰！"他又转向代王刘义大声骂道："你个小混账，论辈分我还是你爷爷，哪里轮得到你来给爷爷训话！"刘赐接着对面朝他的东方朔大骂道："东方狗贼，你不过是我刘家养的一条狗而已，天天在未央宫摇尾乞怜，主子高兴时赏你几块肉吃，你居然还以为自己是人了，其实你就是一条狗！"他越说越激动，对众人破口骂道："你们今天死在本王殿里，只能怪你们自己！要不是霍去病这小王八蛋多事，非要跟逆子撕扯个明白，眼下我们就在这殿里饮酒作乐呢！既然你们要作死，那就由得你们，孝儿，给我把这几个杂碎射死！"

刘孝脸上现出犹豫之色，虽然不过是稍纵即逝，却被东方朔看在了眼中。东方朔高声叫道："殿下且慢！卑职知道今日难逃一死，不过死前也请殿下给卑职说明白才好上路。殿下把我们几个杀了之后，就能逃脱天子的追剿惩罚吗？"

刘赐眼中怨毒之火大盛，他咬牙切齿说道："本王杀了你们只是为了出一口恶气，拜你等所赐，本王今后只能远离中土渡海择地而居了。本王知道你们在长江上游布下重兵难以攻破，但是乘船往东出海总是可以的吧！东海中有大岛地广千里，可比衡山国大多了。本王大可效仿当年徐福田横，找个没人的地方称王称霸行不行？"

东方朔作出幡然醒悟的样子大声说道："殿下果然好谋略！哎呦呦！"他精心留的一部胡子被蹿上来的烈焰烤焦了，疼得东方朔一阵龇牙咧嘴，他对着自己的胡子吹了半天气后大声说道："大汉律规定，能揭发谋逆之事者可判无罪，你可知道？"

刘赐仰天狂笑，他大声说道："本王早就上告朝廷逆子谋反，你们偏要找上门来活受罪，现在已经晚了！"

东方朔大声喊道："你还愣着干什么！你父王谋反，你上书朝廷告发其罪，皇上十分关切，让我等前来查实。眼下已经坐实了你父王谋反准备叛逃大汉，你告发有功，皇上不仅会免你的罪，还会把衡山国赐予你！我等要是有个什么闪失，你就要跟你爹一起死！你爹跑的再远，能跑得过大汉水师的楼船和飞舸吗？"

刘赐听到东方朔的话先是一愣，接着才发现东方朔是朝身后的刘孝在喊话，他还没来得及反应过来这到底是怎么回事，只见眼前一道白光闪过，他感觉右臂一轻，按在机关之上的右手已经连着前臂被砍断，随后一道寒光已经架在了他的脖子上，他大惊之下回头看去，发现竟然是刘孝持剑架在自己颈上。刘赐又惊又怒，他嘴里喊道："你……你……"

刘孝的脸庞被火光照得通红，他神色狰狞地说道："父王，是儿臣告发的你。古书说忠孝不能两全，儿臣只能选择为国尽忠了！请父王跟随代王殿下回长安跟皇上解释去吧！"他高声对殿内诸名卫士喊道："把兵器都放下！否则我砍死他！"

殿上近百名武士见到变故突生，心中都惊骇之极，慢慢将手中兵器都放在了地上。东方朔对一旁的武士们大声骂道："狗崽子们，还不赶紧把爷爷们放下！爷爷的胡子要是有任何闪失，回头就剥你们的皮！"

武士们面面相觑，都不知道如何能将东方朔、范衡、许有根三人救下。霍去病拿起地上的一架弩，将手中长鞭挥出，卷住了装有东方朔、范衡和许有根的网，他用力将网拉向自己后再放松，如此反复几次，将三人如秋千般荡了起来，趁三人离自己最近时一箭将系着网的绳索射断，他手上微一用力便把三人拉了上来，然后用流虹剑割开大网，把三人扶了起来。只见三人都已经被汗蒸透，衣服全湿，霍去病连忙将范衡扶到座位上，许有根自行起身站在了一旁。东方朔从腰间抽出了短剑，把剑身当作镜子一照，只见自己精心留了数年的一部长须被烧得如茅草一般，他心中大怒，看到对面因失血过多脸色苍白的刘赐，拿起手中的短剑便要掷过去，但觉手腕一紧被牢牢抓住了，他回头一看是霍去病，霍去病低声对他说道："东方大人不可造次！"

对面的刘赐将这一切都看在眼里，他坐在椅中，右边断臂处血流不止，他咳出一大口鲜血，恨恨地看了一眼身后的刘孝，又怨毒地看了一眼已成废人的刘爽，大声叫道："天亡我也！我刘赐乃天潢贵胄，怎么能折辱在你们这群狗贼的手中！"说罢他拼尽力气突然站起身来，刘孝大惊之下猝不及防，手上的利剑已将刘赐的颈上划破了一道口子，鲜血飞溅而出喷了他一脸。刘孝一下子懵了，呆立当场竟然不知所措，只见刘赐猛地朝前扑去，身子已坠入火洞中，霍去病连忙运鞭朝刘赐卷去，无奈相距太远鞭长莫及，只能眼睁睁看着刘赐的身子被烈焰吞没，火焰中传来刘赐撕心裂肺的惨叫声："霍去病、刘孝，我化成厉鬼也不会放过你们！"

在几百里外的寿春城中，刘安连日里惊悸失眠，精神萎靡不振。算来离亲孙子刘建出逃到今天已经十九天了。刘安四处派细作打听消息，谁知长安城里动静全无，豫章郡里情况不明，他只能把气都出在了刘建他爹刘不害的身上，在牢里将刘不害打得奄奄一息，无奈刘不害根本不知道自己的好儿子去了哪里，更不知道他干了什么好事、带了什么东西出城。刘安无奈之下只好强自咽下这口无处发泄的恶气，在宫里竟然病倒了。

太子刘迁知道父亲得的是心病，奈何无药可解，只能小心在宫中陪着。今晚刘安西时便早早就寝，睡了一个时辰不到便噩梦连连，一会儿梦到自己带兵攻到了洛阳城下，却遇到了卫青，被卫青从城上一箭射于马下；一会儿又梦到皇帝面目狰狞提着赤霄剑要来砍他，刘安惊恐万状从梦里醒来，却发现玉枕上都是汗水。他一抬头猛然看到眼前空中竟然盘了一条龙，正悬在半空张牙舞爪对着他，血盆大口仿佛要将自己一口吞下，吓得刘安大声惨叫道："迁儿救我，迁儿救我！"

在父亲榻前侍候的刘迁连忙将刘安扶住，生怕他从榻上掉下来，连声安慰道："父王莫惊，迁儿在此！"刘安仍然浑身哆嗦，指着眼前的空中喊道："龙！龙！"

刘迁将信将疑，他顺着父亲的手看去，看到的却是皇帝赏给他的青玉龙灯。只见龙首高昂，朝他和刘安张开了大口，龙身上的鳞甲在火光照耀下闪闪发亮，随着火光摇曳竟然宛如开合一般，刘迁细看下去竟然也吓了一跳，这龙也太逼真了，难怪会吓到父王。他连忙让宫女把青玉龙灯熄灭搬走了，刘安神情这才平静了一些，兀自躺在床上喘着粗气。

刘迁安慰刘安道："父王不必多虑，请安心再睡便是，儿臣为父王在此守夜。"刘迁跪坐在榻前，将腰中的鱼肠剑解下置于膝上，眼观鼻鼻观心打起坐来。刘安心中稍微安定了一点，他对刘迁说道："迁儿，我也睡不着了。你传伍被进宫来吧，让他陪我们父子说说话。"

刘迁领命快步出了宫，留下刘安一人靠在榻上出神。刘安看着空洞的大殿屋顶，心中思绪翻腾。他从七岁开始便被封为淮南王，历经孝文孝景两朝，到今天已经快五十年了。这五十年来经历了父亲自杀封国被除、故国被分为三个属国后再度封王、吴楚七国之乱、东越国之乱、匈奴大举入寇，可谓大悲大喜一路伴随，大风大浪都已见过。谁知道眼前正要举旗起事之际却乱起萧墙，自己的亲孙子跑出城外去了豫章，前几日宗正刘义派了中尉殷宏前来问话，言语间虽然颇为客气，但是问的都是要命的事情，比如私刻朝廷官印、私自打造战车兵器等等。以刘安对刘建的了解，这孙子八成是去告了恶状，把自己打算兴兵的事情说了出来。是以刘安和刘迁虽然将殷宏打发了回去，但是这些日子里总是心神不宁，噩梦不断。

刘安想起来小时候父亲带自己和弟弟们玩耍时的场景，心中一阵酸楚。他的父亲淮南厉王刘长是高祖与赵王张敖宫里的妃子所生，没有任何名分。父亲出生后不久奶奶便自杀身亡，父亲跟着吕后长大，尽管躲过了诸吕之乱，却还是没能躲过孝文皇帝的毒手，以反叛之罪被收监，在被囚车押送至蜀郡的路上绝食而死。父亲刘长跟当年的代王、也就是后来的孝文皇帝同为诸侯王，最后周勃和陈平在平定诸吕之乱后却拥立了代王为皇帝。假若当年历史稍有转折，现在称九五之尊的恐怕就是自己而不是刘彻那个浮华现眼的花花公子。刘安越想越气，恨得牙齿咯咯作响。正在这时，听到宫人来报，伍被到了。

刘安打起精神将伍被迎到席上，三人分别坐好，刘安问伍被道："伍先生，今晚本王请你前来，要跟你商议如何起兵的事情。先生知道刘建跑到豫章告状，朝廷派了中尉过来质询，如今刘义张汤等人便在浔阳，到我寿春也就是一天一夜的工夫。本王打算明天便设坛拜将，拜先生为大将军大司马，统领我淮南国三十万兵马，向西叩关攻入洛阳长安！"

伍被脸色一变，他伏地谢道："善哉大王！臣知道刘义张汤等人此行不善，大王宜早下决心出兵。可是臣无德无能，决计当不起大将军大司马的名号。唯愿帮大王运筹宫中，助大王一臂之力！"

刘安见伍被如此坚定地支持自己的计谋，心中感到十分痛快。他起身将伍被扶起，双眼炯炯有神地看着伍被道："伍先生莫要推脱。先生之才，比起先祖伍子胥也不遑多让。伍子胥为吴国国相，先生何不能为天下相？"

伍被被刘安的话所深深感动，想到大汉的丞相这一位子，他不能不动心了。伍被稽首再拜，嘶声说道："大王既然如此重托，臣当万死不辞！"

刘安扶起伍被后十分谦虚地问道："大将军，眼下周边危机四伏，本王知道朝廷在沛郡、南阳郡和睢阳郡都增派了兵马，一共七万人之多，加上原本各郡所属兵马，差不多有二十万人。淮南国虽然号称拥兵三十万，不过都分散在各地，其中一半还被朝廷派来的校尉所节制。我们该如何把这三十万兵马都收归麾下？再以何由头起兵？"

伍被深思了一阵子才说道："大王，前些日子里我们造的官印符节现在便可派上用场。明日一早就派使者到各军中免去长安指派的校尉，将之就地斩杀。大王可令人假扮南越国的盗贼来到淮南国中侵扰，这样我们便可以剿匪之名起兵，也就有了由头。"

刘安和刘迁对望一眼，刘安大喜道："敢问大将军，我们起兵后可有胜算？"

伍被沉吟了一下，很有把握地说道："殿下，自古兵事从来没有十分胜算，不过臣之前跟殿下说过，我们可以伪造皇帝诏书，还有丞相、两千石写给皇帝的奏章，诏令各诸侯国的权贵豪强、侠士无赖，还有家产在五十万钱以上的人，都举家前往长沙国和越国，为皇帝守边。再伪造宗正府左右都司空、京师各官府下达的办案文书，去逮捕各诸侯国的太子和宠幸之臣。如此一来就会民怨四起，诸侯恐惧，紧接着殿下可四处派使者与诸侯国约定起兵攻打长安，这样天下立刻大乱，但是殿下为刘氏宗族长者，号令一出天下豪杰莫不影从，如此便大业可图！"

刘安大喜道："此计极妙！那么敢问先生，我淮南国一旦出兵该进军何处？"

伍被早料到了刘安会有此问，他微笑着说道："殿下，一旦南越国盗贼来了，可以让他们跑到衡山国去抢掠，我们即刻发兵讨贼，相机夺取衡山国。然后可向南攻打豫章郡，烧毁浔阳的战船，扼住浔阳江口，阻断到彭蠡泽和云梦泽的航道，以强弓劲弩临江设防，这样江夏郡和江陵郡的水军就无法沿江而下；我军再东向攻占江都国、会稽郡，和闽越国、南越国结交，这样可以在长江淮水之间屈伸自如，与朝廷分江而治。大王再内修德政，外交诸侯，数年后便可效仿当年高祖灭楚，霸业可成！"

刘安和刘迁被伍被的话激撩得浑身发抖，两人不约而同向伍被稽首行礼。伍被见刘迁眼中还有一丝犹豫之意，便问刘迁："太子殿下可有什么顾虑？"

刘迁嗫嚅道："大将军，我在想眼下霍去病镇守浔阳，此人倒是个厉害角色，不知大将军有何妙计除去此人？还有，我们想要起兵的话，淮南国中的国相、内史和两千石都是朝廷任命的，这些人不听命又该怎么办？"

伍被仰天长笑道："太子殿下不必多虑，霍去病不过是一介武夫，我们大可仿效高祖擒韩信故事请他来寿春，那时用几名力士便可将之擒住。国相与二千石大臣等人更好处理，我们假装宫中失火，国相等人必来救火，太子可设伏在宫中将之一起斩杀。"

刘迁对伍被佩服得五体投地，他连连称善。刘安心病已除喜上眉梢，顿时感觉神清气爽，腹中也隐隐传来一阵饿意，他击掌三声正要喝令宫人备下酒菜，却看到一名太监匆匆跑来跪下禀报："殿下，衡山国世子刘孝前来拜见大王，正在城门外等候。"

刘孝的来访让刘安和刘迁都颇感意外，两人不约而同看向了伍被。伍被故作镇定问那太监："刘孝前来所为何事？他带了几人前来？"

太监低头回答道："回伍大人，刘孝说是有衡山王的口信，他随行带了八名护卫前来。"

刘安这才放下心来，对那太监说道："那就让他们进城吧。进宫时只许刘孝一人前来，其他人待在宫外等候！"

小太监得令飞奔出去了，刘安即刻命人整治酒席，给刘孝也多添了一副食案，他现在感觉饥肠辘辘，便不等刘孝直接开宴了。三人推杯换盏喝了两巡，突然听到殿外有人呼喊："走水了走水了！"三人相顾大惊失色，瞠目结舌了半晌才想起来跑出殿外看看。等三人出了殿门往南一看，顿时被眼前的景象惊呆了：在刘安所住寝殿南边正对面的前殿已经燃起了熊熊大火，虽然中间隔了一个花园和水池，灼人的热浪还是滚滚而来。刘安使劲揉了揉眼睛继续看去，只见无数的太监和宫女在帮助宫里的侍卫救火，无奈火势太猛，水泼上去便化为一团水汽飞上了天。刘安宛若置身梦里，他半信半疑地问伍被："大将军，这把火烧得是不是早了点啊？"

伍被刚从震惊中清醒了过来，他的酒意也被火烤得一丝不剩，大声对刘安说道："殿下，一定是有人纵火，赶紧召集宫中护卫严加搜索，说不定有刺客！"

刘安这才如梦初醒，大声呼唤身边侍卫，片刻间便召集了几十名围在身边，刘安吩咐侍卫们分头四处搜查，留下十几名精干的待在身边护卫。刚刚安排完毕便听到殿外人声喧嚣，一大彪人冲了进来，当先的便是淮南国的国相，后面跟着的是内史和两千石以上的官员们，总计有几十人之多，刘安看到这些皇帝安插来的眼线前来便没了好气，十分不耐烦地打发他们回去："去去去，本王好着呢，不过一座前殿而已，烧了再建，建一座更大的！"

"敢问伯父大人，是要比照未央宫前殿那么大吗？"一个油腔滑调的声音从人群中传来，刘安定睛一看，原来是侄儿刘孝嬉皮笑脸地走了过来，走到离自己三丈开外单膝跪下请安："伯父别来无恙？让侄儿好生挂念啊！"

刘安心思迅速转了几转，大怒道："你这小王八蛋，这一定是你放的火！迁儿，把他给我抓起来！"

刘迁领命两步便冲了上去，刘孝大惊之下往后退去，无奈刘迁来势更快，他伸出左手眼看就要揪住刘孝的衣领，却有一条黑色的长鞭如蟒蛇般从侧面无声无息卷来缠住了刘迁的手腕，刘迁只觉一股排山倒海般的力量拉着自己就要朝外飞去，他身手极快，从腰间抽出鱼肠剑朝鞭上砍去，就在剑锋触及鞭身的刹那，刘迁眼角看到一道红色的光芒从一边刺来，生生格开了鱼肠剑，刘迁本来心中大喜，料想敌人的兵器定会被鱼肠剑削断，不料他看到眼前电光一闪火星四溅，敌人的兵器竟然完好无损。刘迁心中大骇，他顺着鞭子的力量朝左边飞去，在空中急速转了几个身摆脱了长鞭的缠绕，稳稳落地后以鱼肠剑守住门户朝敌人看去。

这一看让他魂飞魄散，刘孝身边站着的竟然是霍去病。霍去病将鞭子收回腰间，将手中长剑也还入鞘中，朝他拱手微笑道："太子殿下好俊的身手！"

伍被也认出了霍去病，他指着霍去病惊道："你……你好大的胆子，竟然敢擅闯淮南王府？来人！把这个逆贼给我拿下！"

刘安不认识霍去病，但是他却认识霍去病身后站着的另外两人，廷尉张汤和前河南郡郡守、现太中大夫审卿。

见到审卿，刘安的眼中便要喷出火来。他一字一句地问道："张大人、审大人，二位深夜来到本王宫中所为何事？"

张汤阴阴一笑走上几步："殿下，你的孙子告发你阴谋叛乱，人证物证

163

俱在，卑职奉了皇上的诏令，请殿下和太子屈尊前往长安盘桓几天，跟皇上好好解释解释，这就请殿下跟随卑职上路。"张汤说话时中气十足，显然有意让在场的众人都听到，他同时从怀中摸出了一面金灿灿的令牌高高举起，冲天火光将金牌上面铸着的山水云龙纹照得清清楚楚，分明便是天子令牌。

周边淮南国众臣看到天子令牌后纷纷跪下，连一旁救火的太监、侍卫和宫女们也都被这阵势吓傻了，纷纷停下手里的活计跪成了一片。审卿看着大火照耀下刘安头上的丝丝白发和憔悴面容，心中快意蒸腾，仿佛要把他的血煮沸了一般。"祖父大人在天之灵保佑，孙儿终于能给您报仇了。"审卿用只有自己才能听到的声音默默说道。

刘安看着张汤手里的金牌，眼中的光芒渐渐消失。他脑中只感到一阵眩晕，站立不稳便欲摔倒，一边的刘迁看到父亲身子在打晃连忙跃过来将他扶稳，刘迁眼中怒火炽盛，紧紧盯着刘孝，巴不得用目光把他烧成灰烬。刘孝全当没看到，脸带笑意看着对面孤零零的父子二人和伍被。

霍去病看到眼前的一幕，心中竟然生出了一丝怜悯之情。他知道刘安是个博学之人，刘安总纂的《淮南子》一书范衡教他颂读过不少篇章，霍去病拜读之下对刘安十分佩服。虽然刘安阴谋反叛罪无可赦，霍去病也觉得该以体面之道对待刘安父子。他也看到了刘孝脸上幸灾乐祸的神情，心中对刘孝更为不齿：刘孝先是告发自己父亲，后来更是直接将他父亲逼死，连这次用计谋拿下淮南国都城寿春，也是刘孝和张汤审卿一起想出来的毒计：刘孝谎称给刘安带刘赐的口信，趁夜带领八名武功高强的壮士入寿春城后拿下城楼，然后打开城门放霍去病所带领的衡山国和豫章郡三千精兵入城，接下来在城内和宫里四处放火，惊扰到朝廷派来的大臣和城里的居民后大计可成。眼下虽然刘孝的计谋得逞，霍去病却在心里高兴不起来。他看到刘安父子站在远处十分凄凉，便走上前两步拱手道："淮南王殿下，请随卑职前往长安，卑职一路上当好好照顾殿下，等面见皇上后再解释吧。"

刘安眼中含泪点了点头，他轻轻推开刘迁便要朝霍去病走来。一旁的伍被却昂首拦在了刘安的前面，对霍去病一揖："霍将军少年英雄，宅心仁厚，伍某心中感佩。不像某些人，目无人伦纲纪，名为孝，实为奸！更不像某些人，身居廷尉要职却诈忠弄巧！此等人都不得好死！霍将军，吾王为天子守边恪尽职守，忠心汉室并无二心。是伍某鬼迷心窍，妄图光复先祖大业，近日里一直撺掇吾王反叛，而吾王则痛斥伍某之不义。霍将军不要听信刘建一面之词，淮南王对朝廷忠心耿耿，罪唯在伍某而已。伍某这就随霍将军前往长安，任由皇上发落，虽就鼎镬也甘之如饴。"

众人听到伍被这一番话无不动容，淮南王宫中居然有此等忠义之人，实在是可惜可叹。霍去病本来对伍被陷害雷被之事深为不齿，现在见伍被危难关头挺身而出回护主公，也不由得对他刮目相看。一边的刘孝和张汤听到伍被一阵数落，知道他说的是自己，脸上一阵红一阵白，还好背对着火光对面看不清楚。刘安也被伍被这番话惊住了，他高声道："先生万万不可……"他的话还没说完，却被刘迁在一边大声打断：

"父王，请恕迁儿之罪，是迁儿跟伍先生合谋造反，连累了父王。"刘迁转身对霍去病说道："霍将军，正如伍先生所说，父王对我和伍先生谋反毫不知情，我这就随将军前往长安。"刘迁走到刘安跟前跪下行了九叩之礼，哽咽着说道："请父王保重身子，余生替迁儿好好照看这大好河山。迁儿自知有罪，这就别过了，待来世再尽未尽之孝！"右手抓起鱼肠剑便往颈中抹去。

刘迁这番话让殿前众人无不感觉心下凄凉，有许多老的宫人和太监从小看着刘迁长大，早已哭出声来。可是谁也没想到刘迁竟会当场自刎，这下变故突然，霍去病想要出手相救已经来不及了，只见刘迁颈中鲜血已经冲天溅出，身子软绵绵歪倒在了一侧。

刘安见爱子自尽，顿觉五雷轰顶，他连滚带爬扑过来扶起刘迁，用手死死按住刘迁颈上还在冒血的伤口，只哭喊了一句："迁儿……"便再也说不出话来，伍被一个箭步冲了上去扶住了刘安父子，他看到刘迁血溅当场气若游丝，刘安脸上老泪纵横，心下感觉悲苦之极。伍被见刘迁怕是命在顷刻，他含泪凑到刘安和刘迁的耳边低声说道："请两位殿下宽心，我已经在未央宫里埋下了祸根，他日必当为两位殿下报仇雪恨！"

刘迁听到了伍被的话，眼中光芒亮了一些，似乎是在询问伍被这到底是怎么回事，伍被哽咽着低声说道："眼下刘彻最为宠幸的王夫人，是臣送进宫去的，父母都已被臣托人掌控，她新近得子，夺嫡之乱就在眼前……"

刘迁眼中露出一丝喜悦，耳边又听到伍被继续说道："殿下，刘彻此人好色薄情，臣早已经看明白了，除了王夫人外，臣还另有安排，未央宫中大乱不过是早晚的事。此事绝密，恕臣之前不能禀报。"

刘迁握住了伍被的手，眼中先是流露出感激之意，随即慢慢闭上了眼睛，握住伍被的手也滑落了下来。刘安感到儿子的身躯在怀中渐渐冰冷，他也恢复了清醒，坐起身来对伍被一拜低声说道："先生恩德，本王永志不忘。可惜日后不能跟先生一同游猎于上林苑中了。"

伍被双眼含泪口不能言，刘安强自撑着站起身来，手中拿起了沾满刘迁鲜血的鱼肠剑，用剑指着审卿骂道："小竖子，你也敢来我淮南国！先王锤杀你的爷爷，是为高祖皇帝雪耻！你爷爷以男色侍奉高后得享荣华富贵不得好死，你不久就会步你先祖后尘死于非命！"

审卿被刘安骂得脸色苍白浑身发颤。他爷爷审食其当年确实与吕后有私，朝野上下不少人知道，而审食其后来被刘安的父亲刘长于光天化日之下锤杀于自己家中，闹得长安城里沸沸扬扬，让审家这几十年来都抬不起头来，因此他心中恨死了刘长一家，这次得到机会来审淮南国的案子，他是存了私心往死里整刘安的。审卿正六神无主之际耳边又听得刘安对着张汤骂道："本王一代英豪，哪里容得你们这些狗贼欺侮？张汤，你回去告诉你的主子，我咒他的儿子们都活不到迁儿的岁数！迁儿，父王陪你一同上路了！"

刘安回手将剑刺进了胸膛，伍被惊呼一声上前扶住了刘安，但是一切都太晚了，那鱼肠剑锋利无比，已将刘安的心脏刺透，只见刘安双眼圆睁却已经气绝身亡。四周的宫人太监们见到刘安父子先后丧命，悲伤不能自己，先是有人低声啜泣，渐渐哭声连成了一片，混杂着风卷烈焰的呼啸声，直教人肝肠寸断。

　　长安的秋日是一年当中最美的时节，城北的渭河没有了春夏里的浑浊，清澈的河水缓缓朝东北方向流去，河上舟船往来穿梭，旅人和货物在渡口上上下下十分热闹；城南的终南山上层林尽染，被老天用画笔随意抹上了大团大团的深红与金黄，宛如一座画屏对着长安城。城东十里长亭外的灞河两岸，杨柳叶子在秋风吹拂之下纷纷飘落，在通往洛阳的驿道上铺了厚厚一层，行人踩在上面仿佛能感觉到落叶中蕴含着阳光的温暖，脚下传来的酥脆声也格外悦耳。眼下已经过了辰时，阳光高高升起，把整条驿道燃成了金色，在这条金色大道上有一队人马正在不徐不疾地朝长安行进。当先是三匹骏马，两名白衣少年和一名红衣少女并辔前行，三人身着便服，随后紧跟着几辆双驾马车，车身上的黑漆在阳光照射下闪闪发亮。车后紧随着的是十几骑卫士，背负长弓腰悬长剑，一言不发跟在队伍后面。

　　这一行人正是从寿春回京的范衡和霍去病。由于范衡腿有残疾，车行速度较慢，他们比同期出发的刘义、东方朔和张汤、审卿等人晚了三天到达长安。霍去病看到巍峨的霸城门就在前面不远处矗立，心中既温暖又紧张，他这次离开长安时间不短，算来有四个多月，期间发生的事情可谓惊心动魄，自己也几次死里逃生。眼看家就在跟前，他这一路上跌宕起伏的心绪才慢慢平静了下来。

　　正在此时，霍去病远远望到驿道上几骑飞奔而来，驰到近处当先马上之人一跃而下，身子飘然落在霍去病马前两丈开外，单膝跪倒低头拜道："侍中苏武奉皇上之命在此迎接霍大人和范大人，请两位大人和卫公子一起随卑职到上林苑面圣！"

霍去病认识苏武，他立刻下马走上前去将苏武扶起，只见苏武冠带鲜明，脸上虽然还带着塞外的沧桑，但却掩饰不住一身的英武之气。霍去病笑着对苏武说道："苏大人几时回的京？我舅父和令尊大人可好？"

苏武低头说道："回霍大人，卑职也是奉诏回京给张汤大人协办淮南衡山两案，五日前到的京师。大将军和家父都很好，托卑职代为问候霍将军和范大人。大将军和家父怕是要到明年春天才能回京了。"

霍去病点了点头，一边的蒙贞和卫律也都下马前来给苏武行礼。范衡听到前面的动静也被车上的仆役搀扶着下了车，苏武赶紧上前给范衡跪下请安，范衡示意苏武起身，只听车内一个无比清脆的女孩儿声音传了出来："阿公，我们是到了长安吗？"紧接着车门帘被掀开了，一名中年仆妇怀里抱着一个四五岁的小姑娘钻了出来。

苏武转头去看那小女孩，只见她一头黑发被扎成了两条羊角小辫，鹅蛋小脸上白里透红，一双亮闪闪的杏眼在好奇地四处打量，好一个模样十足的小美人儿！苏武立刻便知道这是霍去病奏疏中提到的江都王刘建之女刘细君了，他连忙上前给小姑娘施礼："苏武拜见细君翁主，请翁主跟卑职一起前往上林苑，皇上要见翁主。"

那小女孩儿正是江都王刘建的独生爱女刘细君，她被江都国内史赵吉带出来后便跟着霍去病和范衡生活，这次回京是奉了皇帝的诏书，要她一起回来。她对皇上显然没什么概念，她好奇地问范衡："阿公，上林苑是什么地方？好玩儿吗？皇上是谁，我为什么要见他？"

范衡和霍去病对望了一眼，范衡安慰细君道："翁主，上林苑是天下最好玩的地方，皇上便是我给你说过的天子，是四海之主，万民之君，还是你的嫡亲叔祖，你来长安当然要见你了。等会儿见了皇上可不要失礼。"

细君兴奋地点了点头。范衡、卫律和霍去病立刻带着刘细君跟随苏武前往上林苑，霍去病跟蒙贞依依道别，然后一马当先朝上林苑疾驰而去。卫律策马紧紧跟随，范衡的车子也加快速度尾随而来，车马如龙，卷起了地上的落叶漫天飞舞，在阳光照射下宛若一条金色的巨龙。

半个时辰后，霍去病一行便来到了上林苑中的鹿苑。苏武带着他们进入了苑中，霍去病远远便听到了一阵不知名的野兽吼叫声，声音远比马嘶浑厚有力，让霍去病心中一凛。待到转过一座小山，霍去病眼前豁然开朗，只见前方五十丈开外搭起了一座台子，台子四周冠盖云集，台上华盖下面一座步辇上坐着的正是天子刘彻，刘彻边上坐着一位绝色美人，却是初春时在上林苑梨园见过的未央宫第一宠妃王瑶。

而刘彻对面是一座陷入地下的大坑，霍去病看不到坑的深浅，只听到一阵阵嘶吼从坑中传来，也不知道是什么怪兽的吼声，让他心神不定。霍去病拴好马便扶着范衡朝刘彻走去，刘彻也看到了霍去病一行，脸上挂满了笑容招手让他们过来，霍去病等人加快脚步走上前去，在刘彻面前跪倒高声说道：“臣等拜见陛下，愿陛下和夫人万岁千秋，国祚永康！”

刘彻见到霍去病和范衡十分开心，他目光扫过卫律和刘细君，在细君的脸上停留了一会儿微笑着说道：“赶紧起来吧，给去病和范先生赐座，让他们先见识见识张骞带回来的新玩意儿再说！”

一边的太监连忙给霍去病、范衡和卫律摆好了坐席，霍去病落座后朝对面看去，只见张骞、刘义、张汤、审卿等人也都在对面坐着，东方朔则坐在离皇帝最近的地方。霍去病向众人一一点头示意，众人也都点头会意。坐定后范衡将细君抱在了怀中朝坑中看去，这一看不打紧，眼前的景象让范衡大吃了一惊：这个坑深有六丈有余，直径少说也有十丈，坑周边以木石砌成，坑里两只庞然巨兽正对着坑口嘶吼。范衡见那巨兽高一丈有余，双耳如蒲扇般大小，一对獠牙长三尺也不止，吼叫声颇有威势，他虽然之前没有见过，可也知道这就是传说中西南夷所生长的大象。

范衡怀中的细君竟然不怕这对大象，饶有兴致地看着大象的一举一动，让范衡颇为诧异。只见那公象用鼻子卷起了一根少说也有几百斤的树干朝空中抛去，一下子抛出三丈多高，差点就要高出坑口，引得众人一阵惊叫。那公象待树干落地后愈发狂躁，朝坑底的一扇铁门撞去，撞得铁门震天价响，大象每撞击一下铁门，坑边坐着的众人都感到地下传来一阵震动，直教人心惊胆战，饶是久经沙场的霍去病也提足了十二分的精神，紧紧握住了剑柄，手心竟然渗出了一层细汗。

但是坐在台子上的刘彻却兴致十足地看着这两头大象在坑底发狂。他身边的王夫人早已经是花容失色，面色苍白坐在那里。刘彻看了一会儿朝一侧坐着的张骞高声问道："张骞，你带回来的三只豹子能斗得过这大象吗？"

张骞脸色一变，低头回复道："陛下，怕是不能。"

刘彻捋着胡子想了一会儿说道："朕看不见得，得让它们比试比试。"他高声叫道："杨得意，打开铁门，把那三只豹子放进去！"

上林苑狗监杨得意高声领命，他朝对面的太监一挥手，那几名太监转动绞盘，将坑中墙壁上的一扇小铁门升了上来，张骞低头看去，只见大白和二白小白正从里面探头朝外看，张骞心中大惊，他脱口喊道："不要出来，回去，快回去！"张骞迅疾起身离席，踉跄着抢到刘彻座前扑地跪倒，声音颤抖着说道："陛下，这……这三只豹子对我有救命之恩，请……请陛下放过它们……"

刘彻颇为不以为然，他皱着眉头对张骞说道："张爱卿，你回来时对朕说这象和豹都是西南夷中的万兽之王，朕小时候读《韩非子》，在《难一》篇中便有'自相矛盾'的典故，朕今天想看看到底哪个更厉害，放心，豹子这东西最是灵巧，朕看这大象奈何不了这三只豹子。"

张骞仍不死心，他亢声辩解道："陛下，请恕臣无知妄语，这当中可是有两只还没成年的小豹子……"

张骞话音未落，便听到身后一阵惊呼，他也顾不得皇帝还没让他起身，便连滚带爬回到了自己的席位上，扒在护栏上往下看去，只见眼前的情形让他心胆俱裂：两头大象正在疯狂追逐三只豹子，长牙在地上撩起一层层尘土，豹子们虽然行动迅速敏捷，但是坑底地方狭小，几次都是险象环生堪堪躲过大象的追杀。张骞对着坑中大声呼喊，想要提醒豹子躲进铁门后面，可是坑底已经是烟尘弥漫，张骞只能隐约看到雪豹和大象的身影在尘霾中晃动。一边的张汤见张骞声嘶力竭叫喊不止，便走了过来对他说道："张大

170

人，这几只豹子不过是寻常野兽而已，你已经把它们献给了皇上，就任凭皇上处置好了，大人可别扫了皇上的兴啊！"

张骞转过身来死死盯着张汤，双眼通红仿佛要喷出火来，看得张汤浑身如同火烤，低头便退了下去。张骞回身朝刘彻一拜，纵身便从坑口跳了下去。

这变故仓促之极，周边上百人先是一声惊呼，接着一下子变得鸦雀无声。刘彻脸上也顿时便失去了血色，他霍的一下子站了起来，对侍立在一边的段子兴大声说道："快去找象奴，快！"

段子兴也已经被刚才的一幕吓傻了，他这才回过了神来，飞奔到坑的一侧去找在坑底铁门处候着的象奴。霍去病也起身来到坑边，睁开眼睛努力寻找张骞的下落，他眼角的余光突然看到一名白衣少年身手敏捷地跑到了几名太监值守的绞盘前，双手抱住铁索便要滑下去。霍去病赫然发现那少年竟是卫律，他大声喊道："律儿万万不可！"但是为时已晚，卫律顺着铁索一下子便滑到了坑底，蹲在铁门上打量起四周的情势来。

张骞落入坑底后顺势在地上打了几个滚贴着墙壁站好。他知道坑底铺满了沙土，纵使从高处跳下也无大碍，但是身上还是被粗糙的砂石擦伤了多处。坑底弥漫的沙土把他呛了个半死，开始剧烈地咳嗽起来。但是张骞这个不速之客也惊住了坑底的五只野兽，两头大象和三只豹子都惊奇地转过身来看着他。大白已经认出了张骞，低吼了一声便朝张骞跑来，二白和小白也都紧跟着母亲扑了过来，紧紧贴在了张骞的身边。两头大象发现张骞原来是跟豹子们是一伙儿的，低头怒吼着便要扑来，却听到身后传来一阵尖利的哨音。

两头大象回身一看，发现了正在铁门上蹲着的卫律，卫律掏出怀中的一枚金锭用力朝母象砸去，正好砸在母象的头上，那母象怒气冲天，低头便去撞卫律，卫律从铁门上轻巧地跳下来躲了过去，那母象如同发了狂一般开始在坑底追逐卫律，卫律东躲西藏，几次都在刻不容缓之际避开了母象的长鼻。

张骞看到儿子竟然跳了进来帮自己吸引大象的注意力，泪水一下子便模糊了双眼。他精神大振，一把抓过身边缩着的二白，高声喊道："霍将军，请接着了！"他手上用力将二白高高抛到了空中三丈多高的地方。

坑边的霍去病看到烟尘中飞出来一只小豹子，他早已经将长鞭握在手中，立刻运鞭挥去缠在了小豹子的腰间将它拉了上来抱入了怀中。周边的人看到一只半大豹子飞了上来，立刻吓得魂飞魄散躲开了去，只有范衡和细君稳坐不动。霍去病将二白放在脚边，二白刚才经历了生死一劫犹自惊魂未散，卧在地上不停发抖，细君伸出手去摸了摸二白，让它平静了一些。

张骞还没来得及将身边的小白如法炮制扔上去，那公象已经冲了过来，张骞抱着小白四处逃避，大白紧紧跟在身后，张骞在烟尘中跑到了对面的墙边，看到关押豹子们的洞穴正在眼前，他大吼一声便要朝洞里扑去，却听到卫律大声喊道："使不得！"他和卫律几乎撞了个满怀，卫律拉着张骞逃向了一侧，只见那公象已经将一对獠牙刺进了洞里，将头一甩便把那洞生生拱塌，泥土散落了一地。张骞趁公象停住的间隙大吼一声将小白也朝空中抛了上去，却被母象在空中用鼻子横着抽了一下，小白哀号一声，身子打着转便朝墙壁上飞去，大白见到爱子立刻就会撞到墙上性命不保，它怒吼一声飞身扑到了母象的身上，对着母象的耳朵狠狠咬了下去。

就在小白的脑袋将要撞上墙壁的一刹那，一条黑色的长鞭从坑口卷来，牢牢缠住了小白的身子，将它从死亡的边缘拉了回来，小白在空中划了一道优美的弧线，它掠过母亲的身边，看到了母亲惊喜的眼神，也看到了公象锋利的獠牙刺穿了母亲的后腿。

小白腾云驾雾般来到了坑口，被霍去病牢牢抱进了怀中。它关心母亲的安慰，嘶叫着朝坑底看去，却什么也看不清楚。而坑底的张骞却看到了大白受伤的瞬间，他暴喝一声冲上前去高高跃起，双手拉住了大白的前爪，将它从母象的背上生生拽了下来，张骞抱着大白在地上几个翻滚便到了墙边的大铁门旁，他看到两头大象正在朝他冲来，眼见再无可避之处，耳边只听到一阵铁链声响，铁门朝上升起了两尺多的一道缝隙，张骞不容多想便抱着大白滚了进去，紧接着卫律也从门缝中扑了进来，两人和大白刚朝前滚出三尺有余，那公象的长牙便已经扫了进来，把三人刚才躺过的地面刮下去了一尺多深。

这边铁门已经迅速被放下，坑内大象的怒吼声震耳欲聋，坑道外的象

172

奴和太监们连忙扶起了张骞和卫律，却不敢接近大白。张骞仔细打量卫律，只见他俊俏的脸上被划了好几道口子，一袭白衣上沾满了尘土，但是看着自己的眼神又变得玩世不恭起来。张骞心中复杂至极，他不知道如何跟卫律开口表示感谢，只好低头查看大白的伤势。只见它右后腿被象牙刺穿血流不止，一瘸一拐地跟在自己身后，张骞见它性命无碍也就放了心。

而坑外的众人都已经把心悬到了嗓子眼儿，等张骞和卫律带着步履蹒跚的大白出现在众人视野中时，大家才把心放了下来，竟然有人带头喝起彩来。在台上一直来回踱步的刘彻也长长出了一口气，他看到众人的目光都聚焦在了张骞身上，脸上露出了一丝似笑非笑的神情，悄然回到了自己的步辇上。

而台下霍去病则抱着两只小豹子朝张骞和卫律迎了过去，走近后他把二白和小白放在了大白身边。大白仿佛知道是霍去病救了自己的孩子，亲昵地朝他凑了过来，在他腿上蹭了半天。张骞不顾身边众人的问候，径直朝刘彻走了过去，跪倒在地大声说道："陛下，这三只豹子在天子眼中不过是畜生，对我张骞却有救命之恩，张骞愿意用博望侯之位换这三只畜生的命，请陛下恩准！"他朝刘彻低头叩了下去不再起身。

张骞这一席话惊呆了鹿苑中的所有人。刘彻脸上一红，他知道张骞为人忠直，因此倒不认为张骞是在故意让他难堪，可张骞拿封侯之事来换取三只豹子性命这事却是有点像是儿戏了，一时间不知该如何应对。他眼角瞥见了坐在一边的东方朔，便捋了捋胡子问道："曼倩，这……能行吗？"

东方朔连忙上前跪下说道："臣以为张大人此议大大的不妥！"

张骞心里一急，转头便要跟东方朔争论，而刘彻素来知道东方朔精灵古怪，听东方朔这么一说，心下便知道这小子八成已经有了主意，于是刘彻便不再给张骞说话的机会，高声问道："怎么不妥？那你说该怎么办？"

东方朔嬉皮笑脸地说道："陛下，这三只雪豹和两头大象都是张大人从西南带回来的祥瑞，一个是雪山之王，一个是丛林霸主，其实张大人说这都是万兽之王并没有错。张大人回京后便给陛下进献奏章，说这三只豹子大破西羌盗贼，救下了张大人和卓王孙的命，所以这豹子其实是对大汉立有军功的，后来庄助斩获两千羌贼首级也跟这三只豹子有极大的关系。要是人的话依大汉军功论处应当封侯配食三百户，可惜这就是三只畜生，陛下无非多赏它们些肉吃好了。"

张骞听到东方朔这么一番高论心中又佩服又好笑又感动。他平日里跟东方朔交情不深，但是东方朔却几次在朝堂上都帮过他，今天东方朔这么为自己和大白开脱，这个人情欠的着实不小。他正思索着要如何报答东方朔的人情，却听到刘彻哈哈大笑道："曼倩，朕为何不能给这畜生封侯？既然这豹子保护了博望侯出使西南夷，还大破西羌盗贼，你这就拟旨，封这只母豹为破羌侯，封地就在南阳博望跟张骞一起，食邑五百户。即日起这三只豹子归张骞抚养，张骞，你把他们带回府中，小心不要伤了人！"

这前后不过一刻间情势急转，看得台下众人瞠目结舌不知所措，张汤和审卿面面相觑，连豹子都能封侯，这在本朝可谓前所未闻。张骞正要谢恩退下，耳边一个苍老的声音突然响起："陛下万万不可！昔年卫懿公封鹤为大夫，最后身死赤狄之手，这故事陛下难道不知道吗？"

这声音众人再也熟悉不过，正是殿前主爵都尉汲黯。东方朔饱读诗书，自然知道汲黯说的是什么事情，他心中一凛，立刻开动脑子找理由反驳汲黯。张骞却不知道这个典故，眼下事关这三只豹子的生死，所以尽管张骞平素对汲黯颇为敬重，现在也没好气地大声说道："汲大人怕是言重了吧？请恕张骞无知，汲大人所说之事我是没听说过，但是请汲大人不要乱套典故，卫懿公如何能跟皇上相提并论？"

刘彻不愿意看到臣子们在辇前闹成一团，加之汲黯年老德高，素来又是个硬脖子，便想赶紧给汲黯一个台阶下了就此打住，于是他强作笑脸问道："汲爱卿，卫懿公的事情你给朕说说，朕有则改之无则加勉可好？"

汲黯当即拜倒，起身后大声说道："陛下圣明！当年卫懿公不理政事，整日里跟自己蓄养的仙鹤游玩，不仅封鹤为大夫，还封为将军！国中人民有歌谣唱道：'鹤食禄，民力耕；鹤乘轩，民操兵。狄锋厉兮不可撄，欲战兮九死而一生！'后来赤狄攻打卫国，兵士和百姓都不愿打仗，对卫懿公说让仙鹤替你去冲锋陷阵好了。最后卫懿公果然被赤狄杀死，浑身的肉都被

174

蛮族给吃了，只留下一个肝挂在白骨上。卫国就此衰败，可后果却远不止此，卫国大夫卫鞅后来流落到了秦国辅佐秦孝公，把一方穷乡僻壤变成了虎狼之国；荆轲先祖流落到了燕国，后来替燕太子丹刺杀秦始皇未遂，反而促成了始皇的霸业。陛下，这一切事情的源起还是因为懿公嬖鹤。请陛下三思，封侯之事，岂能让畜生与功臣同列？"

汲黯这番话触动了刘彻，他有点后悔自己太过冒失，但是君无戏言，刚才已经把爵位封出去了，怎能当着群臣和后宫王夫人的面再收回成命？他心中对汲黯是又敬重又气恼，这个老东西说起话来六亲不认不分场合，干脆今后找个机会把他打发出长安算了。

刘彻身边的王瑶是何等聪明，她把刘彻脸上的每一丝神情都看到了心里，她知道眼下最重要的是先把皇帝的面子保住再说，她的目光在群臣脸上一一扫过，看到了霍去病脸上的不忿，张骞脸上的焦急，张汤和审卿眼神的躲闪，最后她看到了东方朔脸上挂着一丝不以为然的微笑，便向东方朔问道："东方大人，汲大人所说不无道理，不过妾身却也记得，上古三皇五帝时也有鸟兽立下战功，东方大人博闻强记，不知能否赐教？"

东方朔一听王瑶话中有话，心里面着实对王瑶的机智深感佩服，他立刻摇头晃脑说道："夫人通晓历史，微臣怎敢班门弄斧？请陛下和夫人明鉴：上古轩辕黄帝战蚩尤、平炎帝，熊虎豹尽数登场，立下赫赫战功。微臣曾经在黄帝旧都有熊轩辕丘前见过为熊立的祠。轩辕黄帝之时并无公侯伯子男五等爵位，但是黄帝给猛兽立祠，怕是给的爵位还在封侯之上。汲大人忠心可嘉，但是读书不能只知其一不知其二：卫懿公之鹤整日里娇生惯养，并未给国家立下分毫功劳；可这三只豹子却是陪着张大人出生入死，交通滇越国的！陛下给这三只豹子封侯是犒赏军功，怎么能跟卫懿公整日里载鹤恣意玩乐相比？再说当年卫国不修武备，最后被赤狄所灭，而我大汉则拥甲兵百万，北却匈奴千里之外，南平西羌盗掠之患，这难道不是陛下的功劳？"

"你……你个光知道阿谀奉承的小人……"汲黯说不过东方朔，心中气极，指着东方朔便破口大骂。刘彻却已经听得不耐烦了，他生生打断了汲黯的话："汲黯，你的意思朕知道了。你们不要再说了，君无戏言，封侯的事情就这么办。张汤，明天辰时把伍被带进宫来，朕要亲自审他。朕今天乏了，你们都散了吧。"

汲黯见皇帝动了真气，只有无奈起身告退。他经过东方朔时狠狠瞪了他一眼，要是目光也能杀人，东方朔怕是已经死了一万次了。

张骞和霍去病也起身告退，却被刘彻叫住了。他让霍去病把刘细君带到了眼前仔细打量：只见这小姑娘眉眼间像极了自己的亲哥哥、已故江都王刘非，漂亮之中还隐含着一股勃勃的英气，不由得心中对这个侄孙女十分喜欢。王瑶将细君唤到了身前将她抱入怀中，想到她的身世心下不免酸楚。刘彻见王瑶对细君颇为喜爱，心念一转便对她说道："瑶儿，这孩子也是我们刘家宗室血脉，就先放在昭阳殿养着吧，待朕回头跟宗正商议后再给她找个公主当继母。"

王瑶低头领旨，她把细君抱得更紧了一些。谁知细君却挣扎着探出头来问刘彻："你就是皇上吧，阿公说你说的话就是圣旨，说出来后不好改的，可是皇上啊，我想跟范阿公、去病叔父和蒙贞姑姑一起住呢。"

霍去病和范衡听到细君不愿意离开，心中更是不舍。两人跟细君相处这几个月下来，都十分喜爱这个聪明乖巧的小姑娘。范衡时时跟细君聊天，交谈中得知她父母平日里都忙于玩乐，根本没管过她，细君从小最亲近的人竟然是内史赵吉。赵吉带着细君从江都王府逃出之日告诉她要到长安读书，她便欣然答应，谁知赵吉在衡山国便将细君托付给了霍去病，然后自杀殉国。是以细君平日里经常问起赵吉下落，霍去病和范衡不忍告诉她赵吉已经自杀身亡，只能哄她说赵吉出使西域乌孙国，要好几年后才能回来。

刘彻却被细君的话逗笑了，他温言对细君说道："你范阿公和去病叔父还要出长安替朕办差呢！你跟朕一起回未央宫里，还有三个小姑姑在宫里等你玩儿呢。朕让你阿公和去病叔父经常到宫里来看你好不好？"

细君咬着嘴唇想了一下："那你要答应我不要再让豹子和大象打架了好不好？大家刚才都很害怕，可是因为你是皇帝又不敢说。"

刘彻脸上一红，勉强笑道："好的，朕答应你，君无戏言。"细君回头看了一眼脸色温柔的王瑶，正色对刘彻说道："那好吧，我就跟你去宫里吧。"

176

刘细君小小年纪天真无邪，说出来的话让周边的人心中莞尔，连刘彻都忍不住笑了起来，他示意王瑶身边的宫女将细君抱走，然后改作一本正经对张骞说道："张骞，这几只豹子你自己带回府中去养吧，注意看好它们，别伤到人。"张骞心中高兴，谢恩起身后便跟杨得意一起张罗着把三只豹子装进了一个大铁笼放到了车上，然后会同霍去病和范衡一行人缓缓朝长安行去。

过了一个多时辰众人才到了城里，张骞试探着问卫律是否愿意跟他一起回家，卫律却恢复了之前对张骞爱理不理的态度。范衡为了缓解他们父子之间的紧张关系，便力邀张骞跟他一起回卫青府上用饭，张骞沉吟了一下便答应了。一路上卫律对三只豹子极感兴趣，把自己随身带的干肉取出喂它们，大白似乎明白卫律也是它们的救命恩人，对卫律态度也十分亲昵。到了家中众人先给三只豹子安家，把马厩的一侧清理了出来用铁链把大白拴了起来，大白竟然毫不反抗安之若素，两只小豹子根本不关心母亲是否被拴了起来，仍旧上蹿下跳地捣乱。厩里的马群见到来了三只猛兽，一开始被惊得嘶鸣不已，但是过了一阵子见豹子们对自己爱理不理也就放了心，马儿和豹子们竟然划地为界安然相处了起来。眼见已经到了晚饭时间，范衡把张骞留下用餐，本来想在席间把张骞和卫律之间的心结解了，谁知卫律却匆匆吃了几口便跑去后院跟豹子们去玩了。张骞饭后向霍去病和范衡告辞，范衡看时机尚不成熟便不再挽留张骞。

霍去病送张骞出得门来，低声问张骞道："张大人，可想去看看雷被？"张骞欣然同意，二人骑马来到丙吉家中，却发现他不在家，二人便朝内官狱行去，到了门前报上名号后狱卒飞奔进去禀报，不一会儿便看见丙吉脚下虚浮，醉态可掬地从里面走了出来，结结巴巴地说道："霍大人，张……张大人，请恕卑职酒后……呃……失礼，这就请……两位……两位大人跟卑职来……喝上几杯……"

霍去病素来知道丙吉老成持重，他喝成这个样子实属少见，多半是被雷被灌的。他一把扶住了丙吉将他身子托了起来，丙吉只觉自己如腾云驾雾一般朝狱内走去，他领着霍去病和张骞转眼间便来到了雷被所住的狱室门前。

霍去病往里面看去，只见狱室内灯火通明，地上放了一个巨大的食盒，里面摆满了烤肉和面饼。室内一名老者鹤发童颜立在门前笑吟吟地看着自己，霍去病一开始没有认出这名老者，只觉得面容依稀有几分熟悉。他再朝狱室内看去，只见靠里面坐了两个人，一人是刚刚从淮南国带回来的伍被，另一人竟是前两年在朝中时常可见的前太中大夫、蜀郡太守庄助，唯独不见雷被的踪影。霍去病惊疑之下正要开口询问丙吉，只见对面的老者朝他拱手躬身说道："霍将军此行劳苦功高，破了淮南衡山两桩大案，雷某实在是佩服！"

霍去病听出来了雷被的声音，他定睛朝雷被看去，只见他身子瘦了一半，须发几乎全白，面容跟以前相比已经脱了相，但是气色看起来极好，霍去病心中一颤，躬身行礼道："雷先生受苦了，请恕去病来迟。"

雷被纵声长笑道："霍将军不必担心，我在这里过得像神仙一般，多亏了丙吉兄弟的照顾。"他将霍去病和张骞迎进了门内，指着地上坐着的面无表情的伍被和哆嗦成一团的庄助说道："霍将军，张大人，明日皇上要廷审这两人，命我去当廷对质。我想伍大人和庄大人怕是就要跟我等别过，便请丙吉兄弟买了酒肉来给他们饯行，谁知这两人不领我的情，一口也不吃，实在可惜了这几坛好酒！"

张骞看伍被脸色苍白、庄助失魂落魄的样子，心下顿生恻隐之心。他倒了两碗酒递给伍被和庄助："两位请喝了这碗酒，如果有什么要交办的身后事请相告，张骞自当尽力。"

伍被感激地看了张骞一眼，将碗中酒一饮而尽，庄助却不喝，他将酒碗打翻抱着张骞的腿哭喊道："张大人救我，我……我不想死啊……"

伍被鄙夷地看着庄助："庄大人你该愿赌服输。当年你走上这条路怪不得别人，是你自己找上门来的。现在闹腾有什么用？"一边的雷被早已经不耐烦了，揪着庄助的衣领便将他提了起来，扔到一边骂道："你这狗崽子，糟蹋了这么大一碗好酒！"

霍去病连忙劝住雷被："雷先生息怒，我和张大人陪你喝上两杯好了！"雷被高兴得脸上放光，叫上丙吉四人席地而坐，开始大喝起来。席间雷被详细询问霍去病和张骞出使的情形，听霍去病说起白嬴、赵吉和陈喜的故事不由得扼腕叹息，又听到霍去病说起刘安和刘迁相继自杀的场景，雷被不由得黯然伤神，霍去病知道雷被在刘安幕中多年，二人君臣之间的情意并不是说能抹去就抹去的，便陪他多喝了几大碗。雷被又细细询问了衡山国中的事情，听霍去病说起刘孝为了自己能洗脱罪名不惜出卖父亲的事情，恨得咬牙切齿，巴不得立刻前往刘孝的狱室将他一拳打死。而张骞为了缓解雷被的情绪，便将一路上所见的奇闻异事说给雷被，跟他描绘了西南夷雪山的日落，滇池的波涛，金沙江的咆哮，草原的辽阔，还有遇到了雪豹大白一家的故事，听得雷被和丙吉心驰而神往，四人不知不觉将丙吉买来的四坛酒喝了个干干净净。

　　眼见已经到了子时，四人都有了八分酒意，霍去病和张骞明早都要参加早朝廷审，而雷被的冤屈也将被洗刷得干干净净，所以四人心下感觉都十分痛快。霍张二人向雷被和丙吉告辞回府，丙吉从怀中摸出一个布袋递给了霍去病，霍去病入手感觉颇为沉重，打开一看原来是自己给丙吉的黄金，其中一枚金锭还没用过，另一枚已经被换成了几枚小金锭，余下的怕是也有两斤。霍去病惊异道："你……"

　　丙吉低头说道："霍将军，照顾雷大人是卑职分内之事，俸禄之外花费了将军六两黄金，待卑职日后慢慢还上。此番辞别，卑职不知……何年何月才能再见到三位大人……请……各位保重！"

　　霍去病看着丙吉，只见他的泪水在眼眶中含着打转，强忍着不落下来，顿时心中百感交集：这真是个忠厚善良之人，别说家事，国事日后亦可相托，这小小的内官狱如何能容得下他？霍去病一把将金子塞进了丙吉的怀中，不由他推辞说道："去将你叔父厚葬，咱们后会有期。"他朝丙吉拱手一谢，跟张骞头也不回地走了出去。

　　霍去病回到家中时，范衡和蒙贞都已经早早歇息，卫律不知道去了哪里，只有弟弟霍光刚刚从宫中当值回来，陪他聊了一阵子近日里宫里的事情，两人竟然聊了一个通宵。霍去病见弟弟老成持重，这几个月间对朝中的事务都已经谙熟于胸，做事也很有分寸，心中甚是欢喜。霍去病看看差不多到了卯时，便简单洗漱停当，换了朝服跟范衡一起奔未央宫而去。

二人从南阙入宫，到了前殿中分列文武两侧，刚刚坐定便听到大行令长声呼喊道："百官为皇帝起！"霍去病连同百官起身迎接刘彻，只见皇帝气定神闲地从殿后踱了出来，他一身山海云纹黑色朝服，头上冕旒随着脚步声簌簌作响，双目如电般一一扫过殿中诸臣才往御座走去。待到刘彻缓步登上御座坐稳后面向众臣，大行令带领群臣山呼万岁，呼声响彻前殿，久久回响在未央宫上方。

霍去病这时已经排在了武官之列的靠前位置，中间隔着公孙贺和公孙敖，前面空着的是舅舅卫青的席位，皇帝在这一侧一眼便能看到他。霍去病右边对应的是御史大夫、郎中令李广的堂弟李蔡，李蔡身前是丞相公孙弘，身后是廷尉张汤，张骞和范衡都坐在张汤身后。众人都知道今天的早朝非比寻常，淮南衡山两国的大案怕是今天就要有个了断，所以都大气也不敢出，等着皇帝开口。

果不其然，刘彻对身边的黄门低声说了两句，那小黄门扯着嗓子大声叫道："传罪人上殿！"不一会儿便有八名身材魁梧的武士押着三个人进到了殿中，径直走到刘彻前面五丈开外跪了下去，霍去病打眼一看，只有雷被、伍被和庄助三人，却不见刘孝前来。三人虽然须发已长，但服饰甚为整洁，显然在狱中没吃过什么苦头。刘彻见到雷被后心中也暗暗吃了一惊，几个月没见，一个人的相貌怎么会变化这么大？他装作漫不经心地拿起手边的供书看了起来，看了一阵子后清了清嗓子问伍被道："伍被，刘安和刘迁已死，你是他们的近臣，你给朕从实招来，刘安为什么要造反？"

伍被不假思索便回答道："回陛下，刘安以为他不仅是高祖嫡传，生父淮南厉王当年还认了高后为母，后来周勃太尉和陈平丞相没有立他父亲却立了孝文皇帝，让他一直耿耿于怀，认为这天下该是他的才对。再加上刘安才华盖世自命不凡，觉得谁也比不上他，所以就有了逆心要造反。"

刘彻点了点头继续问道："那你看刘安的才干跟朕比如何？"

伍被耳中先是听到了殿上群臣的窃窃私语，后来又转为一片寂静。他想了一会儿说道："陛下，刘安虽然才智绝伦，天文地理书画文章都算得上傲立今世，但是在臣看来却没用对地方，最后要么沦为了宫室奇玩淫技，要么沦为了炼丹修仙之术，这些都不过是匹夫之才，对社稷没有什么用处，只算得上是聪慧而已。而陛下也许在琴棋书画算术方面不如刘安，但是陛下却有经天纬地之才，知人善任之智。如今天下百姓富足，老有养而幼有教；四方夷狄惧服，商旅通而德化沐；朝中群臣相得，武威奋而文质彰。因此陛下之才乃天授也，用以养万民、和四时，可谓大智慧，岂是刘安的小聪明可比？"

伍被这一番话不仅让刘彻颇为动容，连殿内群臣都甚为震惊。范衡心里想道："这伍被其实是个明白人，可惜明珠暗投，偏要跟着刘安造反，否则也是个位居列侯的主儿。"这时又听刘彻冷笑着逼问道："伍被，你倒是挺会说话，难道你还想着用这些高帽子哄哄朕，朕就能饶你一死了？"

伍被却毫不畏惧地回答道："陛下，臣自知罪无可赦，巴不得速求一死。臣并非想要奉承陛下，这些类似的话臣之前跟刘安也说过，劝他不要谋逆，可惜他听不进去。臣生在淮南，长于寿春，那里从孝文皇帝时便是淮南王治下，自然要尽到君臣之义。臣虽知其不可而为之，不过是尽臣的本分而已。臣今生不能择明主而仕，只能盼来世臣的运气能好一些，早点遇到陛下。"

刘彻心下升起一丝感动，他又朝伍被的供书看去，当他读到刘安问伍被为什么说当今天下大治不可造反，伍被回答道："被窃观朝廷之政，君臣之义，父子之亲，夫妇之别，长幼之序，皆得其理，上之举措遵古之道，风俗纪纲未有所缺也。重装富贾，周流天下，道无不通，故交易之道行。南越宾服，羌僰入献，东瓯入降，广长榆，开朔方，匈奴折翅伤翼，失援不振。虽未及古太平之时，然犹为治也。"看到这里，刘彻心中对伍被的文采又多佩服了几分。刘彻继续往下看，看到刘安问伍被大将军卫青是什么样的人，伍被回答道："被所善者黄义，从大将军击匈奴，还告被曰：大将军遇士大夫有礼，于士卒有恩，众皆乐为之用。骑上下山若飞，英勇盖世。被以为大将军才能如此，将兵未易当也。及谒者曹梁自长安来，言大将军号令明，当敌勇敢，常为士卒先。行军扎营时若穿井未通，须士卒尽得水，乃饮。军罢，卒尽已渡河，乃渡。皇太后所赐金帛，尽以赐军吏。虽古名将弗过也。"刘彻默然合上了供书，心下翻腾不已：这个伍被其实是个丞相之材！

当朝丞相命运多舛。窦婴昔年为相，做事四平八稳，总是拿前朝萧何

181

和曹参说事，言必称萧规曹随，不愿励精图治，弄得刘彻毫无办法。后来舅舅田蚡又当上了丞相，却把两千石以上的朝廷命官卖了个遍，最后竟然跟窦婴斗了个两败俱伤，二人先后在几个月内身死，成了朝野上下的一个笑话。再后来的薛泽又是个闷葫芦，你说啥他都行；眼下的公孙弘又跟薛泽是一个路子，弄得刘彻一直为相位发愁。他是个想要立下不世功业的皇帝，伊尹周公管仲乐毅之流虽不敢奢求，但也朝思暮想能有当年高祖时萧何、陈平这样的贤相。前些日子里他曾经想过拜范衡为相，此人才学品质都堪当大任，可惜身处贱籍，双腿又有残疾，刘彻再三考虑后觉得不妥也就罢了。

刘彻盯着眼前跪着的伍被，觉得他身上竟然有股卓然不群之气，在当朝文官之中极为少见，他心中生出了一股怜悯惜才之意，想着如何能给伍被找个开脱的借口。刘彻眼光扫过下面的群臣，却发现没有一个人敢跟他目光相接，连东方朔都缩在范衡的身后低头不语。这个由头从何而来呢？他眼角的余光突然扫到了跟伍被一起跪在下面的雷被，心念一动说道："雷被，朕错怪你了。刘安和刘迁要造反，你半年前就给朕说了，朕那时不信，害你吃了不少苦。"

雷被心中冷冷一笑，他根本不承刘彻这个情，觉得这个皇帝心术机谋过甚，却还要假惺惺来安抚自己，但他又不能不低头谢恩。刘彻看不清他脸上的表情，便试探着问道："雷被，你跟伍被最为相熟，你给朕说说，朕该怎么发落他？"

雷被仍然低着头，用干巴巴的声音说道："依臣愚见，陛下该赏他一百大板，在他脸上黥上'反贼'两字，然后让他入朝随侍在陛下左右。"

刘彻觉得雷被的提议未尝不可，他心中一喜，但是仍然不动声色问道："哦，是吗？你给朕说说缘由？"

雷被朗声回答道："伍被谋反有罪理应处罚，但此人也极有才干，望陛下能留他一条性命将功折罪，日后必将立下大功。"

刘彻点了点头，他又问霍去病："去病，你觉得呢？"

霍去病稽首答道："陛下，伍被造反之事属实，但他并不是主犯，而且一开始便劝阻刘安不要以身犯险。臣以为雷先生所说很有道理，请陛下三思。"

刘彻心里面又踏实了一些，他问范衡道："范大夫，你看朕要如何处置伍被？"

范衡连忙回答道："回陛下，微臣不懂法令，量刑之事还要请有司斟酌。不过臣知道伍被满腹经纶，才冠吴楚，当年主编《淮南鸿烈》一书，位居淮南八公之首，对东南一带形势极为熟悉。眼下南越虽然已经臣服大汉，但是闽越一直蠢蠢欲动，说不定日后会成为我大汉心腹之患。微臣斗胆建议陛下可让伍被戴罪立功，前往会稽任太守之职，同许有根一起操练水师，择机早日平复闽越，助大汉一统中国。"

刘彻心中十分高兴，范衡所说才是无双庙算之策。他声音立刻提高了几分对众臣说道："张汤，你把伍被和庄助先押回牢中，待朕过几日再给他和庄助量刑。雷被维护社稷有大功，朕封你为宜安侯，食邑两千户，赏黄金百斤。去病和曼倩，朕明日要去上林秋狩，你们俩陪朕去。今天早朝就到这里，诸位爱卿散了吧。"

雷被叩头谢恩后大声对刘彻说道："陛下，微臣感激不尽，但是还有一事相求！"

刘彻微微诧异了一下，他盯着雷被说道："但说不妨。"

雷被稽首道："陛下，微臣是想向陛下举荐内官狱吏丙吉，于公来说此人忠厚善良，明达事理，秉忠承义；于私来说他对微臣回护照顾有加，有恩于臣。望陛下不嫌他出身卑贱，可加恩擢用，日后定是柱国之才。"

刘彻仰天长笑，随后正色对雷被说道："雷爱卿，你举荐的人一定不错，朕让张汤随后加以重用便是了。"

雷被大喜过望，在地上重重叩头谢恩。霍去病和范衡也长长出了一口气，雷被竟然在朝堂上公然举荐丙吉，实在出乎二人意料之外。其实霍去病也早已经有心去拉丙吉一把，如今皇上答应了，那今后就太好办了，顺水推舟即可。摆在丙吉面前的即使不是大富大贵，也是锦绣前程。

刘彻从御座上起身，今天早朝颇有收获，他浑身感到一阵轻松，竟是说不出的舒坦。就在他正要往下走时，只见张汤疾行出列，走到他前面跪下说道："陛下万万不可饶恕伍被和庄助的死罪！陛下可否还记得，伍被指示人伪造陛下诏书，赐令齐王、代王、济北王、中山王、长沙王、赵王、鲁王七王自尽，还要迁七国中富贵人家前往辽东，合计不下五十万户。陛下如果饶了他们，那为陛下守边的七王将会作何想？这五十万户豪强将会作何想？臣怕是从此诸侯王跟陛下将离心离德，要是谁再起了反心，保不准孝景皇帝年间七国之乱便要重演啊！"

张汤这番话让朝堂上所有人都愣住了。范衡心里一下子便凉了下来：张汤所说其实不无道理，如果伍被和庄助逃过一死，今后诸侯国中权臣一旦竞相效仿，那天下大乱也不是不可能的。这么兜了一大圈，怕是这两人还是难逃此劫。

果然不出范衡所料，刘彻被张汤的话给深深打动了，他眼中的柔和目光一下子变得阴冷起来。他冷冷地问张汤："张汤，那你说这两人该如何处置？"

"回陛下，依大汉律，谋逆之罪要夷三族。"

"准奏。伍被，你还有什么话要说吗？"

伍被看了一眼身边已经瘫软在地的庄助，平静地说道："陛下，臣自知罪责难逃，并无丝毫怨言。但是陛下刚刚封的宜安侯雷被，当年也犯下了滔天之罪，从未央宫石渠阁中偷走了孝景皇帝给丞相窦婴的免死诏书，最后害得窦婴、灌夫、田国舅先后身死，请陛下明察。"

伍被话音刚落，朝堂上立时陷入一片死寂。窦婴、灌夫和田蚡一案是八年前的事情了，在座众人全都清楚，就连霍去病都知道那时之惨烈。伍被刚才说当年是因为雷被从石渠阁偷出了先帝遗诏导致窦婴和灌夫被杀，朝堂之上的众人没有几个相信的：未央宫里戒备森严，石渠阁中更是日夜都有几十名卫士当值，负责洒扫巡更的太监宫女更是不下百人，怎么能让雷被从容出入偷走这一份遗诏呢？整个殿中只有一人知道伍被所言不虚，他双手手心中已经满是汗水，身子也不由自主颤抖了起来，此人便是太中大夫、博望侯张骞。

刘彻也根本不信伍被所说，他恶狠狠盯着伍被看了一阵子，心中杀意

184

更浓，半晌才转向雷被问道："雷被，你告诉朕，伍被这贼子是不是临死前得了失心疯，张开血口诬告你？"

雷被看了一眼伍被，垂首说道："陛下，伍被所言非虚，是臣当年潜入石渠阁偷走了先帝遗诏，害死了窦婴大人。"

雷被此言一出，朝堂上一片哗然，殿中群臣已经顾不得皇帝的脸色，开始前后左右交头接耳起来。而雷被的话也宛如一柄重锤砸在了刘彻头上，砸得他眼前金星乱冒一阵眩晕。窦婴是父皇在位时平定七国之乱的大功臣，被孝景皇帝封为了大将军统领三军，坐的就是卫青眼下的位子。自己即位时窦婴位列丞相，虽然窦婴因为跟自己的祖母窦太后政见不合被削职赋闲在家多年，但是刘彻对窦婴还是颇为敬重，直到窦婴跟自己的亲舅舅、前丞相田蚡交恶，窦婴从家中拿出了孝景皇帝开出的免死铁券遗诏来赎回灌夫性命时，被刘彻发现在石渠阁中并无遗诏存底，才以欺君之罪将窦婴腰斩于长安市上。

窦婴死后不久田蚡便在家里发了狂，没几个月便暴病身亡。当时田蚡的儿子田恬请遍了天下名医都一筹莫展，最后找到了长安城中能通灵者前来，却看到了窦婴和灌夫的鬼魂正在床边用力鞭笞田蚡。通灵者告诉田恬这是冤鬼索命，田蚡无药可救，三天后田蚡便断了气。田蚡死后这冤鬼索命的流言便传到了刘彻的耳中，刘彻开始怀疑是否错杀了窦婴，心中不安了好几年，直到卫青取得龙城大捷后被加封为大将军才平静了下来。眼下这桩陈年冤案被伍被重新翻出，不异于对刘彻是当头一棒，让他脑子里一片空白。

霍去病见皇帝呆立在殿上出神，立刻转身对身后群臣压低了双手，示意大家安静下来。过了片刻刘彻才恢复了平静，脸上毫无表情地问雷被："你从实给朕招来，你为什么要偷先帝遗诏？你是怎么混进石渠阁的？"

雷被垂首答道："回陛下，臣是受了刘安的指使，要臣来宫中盗取石渠阁里少府秘藏的图书，当时臣领命时只有刘安和伍被两人在场，刘安告诉臣这不过是宫中所藏前秦时长生不老药的炼制方子，等臣偷回了淮南才发现是先帝遗诏，可惜那时已晚，后悔也来不及了。现在回想是因为当年刘安和田蚡交好，刘安是想帮田蚡一把，把窦大人害死。臣来长安之前刘安和伍被便告诉了臣在阁中书架的对应干支方位寻找，是以臣一清早就随着御厨的菜车混进了宫中，化妆成太监趁卯时阁中太监换值溜了进来，一下子便找到了。出宫就简单多了，期门卫士对出宫人等不验门籍，臣那时便随着田丞相早朝回府的车马混了出去。"

刘彻又是一阵头晕目眩，这貌似戒备森严的未央宫对雷被这等武功高强之人却是来去自如，而且雷被这么轻易就找到了遗诏，肯定宫中有奸细内应，今后保不定有谁在宫里给自己下个毒行个刺什么的。他咬牙切齿地想了半天，气急败坏地问范衡道："范大夫，雷被该怎么处罚？"

群臣见皇帝情急之下量刑时不问张汤而问范衡，心下均想看来范衡才是皇帝的真正心腹。范衡知道自己的回答事关雷被生死，便斟酌着回复道："陛下，雷被受刘安指使前来宫中偷盗遗诏无疑是死罪，但是雷被弃暗投明，甘冒奇险来告发刘安和伍被，其母也深明大义，为了陛下社稷安稳不惜自杀，舍生成仁后让雷被无所牵挂，前来转投陛下。如果陛下将雷被功过相抵免于处罚，这样一来诸侯国中臣子便知道陛下对忠于朝廷之人是何态度了，各郡国两千石以上将莫不忠心于汉室，我大汉则可国本稳固，万年一统。微臣虽然言轻，但是务必请陛下深思！"

范衡说得很有道理，刘彻完全听进去了。但是他怎么能当着群臣的面忍下这样一口恶气？他一字一顿地从牙缝里挤出来一句话："把雷被押回内官狱，等候朕的发落，退朝！"

九月底的长安可谓是色彩斑斓，深蓝色的碧空下白云连绵不绝，集市上堆满了金黄的粟米、火红的柿子和大枣，而甲第北侧街巷中连绵不绝的绸缎铺子外挂的都是刚从染坊染出来的绸缎锦绣，色彩更是让人目眩。集市上人群摩肩接踵好不热闹，各种叫卖声不绝于耳，更衬托出这秋日里盛世京师的繁华。

此时在北市中两位妙龄女子正随着人潮缓步前行，二人到了宛盛记绸庄外站住了。其中身材较高挑的女子对较矮的说道："鹃儿，这家绸庄的染色是最正的，咱们进去看看吧！"那鹃儿连忙答应，神色甚为谦恭。二人走进了绸庄，一名店里的伙计立刻便迎了上来，满脸堆笑请安道："二位娘娘快里面请！敝号前几日刚刚从南阳进的新货，用的是天下一等一的兰茜和黄

186

栀，洗上几百次也不会褪色！"

这伙计腿脚极为便捷，引着两名女子往铺子里走，将她们领到一个十分宽敞的内堂后看茶落座，然后变戏法般从袖中掏出了十几片巴掌大小五颜六色的丝绸，扔到了一个两寸深的盘子里，然后提起茶壶，用滚烫的热水浇了进去。只见他拿起一双筷子在盘子里搅了半天，那盘中的水仍然是清澈之极，丝绸上套染的颜色竟然一点也没有脱落。鹃儿惊呼了一声道："娘……子，这家的东西果然有些门道！"

那伙计洋洋得意地说道："实不相瞒，敝号的染货可谓独步天下！娘娘们可知这绸庄原来是谁家的？是眼下皇帝御前第四号红人，太中大夫范衡范大人家的！范家染坊要说是天下第二，那就没人敢说是天下第一！现在这庄子的主人也大有来头，是第五号红人李延年大人的亲爹！两位娘娘一看就是见过大世面的，到敝号来买决计没错！娘娘们请随便看看，小人就在这里伺候，看中的告诉小人即可！"

那位高个美人听到伙计这么一番说辞忍不住扑哧一笑，她用袖子掩住半边脸笑着问道："这位小哥，那你说眼下皇上御前头三号红人是谁？还有这庄子本来是范大人的，为何又到了李大人手中？"

那伙计一下子来了兴致，站起身来回踱着方步，摇头晃脑宛如说书般比划了起来："娘娘有所不知，眼下皇帝身前第一得宠的是夫人王瑶，据说宠冠六宫，把皇后都远远比了下去；那第二得宠的便是大将军卫青，卫大将军可是凭真本事为大汉扩地千里，让匈奴单于闻风丧胆屁滚尿流；第三得宠的嘛，是卫大将军的外甥霍去病，也是凭借着军功博得皇帝欢喜的。至于这庄子怎么变成了李大人家的小人也不太清楚，不过好像听说是范大人年轻时赌博输给了李大人的父亲。"

两名女子听了这伙计的话后面面相觑，一时竟然沉默了下来，那高挑美人听到伙计赞扬卫青，心中竟然是说不出的舒坦。过了片刻她问伙计道："这位小哥，你家店里可有从中山国运来的货？我想多比比看。"

那伙计听到美人的话后浑身一震，他上下反复打量了她半天才说道："娘娘请跟我上楼，敝号里确实有中山国运来的货，在长安城里独此一家别无分号。"

高个美人面露喜色，她转身低声对鹃儿说："你在楼下多看一会儿，我去去就来。"鹃儿领命，那美人转身随着伙计上楼去了。二人到了楼上，穿过一个长长的走道，进到了一间颇为宽敞的房间内，房内临窗站着一位身材魁梧的青年，正背对着门负手而立。那伙计将美人送进房间便转身告辞，顺便把门关上了。那美人听到伙计的脚步声消失在走廊的远处，也看到了那青年转过身后英俊的脸庞，她忍不住眼中喷涌而出的泪水，一下子跪倒在地，哭着说道："哥哥别来无恙？爹娘可都安好？"

那青年立刻上前把美人扶起，温言安慰道："瑶儿不要伤心，爹娘在北平一切都很好，娘让我给你带话，要你在宫中带好皇子，不要挂念他们。"他从怀中摸出了一个锦囊塞到了美人手中说道："这是爹亲手打磨的一枚龙形玉佩，给闳儿带回宫去吧！"

那美人不是别人，正是店中伙计所说当今天子御前第一宠妃王瑶，面前的青年是她一母同胞的哥哥王恢。王瑶本是赵国邯郸人氏，从小天生丽质，长大后更是美艳之极，十六岁时便被送进了宫里，十八岁时生下了皇次子刘闳。至于她为何会入宫，却连她自己也不知道，她只知道自己被送进宫里之前三天，父母便被一位神秘的大人物接到了北面中山国的国都北平，这两年多来便未能再相见。哥哥担任了跟父母通话的信使，每隔上半年才能见上一面。这几日皇帝带领霍去病和东方朔到上林苑中打猎，她才瞅了个空出宫来跟哥哥见面。她从锦囊中取出那枚小小的龙形玉佩放在手心摩挲，但觉入手温润，做工极为精细，定是父亲的手艺无疑，她心中一阵温暖，立刻感觉宽慰了许多，她抬头问王恢道："哥哥，那此番入京还有什么要吩咐的吗？"

王恢神色凝重地从怀中摸出两个黑瓷小瓶递到了她手中，压低声音说道："这两瓶东西，你择机放到皇长子和卫青的茶水或者酒里。"

王瑶身子开始颤抖，语调也变得颤抖起来："这……这是什么？"

王恢目露凶光道："这是从西域寻得的百日断魂散，无色无味，人吃了后不会立刻发作，要熬到百日之后才会毒发身亡。你不要害怕，这病太医也无法诊治，更找不出病因，取人性命可谓神不知鬼不觉。"

王瑶已经把嘴唇咬出血来，她把两个瓶子塞回给了王恢，正色说道："哥哥，此等伤天害理之事，王瑶恕难从命。我这就回宫去，你以后再见我时休要再提此事。还有，"她顿了一顿继续说道："我们家即使欠了那个债主再多的人情，眼下也能还上了，你回去问问他，要多少黄金，要多高爵位他才能放过爹娘？他自己到底有几斤几两，居然想去加害皇子和大将军？"

王恢脸如死灰，跪倒在了王瑶的面前，死死抓住她的手吞声哭道："瑶儿，这……这都是些大恶人啊……你要是不去做的话，爹娘和我……就会死在他们手里……王家就断后了啊……呜呜呜……"

王瑶面无表情站在那里，任凭王恢声嘶力竭般号哭。过了良久她似乎有些不耐烦了，她接过了王恢手中的两个小小瓷瓶放入了怀中，头也不回地离开了房间。她拭去了脸上的泪痕，神色如常地下楼，带上了鹃儿走出了宛盛记。两人融进了长安北市上滚滚的人流往未央宫走去。此时一阵秋风吹过，带来了北方的寒意，而未央宫和长乐宫的钟室突然传来一阵阵洪亮的钟声，在长安城中回响，历久不绝，路上众人纷纷驻足聆听。王瑶入宫以来从未听过这么密集悠远的钟声，她心中突突直跳，问路边的一名白发老者："请问先生，为何今天的钟声会这么长？"

那老者望着未央宫中高耸入云的渐台仿佛自言自语道："今天是九月三十，明天就是新的一年。皇上在上林苑雍西猎到了一头白麟，刚刚传令到长安，明天起改年号为元狩了。"

第九章

醉梦中山

十月初一便从宫中传来诏令，命霍去病和张骞前往河西驻防，以待机出击胭脂山，夺取匈奴祁连山腹地，要霍去病和张骞十月初四便动身前往。霍去病接到诏书后颇为吃惊，冬天前往祁连虽然能出其不意攻其不备，但是由于天气极其寒冷，士卒出行多有不便，无法像匈奴骑兵一样来去自如。但是君命难违，霍去病立刻收拾行装准备出发。蒙贞知道霍去病又要出征，虽然万分不舍，但她也明白边塞才是好男儿建功立业之地，于是不分昼夜给他赶制御寒衣物，而霍去病则同张骞范衡彻夜研究行军路线和粮草供给，终于在十月初三夜间才敲定了大军先在黄河东岸的陇西郡狄道城屯兵，来年春天进军皋兰、胭脂山的计划。眼看城中巡更的锣声已经过了丑时，霍去病和范衡起身送张骞回府，而后霍去病扶着范衡回后院歇息。十月里霜露交重，院子里的草木在月光照耀下泛起了一层白光，两人路过蒙贞的房间时看到里面还是灯火通明，蒙贞的影子映在窗纱上忙碌不停。范衡带着霍去病朝蒙贞的房间走去，在门外敲门道："贞儿，你怎么还不睡？"

蒙贞打开了门看到了霍去病也站在门前，她的脸上一下子变得绯红一片，她忸怩道："爹，我……还有点事情……"

范衡却看到了蒙贞在案上摆放着的一件羊皮上衣，衣服还没有缝完，两只袖子还不成形状搁在那里，他心里明白是女儿在给霍去病赶制寒衣，但是两个时辰后霍去病和张骞便要出发，肯定是来不及带走了。他有心让霍去病

191

和蒙贞单独相处一会儿，便叹了口气："你们俩说会儿话便早些歇息吧，去病此行路途千里，怕是四五天才能赶到。"他轻轻推开霍去病自己回房去了。

霍去病跟着蒙贞进了房间，他看到了皮衣上面密密麻麻的针脚，在洁白的羊毛上还有隐隐的斑斑血迹，他大吃一惊，抓起蒙贞的双手一看，只见她手上布满了针刺的伤痕，霍去病心中一疼问道："这是怎么回事？"

蒙贞试着挣脱，双手却被霍去病牢牢握在手中，她只觉一阵温热从他手上传来，感到十分的安全与踏实。她低头道："羊皮太厚，顶针不灵光，我……手笨呗……"

霍去病不再说话，他将蒙贞的手放在嘴边，轻轻吻去了她手上的血迹，他呼出的气息和嘴唇的温度让蒙贞目眩神迷如在梦中。过了一会儿他放下了她的手，深深地看着她的眼睛低声说道："贞儿，我很快就回来，七月初七是你的生日，我要把祁连山夺回来给你。"

蒙贞此时已经清醒了过来，她含泪说道："我不要什么祁连山，我要你好好回来，给我带一盒胭脂山的胭脂就好了，你……不要多杀人……"

霍去病看着她的眼睛点了点头，转身离开了房间，身影消失在了濛濛夜色中。蒙贞倚门怅望许久，突然看到天际两颗流星你追我赶般掠过，她连忙闭上眼，双手相握许了一个愿。

第二天一早，霍去病悄然离开了将军府，等到范衡和蒙贞在辰时醒来时他已经离开一阵子了。范衡用早饭时只有蒙贞相陪，府中卫青和霍去病都已经出征，卫英陪着卫青在朔方，卫青的家眷们都在侧院。平日里卫青对夫人和孩子们管教极严，不许他们到正院来打搅范衡等人。吃过早饭后范衡到后院转了一圈，发现霍去病出征时将金虎和三只豹子都带走了。金虎跟三只豹子已经成了好朋友，它们经常在一起撕咬玩耍，给府上增添了许多生机。这下面对人去楼空的院落，范衡不由得感到一阵凄凉。他走过卫律的房间时突然想起来已经好几天没有见到他了，便在仆人的搀扶下来敲卫律的门，谁知敲了半天也没人回应。范衡索性推门而入，只见窗前的木案上竟然已经落了一层灰，案子正中放了一块木简，简上写着一行字："范先生，我去中山国一趟，一个月后回来，请勿念。"简上没有日期，范衡迅速回忆最后一次见到卫律是什么时候，却发现至少是五天以前了。他手中拿着木简沉思了一会儿，脸色渐渐变得难看，他对身边的仆人说道："赶快派人到中山国，在北平、卢奴这几个大城市里去找律儿，快！"

而此时卫律正在中山国都城北平同李广利和李广利的弟弟李季一起饮酒。自从李广利在渭河渡船码头救了卫律一次后，卫律便设法找到了李广利，二人迅速成了莫逆之交。李广利将他的胞弟李延年和李季也都介绍给了卫律相识，四人平日里相处甚是融洽，经常在一起斗鸡遛狗饮酒作乐。九月底李广利陪同父亲李同回故乡中山国省亲，走之前李广利邀请卫律一同前往，卫律一开始颇为犹豫，不敢答应，后来发现霍去病和父亲张骞都被皇帝调去了陇西，加上义父卫青还在九原，这下突然没人管教了，他便偷偷跟着李同一家前来中山国。从长安到中山国都城北平是修得极好的驰道，路上卫律和李同父子三人骑马，只有李广利的妹妹李嫣和随身的侍女坐车。卫律的骑术远远比同行的人精湛，他骑着马跑前跑后不知有多快乐，其他人都追不上他，还好卫律时不时停下来等候众人。沿途李同一行并不投靠驿站，而是专门拣着豪华舒适的客栈留宿，一行人的饮食又极为精致，比起卫律在家中吃的实在讲究太多，所以这几天下来卫律兴致极高，早把家里的事情抛到了九霄云外。路上唯一让卫律觉得有些奇怪的事情便是李广利的妹妹李嫣始终以素纱蒙面，看不清她的样貌，而且她和侍女也从来不跟男人同席而坐。卫律一直对李嫣感到十分好奇，无奈李嫣似乎不食人间烟火，一般从不跟人交谈接触，卫律也只能远远看上几眼她的背影而已。

一行人行进速度极快，到了第五天午时就奔驰了一千多里，抵达了中山。李广利带着卫律在他自己的房间里安顿了一下便到前厅饮酒。李同家在北平城中素有小王府之称，除了当今天子的亲哥哥中山王刘胜的王府外就属他家气派，卫律看到这里雕梁画栋连绵，水榭楼台幽远，连皇帝御赐他义父卫青的大将军府也远远比不上，心中难免五味杂陈。待到了前厅入座后，李同由于旅途疲劳没有入席，只有李广利和李季相陪，卫律看到一道道上来的参鸡汤、烧鹿筋、烤雁腿和酱鱼脍都是十分精致的菜肴，不禁口水直流，顾不得礼数大嚼起来。席间李广利和李季频频劝酒，三人片刻间便有了七八分醉意。

眼见酒过三巡，李广利眼看卫律已经是满面通红，他有意撩拨卫律的心情，便故意问他道："卫公子，敝府上的酒菜跟贵府上相比如何？"

卫律咽下了口中的一团鹿筋，打了个嗝后满意地摸着自己的肚子说道："广利兄，你家的菜当然比我家的好吃！不过要说酒那就差远了。"

李广利心中十分不服气，他追问道："我家酿的昆仑殇是未央宫第一御酒，馆陶长公主宴客也用的是此酒，流香雪更是长安内外闻名。这些酒都是用世上极为珍贵之水配以绝品好米酿成的，跟你家的桂魄菊魂怕是在伯仲之间，卫公子何以说是差得远呢？"

卫律对此丝毫不以为然，他大剌剌地说道："广利兄，看来你对酒知之甚少。水和米固然重要，但是酿酒的时分也很重要。我家范先生酿造桂魄菊魂时要合着节气来投曲加料，春分、夏至、立秋、霜降这些时节都有讲究的，所以能调阴阳、通气血，补元气。你还没喝过我家的新酿大汉魂呢！那才叫绝！你家的酒虽然不错，可还是没法跟我家的比。"

李广利见卫律这个小杂种居然跟自己高谈阔论酿酒之道还振振有词，不由得心中来气。他虽然知道卫律跟着范衡学习经史，文才并不在自己之下，但是自己才是纯种的汉人，被这个才有一半儿汉人血脉的小子在眼前说什么大汉魂，实在是莫大的讽刺。李广利正要拿卫律母亲是匈奴人这事儿来反唇相讥，却听到门口的仆人匆匆走了进来跪倒说道："大公子，三公子，中山王殿下召见老爷和两位公子，请两位立刻起身随老爷进宫。"

李广利和李季对望一眼立刻起身前往，李广利跨出门前回身对卫律说道："卫公子，你可在院子里随便走动走动，我们去去就来，晚上继续跟你喝酒。"

卫律点头表示知晓。他听到门外一阵动静响过后便沉寂了下来，估计是李同带着李广利和李季已经出发了。他又喝了几杯后醉意更浓，便起身到了院子中散起步来。卫律信步走到了池中的一座歇山卷棚水榭里，那水榭一半架设在水上，四周是一圈低低的围栏，另一半建在岸上，门口敞开榭中无人，卫律走了进去，一眼看到了正中堂上挂着的一幅秋千仕女图，登时呆立在场，口干舌燥浑身发热，一动也不能动了。

图上画着的是一名妙龄少女，正坐在秋千上望着眼前桃树上随风飘落的花瓣。画师的笔法洗练之极，寥寥几笔便将她的一身白衣勾画得宛若临风而动，飘然如仙。她从额头到颈部的曲线优雅，宛如天鹅的长颈一般，头发却没有被笄起来，而是随意地挽在胸前一侧。画中最为传神的是她似愁非愁、似怨非怨的眼神，卫律一会儿觉得她是在看那些空中飞舞的花瓣，一会儿又觉得她是在看花瓣背后遥远的天际，她在想什么呢？是在思念她爱的人？还是有什么事情让她不开心？

卫律一想到画中佳人竟然会有不开心的事情，那一定是有人欺负她，卫律禁不住咬牙切齿脸色狰狞，他双拳紧握，恨不得立刻要替画中人去打抱不平，拼上自己的性命也在所不惜。正在他胡思乱想天人交战之际，耳边听到一个轻盈的脚步声走了过来，然后是一个温婉的声音在身后响起："三哥，咱们是不是可以出发了？"

卫律转身看去，目光所及之处竟然便是那画中的少女，只是她换上了一身火红色的长裙，将她雪白的脸庞衬映得艳丽之极。那少女看到卫律张大了嘴巴呆立在榭中，一开始颇感意外，随即便恢复了平静的神色向卫律施礼道："卫公子，请恕奴家冒犯。"

卫律眼前只有一团火红的影子在跳跃，他根本没有听清楚少女在说什么，那少女看到卫律双眼茫然地看着她，心下也有些惴惴，她问卫律道："卫公子，你……你没事吧？"

卫律这才从梦中醒来，他结结巴巴地说道："我……我没事，你……你是？"

少女抿嘴一笑："我是李嫣，李广利的妹妹。这一路上见卫公子骑术精湛，我羡慕得很呢。"

卫律听到少女竟然便是一路上同行的李嫣，心中大为好奇，再听她夸自己骑术精湛，不由得心花怒放："这也没啥了不起的，有时间我教你好了，保证让你骑得比我还好！"

李嫣却不相信卫律说的话，她低头道："我是女孩儿，怎么可能骑得比你好？"

卫律连忙安慰她道："谁说女孩子骑马就不行呢？我娘的骑术比我舅舅还强得多，当年是我们部落中第一骑士呢！"

李嫣眼中的光芒亮了一些，她问卫律道："那有空让你娘教我骑马好不好？"

卫律低头不语，李嫣连忙说道："卫公子，我只是说笑的，我怕是这辈子都没有机会骑马……"

卫律抬头冲李嫣艰难一笑说道："我娘如果还在世的话，一定会很乐意教你。"

李嫣啊的一声用手掩住了口，她呆呆得看着卫律，眼中竟然泛出了泪光，隔了一会儿才幽幽说道："我娘也走得早，我生下来就没有见过她。"

卫律见李嫣泫然欲涕，又知道她也从小没了母亲，同病相怜之意大起，他一时不知道该如何安慰李嫣，只能试图换一个话题道："你……是来找你三哥的吧？他……跟你大哥和你父亲去王府了，说是晚上回来……"

李嫣眼中的光芒一刹那便暗了下去，她低头喃喃自语道："又骗我！说好的去燕南湖划船，不知又要到什么时候了……"她突然抬起头来对卫律说道："卫公子，你能陪我去吗？"

卫律看到李嫣眼中的柔媚秋波，顿时觉得浑身冒烟仿佛要飘起来一样，他嗓子干涩地说道："当然可以……不过……咱们怎么去？"

李嫣冲他做了个鬼脸低声说道："我们要偷偷溜出去，三哥准备好了车子在大门外，你会驾车吗？"

卫律犹豫了一下说道："我……不会……"

李嫣想了一下黯然说道："算了，门房也不会让你驾车带我出去的。卫公子请自便，我回去了。"

卫律看李嫣神色落寞，显然是十分失望的样子，他鼓起勇气走上前一步低声说道："我们可以骑马去啊。"

李嫣转忧为喜："可是我不会骑马啊！"

卫律安慰她道："不要紧，我们骑一匹马去，你坐我的身前，我的马很厉害的，坐两个人每天跑上五百里都不在话下！"

李嫣刚听到卫律说要她坐在他身前骑马前往，心中不免犹豫了一下，但是看到他天真俊秀的面容和无邪单纯的湛蓝眼睛，便高兴地点了点头答应了。两人立刻出了水榭沿着院子的围墙前行，卫律看看四周无人便高高跃起，双手扒住墙头就势翻了上去骑在墙上，他解下腰带垂了下来，李嫣双手拉紧了腰带，卫律用力将她提了上来，然后抱着她从墙头轻轻跃下。他让李嫣在墙外等候，他则顺着围墙摸到了大门外的拴马桩前，大摇大摆地解下了自己的马纵身而上，拨马便往李嫣所在的方位奔去。李嫣看到卫律骑着一匹白马疾奔而来，眼见到了跟前速度却丝毫没有放缓，卫律从马上探出了身子一把将李嫣抱起放在了身前，二人纵马飞奔而去。

李嫣靠在卫律的胸前双目紧闭，她只觉身子如在半空中飞翔一般，耳边风声呼啸，身后靠着的身躯却十分结实温暖。李嫣从来没有如此靠近过同龄的青年男子，一时间心跳加速，脸上发起烧来。过了一会儿她才平静了一些，慢慢地睁开了眼睛，她看到两边的街市不停向身后飞掠，便大声指挥卫律道："我们要出城东门，再前行十几里到湖边，李福在那里等我们呢！"

卫律点头会意，他纵马在北平市内飞奔，街上行人纷纷躲避，卫律骑术极为高明，他胯下的白马灵巧至极，竟然连一人一物都没有碰到。城门把守的兵士见到一骑飞奔而来便大声喝令停下，卫律根本不理睬，策马飞奔出城，只留下了驰道上的滚滚烟尘。

李嫣在驰道上用心感受着眼前的一切：原来坐在这么高的地方奔驰是如此让人兴奋，怪不得哥哥们都喜欢骑马。路上行人络绎不绝，都睁大了眼睛看这一对鲜衣怒马的少年疾驰而过，转眼间便消失在燕赵大地的红尘里。

卫律在李嫣的指挥下用了不到一刻便已经来到了燕南湖的渡口，他极目望去，只见眼前是一个无边无际的湖泊，当中小岛星罗棋布，岸边和岛上都是被秋色染成金黄的芦苇丛，被秋风吹出一道道金色的波浪。远处碧空如洗、碧水如玉，水天相接处混为一色，断续点缀着几抹金黄。这个大湖虽然比不上云梦和彭蠡的深邃神秘和烟波渺茫，却显得更为秀丽，别有一番妩媚。李嫣双手相合放到嘴边大声喊道："福叔，你在哪里啊？"

只听一个沧桑的声音从不远的芦苇丛深处传来："小姐，我在这里！"卫律定睛看去，只见一叶小舟从苇丛深处滑了出来，船尾立着一位身材敦实的白发老者，正在用篙撑船往这边驶来。李嫣看到老者十分兴奋，她大声喊道："福叔，让你久等啦！三哥是不是让你把吃的都准备好了？"

那老者哈哈大笑道："小姐出游，老奴怎敢不用心准备？酒菜都齐活了，就等着小姐来用。咦，三公子呢？敢问这位公子是？"

卫律翻身下马，将李嫣也扶了下来，他朝老者深深一拜说道："卫律拜见丈人。"

那老者连忙在船上还礼道："公子莫要折煞李福，我只是小姐府上的一名下人而已，公子叫我李福即可。"

李嫣抿嘴一笑对卫律说："卫公子，福叔在我家里已经四十年了，连我爹小时候也是福叔照顾的呢！"她又对李福说道："福叔，这位公子是当今朝中卫青大将军的义子卫律。"

李福听到卫律是卫青的义子，惊得连忙在船上跪了下来，朝卫律恭恭敬敬磕了三个头，颤声说道："卫公子恕老奴失礼，回长安后……代老奴问候令尊，燕赵百姓这几年能过上安稳日子，全托大将军的福啊！"说到最后他竟然语音哽咽起来。

卫律心下又骄傲又难过，骄傲的是义父恩泽惠及九州，在这遥远的中山国中还有人感念他的功业；难过的是他已经有半年没见过义父了，心中的确十分想念。他对李福喊道："福叔，你赶紧起来把船划过来吧！小姐还等着上船呢！"

李福连忙起身，用手揉了揉眼睛笑道："卫公子说的极是！"他将篙用力撑了几下，那船便箭一般冲上前来，稳稳靠在了岸边。李福上岸把李嫣扶上船来，卫律则把马拴在了石头上，然后也跳进了船里。李福一声口哨惊起了芦苇丛中的几十只野鸭，他随即用篙将船撑离了岸边，朝湖的北边稳稳驶去。

卫律想替李福划船，却在船上找不到桨。李福明白卫律想做什么，便安慰他道："公子尽管观赏景色好了，这燕南湖名为湖实为淀，水很浅的，用篙行船即可。湖面大小每年都有所变化，公子你看北面的长城。"他用手指向北边，卫律果然看到了一条长城如巨龙般朝东北方蜿蜒而去，但是城上似乎没有守军，空无一人，接着又听李福说道："这便是早年时燕国所建，今年湖水来得多，船就可以开到长城脚下，水少的年份就只能远远看看了。"

卫律问李福道："福叔，燕国不是在这里的北边吗？为啥要在国境之南修长城？"

李福还没来得及说话，李嫣插嘴道："因为燕国要防备赵国啊，后来赵国被秦国灭了，这长城便被用来防备秦国了，然而却并没什么用处。"

卫律连忙说道："嗯嗯，要是荆轲能把秦王给刺死就好了，说不定现在这天下就是燕国的。"

李福微笑着说道："卫公子，这都是上天定的气数，凡人哪能改的了？不过荆轲刺秦王出发前太子丹给他送行的地方就在前面。"李福用手朝西北方向一指，卫律远远看去只见一条大河横在湖的西边，河水静静流入湖中，卫律问道："咱们能过去看看不？"

李福欣然答应，他撑着船不多时便到了河的入口。卫律跟范衡读过一些史书，料想这条河就是易水。只见河两岸秋草连天，成群的牛羊正在悠闲自得地吃草，几个牧童凑在一起嬉戏，笑声清脆远远传了过来，完全是一派极其祥和的田园风光。卫律再看易河中的流水，却感到一阵肃杀之气从淡淡寒波中传来，让他不由自主打了个冷战。

李嫣也正在看着河水出神，隔了一会儿她问李福道："福叔，当年太子丹和荆轲就是在这里饮酒作别的吗？"

李福点了点头，他指着河南岸的一片草地说道："小姐，就是在那里。当年太子丹在河南岸为荆轲置酒送别，满座衣冠如雪，老奴的爷爷那时候还是个八九岁的小牧童，就趴在草窝子里看热闹，一直看到荆轲离开。后来他老是给我们讲那天的故事，一直讲到他死前一天，老奴都不知道听了有几千遍了。"

卫律和李嫣对望了一眼，李嫣撒娇道："福叔，你也给我们讲讲呗！"

李福摸着胡子呵呵大笑道："小姐，听这故事需要有酒助兴才好！让老奴给你和卫公子准备上！"他停下篙把锚抛出船外泊好，从舱中变魔法般提出一个食盒和一坛酒，用手拍开酒坛上的泥封给卫律和李嫣各倒了一大樽，卫律瞅见还有一个陶碗便给李福也倒了一大碗，李嫣举杯示意，三人咕嘟咕嘟仰天把酒喝完，李福又给三人满上，喝了一大口后便打开了话匣："老奴听爷爷说，那应该是秦灭六国前六七年的事情，离现在怕是有一百年了。我爷爷那时也不过八九岁年纪，我的曾祖父平日里早上就让他出门放羊，给他带上干粮，晚上日落前才回来。我爷爷那年秋天天不亮便赶着羊群出去了，他到了易水边就让羊儿们自己去吃草，他则找了个草窝子睡了起来。睡了不知道多久后他被人声吵醒，一看天色已经大亮了，他扒开茅草便看到好几十个人坐在河边，都穿的是雪白的衣服，我爷爷还以为是谁家死了人，这些都是送葬服孝的人，便又躺下睡了，谁知过不多久就听到了有人在击筑，又有人在唱歌，那歌声十分慷慨悲凉，唱得在场的所有人都哭了。唱歌那人后来起身给在座的人敬酒，喝完酒后将杯子扔进了易水河中，然后上车就走了。我爷爷那时不知道这些人是干什么的，后来过了两年才知道荆轲刺秦王的事情，才想起来那天早上见到的就是太子丹在易水边给荆轲送别。再后来燕国也被秦军灭了，但是太子丹和荆轲在易水相别的故事却流传了下来，一代传给一代，知道的人越来越多。"

卫律遥想当年的场景，顿觉胆气上冲，头发根根都要竖起来。他同李福喝了一杯说道："我的先生教我读书时要我背过一篇文章，说的就是这个故事。文中说高渐离击筑，荆轲相和而歌，先为变徵之声，士皆垂泪涕泣；复为慷慨羽声，士皆瞋目，发尽上指冠。不知道咱们能不能在有生之年听到这等歌声！"

李嫣刚才听李福讲述当年荆轲辞别太子丹的故事时一直望着易水南岸的草地出神，她听到卫律的慨叹后从腰间取下一管小小的玉笛放到嘴边吹了起来。她一开始吹的是徵调，曲子颇为悲凉，片刻后转为羽声，笛声激越慷慨，卫律虽然不懂音律，却也听得心惊肉跳血脉贲张，他耳边又传来李福苍凉的歌声：

风萧萧兮易水寒，壮士一去兮不复还。

探虎穴兮入蛟宫，仰天呼气兮成白虹。

一曲终了，四周寂静无声。李嫣凝望着易水烟波，脸上依稀有泪痕划过，她刚才这一曲乃随兴而作，完全按照卫律所说的徵羽转换而来。可是卫律哪里知道这当中的玄妙？他问李嫣道："你刚才吹的这曲子是当年高渐离演奏的吗？这曲子叫什么名字？"

李嫣摇了摇头说道："我晚生了这几十年，无缘得闻当时天音。这是我听到公子说起来的变调，试着吹的，这个曲子……就取名叫《易水寒》吧。"

卫律心中反复念了几遍《易水寒》的曲名，他凝望着李嫣的双眸说道："你吹的真好听，我家范先生吹奏的也不过如此。"

李嫣看到卫律湛蓝色的眼中竟然饱含着脉脉的深情，她脸上一红说道："卫公子过奖了。公子师承高人，想必精通音律，可否能为奴家一展神技？"

这下该轮到卫律脸红了。他对读书和音乐并不是十分爱好，平日里都是被范衡强按在家里学习，这几年下来虽然也读了不少书，但是对音律的机理却是不甚通晓。他想了一想道："那我为小姐唱一首草原上的长调吧，是我娘在世时教我的。"

李嫣和李福抚掌叫好。卫律先咕嘟咕嘟喝完了一大樽酒，他清了清嗓子，闭上了眼睛唱了起来。李嫣听他的歌声里并无歌词，只不过是用胸中之气发出的简单长音，但是曲调婉转凄凉，极有气势。李嫣也闭上双眼凝神聆听，她眼前仿佛看到了长风掠过荒草，野火卷过山丘，苍鹰翱翔天际，万马奔过河流。卫律的歌声飘过湖面，撞上了不远处的长城，回声激荡犹如一唱三叹，歌声的每一个变调都敲击在她的心弦上，不由得让她如痴如醉。

就在卫律和李嫣在燕南湖上泛舟的时候，李同正带着两个儿子在中山王府中拜见刘胜。李同给刘胜孝敬了五百斤黄金，金灿灿地堆成了一座小山放在案上。刘胜中等身材，长年的酒色让他眼袋低垂，肚腩隆起，但是眉宇间仍然存着几分英气，相貌像极了当今天子刘彻。刘胜今天身着一袭便服，舒服地半躺在正殿中的暖榻上，他早已给李同和李广利、李季赐了座，四人

201

屏退了殿中所有的宫女和太监，偌大的殿中因此显得冷清无比。

李同将长安城中近日里发生的事情一一报知刘胜，刘胜皱着眉头听了半天，当他听到伍被、庄助和刘孝同日在长安市中被腰斩，伍被还被皇帝夷了三族后眼皮不由自主地跳了几下，过了半晌才叹了一口气说道："皇上对伍被下手是狠了点，不过也在情理之中。李同你想想，这厮伪造诏书要本王的太子自杀，罪名是供奉宗庙的马蹄金成色不纯。本王要是接到了这诏书怎会知道真假？那马蹄金纯不纯还不是由文帝庙丞说了算？就算本王不差这一个太子，那其他的诸侯王呢？还不是得被刘安这厮逼疯了？一旦天下乱起来谁也没好日子过，别看你在长安结交了那么多王侯，到时候京师要是动荡起来，能保住你这一家的性命就不错了！我看啊，皇帝把这两个案子料理得挺好！"

李同被刘胜说得汗如雨下，连声称是，一边的李广利却颇不以为然。他心里想道你刘胜有一百多个儿子，你能把名字叫全就很不错了，自然不会在乎少一个还是多一个，可是我李家在长安经营这么多年，同馆陶长公主家的交情可谓如胶似漆，二弟李延年也正得皇帝宠信，哪里会有性命之忧？

不过容不得李广利多想，刘胜接下来的话让他吃了一惊："李同，你恐怕还不知道，今天早上本王接到驿报，皇帝派审卿前往淮南和衡山治狱，这厮公报私仇，对我刘家宗室子弟肆意屠戮，刘安和刘赐满门被杀，连女儿和王后都没放过。淮南衡山两国中两千石以上大臣全被夷灭三族。信使今早回来都是吓得腿软被抬着进来的，告诉本王从来没见过这么惨的事情，寿春城王宫里血流成河，有一尺多深。"

李同和李广利、李季顿时感到心惊肉跳，李同更是被吓了个半死，他结结巴巴问刘胜："殿下，那……长安城里还有人被连带到吗？"

刘胜思索了一下说道："前丞相田蚡的公子田恬也被牵涉进去了，说是刘安之前交好田蚡，田恬知情不报，被张汤抓进了内官狱，还没来得及审他，他自己却被活活吓死了。"

听到田恬被张汤抓了，还吓死在了监狱里，李同手里的茶杯掉在了地上摔得粉碎，把刘胜也吓了一跳，李同连忙伏地磕头求饶，刘胜盯着他问道："李同，你不会是也卷进淮南衡山的案子中了吧？"

这一问把李同和两个儿子都吓得魂飞魄散，李广利和李季也都赶紧跪下，李同抬起头看着刘胜哭丧着脸道："大王，我们一家都为贱籍，只能在长安经营些小本生意，怎敢参与到这天家骨肉间的是非中去？小人刚才失态是因为田恬素来跟小人交好，时不时到小人家中饮酒，今天听大王说他死了，小人不由得悲从中来失手打翻了茶杯，请大王恕罪！"

刘胜不耐烦地对他说道："区区一个田恬，值得你这么大惊小怪？本王料想你也没本事跟刘安结交。我姑姑馆陶长公主那里稍微有些麻烦，不过她老人家主动把刘安给她的书信和财宝都献给了皇帝，皇帝训诫了几句也就算了。你回长安自己要小心，本王这里没什么事了，你们回去吧。"

李同讪讪地同刘胜告别，回府的路上仍然心有余悸。李同虽然巴结不上刘安，但是太子刘迁确实在自己的簪玉楼出现过几次打过几个照面，而伍被素来跟自己交好，当今皇上最为宠爱的王夫人王瑶，便是伍被委托自己从邯郸良家女子中物色到，然后买通了皇帝身边的太监苏文送进宫去的。这事情做的极为机密，世上只有他和伍被两人知道。如今伍被虽然已死，就眼下的形势来看，伍被并没有把自己供出去，他也真是一条汉子。

李同对伍被是既佩服又感念。他佩服伍被的神机妙算，感念伍被瞧得起他，把他当生死之交。如今送去长安的王瑶已经是艳绝六宫，日后是否能成为皇后也未可知。王瑶的哥哥王恢是个贪图功利的年轻人，这么多年来一直跟着自己在中山和邯郸厮混，自己也从来没有亏待过他。把王瑶送进宫之前自己不过跟他长谈了一次，告诉他卫子夫得宠后卫青、霍去病都成为当朝重臣，位居列侯的故事，王恢便蠢蠢欲动想要效仿，巴不得自己的妹妹早日成为皇后，为此不惜主动把自己的父母软禁了起来，以此要挟妹妹。前些日子李同把伍被最后一次见他时给他的百日断魂散交给了王恢，现在应该已经到了王瑶手中，那说不定几个月后卫青和皇长子刘据就完蛋了，而一旦王瑶成了皇后，那王恢也就贵不可言，自己一家也随之飞黄腾达了。

想到这里，李同脸上现出了一丝微笑。他看着李广利和李季骑马随侍在侧的身影，仿佛看到了两位万户侯的影子。自己用心如此良苦，连这两个最亲的爱子都不知道，等有朝一日自己也位居列侯了，再慢慢告诉他们不迟。李同收摄住自己的心神，专心骑马朝家里走去，谁知还没到府门外，便见到一名家仆匆匆跑过来跪在地上哭喊道："老……老爷，小姐被那个卫公子骑马带走了！"

李同脸色立刻变得苍白，他低声喝问道："他们去了哪里？"

那家仆哭丧着脸答道："奴……奴才不知，我们找遍了北平城也没找到！"

李同气急败坏，兜头一鞭将他打了个满脸血花："给我再去找！北平没有，就去高奴！"

一边的李季见到父亲发怒，吓得浑身发抖，他嗫嚅道："爹……孩儿也许知道……"

"还啰唆什么，快说！"李同的脸已经因为愤怒而扭曲变形，显得十分恐怖。

"应该……在燕南湖上……"

卫律同李嫣在燕南湖上足足待了三个时辰，他俩跟李福一起把酒喝了个干干净净，佐以烙饼卷腌鹅蛋黄和酱鸭肉，端的是美味无比。此时暮色四垂，夕阳衔山，天边的白云都已经变成了五彩，湖中的涟漪也宛如流金般跳跃不定。卫律觉得阵阵凉意袭来，而李嫣身上穿着更是显得单薄，她的嘴唇已经被冻得有些发白。卫律脱下身上的羊皮坎肩扔给了李嫣，李嫣披上后还能感受到坎肩上卫律的体温，不由得心下一阵感动。李福陪着小心问李嫣道："小姐，我们是不是该回去了？要不然老爷怕是要担心呢。"

李嫣望着满湖的金光不答话，李福不敢再催问，卫律知道这事非同小可，便对李福说道："福叔，我们往回走吧！"李福默默点了点头，用竹篙撑动船身往岸边驶去。

李嫣抬起头看着卫律，夕阳将她的脸庞镀上了一层金色，秀发上也漫射出迷人的光泽，卫律看着她如同白玉雕成的绝世容颜心下突突直跳，他忽然发现了两行泪水正在李嫣的脸上蜿蜒，他大惊道："你……你怎么了？"

李嫣用袖子拭去了脸上的泪水，强颜欢笑道："福叔，你慢点撑，你……给我们唱首歌吧！"

李嫣背对着李福，他没有看到她脸上的泪水，笑呵呵地说道："小姐既然有令，那我就不怕在卫公子面前丢人现眼了！"

他清了清嗓子，中气充沛地唱了起来：

扬之水，白石凿凿。素衣朱襮，从子于沃。既见君子，云何不乐？
扬之水，白石皓皓。素衣朱绣，从子于鹄。既见君子，云何其忧？

卫律隐隐觉得自己读过这首诗，却又想不起来这首诗叫什么名字，这时他十分后悔跟着范衡读书时不用功，眼下正是好好表现的绝世良机，却竟然没词儿了。正在他懊恼之际，李福的歌声已经停住了，接着听到李嫣曼声续唱道：

绸缪束薪，三星在天。今夕何夕，见此良人？
绸缪束刍，三星在隅。今夕何夕，见此邂逅？

这首诗他也仿佛读过，却也想不起来说的是什么。他抬头望向北边天际，此时太阳已经落了下去，燕长城的轮廓仍然清晰可见，深蓝的天空中群星若隐若现。李嫣的曲子已经唱完了，她的歌声将卫律的心中塞满，让他一下子心思纷乱起来。胡思乱想间只听得李嫣问道："卫公子，将来你打算去做什么？"

卫律平日里贪图玩耍，他从来没有想过这个问题，一下子竟然回答不上来，他想了半天才说道："我也想去领兵打仗，可是又不能像我义父一样去攻打我的族人，那就去攻打南夷吧。"

李嫣微微一哂："打仗有什么好的，我大哥也一心想去打仗立功封侯，我就不待见他这个样子。"

卫律一下子慌了，他吞吞吐吐道："那……我就去出使西域好了，多结交些国家，少打仗好不好？"

李嫣抚掌笑道："卫公子这个主意好！不过你真的想去吗？"

卫律脸上一红，他挠了挠头："其实……不是呢。说出来不怕你笑话……我最想去瀚海边上骑马钓鱼放羊……"

李嫣却没有笑话他，而是神色凝重地问道："瀚海在哪里？那地方一定很美吧？"

卫律点点头说道："瀚海在狼山北边两千里呢！我小时候跟我娘去过一次。瀚海边上都是牧场，牛羊不下百万头，羊群铺在草地上跟天上的云一样！那水是无边无际的深蓝，乘船到海中一眼能看到十几丈深处的海底，好多鱼游来游去。钓起来的鱼用火烤着吃十分美味……"卫律想起来当年的烤鱼不由得咽了一口口水下去，他见李嫣听得入了神，觉得自己有过于炫耀之嫌，连忙问李嫣道："你今后想要做什么？"

李嫣低头轻声说道："我……什么也做不了……爹爹要送我进中山王宫里为妃……"

卫律浑身如遭雷击一般僵在了当场，从长安到中山的路上他就听说了中山王刘胜后宫有宠妃不下百人，儿子女儿生了快两百个，端的是一个大色鬼。卫律乍一听说眼前的玉人要嫁给那个酒色无度的刘胜，不啻被人当头来了一棒。他张了半天的嘴才大声吼道："这可不行！"

李嫣抬起头，泪眼蒙眬中见到卫律咬牙切齿的狰狞样子，心中竟然觉得又踏实又温暖，她抽泣着低声央求卫律道："卫公子，我不想入宫，我爹和我大哥只想用我来换他们的荣华富贵……你……带我走吧，我们……我们去瀚海放羊也行……"

卫律无论如何也想不到李嫣竟然想要跟他一起去浪迹天涯，一下子便呆住了。李嫣又回头哀求李福："福叔，求你……让我跟卫公子走吧……你也不要回去了……"

李福被李嫣的话给吓傻了，他也呆立在船尾不知如何是好。突然间三人听到从湖岸上传来阵阵嘈杂的人声夹杂着马嘶犬吠，卫律朝岸上看去，只见无数的火把从四面八方云集而来，涌入了岸边的十几艘船上，船队掉头朝自己的方向飞速驶来，不一会儿便到了近处。当先一艘大船船头站立的正是李广利，李广利不等船停稳便跳进了卫律所乘坐的小船上，他一把抱起李嫣跃回了大船，回头狠狠地瞪了卫律一眼。卫律被他看得心里发毛，这时李同在灯火簇拥下也来到了船舷边上，冲卫律一拱手笑着说道："卫公子今日可否尽兴？李某已经在府中摆下酒宴，这就请公子跟我一同上船回府。"

卫律正犹豫着是否要上大船去，他耳边听到一声弓弦声响过，接着便听到了李嫣一声凄厉的惊呼。他顺着李嫣的目光转头看去，只见一支羽箭从李福的胸前射入，只留下短短的一截箭羽露在外面。李福有些不相信地看了看自己的前胸，又看了看李广利手中所持的空弓，仰天倒入了湖中。卫律被眼前的一幕惊呆了，立刻冲向船尾看去，只见李福脸朝下浮在水面上，周围的湖水已经被鲜血染成了暗色，身子一动不动，显然已经气绝身亡。卫律咬牙切齿地转头朝李广利看去，只见他正在对着满船的家奴训话："谁以后要是再敢擅自带小姐出门玩耍让老爷操心的话，就是李福这个下场！"

卫律怒火冲天，他看到李福撑船所用的篙还挂在船尾，一把便将篙从船尾抽出，卫律腰上用力，转身将竹篙抡圆狠狠打在了李广利的大腿上，将他的身子打得横着飞了起来，卫律还不解恨，双手持篙又是千钧一击，将李广利的身子打出了两丈开外，重重地落在了十月冰冷的湖水中。

等到李同府上的家人手忙脚乱把李广利从湖里捞上来时，李广利已经被冻了个半死。卫律则表情木然地站在小船上冷冷看着这一幕。李广利用怨毒的目光盯着卫律，卫律却毫不避让，直直跟他对视，李广利自知理亏，心里发毛便低下了头去。家人们把李广利用干衣服包好搀扶到了李同面前，李同恶狠狠地看了李广利一会儿，扬手一个巴掌重重地扇在了他的脸上，李广利的左脸立刻高高肿了起来。李同恨恨地骂道："你这个没良心的畜生，李福是跟我从小一起长大的，你怎么能杀他？"他又转身流泪对卫律说道："卫公子出手替李某教训孽子，李某感激不尽！李福的后事我会尽心处理，请公子放心。这就请公子上船随我们回去吧。"

卫律心乱如麻，他眼里仿佛根本就没有看到李同，而是径直跳上船走到李嫣的身边，看着她梨花带雨的脸庞对她低声说道："你刚才说的话……我都记住了，我一定会帮你。"李嫣含泪看着他点了点头，卫律不再跟她说话，走到无人处坐了下来，怔怔地看着后面几只小船上的人忙着打捞李福的尸首。

回到李府后卫律没有心思吃饭，直接回房休息去了。李同一路上对卫律都十分客气，让李季把他送了回去，同时带了一大盘肉和一大壶酒给他。卫律随便吃了几口倒头便睡，但是今天发生的事情实在是太过惊心动魄，让他心烦意乱，如同做了一场大梦。卫律躺在床上后心里转过了无数个念头，盘算着如何才能将李嫣带出府去，却始终想不到一个稳妥的法子。眼看更鼓已经过了子时，四周完全静了下来，卫律也感到了一丝困意袭来，他打了个哈欠吹熄了灯便欲睡去，耳中却传来一阵叮叮咚咚的玉器敲击声。声音仿佛从很远的地方传来，但是入耳却十分清楚。卫律用被子蒙住头，可是那声音竟然穿透了被子，过了好一会儿还不停息，他觉得实在烦躁之极，索性起床开门去寻找那声音的来源，打算好好教训教训这个不知好歹的扰人清梦者，可是当他出了门后那声音却停了下来，卫律等了半天后也没再响起，他只好怏怏地回屋睡觉，这一睡就到了日上三竿。

白天里李同让李季陪着卫律四处骑马游玩，卫律却哪里有心情？李福跟他虽然只是相处了几个时辰，但却像是认识多年的家人一般，他的死让卫律十分难过，心中充满了对李广利的怨恨。卫律又从李季处得知李嫣因为受了惊吓，得了风寒，这几天被李同关在房内养病，没有十天半月好不了。卫律十分担心李嫣的病情，不停追问李季，李季却奉了李同的命令，不许任何人前去探视，只能一直敷衍他。卫律顿时觉得十分无趣。到了第三天上，他打算跟李同见面说说李嫣的事情，然后辞行回长安，谁知李同却出门去了卢奴城，要到明天才能回来，卫律只好再等上一天。

就在晚上卫律百无聊赖准备睡觉时，他又听到了玉器敲击的声音，卫律听了一会儿还不见声音停歇，一时间心头火起，非要去找到这个家伙教训他一番不可。卫律循声来到围墙边，发现那声音就是从院墙外传来，他跃上墙头看去，只见墙外是个颇为宽敞的院子，当中的正堂上灯火通明，窗内隐隐有人影晃动，敲击声就从屋里传来。卫律跳进院子里，走到门口用力把门推开，只见一名头发花白的老者侧身对着他，正在用一把铁锥和一个榔头琢刻一块玉。那老者似乎根本没听到卫律前来，仍在认真雕琢，卫律大声喊道："老先生，我快被你吵死了，你白天干行不行啊？"

谁知那老者压根儿不理睬卫律，仍旧叮叮当当椎个不停。卫律这下彻底火了，他走上前去一把夺过老者手中的锥子扔在了地上，大声说道："老先生，你太不给面子了！"

那老者仿佛是刚刚发现卫律进来，他被这个不速之客吓了一跳，但是很快便清醒了过来，他声如洪钟般喝问道："你个毛孩子，从哪里窜进来的？"

卫律也被他如同雷霆一般的说话声吓了一跳，他大声说道："喂！我说老人家你说话小声点儿，你半夜里干什么活儿啊，别人还要睡觉好吗！"

那老者看到卫律说话，立刻压低了声音说道："小朋友，我的耳朵聋了，我听不见你说话，你等一下，我叫我家婆子来。"他放下手中的活计朝卫律身后的大门走去，在经过卫律身边时被他腰间的一件物事所吸引住了，他弯腰仔细查看，脸色立刻变得苍白，他直起身来一把抓住卫律的领子把他提了起来，暴喝道："你这小混蛋给我从实招来，你腰间的玉虎是从哪里偷来的！"

卫律没想到这老头子居然能有这么大的力气，他双足乱踢，踢到那老者身上便如踢到了石头上，让他疼得死去活来，卫律艰难地喘着粗气喊道："这……不是偷来的……"他随即觉得身子一轻被扔到了地上，摔得他浑身疼痛，他坐起身来一摸腰间，刘彻赏给他的那枚玉虎已经被老者拿在了手中，卫律起身便要冲上前去抢，却听到身后一名老妇的话音传来："这位公子，你怎么跟我家老头子怄起气来？这到底是咋了？"

卫律起身回头看去，只见一名慈眉善目的老妇人站在身后看着他，卫律仿佛见到了救星，十分委屈地说道："老婆婆，你家先生半夜里雕琢那些玉器，弄得大家睡不着，我来找他说理，却被他抢走了我的玉虎，你来评评理看！"

老婆婆冲那老者比划了一阵手语，那老者摇摇头很无奈地说道："这孩子说我吵到他了，我跟他赔个不是，可这玉虎是我亲手给瑶儿和恢儿雕的，我怎么会认错呢？你来看看好了。"

那老妇走上前去仔细看那玉虎，她的神色也突然变了，语气严厉地问卫律："孩子，你给婆婆从实说来，你是谁？这玉虎是谁给你的？你只要说真话，婆婆保证不伤害你。"

卫律心中大惑不解，他只能从实说道："这是当今皇帝三年前赐给我的，我是大将军卫青的义子卫律。"

卫律此言一出，将那婆婆顿时惊呆在了当场。那老者一直催促她用手语翻译，她半天才缓过神来给他比划了一番，那老者也被惊住了，两人对望一眼，不约而同到灯下去看那玉虎。两人仔细打量了一阵子，那老者对老婆婆说道："老婆子，这玉虎不是瑶儿的，这是恢儿那一只。"

老婆婆看向卫律，眼中柔和了许多。她温言问道："卫公子，请恕乡村野夫野妇失礼多有得罪。你可知道这玉虎的来历？"

卫律摇摇头。那老者在一边对老婆婆说道："老婆子，我看八成是恢儿把这玉虎赌博输给了庄家，庄家拿到市上卖了，后来不知怎么流落到了宫里。唉，不是瑶儿的就好，现在都不知道瑶儿在哪里……"他话音未落，两行浊泪已经滚滚而下。

那老婆婆连比带划了半天，那老者的眼泪才止住。他对老婆婆说道："我化成灰也认得，这是我家先祖代代传下来的和氏璧的角料，在瑶儿出世后我打磨了三年才做成这一对儿，世上再无相似的了。这就是恢儿那一只，定是这个不成器的狗崽子赌博输给了别人……唉，我们是造了什么孽啊！他欠下的赌债，却要我们在这院子里替他慢慢还……这都两年多了，不知道过多久才能出去……"

那老婆婆眼中含泪又冲老者比划了一会儿，那老者回复道："这也简单，等恢儿回来我们问问他，让卫公子先回去好了，卫公子一定不会骗我们。"

老婆婆满意地点了点头，她拿过玉虎便朝卫律走来，这时突然听到房门打开，一个人醉醺醺地走了进来，看到卫律便问道："你……你是谁，为何这么晚了……还在我爹娘这里？"

老妇人面带怒色呵斥道："恢儿，赶紧给卫青大将军的公子施礼！"

那人转向卫律打量了几眼，醉意似乎立刻便消了很多，眼神变得深邃不可捉摸起来。卫律见他身材挺拔，容貌颇为英俊，心里对他并不讨厌，便朝他施礼道："这位大哥，我半夜来访多有造次，请见谅。"

那人也朝卫律还了一礼，那老妇人扬了扬手中的玉虎问道："恢儿，这玉虎可是你赌博输给了别人吗？"

那人的酒立刻全醒了，他浑身吓出了一层冷汗。这恢儿不是别人，正是当今天子宠妃王瑶的哥哥王恢。这枚玉虎不是他赌博输的，而是他三年前为了巴结李同送给李同的，后来李同又将此虎进献给了中山王刘胜，刘胜见此虎极其珍贵，便上贡给了皇帝刘彻。刘彻三年前又在卫青府中为了安慰刚刚失去母亲的卫律赐给了卫律。可是王恢怎么知道这么多曲折？他心中怀疑是卫律在李同府上偷来的，但是当着父母的面又不敢质问，怕把自己结交李同、欺瞒父母把妹妹送进宫里的事情败露出来，于是连忙跪下求饶道："母亲，请恕孩儿不孝！这确实是孩儿赌博输掉的，请爹娘责罚。"

那老婆婆叹了口气："这玉虎后来流落到了宫中，又被皇上赐给了卫公子。这玉虎跟卫公子有缘，比跟着你强多了。"她走近卫律，将玉虎塞进了卫律的手中。

卫律犹豫着是要接过玉虎，还是把这玉虎还给老婆婆算了。那老婆婆仿佛是看出了他的心思，将他的手掌紧紧合了起来，慈祥地说道："卫公子，这本来就是皇上赐给你的。不怕公子笑话，这小东西还不是寻常物件呢！我家老头子的先祖就是赵王宫中的玉匠，世代居住在邯郸，当年的和氏璧就出自我家先祖之手。这玉虎跟和氏璧，也就是现在皇帝身边的传国玉玺本来就是一块玉，公子你带在身边图个吉祥平安吧，灵着呢！"

卫律将玉虎放入了怀中，向老婆婆和老头施了一礼，转身出了门。他顺着来时的路攀上了围墙准备跳进去睡觉，此时他往院子中看去，只见院落中黑沉沉一片，只有东南方向的一个小院子里点着灯火。卫律心中一动，李同去了卢奴明天才回来，李广利和李季住的院子在正南方，那亮着灯的地方八成是李嫣住的院子。她的病不知道怎样了，如果自己后天回长安的话那一时半会儿也见不到她了。自己临走前一定要跟李同见上一面，告诉他不要把女儿送进中山王宫里，只要李同同意，他什么事情都愿意答应李同。

卫律想明白后轻轻跃入墙内，朝着亮灯的小院子摸去。他到了院子门前一推，那门已经从里面关上了，他绕到一侧翻墙进了院子，听到从两侧厢房传来婢女的鼾声，正中的房间还亮着灯火。卫律悄悄摸到窗户前，从腰间拔出小刀在窗纱上挑开一个小洞往内看去，只见李嫣正坐在案前用一支炭笔作画，李嫣侧对着他，看不清她脸上的神情，更看不清她画的什么。李嫣显然受寒颇为严重，时不时咳上两声，让卫律觉得十分心疼。卫律看到屋内并无他人，便走到前门用手轻轻一推，那门并没有从里面锁上，被卫律一下子就推开了，卫律闪身跳了进去，把门关上落下门闩。李嫣看到竟然是卫律闯了进来，惊讶得不知如何是好，她连忙试图将案上的绢画卷起来，可是已经来不及了，卫律看到那绢纸上画着的是一个少年的肖像，高鼻深目，头发微卷，眉目神情像极了自己。

卫律看到画中人便愣住了，他想不到李嫣竟然也在同样牵挂着自己，顿时觉得天旋地转，满心的欢喜几乎要把他的躯体撑破，浑身一阵轻飘飘不知要飞往何处。卫律走上前去用颤抖的双手卷起了那张肖像放入了自己的怀里。他手指尖触碰到了刘彻赐给他的那枚玉虎，他心下一动，掏出了那枚玉虎递给了李嫣，艰难地从嗓子里挤出一句话来："你……带着这个，会给你带来好运气。"

李嫣见自己的心事被卫律撞破，本来羞得无地自容。她心里原本知道卫律对自己颇有好感，现在看到卫律一副神不守舍的样子，心中更是甜蜜，人也立刻变得轻松大方起来。她接过玉虎放在灯下细细端详，见它张牙舞爪的样子甚是可爱，便忍不住扑哧一声笑了出来："这是一只狐狸吗？为什么它的样子这么像你？"

卫律大为窘迫，结结巴巴说道："它……其实是一只老虎……不过它是用和氏璧雕成的呢，就是……跟那个……皇上用的玉玺……"

李嫣看着他的眼睛柔声说道："卫公子，我知道啦。"

卫律竟然不敢跟她的目光对视，低下头看着地面一时竟无话可说，隔了半晌他才说道："我……明天见你父亲，我会告诉他不要把你送进中山王宫里。他要我做什么我都会答应。"

李嫣低头凝视着掌中温润的玉虎点了点头说道："卫公子，奴家感恩不尽。不管结果如何，只要你记得来接我就好。"

卫律抬起头直直地望向李嫣，只见灯光在他的眼前描摹出一副倾国倾城的容颜，也把这一幕深深烙在了卫律的心上。两人再不说话，只听到灯芯爆燃的噼啪声响。过了片刻卫律转身退了出去，他掩上门越出墙外，回到了自己的房间，蒙头睡到了天亮。

吃过了早饭后，卫律便一直在中堂等待，到了午时李同从卢奴县回来了，请卫律一起用饭。席间酒过三巡，卫律借着酒意上前给李同祝酒，半跪下来恳求道："李先生，我想求您一件事。"

李同微感诧异，他停杯不饮问道："卫公子请说。"

"我想求您……不要把小姐送到中山王宫中。"

李同吃了一惊，顿觉非同小可。李嫣十三岁那年，他请长安的画师给女儿画了一幅肖像挂在了院中的水榭里，前年中山王刘胜来家里宴饮作乐，看到这幅画后一眼便看中了李嫣，趁醉便要李同把李嫣送进宫去。李同那时还巴不得攀上这门亲事，自然欢天喜地答应了，两人约好等李嫣十五岁行了笄礼就操办此事。可是前些日子伍被来到长安后见到了李嫣，当即惊艳至极奉李嫣为天人，酒后伍被劝李同将李嫣进献给当今皇帝，效仿卫子夫得宠后卫霍两家权倾朝野的故事，李家也可享尽荣华富贵。李同当时便被伍被说服了，但是无奈又有跟中山王刘胜的约定在前，这边他也得罪不起，所以这大半年来都为此事心烦意乱。

此刻卫律突然提出了这个要求，八成是因为这小子看上了自己女儿。李同心下迅速回忆这几天发生的所有事情，一开始对自己没有把李嫣看好深为后悔，让卫律认识了李嫣，在这本来就纷乱的局面上又多了一件烦心事——如果自己带着李广利和李季进宫那天吩咐家中老妈子把李嫣关在她的院子里，这一切都不会发生。可是眼下后悔也没有用了，只能见招拆招应付过去。但是一转念间，李同又想到了另外一种可能：卫律这小子身上有一半胡人的血，做事情纯属头脑一热浑不吝的路数，也许能利用这小子把中山王的婚约给毁了，到头来刘胜还不能赖到自己头上。而卫律喜欢李嫣倒不足为患，一旦找到机会让皇帝见到李嫣，那后面的事情便水到渠成了，李同对自己女儿的姿色十分有信心。想到这里李同放下了杯子，故作消沉状叹了一口气说道："卫公子，其实你和小女倒是一对璧人，嫣儿要是能嫁给你，那我李家绝对是高攀了。可是不是李某不想帮你，而是中山王跟李某有约在先，这事情可难办得很。"

卫律涨红了脸解释道："李……李先生，我无才无能，整日里斗鸡走狗混日子，是万万配不上……令爱的……可是我觉得令爱应该有个更好的归宿，所以才斗胆提这个要求。如果先生能够答应卫律，那今后先生无论要卫律做什么事情都可以，只要不伤天害理。请先生务必答应啊！"

李同这下彻底打定主意要好好利用一下卫律了，他装作抹了一把眼泪问道："卫公子，即使李某答应你，中山王不答应可怎么办？"

卫律见李同松了口，心中大喜过望，他兴奋地说道："如果先生答应了那就好办，我到时候去求皇上，让他老人家下个诏书就好了。"

李同这下感觉十分诧异，这小子到底是在吹牛还是真有这本事？必须问个清楚才行。他试探着问道："卫公子，你……能见到皇上？"

卫律神色黯然说道："是的。我娘在世时被皇上封为了长公主，她走了之后皇帝对我说无论有什么事情找他都行，只要递牌子进未央宫皇帝就会见我。"

李同心中大喜，先不管李嫣能不能进未央宫，借助卫律之手把李嫣跟中山王的婚约毁了再说。退一万步来讲，李嫣嫁给卫律这小子也不算差，卫青满门都极得皇帝宠信，只要能攀上卫家的高枝，李嫣再不济也能当个侯夫人。想到这里李同心中已经笑开了花，但是他装作悲痛欲绝的样子对卫律哭道："卫公子，皇上如果答应了公子的请求，我李某可就得罪了中山王啊！我们全家几十口的性命还不知道能不能保全……呜呜呜……"

卫律见到李同的样子十分可怜，恻隐之心大发安慰李同道："李先生不要担心，令郎可是皇上跟前的红人，中山王爷料想不会对大人不利。"

卫律的话说到了李同的心坎上，其实他也是这么想，听到从卫律口中说出来，他不由得对这个小杂种有些刮目相看了，但是李同还是坚持做出一副悲伤的样子哭道："希望能借公子之力，保我李家平安。"

卫律安慰李同道："不要紧的，我自然会尽力。请先生一家早日收拾行装前往长安居住，则可省去许多不必要的麻烦。我明日就回去找皇上，今天就跟先生辞行了。"

李同听说卫律要走，立刻盛情挽留，要卫律过几天跟他一起回去。卫律心中惦记李嫣便马上答应了下来。李同跟卫律又继续宴饮到了日落时分才尽欢而散。

李同派李季把喝得酩酊大醉的卫律送回房去，他去李广利房中探视了一下，见他身子逐渐康复便回到自己房间休息。不多时门房来报王恢前来求见，李同犹豫了一下还是让门房请他进来。王恢进了房间跟他行过了礼，李同吩咐家仆沏茶，两人入席坐定，王恢低声问李同："李大人，那个小杂种昨晚闯进了我家里，跟我父母见了面。那小杂种身上带着我当年献给大人的玉虎，我想问问大人这玉虎是不是那小杂种从府上偷去的？"

听到王恢前来质询玉虎的事情，李同心里一虚。他知道那玉虎是王恢的传家之宝，他自己也很喜欢，但是为了巴结刘胜在三年前便送了过去。但是卫律带在身上倒是有点匪夷所思了，他装作漫不经心地说道："老弟，你的盛情李某牢记在心，但是那枚玉虎呢，实不相瞒，我送给了中山王，然后借他的关系结识了宫里的苏文公公，这样才把你妹妹送进了宫去。那玉虎如果在卫律身上的话，八成是中山王送给他义父卫青的，或者是中山王进献给了皇帝，皇帝再转赐到他家也未可知。"

王恢一听便明白了，他深为佩服李同的心思，于是稽首道："大人果然神机妙算，这小家伙确实在我爹娘面前自称是皇帝赐给他的。我今天来见大人并不是要见怪于大人，而是要跟大人商量一下，我想把这玉虎夺回来再献给大人，不知大人意下如何？"

李同一下子便警觉了起来，他试探道："这东西怕是片刻不离卫律的身子，你想怎样夺回来？明抢还是暗偷？"

王恢阴森森地笑道："大人，我自然不会在中山国地界上动手，要不然岂不是连累了大人？等他到了赵国地界或者河南郡我再下手，这路上盗贼响马之流不少，抢上个把贵公子不算什么稀罕事。"

215

李同想了一会儿说道："老弟，有件事你得想明白。如果卫律被盗贼抢了，失去的又是这样一件宝物，一定会惊动皇上。如果皇上派人来彻查这件案子，那卫律肯定会把他在中山国的一举一动都报给官府，你我连同你父母都脱不了干系，那时恐怕会牵涉出来太多事情。我劝你不要因小失大，你妹妹现在见宠于皇帝，通天的富贵正等着你呢，切不可因为这件小事而坏了前程。"

王恢低头说道："大人说的极是。可要是这小杂种路上就不见了，死无对证是不是就没事了？"

李同脊梁上传来一阵寒意，他正色劝王恢道："这事万万不可，要是这小家伙有个三长两短，他又是从中山国和赵国往返，皇帝暴怒起来怕是中山王刘胜和赵王刘彭祖都保不住封国。"李同这次倒不全是出于为了李嫣进宫的私心，他知道卫律在皇帝和卫青心中的分量，也知道这事情决计不能干。

王恢赶紧俯首领命，李同见他明白了事情的利害便放了心，两人又喝了一会儿茶后王恢起身告辞，李同把他送到前院后便回去了。王恢在家仆的陪伴下走出了大门，他回首望向李府门前悬挂着的一排大红灯笼，脸上露出了一丝难以察觉的冷笑。

第十章

纵马皋兰

　　霍去病和张骞领命出征陇西，二人率领一万骑兵从长安出发后星夜兼程，在十月初九便抵达了黄河东岸的狄道城。这里是陇西郡郡治所在，但是由于靠近匈奴边境，是以城中居民多是军人和商人，人烟并不稠密。狄道城前几年为大行令李息所经营，城墙修建得十分高大坚固，周长十余里，规模跟塞北重镇朔方差不多。霍去病和张骞抵达将军行辕后稍事安顿便准备出城巡视，金虎见到主人要走，也紧紧跟在后面。一同前来的三只雪豹被铁链拴在院中，大白和二白吃饱喝足后懒洋洋地躺在地上晒太阳，小白的精力却十分充沛，它见好朋友金虎要出门，便竭力挣扎着要一同出去。霍去病平日里跟小白玩耍最多，看它一副焦躁不安的样子便把它也带上了。这些日子里三只豹子已经习惯了跟随大军一同前行，能够与人马安然相处，同行的军士们早已经把小白当成了伙伴。

　　一行人出得城去，霍去病和张骞纵马奔驰，金虎和小白紧随其后，连同护卫的十几名骑兵一起在雪原上卷起了一条长长的白色巨龙。沿途只见汉军烽燧星散于狄道城四周，众人驱马直抵黄河岸边，霍去病勒马临河，望着阳光下湛蓝的河水中成片的浮冰沉吟不语。一阵西北风吹过，卷起地上的雪粒打在脸上甚是疼痛。张骞眯着眼睛极目四望，只见黄河水夹带着满河的碎冰朝东北方向流去，河对面连绵起伏的皋兰山上白雪皑皑，显得十分壮丽。在这一行人的北侧不远处有一座封土拔地而起，张骞低声对霍去病说道：

"霍将军，那边是李广将军的祖父李仲翔的墓。"

霍去病也注意到了，他带领众人下马朝墓走去。到得近处看到墓碑上用隶书写着："陇西郡守李仲翔之墓"，墓前的砖石都甚为整洁，看来一直都有人祭扫。霍去病带领众人朝墓碑行了揖礼，起身后他问张骞："张大人，你可曾来过这里？"

张骞点点头说道："是的。图雅的母亲乌兰阏氏是已故浑邪王的居次，说起来现任浑邪王兰杰还是她的侄子。我十多年前跟图雅回过胭脂山乌兰阏氏的娘家，那时陇西郡还在匈奴治下，我跟图雅骑马来过李将军墓前。"

霍去病注视着李仲翔的墓碑，心中感慨万千，李广祖祖辈辈都在跟夷狄作战保卫大汉边疆，甚至埋骨塞外，让他心中生出深深的敬意。霍去病也听到了张骞说浑邪王兰杰是图雅的堂兄，他曾在朔方和狼山两次跟兰杰交手，每次都是胜负未分时兰杰便引兵而去，因此他知道兰杰是个颇为识时务的人。出征前霍去病跟蒙贞告别时蒙贞嘱咐他万勿多杀戮，想到这里霍去病又问张骞："张大人，你对匈奴胭脂山各部是否了解？我们能否劝降各部不动干戈？"

张骞一边思索一边缓缓说道："霍将军，胭脂山部落繁多，匈奴中二十四天王在胭脂山的就有七八个，这当中以休屠王和浑邪王最为强盛，但是其他小王如折兰王、单桓王、酋涂王和邀濮王也不能小觑。这些王当中有与伊稚斜和乌维不和的，也有听命于伊稚斜和乌维的，所以依卑职愚见，我们要分而治之，有些部落打是免不了的，但是有些部落也有和的机会。卑职建议开春出兵先就近攻取忠于乌维的邀濮部，再攻取折兰和单桓部，立下大汉军威后再同休屠王和浑邪王和谈。"

霍去病觉得张骞说得很有道理，他接着问道："张大人，我们如果趁冬天黄河封冻时出击是否可以？"

张骞摇了摇头说道："霍将军，冬天祁连山和皋兰山一带吹的都是西北风，雪迷人眼，我军从东往西进击，冲锋弓矢都不利。再说皇上让我们率领一万前锋前来陇西先行驻防，春天再给我们增兵出击，我们还是遵从皇命为好。"

霍去病没有接张骞的话，他压低声音，却字字如铁："张大人，你率领三千人马镇守狄道，我待到河冰结实后朝北进发，绕到胭脂山西北后再朝东南出击。"

张骞大惊失色道："霍将军万万不可！大军在冬日里行动不便，如果遇到匈奴主力后果不堪设想！"

霍去病笑道："匈奴大军与我军一样不便，张大人不必多虑，前几年我俩不是也长途奔袭了一千多里绕到匈奴王庭中去了？"

张骞回想起跟霍去病一同越过大漠后在狼山大败伊稚斜和乌维那一役，嘴角不由自主浮现出了一丝微笑，他冲霍去病抱拳道："既然霍将军心中已经有数，那卑职就只好从命了！"

接下来十余日，霍去病每天前往黄河岸边巡视，眼见朔风渐强，待到十一月初便已经将黄河冻得严严实实。霍去病派人在河面上凿洞观察冰情，看到河中央的冰已经冻了两尺多厚，牛车在上面驶过也安然无恙。近日里斥候从祁连山和皋兰山一带报回的军情显示折兰王和酋涂王同乌维部联系紧密，并且知道了霍去病已经抵达狄道城的消息，这两个部落也在加紧备战，每个部落的战士都不下两万人。霍去病在地图上看到这两个部落在他往北的必经之路上，他知道很快便会遇到两场硬仗。如果这两个被乌维安插在皋兰山一带的钉子不除，那么汉军迂回到西北后再向东南攻击的计划就会落空。

霍去病与张骞细细推演军情，定下了十一月初九进军的计划，用了五天便将弓矢马匹粮草一切准备妥当。霍去病记住了赵破奴所说的匈奴骑兵携带风干肉和干粮随地取用冰雪止渴的法子，给每名骑兵配了五十斤干肉，三十斤炒面随身携带，足够一个月的粮食。他的想法很明确：如果攻破敌人营寨，大可就食于敌。如果攻不破敌人营寨，那要么战死沙场，要么退回狄道，待到明年春天再次进击。张骞明白霍去病的心思，他也没有多加劝阻，只是把箭多装了一倍，给每名骑兵带了两百支。

出征前一晚，张骞在将军行辕设宴与霍去病对饮，两人饮到酣时门外侍卫送进来了长安书信和包裹。霍去病看到书信的漆封上竟然是舅舅卫青的印记，不由得又惊又喜：看来舅舅已经回到了长安，那么五原和朔方一带一定是取得了大捷。他迫不及待拆开信读了起来，果然不出他所料，卫青和苏建率军往北出击五百里，斩获虏首两千余级，将伊稚斜和乌维一直赶到了居延泽以北。皇帝命卫青回到长安，待到来年春天再前往朔方。霍去病看到舅舅在漠南又取得了大捷，他高兴之余心中也颇为羡慕，暗自下定决心此番出击一定要将祁连山和皋兰山收为大汉疆土。看完后他将书信收好，打开包裹时便愣住了，里面是一套叠得整整齐齐的寒衣。

霍去病打开上衣，只见衣服外面是一层深蓝色的蜀锦，内里却是极其柔软缓和的滩羊皮。两只袖子都有纽扣与上衣相连，是可以取下的。在衣服胸前还缀着一块双虎鸡心玉佩，霍去病认得，这是蒙贞平日里腰间所佩。

他从寒衣中拿出了一块小小的木简，简上用极其清秀的小篆写了一首诗：

羽檄如星兮边声急，
思君天涯兮恨别离。
纵马皋兰兮狼烟灭，
雪满祁连兮归有期。

诗下一行小字："家父占得一卜大吉，卦辞曰'凤凰于飞，和鸣锵锵'。将军必立大功于社稷。妾身虽在长安，心在祁连。"

霍去病轻轻用手拨开羊毛，在灯下凝视衣中密密的针脚，醉眼中仿佛看到了蒙贞双手上斑斑的血迹。

张骞在对面仔细观察霍去病的一举一动，他也看到了那块玉佩，他认出来了那是蒙贞贴身之物。大半年前出使西南夷时张骞和霍去病在汉中辞别，卓王孙在汉江边上设宴时张骞亲历了霍去病和蒙贞互诉衷情那一幕，而当时卓王孙提出要做蒙贞的媒人，还要给蒙贞准备嫁妆。想起了卓王孙，张骞心头涌起一股暖意，他这几个月没有见到这位曾经跟他一起穿越雪山大河出生入死的老朋友，竟然是十分怀念。张骞收摄心神敬了霍去病一杯酒笑道："霍大人，卓王孙那老儿还等着当你的媒人呢！回京后卑职就让他前来长安给大人操办喜事。"

霍去病脸上一红，他将寒衣收起说道："张大人休要说笑，西北战事未歇，霍某的区区私事怎敢烦劳大人惦记？"

张骞正色说道："霍大人此言差矣。孔夫子道饮食男女，人之大欲也，将军虽然神勇异于常人，但在男女之事上，总是绕不过去的。"

霍去病觉得脸上一阵发烫，他低头喝了一口酒，过了半天才缓缓问道："张大人，你……跟图雅公主之间……当年是什么样子的？"

张骞的神色顿时黯然了下来。霍去病这才觉得自己此问太过唐突，但是后悔已经来不及了，隔了一会儿才听到张骞语气平静地说道："霍大人，张某年轻时不懂人世间情为何物，待到今日才略懂一二。我和图雅刚刚成婚时也算不上如胶似漆，甚至并未觉得离别有多么难受，等到我跟甘父逃离王庭奔赴西域时才知道相思之苦。在颠沛流离之际，无论是看到流云还是雪山，明月还是银河，但凡见到世间一切美好的东西，眼前都能幻化出她的样子，在脑中萦绕不去，一直到今天也是这样。"

霍去病若有所思地点了点头："原当如此。"

第二日霍去病带领七千骑兵北上，小白和金虎随军出发，张骞则带领三千骑兵留守狄道城，甘父随同霍去病大军出征。霍去病令大军策马急进，第二日下午便抵达了狐奴河边。霍去病知道此地距离折兰王和卢侯王部落相距只有八十里之遥，便命令大军扎营歇息，同时严禁灯火以防敌人斥候发觉。待到大军扎营停当，霍去病和甘父骑马出发四处巡视，小白和金虎不甘寂寞跟在两侧。霍去病策马来到狐奴河边，只见河水在此地绕了一个大弯，河面竟然比黄河还要宽广。河上已经封冻，霍去病和甘父策马行在冰上，两人极目四望，只见太阳已经落在了地平线下，但是余晖将天边云彩映成了火红，宽阔的冰面像镜子一般反射出天上的色彩，将冰层也染上了一片血红。霍去病看着眼前惊心动魄的美景，心里想起了张骞昨天跟他说过的话，脑中自然而然浮现出了蒙贞的身影。

就在霍去病出神之际，他突然听到甘父在大声呵斥小白，霍去病赶紧策马上前一看，只见离他十几丈开外的河冰上竟然有两个圆圆的冰洞，洞中是清澈见底的河水，点缀在广阔的冰面上宛如美人洁白脸颊上的两滴泪珠。而小白和金虎正趴在冰洞的边缘喝水。霍去病以为是匈奴部落的人凿开的冰洞用以垂钓，他心中顿时感到一阵紧张，手按剑柄极目四望，却没有发现匈奴人的影子。那边甘父已经下马拉住了自己坐骑的缰绳，不让照夜白再往前走，同时十分紧张地呼唤小白和金虎回来。霍去病不明就里，眼看小白和金虎从冰洞边回到了身边，甘父的神情才放松了下来，他忍不住问甘父道："你为什么要把它俩叫回来？那里有什么不对吗？"

甘父回复道："霍将军，这冰洞不是人凿出来的，是河底有温泉涌出，所以洞的边缘才能这么圆。这洞四周的冰层很薄，我怕这两个畜生掉到洞里淹死。"

霍去病又仔细打量那两个圆洞，果然如甘父所说冰洞边缘极其规则，他也替小白和金虎捏了把汗，俯身对坐在地上的一豹一犬说道："你们今后不能再去那里喝水，知道了吗？"小白和金虎望着霍去病，似懂非懂地点了点头。

霍去病和甘父正要带领小白和金虎回营，金虎却绷直了身子竖起了耳朵仔细聆听，它突然开始烦躁不安地冲着北方大声叫了起来。小白则几步跃上了岸边，也全神贯注凝望着北方的雪原。甘父连忙趴到了冰上，用耳朵贴着冰面听远处传来的动静，他神色突变，起身跃上马背对霍去病急急说道："霍将军，敌人大军来袭，我们赶紧回营！"

霍去病立刻从腰间取下号角，对着汉军营地吹出了三声长音，号角声凄凉，回荡在狐奴河谷中，远近十几里都听得清清楚楚。那边汉军将士听到主官号令，立刻起身上马准备迎战，片刻间便已经按照左中右三军列队完毕。霍去病拨马来到阵前，见到汉军七千铁骑盔甲鲜明兵锋如雪，心下十分踏实，他举号连续吹出短音，调令左右两军各两千人朝两翼张开，与中军形成合抱之势，三军将士都擎弩在手调好望山，装上了箭匣静待来犯之敌。

不一会儿众人耳中隐隐开始听到万马奔腾的轰鸣，声音渐渐越来越响，震得阵前地上的积雪不断颤抖。甘父朝远处望去，只见远处连绵的山丘中一支大军如潮水般涌了过来，千军万马扬起地上的积雪犹如一场风暴卷来，看不清里面到底有多少人马。霍去病看到敌人的阵势也暗自心惊，他心中急速盘算如何用强弓劲弩先破了敌人的攻势，再令左右两翼穿插到敌人阵中分割包围后逐一击破。就在他思索的时候，敌人已经在阵前两百余丈外强弩不能所及之处停下了，一名身着虎皮披风、万骑长模样的人纵马出阵高声用夹生的汉语叫道："霍去病，你……大大的胆子！本王正要去攻打狄道城，你倒跑过来送死！你现在号令全军投降，本王就饶你一条性命，否则本王就把你们全都杀掉，一个活口也不留！"

霍去病取下背上铁弓，朝那人头上射了一支响箭。那人听到箭矢破空之声大作，赶紧低头避过，饶是如此也觉得右耳被箭风掠得一阵刺痛，心中大骇，立刻拨马回到了阵中。只听霍去病的声音从身后传来："来者何人，速速报上名号！霍某不杀无名之将。"

那人钻入阵中后回身大喊道："我是胭脂山折兰王兰成！霍去病，你死定了！给我放！"

霍去病听到是折兰王兰成前来，跟他想的分毫不差。他正要劝兰成赶紧投降，只见对面的匈奴骑兵朝两侧分开，让出了中间宽约百丈的一个缺口。缺口中是一大群黑压压的怪兽，那些怪兽头上犄角锋利，身上长毛垂地，口鼻中呼出的热气竟然在兽群上方形成了一片云雾，让霍去病吃惊不小。甘父认得这是胭脂山匈奴部落中长期驯养的牦牛，力大无穷凶悍无比，如果牦牛群冲入汉军阵中，那此战怕是凶多吉少。他眼看着对面阵中亮起了无数火把，点着了牦牛尾巴上绑着的柴草，片刻间空气中便传来了一阵阵焦煳的味道，甘父忍不住大喊道："敌军要用牦牛冲阵，大伙儿散开，用弓箭招呼！"

霍去病连续吹响号角，三军立刻又散开了一些，左右两军朝远处移动，中军则分为前后两阵，留出了几十丈的空间等待近身搏杀。而对面的牦牛群也已经势如奔雷一般冲了过来，转眼间就来到了百丈开外。牛尾上绑着的柴草浸了油和硫黄，烧起来火光熊熊声势惊人，而硫黄散发出的刺鼻味道让位于下风的汉军将士涕泪交流。霍去病号令三军放箭，七千架连弩弦声响成一片，谁知扑过来的几千头牦牛皮糙肉厚，寻常马匹都承受不住的钢箭射入牦牛的身子后竟然不能将之射倒，仍旧奋力向汉军阵中冲来。转眼间当先的几十头牦牛已经冲入了汉军中军大阵，锋利的犄角上绑着明晃晃的尖刀，霍去病看见阵前血光四溅，最外侧的几百名骑兵已经被火牛阵冲得七零八落。

但是这七千精骑是霍去病精心调教出来的，虽然甫一接战便处于下风，死伤惨重，阵脚却丝毫不乱。霍去病连连催动号角，中军前阵也朝两侧分开，像张开布袋一样把牦牛阵放了进来，然后从两侧以强弩连射牦牛的侧腹。牦牛的头胸处皮糙肉厚，钢箭不足以致命，但是从身侧射入的可就大不一样了，不一会儿便有几百头牦牛倒在阵前，堵住了后面牦牛的来路。尽管如此，已经冲入阵中的上千头牦牛还在头牛的带领下左冲右突，转眼间又将几百骑汉军撞了个人仰马翻。

霍去病看到那头牛神勇无比，知道对付这些畜生也要先把领头的料理掉，他长长吹响号角，汉军立刻变阵远远退开，留下了中间极其宽敞的一片空地，入阵的牦牛群立刻失去了近处的目标，那头牛四处张望，看到了阵中不远处的霍去病。

刚才的变阵是霍去病有意为之。他看到远处匈奴大军正养精蓄锐，等着汉军阵脚大乱时伺机进攻，他知道绝不能给敌人这个机会。擒贼先擒王，必须把头牛杀死才能破了这火牛阵。他读过兵书，舅舅卫青也给他讲过齐国田单的火牛阵是何等威力，破此阵的要诀是灵活变阵，以虚待实；同时还要防备敌人大军从侧翼进攻。此时霍去病已从身边的卫士手中接过了一支精钢长矛，他知道这领头的公牛身子极其结实，身上已经被射中了几十箭仍然穷凶极恶，只能用钢矛刺穿心脏才能将之制服。于是霍去病催马向前冲去，手中钢矛已稳稳擎起，对准了领头的牦牛。

而那头牛也已经发现了奔袭而来的霍去病，它双眼血红，四蹄刨地，怒吼一声便迎着霍去病狂奔而去。周边的汉军弓弩手们见主将出击，纷纷停下手中的兵器，生怕误伤霍去病。

就在霍去病和头牛侧身交会的一刹那，眼角的余光看到一道白色魅影如同流星一般飞奔过来了，眨眼间已经冲到了领头牦牛的身侧，那白色影子从地上高高跃起，在空中优雅地转了一个身子，狠狠地在公牛后颈上咬了一口，然后又弹落在领头牦牛侧面的雪地中，跟着牦牛一起奔跑。那头公牛脖子中鲜血长流，它转头看到左侧的雪地上跟自己一起奔跑的竟然是刚才咬伤自己的豹子，不由得大怒，立刻调转头去，用牛角去刺那豹子。

出阵迎战牛群的正是小白。它看到牛群来势汹汹，汉军难挡其锋芒，而主人也已经出阵跟头牛单挑，便朝领头的牦牛冲了过去，从侧面一击得手。谁知那牦牛皮糙肉厚，虽然颈中已经血流如注，在雪上洒得到处都是，但是凶悍之气丝毫不减。小白身形极其灵活，它上下腾挪灵活避开了牦牛的袭击，趁势又在头牛的脸上咬了一口。那头牛气急败坏，低头朝着小白死命拱去，将地上的积雪弄得四处飞溅，而小白则且战且退，不知不觉间竟然引诱那领头的牦牛带领牛群偏离了方向，离开汉军朝着狐奴河冲了过去。

霍去病本来被硫黄的气味呛得涕泪交流，这时硝烟已经从眼前散去，他揉了揉眼睛才看到牛群在头牛的带领下朝着大河奔去，而小白正跑在牛群的前面，还时不时回身挑逗一下头牛。他突然想到了刚才跟甘父一起在河面上看到的冰洞，心里一下子突然明白了小白的用意，霍去病既感动又难过，他高声喊道："小白，跑到河对岸去！"

小白似乎听到了霍去病的喊声，它回头看了一眼霍去病，从河岸上纵身跃起落在了几丈外的冰面上，然后身子在冰上又滑出了十几丈开外，在一串如同碧玉般的冰洞前停了下来。小白回身看了一眼冰洞里碧蓝的河水后站起了身子，冲着河边的牛群发出了一声挑衅的长啸。

牛群冲到河边时速度本来已经缓了下来，头牛一开始还犹豫着是否要跟进去，此时见到小白冲自己示威般吼了一声后便一脸不屑地坐在那里舔爪子洗脸，顿时怒火万丈。它狂吼一声加速冲到了冰上，蹄子刨起了无数冰屑，尾随它的上千头牛也都跳入了河床中的冰面上跟着一起冲了过来。

小白好整以暇，站起身来伸了个懒腰，它跃过冰洞朝河对岸不紧不慢走去，身后的牛群离它越来越近，眼见距离只有二十丈，十丈，五丈，三丈，领头牦牛的鼻息已经喷到了它的尾巴上，小白看到自己眼前如玻璃般透明的河冰上突然出现了网状的长长裂纹，接着便是冰层断裂的巨大声响。小白回过身来看去，面前离自己只有三尺开外的公牛半个身子已经落入了冰河中，两只前蹄还在奋力刨着眼前的冰块，溅起了无数的水花。但这只不过是徒劳的挣扎，小白看到公牛绝望的眼神被冰冷的河水淹没，连同身后上千头牦牛一起被呜咽的狐奴河夹杂着大量碎冰卷向下游，转瞬间消失得干干净净，仿佛从来没有存在过一样。

霍去病和甘父目睹了这惊心动魄的一幕，两人对视一眼，竟然说不出话来。一直守卫在霍去病身边的金虎看到小白趴在一块浮冰上随着河水朝下游漂去，一个大浪打来将小白卷入了河中，金虎狂吠几声，起身朝河中狂奔而去，纵身跳入了冰冷的狐奴河中。

而河边对峙的汉匈两军也都目睹了这惨烈的一幕，汉军顿时士气大振，而匈奴军中战士则无不心惊肉跳：敌人阵中怎么会突然跑出来一只豹子？这只豹子就将这威力无比的火牛阵破了，那接下来这仗怎么打？

霍去病却不会再给兰成任何机会，他吹响几声短号，命令三军进击，自己则一马当先冲了出去。霍去病连续射出连弩中的钢箭，阵前的敌军应弦落马。他身后的三军将士朝天仰射以取远，将前面的匈奴骑兵成片成片地射倒。匈奴阵中一开始还有弓箭手试图反击，可是根本射不到汉军阵中，不一会儿射过来的箭便稀疏了下来。

霍去病见敌军阵中尸体如山般堆积了起来，阵形已经被汉军强弩箭雨打乱，短兵相接的时机已到，他将连弩插入马鞍上的弓匣，提起精钢长矛纵马冲入了阵中。霍去病长矛所及之处一片血雨，他左突右刺片刻间便将十几名敌人刺于马下。汉军将士见主将如此神勇，顿时军威大震，七千铁骑如同洪流一般将几万匈奴骑兵分割成了三处，然后或以连弩近射，或以刀剑砍杀，连半炷香的时间还不到，几万匈奴大军竟然死伤近半。

霍去病见眼前战况惨烈，再消耗一阵子的话估计匈奴人要被汉军屠杀殆尽，他心中想起蒙贞临行前请求他不要多加杀戮，便拨马对身边的甘父说道："速速劝降兰成，我们给他在天子面前请功封侯！"

甘父会意，他大声在阵前用匈奴语喊道："兰成，你不要再抵抗了，快点带领你的人马投降！霍将军会在大汉皇帝面前给你请功，妥善安排你和家人的！"

兰成却不领情，他大笑道："霍去病，大汉皇帝最多也就封个几千户的侯给本王，本王要是砍下了你的脑袋，单于就要封本王为右谷蠡王了！大伙儿听着，谁要是把霍去病的脑袋给我砍下，本王赏他一百斤黄金！"

兰成话音未落，已经被甘父认准了他的方位，甘父在百步外朝他射出一箭，正中他的脑门，钢箭穿颅而过，兰成连哼都没哼一声便气绝身亡，重重坠下马来。匈奴大军看到主将身死，顿时全然没了斗志，纷纷拨马朝北逃去。大军一下子便乱了阵脚，不少人坠马后被踩踏而死，再加上身后汉军的追杀，转眼间便溃不成军。

霍去病策马紧紧跟随匈奴败军朝北奔去，他不愿意再多加杀戮，让甘父不停用匈奴语劝降，这一招果然奏效，路上不少匈奴战士放下武器投降了汉军。霍去病令甘父一路收容，不多时竟然归降了一万多人，而霍去病依旧率领五千铁骑朝北追赶，等他一马当先奔上一座丘陵时，不由得被眼前的景象惊住了：西北方一座巍峨的山脉横在面前，如同一座巨大的屏风，山体被万年不化的冰雪覆盖，在天上晚霞的映射下仿佛是在燃烧一般。十几座山峰的峰顶积雪反射出夕阳的金色光芒，让人目醉神迷。而近处山下的河谷中匈奴人的白色毡房星罗棋布，晚餐的炊烟袅袅升入空中，黑色的牛群和马群混杂在雪原中，像是一片片飘在地上的乌云。

就在霍去病凝神欣赏这绝世美景的时候，甘父也策马奔到了小山上，他身边跟着的是小白和金虎。刚才金虎咬着小白的后颈将它从河里救出，然后便一路追着霍去病和甘父跟了上来。小白和金虎身上的水汽还未散尽，奔跑后的体温将水汽蒸出，在它俩身子周围形成了一团云雾。甘父看到霍去病呆呆出神的样子，便只对他说了一句话："霍将军，这就是祁连山，匈奴语是天山的意思。"

霍去病点了点头，他勒马伫立良久，看到祁连山上雪峰之巅的金光慢慢黯淡，逐渐变成了粉红色，最后又变为雪白，画在了深蓝色的天幕上。小白和金虎蹲在一边，静静和主人一起看着这一幕光影变幻。

此时远在千里之外的长安城中又是另外一番气象。卫青和苏建从朔方和五原得胜归来，将伊稚斜和乌维逐出了千里之外，虽然斩首不多，却是大汉开国以来对匈奴作战在开边拓土上前所未有的功业。皇帝高兴之余少不了大加封赏，接着便是在宣室殿赐宴，令馆陶长公主和董偃操办，李延年歌舞助兴。宴饮从中午一直进行到第二天凌晨方才散去，朝中百官都喝得烂醉如泥，只有卫青和汲黯还算勉强清醒。紧接着各位王侯公卿都在家里摆起宴席请卫青前去赏光，卫青虽然苦于应酬，但是去谁家不去谁家都不合适。卫青深知长安城中权贵关系经纬交错，对谁都不能轻易得罪，便跟范衡细细商议，按照跟皇帝关系亲疏远近排了一下，头一家去的便是馆陶长公主府上。

由于馆陶长公主也特意邀请了范衡和蒙贞，卫青便带着他们两位一同前去。从大将军府到堂邑侯府路途不远，卫青一行在午时两刻就已经提前抵达。卫青刚从车上下来便看到两人已经在车前跪倒请安，卫青扶起两人一看，一位是董偃，另一位竟然是司马相如。按理说今天司马相如也是客人，他出门迎接卫青那就非比寻常了。卫青虽然知道司马相如跟馆陶长公主家素来交好，却也没想到他居然跟长公主家的半个奴仆一样。卫青微笑着跟两人见礼，身后范衡和蒙贞也下了车，几人寒暄了片刻便朝前厅走去。

院子里僮仆夹道跪下请安，从大门到前厅不过百步之遥，卫青却觉得这一路实在是太过漫长。他自己家中没有这么多仆人，也没这么多规矩，眼下是十一月最冷的时候，他不忍心看着几百号人在院子里跪着挨冻，便对董偃低声说道："董先生，你让这些人都散了吧！"

董偃低头领命，对院子里的人朗声说道："大将军体恤你们，还不速速给大将军谢恩后退下！"

院子中的僮仆得令，一齐俯首大声说道："谢大将军！"声如惊雷，震得众人耳中嗡嗡作响，紧接着众人一齐起身，排成两队迅速走进了后院消失不见。卫青见馆陶长公主家的仆役训练有素，不由得在心中暗暗称奇：汉军的操练也不过如此。

而厅中的长公主刘嫖听到了动静后也起身迎了出来，她见卫青已经快到了跟前，便微笑着屈膝福了一福，柔声说道："大将军光临寒舍，老身阖家荣幸之至！"

卫青哪里敢消受如此大礼？他立刻跪倒在刘嫖面前大声说道："请长

公主以主仆之分直呼微臣贱名，否则卫青怎敢起身！"他身后的范衡和蒙贞也跟随卫青一起拜倒给刘嫖请安。刘嫖见卫青在自己眼前一举一动都十分谦逊，真真挑不出一丝一毫的毛病。她的目光又在范衡和蒙贞脸上扫过，只见范衡虽然是个残废，但脸上神气却无比清朗，可谓是一等一的庙堂之容；而身边的蒙贞容颜虽然秀丽无比，浑身却散发出一股勃勃的英气。刘嫖见卫青府中上下都是当朝俊杰，心里思绪翻腾，个中滋味竟然一时无法形容，只能颔首对卫青微笑道："那就只能依你了，本宫今天备薄酒一席，一是为了感谢你对我刘家立下的功业；二是为了给你凯旋回京庆功。延年，准备歌舞，请卫大人和范大人入席！"

刘嫖身边的一名如玉少年走上前来先行给卫青跪拜，然后起身引领一行人走进了前厅。卫青紧挨着上首的刘嫖坐下，他眼光朝对面扫去，只见一名容貌姣好的女子正坐在对面凝视着自己，一袭素衣不施脂粉，脸上的肌肤如白玉一般，只是双鬓的青丝中已经隐隐有了霜色。卫青认得这位女子，正是因为自己姐姐卫子夫见宠而被废的皇后、刘嫖的宝贝女儿陈阿娇。

卫青万万没有料到陈阿娇也会在场。当年就是因为陈阿娇在未央宫里燃起了万丈妒火，馆陶长公主还曾经命人将卫青绑架意图杀害，若非好友公孙敖及时营救，自己今天哪里还能坐在这里喝酒？卫青心中掠过一丝不快，刘嫖摆下今天这个阵势，难道是故意要给自己难堪？

蒙贞扶着范衡挨着卫青坐下，蒙贞不认识陈阿娇，范衡却知道对面的美人是谁。他也看出了卫青脸上的神色，不过他却不认为是刘嫖故意要为难卫青。范衡见卫青兀自坐在那里沉思，陈阿娇仍旧盯着卫青，眼中是极为复杂的神色，便开口打破了僵局："微臣拜见陈夫人，祝夫人平安吉祥！"

陈阿娇听范衡称呼自己为夫人，一开始还愣了一下，后来想到自己眼下其实什么名分也没有了，但是范衡还以尊号相称，不由得心中对范衡大生好感，微笑着朝范衡点了点头表示感谢。一边的刘嫖也发现了气氛不对，她赶紧开口说道："大将军莫要见怪，小女虽然身在长门宫，却也时时关心朝政，知道本宫今日要宴请大将军，她死活都要前来见见你这位大英雄。说来今日名为庆功宴，实际上也算是本宫和小女给大将军的赔罪宴。当年本宫鬼迷心窍干了傻事，还请大将军原谅本宫。"

她话音刚落便用袖子拂拭眼角，卫青听到后心中不忍，赶紧起身对刘嫖说道："长公主实在是谬赞微臣了！请长公主万勿再提往事，这些年长公主对微臣的提拔回护微臣怎能不感激？请以此杯酒为长公主和夫人寿！"卫青端起案上的酒杯恭恭敬敬地为刘嫖和陈阿娇祝酒，三人十分痛快地将酒一饮而尽，陈阿娇苍白的脸上顿时飞起一层红晕，容颜竟然显得比刚才俏丽了一些。

刘嫖见卫青为人如此爽快，悬着的心立刻便放下了，她连声呼喝吩咐开宴，那边厢董偓指挥厨房将一道道菜流水般送上来，有烤鹿筋、脍驼峰、蒸赤鳞、糟熊掌、煎豆酪、焖天鹅，尽是平日里吃不到的东西。刘嫖心情大好，跟卫青连连干杯，不一会儿她也喝得双颊绯红。陈阿娇脸上也渐渐有了笑容，她让侍女斟满一杯酒后起身来到卫青面前，卫青也连忙起身相迎，阿娇就近打量了卫青半晌才幽幽叹了口气说道："大将军，你真是像她。我从四岁开始就出入未央宫，三十多年中见过无数公卿王侯，可是论气度神采，真没有一个比得上你的，难怪你能为刘家立下如此功劳。今日你我干了这杯，看在你的份儿上，我从此不再怪她。"

陈阿娇的话让卫青心中一热。阿娇口中所说的"她"便是自己姐姐，当今皇后卫子夫。两人饮尽杯中酒，卫家和长公主家纠缠十几年的恩怨便自此了结。阿娇干了一大杯后不胜酒力，向刘嫖和卫青告辞回房歇息，待到阿娇离席后刘嫖则命李延年乐舞伺候。

李延年跟卫青在宫里多次见面，两人虽无深交却也并不陌生。他领命后轻轻击掌，两边各自出来四名侍女将宴席前一座高大的屏风移了开去，一座巨大的编钟赫然出现在众人眼前。卫青看那编钟上下三排，每排都有十一个钟，比宣室殿中的项羽编钟还要气派。钟前站了五名红衣少女，各自手持钟锤站在钟前，显然每人各有司钟职责。此时众人听到李延年大声说道："长公主特令小人为大将军作《出塞歌》，请大将军和范大人雅鉴。"

紧接着五名红衣少女舞动手中木槌，几人身影翩翩进退有序，俨然是一出极漂亮的乐舞。众人只听到一阵甬钟大鸣，似乎是三军出征的战鼓号角齐声奏响，雄浑的低音震得人心头直颤，接下去钮钟的高音清越，仿佛是金戈相击的声音，在这如海潮般澎湃的音浪中李延年的歌声仍旧清晰地穿了出来，钻入了每个人的耳中：

> 漠南胡未空兮，大将复临戎。
>
> 冠军出陇西兮，长平征龙城。
>
> 云横祁连雪兮，气抱瀚海虹。
>
> 北风嘶朔马兮，严霜凌塞鸿。
>
> 兵行万里外兮，单于道已穷。
>
> 白羽破天骄兮，血刃敌营空。
>
> 功成狼山下兮，凯歌罢鸣弓。
>
> 未就长安邸兮，来谒未央宫。

（注：此处《出塞歌》歌词改编自隋杨素《出塞》诗）

李延年的歌声回肠荡气，编钟的声音雄浑无比，听得座中诸人无不神游八极之外。蒙贞听到李延年唱出"冠军出陇西，云横祁连雪"两句，想起近日来一直没有霍去病的音讯，鼻子一酸，两行泪水无声地流了下来。

坐在蒙贞同一侧的卫青和范衡都在怔怔出神，谁也没有注意到蒙贞脸上神色的变化，只有正对面的李延年看得清清楚楚。他歌声甫歇便拿起身边的一具古琴快步走到蒙贞面前，朝她躬身恭恭敬敬地说道："久闻蒙姑娘琴艺出神入化，可惜从来未能一闻，今日可否请姑娘弹奏一曲，以悦今日座上雅集？"

蒙贞垂泪低首道："李大人莫要说笑，奴家怎敢在李大人和司马大人眼前弄斧？"

李延年见蒙贞并不起身，脸上的神情顿时变得颇为尴尬，他勉强笑道："蒙姑娘，就奏上一曲你在豫章郡弹过的《云梦》好了，长公主在一边等着呢！"

蒙贞心中一颤，她用风雷古琴在豫章郡弹奏过《云梦》一曲，可是那

231

时在场的只有霍去病、范衡、许有根、杨朴、刘赐、刘孝和豫章太守等几人而已，眼下刘赐和刘孝都已经身死，何以李延年竟然能够知道？她心中掠过一丝不快，便朝李延年施了一礼说道："李大人，奴家平日所用风雷琴性子颇为暴烈，所以手法并不轻柔，大人手中所拿一看便是名器，奴家怕弄坏了。"

那边司马相如听到蒙贞的话后心中十分不舒服，他将了将下巴上的胡子说道："蒙姑娘不要小看了我家绿绮，虽然比不上范大人的昆仑，也算是天下一等一的神器，请姑娘放心去弹便是，坏了算在我的头上，又没人要你赔。"

范衡静静打量四周众人的神色，他看到卫青脸上隐隐现出焦虑，刘嫖则满是期待，李延年和司马相如脸上已经现出了十分尴尬的神情，便有心替蒙贞圆过这个场来。他微笑着对李延年说道："李大人，小女身子近日来多有不适，请大人多多包涵。这曲由老夫代为操持可好？"

范衡话音一落，刘嫖和司马相如都击掌叫好，李延年犹豫了一下便要起身从蒙贞身边走来，只见蒙贞离席而起从李延年手中接过了绿绮，她脸上兀自挂着泪痕，却强颜微笑道："怎敢劳动爹爹大驾？还是让女儿来吧！"

她的举动让座中诸人都吃了一惊，李延年遂了心愿，笑着将蒙贞迎到了琴台边上帮她架设好退在了一边。蒙贞坐好后思索了一会儿，闭上眼睛开始在绿绮的七弦上弹了起来。她指法一开始古朴凝滞，绿绮发出的音调空濛悠长却重重叠叠，仿佛是从巍峨的群山中传来的回声；随后她的十指开始加速轮动，琴腹中发出的低音源源不绝传入众人耳中，仿佛是万马奔腾在山谷中，大地都在震颤；紧接着角音大作，众人眼前仿佛看到了连绵的军阵和猎猎的旌旗在风中飘扬；随后是羽音连绵不绝，宛若大河夹杂着无数的碎冰滔滔东流；当蒙贞的十指弹奏出新一轮商音时，众人眼前似乎看到了两军相接的金铁撞击，兵刃相交的无数火星仿佛就在眼前飞溅。

堂上所有人都听得入神之际，蒙贞额上已经渗出了一层细汗，她双目紧闭运指如飞，绿绮在她的手中仿佛都快要被揉碎了，突然听得一声弦断，紧接着是两声、三声、四声，连接七声响过，绿绮的弦竟然全部断裂当场。

司马相如目瞪口呆，他正欲起身上前看个究竟，只见蒙贞睁开了双眼，她站起身来，望着堂门口颤声说道："胜了，终究是胜了……"

范衡和卫青对视一眼，两人十分担心蒙贞是否因为弹奏刚才这一曲而走火入魔，身边的馆陶长公主也惊疑不定，就在众人都拿不定主意，不知该如何是好之际，一名仆人飞奔而来，在刘嫖面前跪下大声说道："未央宫传来捷报，皇上命东方大人前来宣旨了！"

那人话音未落，蒙贞一下子跪倒在地，双手掩面喜极而泣。众人纷纷起身迎旨，只见东方朔神气活现地从门外走了进来，看到刘嫖和卫青便立刻凑上前来笑嘻嘻地说道："卑职拜见长公主和大将军，皇上命卑职前往大将军府宣旨却扑了个空，巴巴赶来长公主府上讨杯喜酒喝呢！"

刘嫖赶紧说道："东方大人是贵客，待会儿一定请大人多饮几杯。"

东方朔连声称不敢，他朝范衡眨了眨眼，在堂中站定，看众人都已经跪倒在面前，便展开手中的诏书摇头晃脑地读了起来："朕闻霍去病于皋兰山大破匈奴，凿通祁连，斩杀匈奴两位天王，获虏首万余级并休屠王祭天金人。朕心甚慰，特封霍去病为骠骑将军，加食邑三千户，赐黄金千斤，另赐卫青范衡黄金各五百斤，钦此。"

卫青和范衡大喜过望，二人突然不约而同想起来为何蒙贞刚才能感知皋兰山大捷，并且知道东方朔要前来宣旨，心中都充满了疑问。那边厢东方朔将众人一一扶起，到蒙贞面前时朝她做了个鬼脸，羞得她脸上一片通红。刘嫖用丝巾一边擦泪一边笑着说道："难为我这个侄儿皇帝了！偏生皇上就这么好命，有大将军和骠骑将军加持着连战连捷，咱们要敬皇上一杯！"

众人轰然叫好举杯饮尽，刘嫖吩咐仆人给东方朔添置案儿酒具，东方朔却笑嘻嘻地对刘嫖说道："长公主的盛情卑职心领了，可惜卑职还要跟大将军一起入宫，只能改日再来叨扰了！"

刘嫖听到他俩还要去未央宫，便不再挽留，连忙起身给卫青和东方朔送行。范衡和蒙贞也起身准备回府，蒙贞走到司马相如面前行了个礼，朝他低声说道："司马大人的绿绮是无双名器，奴家不慎损坏，改日一定专门到府上为司马大人治弦，请司马大人恕罪。"

司马相如和刘嫖同范衡、蒙贞客气了几句也便作罢了。顷刻间人去堂空，只余下满席的残酒冷炙和断了弦的绿绮静静躺在那里。

李延年刚刚回过神来，他看到卫青已经和东方朔出门上马，蒙贞正扶着范衡缓步朝门外走去，他快速跑到蒙贞跟前问道："敢问姑娘刚才弹的曲子是什么名字？"

蒙贞微笑道："李大人刚才唱的是《出塞歌》，我是为了给大人助兴，那就叫《出塞曲》吧。"

李延年怅然点了点头，他目送范衡和蒙贞走远上车，消失在了门洞之外。

卫青骑马随着东方朔朝未央宫行去，谁知东方朔却不走正路，而是拐到了长安市中，在人群中拨马前行，为卫青开辟出了一条道路。两人到了醉风楼前下马，卫青满腹疑问跟着东方朔走到了楼上最里面的一间雅舍中，东方朔打开房门把卫青让了进去。卫青见到房中只有一张木案，木案上已经摆好了酒肴，都放在长方形的铜盘中，铜盘下面煨了炭火保温。案子两侧相对摆放了两个坐席，房中一名白衣青年公子正背对着卫青和东方朔负手而立，他身材虽然只是中等，但是从背后看去身形十分挺拔，那公子正望着远处窗外未央宫的渐台出神，并未转过身来。卫青见东方朔转身便要离开，一把抓住了他的袖子将他拉近到身前低声问道："东方大人，我们要去宫里复命，可不能耽误了正事。"

东方朔皮笑肉不笑地对卫青说道："卫大人，我们来这里就是要给宫里复命啊，请大人慢用，卑职先告辞了。"他用力从卫青手中挣脱，将卫青推进了房间，关上门便一溜烟跑了。

卫青无奈转过身来，那青年公子也已经转身面对卫青，卫青见他眉目如画，肤如凝脂，完全不似尘世中人，但是他的容貌又有几分熟悉，想不起来曾经在哪里见过，只好硬着头皮抱拳行礼道："在下卫青，冒昧前来叨扰阁下，请问阁下尊姓大名？"

对面的公子看了卫青半天，忍不住扑哧一笑说道："卫大人贵人多忘事，去年春天我曾在上林苑梨园给大人祝捷，大人还能记得吗？"他一边说话，一边解开了头上银冠的篦子，一瀑如云的秀发落了下来，更衬得他的脸色如同白玉一般。

卫青这才认了出来，面前这位青年公子，竟然便是当今天子最为宠幸的夫人王瑶，他心里一下子变得空荡荡的，不知道该说什么好，呆立了半天才如梦初醒，他立刻跪在王瑶面前说道："王……夫人，请恕微臣眼拙无礼，祝夫人……长命千岁！"

王瑶走到卫青身前，轻轻将他扶了起来，凝视着卫青的眼睛说道："卫大人万勿多礼，今日特地请大人前来，是奉了皇上的诏令来为大人庆贺。知道大人军务繁忙，应酬也不少，才请东方大人安排到此处一叙。"

卫青不敢直视王瑶的眼睛，他脸上一红低头说道："劳动夫人尊驾，微臣……心中不安。"

王瑶微笑着不接卫青的话，她请卫青入座，挽起袖子亲自给卫青斟了一杯酒。卫青眼角的余光看到她皓腕胜雪，不由得心中一阵激荡，立刻收摄心神，眼观鼻鼻观心，可是一股浓冽的酒香从杯中传来，让他的鼻子不由自主抽搐了几下。王瑶给自己也斟满了一杯，举起来向卫青致意道："卫大人，前日里皇上便已经命皇后和我在宫里操办大宴为大人庆功，皇后正命司马迁大人找黄道吉日呢！我便跟皇上说能否在昭阳殿先行宴请大人，皇上十分爽快便答应了，让我便宜行事即可。后来我觉得宫里也没什么意思，还不如来这里呢！今日的酒倒是我从昭阳殿里带来的，请大人尝一尝。"

王瑶说完便将杯中酒一饮而尽。卫青见王瑶竟然如此爽快，也将杯中酒一口气饮完，谁知这酒竟然甚烈，入喉虽然绵甜，入肚后却感觉腹中一股热气汹涌。卫青感受着酒气在体内翻腾，竟是说不出的舒服，他脱口大声赞道："夫人，这酒可谓酒中霸王！请问这酒可有名号？"

王瑶脸上已经现出了一丝红晕，她眼波流动，声音婉转："卫大人果然是此酒的知音！这酒的名字叫'醉侯嬴'，虽然名气不大，但是却有大大的来头。"她又给卫青斟满一杯，两人又是一饮而尽。卫青听王瑶继续说道："这酒源自于魏国大梁城，是当年信陵君在府上宴请大梁城夷门监侯嬴时喝的酒。侯嬴不过是一介小吏，信陵君却能对他以师礼相待。后来秦国在长平坑杀我赵国四十万将士，又围住了邯郸，信陵君听从侯嬴的计策偷出了魏王兵符，发兵解了邯郸之围，而侯嬴却在大梁城自杀以谢信陵君知遇之恩。邯郸百姓感念侯嬴的千古义气，便从信陵君府中抄了这酿酒的方子，从太行山取水，两百年来一直酿造此酒。大人如果喜欢，我就命人给大人府上送几十坛过去。"

卫青默念'醉侯嬴'的酒名，心中升起一股悲凉和感动。信陵君窃符救赵的故事他知道，侯嬴和朱亥的故事他也曾听人讲起过，但是邯郸百姓百年来一直以此酒感念侯嬴，让他心中颇为感佩。他忘了向王瑶致谢，而是直接问她道："夫人是赵国邯郸人氏？"

王瑶笑着回答道："正是。先祖本来是赵国宫里的内府大匠，历代赵王所用玉器多是先祖所作，就连现今皇上所用的传国玉玺也是出自先祖之手。"

卫青吃了一惊："夫人说的是和氏璧吗？"

王瑶微笑道："正是，卞和识玉，先祖治玉，这才有了后来的传国玉玺。"她从袖中取出了一枚小小的玉虎放在了卫青的面前，对卫青说道："卫大人，古人曰礼尚往来，大人送给我黄金万两，我身边没有什么像样的东西，就把这个送给大人，请大人带在身上。这东西跟传国玉玺同出本源，去邪避难最是灵验。"

卫青心头一热，他知道这玉虎必定是王瑶的传家之宝，立刻稽首道："微臣万万不敢受此大礼！"

王瑶脸色一变，一改刚才温婉的样子冷冷说道："卫大人，本宫非要赐给你不可，你是收还是不收呢？"

卫青不敢跟王瑶的目光对视，他低头嗫嚅道："微臣……不能……"

王瑶看着眼前俯首垂目的大将军，这位威震塞北、权倾朝野的当朝重臣在自己面前竟然像是一个做错了事的孩子，浑身散发出一股极其复杂的气质：当中有委屈，有悲伤，有感激，还有一种难以描述的亲近。王瑶看到了卫青两鬓上已经隐隐染上了一层霜雪，她心中突然觉得一阵凄凉，拿起案上的玉虎，朝前探出身子，轻轻拉起了卫青的右手，将玉虎塞入了他的掌心。

卫青只觉得触手处温润如玉，分不清是王瑶手上的肌肤还是她手中的玉虎。他浑身如遭电击一般立刻发烫了起来，更是不敢抬头看她。王瑶则被眼前卫青的手惊住了，只见他手掌上老茧连成了一片，食指、拇指和中指由于常年引弓控弦已经变形，不能再伸直了。王瑶忍住泪水合上了卫青的手，她重新回到自己的座位上，努力调匀了呼吸，神色片刻间便又恢复了平静。王瑶看着卫青将玉虎放入了怀中，脸上露出了一丝难以捉摸的微笑，她举起案上的酒杯，同卫青对饮了起来。

卫青没有想到王瑶酒量惊人，她也不同他说话，而是一杯杯跟卫青对饮下去，两人连接喝下了十几杯。卫青已经感到一阵阵醉意从脑中传来，身子也变得轻飘飘起来，对面的王瑶却神色如常，只是脸上更加红润，愈发显得娇艳动人。她看到卫青的脸色由于酒意变得越来越苍白，便停下了酒杯对卫青说道："大将军，王瑶有一事相求，不知大将军能否应允。"

卫青仍旧不敢直视王瑶，他的舌头早已被酒泡大，只能结结巴巴地说道："夫……夫人，只要微……微臣力所……能及，定万……万死不辞！"

王瑶抿嘴一笑，嗔道："我怎么敢给大将军出难题啊？这事说起来简单，做起来倒也不容易。我想请大将军日后多照看着闳儿，别让他被人欺负。"

卫青心中一下子收紧了起来，他语无伦次地说道："夫人你……年华正茂，承恩殊宠，我们做臣子的……想高攀也攀不起……夫人说这话，让我们的脸面往哪里搁去？"

王瑶却不吃他这一套，她望着卫青缓缓说道："卫大人，你不要多想，闳儿日后要做的就是当好诸侯王，为他的天子守好一方疆土。我今日将闳儿托付给大人，是怕万一世事无常，日后我不能陪他长大。卫大人要是能照顾教导他，那我也就放心了。"

卫青听到王瑶这番话，心下惊惧猜疑一起涌上，如同一阵暴风掠过。他颤声说道："夫人何出此言？我……卫家……从不会去构陷他人……"

王瑶扑哧一声笑了出来，她柔声说道："卫大人，我都知道。皇后娘娘在宫里待我很好的。我只是说世事难料，谁也保不准有个三长两短对不对？你就告诉我是行还是不行好了，我也不想为难大人。"

卫青心里这才踏实了一些，他大声回复道："请夫人放心，微臣一定尽心辅佐皇次子，虽粉身碎骨也在所不惜。"

王瑶听到卫青这番话，笑中带泪说道："好！我听到卫大人这句话就放心了，我和闳儿也不枉到这世上走一遭！卫大人再歇息一会儿，我先告辞回宫了。"王瑶从袖中取出银冠，熟练地将秀发挽了上去绾好，立刻便成了一名翩翩佳公子。王瑶起身向卫青告辞，卫青连忙也起身还礼，她走到门边时回过身来，对卫青嫣然一笑问道："卫大人，你平生可曾有过一见倾心之人？"

卫青没料到她会发此问，眼神一下子变得茫然，他想了一会儿回答道："回夫人，微臣……实在想不起来……"

王瑶看着卫青微微一笑："卫大人，我倒是有。当年在上林苑梨园，自从见到那位从狼山大胜而还的英雄，心里就再也没能放下过。"她的眼神蓦然黯淡了下来，转身推开房门走了出去，卫青耳边只听得脚步声渐行渐远，终于淹没在四周的杂音中再不能分辨。

风雷未央

霍去病率领七千大军横扫祁连山，斩杀折兰王和卢侯王，俘获浑邪王之子及其相国、都尉，连同匈奴战士万余人，而汉军仅仅损失了五百骑。此番出征大军奔袭两千多里，斩首万余级，硬是绕着胭脂山南北杀了个遍。当霍去病带领大军和俘虏回到狄道城时，张骞和城中守军兴奋异常，出城三十里相迎。经此一役除了浑邪王和休屠王之外的胭脂山诸部元气大伤，根本无力再同汉军争锋。不过令霍去病和张骞不解的是这次浑邪王和休屠王明显是避着汉军的兵锋，并未同汉军决战。两人夜晚饮过庆功酒后又商议了半天，觉得浑邪王兰杰和休屠王呼衍赫并不是真心想同汉军为敌，二人决定先行镇守狄道城，再奏请长安发兵将俘获的匈奴大军另行安置，待到春天来临后相机同浑邪王和休屠王接触，看是否能将二人劝降，这样可将河西走廊凿通，大汉与西域各国便会来往无阻，匈奴的右臂也会被切断。

当夜霍去病和张骞立刻上奏长安说明意图，皇帝几日后便准奏，但是也诏令二人回京，将匈奴俘虏先行安置在狄道城，只带浑邪王兰杰之子兰立前往长安。霍去病和张骞奉旨立刻带领几十名护卫返回长安，一行人星夜兼程四天便回到了京师。霍去病和张骞入城后已是深夜，两人约定次日中午在卫青府上见面后，各自先行回府歇息。张骞的府邸离入城的宣平门较近，他在门口跟霍去病告辞后进入家中，家里的掌事和仆人们看到主人大胜而还，心中无不十分喜悦，管家一边忙着伺候张骞洗漱更衣，一边将近日里发生的事情跟张骞简略禀报了一番。张骞看到门房留下的牌子中竟然有卓王孙的名牌，心下不由得高兴之极，他从管家处得知卓王孙前两天到府上来拜访过，知道张骞还没回来便留下了牌子告辞。张骞问清楚了卓王孙就住在女儿卓文君和女婿司马相如家中，便早早睡下等着第二天一早前往司马相如府上拜见卓王孙。

张骞这一觉睡得极好，他听到了辰时的鼓声才匆忙起床，胡乱梳洗了一番便骑马前往司马相如府上。张骞家里离司马相如的宅邸不远，转眼间工夫就已经拐入了司马相如家门前的巷子。他下马信步前往，却看到司马相如家大门口已经聚集了一群看热闹的百姓。他心中一凛，生怕卓王孙家里出了什么事情，立刻将马拴好拨开人群朝里面看去，只见卓王孙正站在门口，气定神闲地指挥着一帮家仆将门口悬挂的写着"司马"二字的红灯笼一个一个摘下来扔在了地上，换上了写着大大的"卓"字的灯笼。张骞看到卓王孙虽然看起来又沧桑了一些，但是脸上红光满面，气色甚好，立刻把悬着的心放了下来，他大步走到卓王孙身前拱手笑着说道："卓先生别来无恙啊！"

卓王孙看到眼前走来的人竟然是张骞，他心中又惊又喜，根本顾不得什么礼数，一把将张骞抱了起来转了个圈才放在了地上，用浓重的巴蜀口音说道："张大人，你可想死老子了。来来来，先跟我去喝两杯！"

张骞知道卓王孙是性情中人，他朝卓王孙肩上打了一拳，大声学着卓王孙的巴蜀方言骂道："你个龟儿子，这几个月你也不来看老子，哪天说不定就见不着了！今天不醉不归！"

卓王孙疼得龇牙咧嘴，眼中却要笑出泪来，他大声说道："卓福，赶紧给老子整一桌出来，酒要陈年的，先热上四坛！"他又回身对门口几个愁眉苦脸的仆人骂道："混账东西们，这宅子还是老子给你家忘恩负义的主子买的，老子今天就要收回来，你们速速滚去茂陵告诉你家主子，要他从今后别回来了！否则老子见他一次打一次！"卓王孙狠狠踢了一下脚边的"司马"灯笼，恶狠狠地说道："把这些统统给老子烧了！"

张骞心知恐怕是司马相如不知道因为什么事情得罪了卓王孙，不过他也知道卓王孙的爽快性格，说不定过一阵子就没事了，当下也不劝他，而是跟着他往院内走去。两人在堂中坐下不久，仆役们便将酒菜送了上来。张骞闻到酒香传来，便知是在汉江边喝过的大汉魂，他不由得咽了一口口水。卓王孙命人将酒樽斟满，眨眼间便同张骞干了三大杯，他抹了抹嘴边的残酒叹道："张大人，卓某自从跟你在李冰墓前一别，半年时间便弹指而过。卓某心中十分挂念大人，无奈朝廷有令，要我在成都打造两千万枝铁箭、五万柄环首长刀、五万支钢矛，十月里便要运到长安。我只能先应付朝廷差事，紧赶慢赶在十月十五日交了差，可是张大人你却跟霍大人领军出征陇西去了。本来我以为大人这一走还不得上四五个月，没想到张大人跟霍将军神勇无比，不出一月便将匈奴击破，凯旋京师。来来来，我再敬你一杯！"

张骞按住了杯子不饮，他正色对卓王孙说道："卓先生，这是霍将军的功劳，我不过是镇守狄道城而已。还有请你不要再称我为大人。你我共同出使西南夷，一路上出生入死，早已情同兄弟。要是先生不嫌弃，今天你我二人在这里击掌为盟结为兄弟，今后以兄弟相称如何？"

卓王孙先是一愣，立刻放下杯子与张骞击掌三下，纵声长笑道："卓某正求之不得！老弟，在什邡蜀主祠前我就动过这个念头，后来因为你要立刻赶回长安复命才没有提起。你对我有救命之恩，你这个兄弟需要哥哥做什么尽管开口吩咐！"

张骞笑着回复道："卓兄，你每年都要来长安两次，跟我喝酒。"

卓王孙大笑道："老弟，我每年只来长安两次，每次只住上半年，每回只办上一桌流水席喝他半年！"

张骞也哈哈大笑起来，他举杯正要同卓王孙再饮，只见一名女子快步走入堂中，一袭白色长裙勾勒出曼妙的身形，眉色如黛肤色胜雪，一双杏眼中却含着怒气走上前来，一把夺过卓王孙手中的酒杯大声说道："爹，你忘了大夫怎么吩咐你的？每天不能超过一杯酒！你倒是变本加厉从早上就开始喝了！要陪张大人喝酒的话，女儿替你喝便是！"她转身朝张骞盈盈一拜，将杯中酒一饮而尽。

进来的不是别人，正是卓王孙的爱女卓文君。卓王孙在外人面前洒脱无比，在女儿面前却像一个干了坏事的少年，抓耳挠腮急急分辩道："文君，爹爹正和张大人结拜兄弟，这酒不可不喝！就这一杯，就这一杯！"

文君根本不理会卓王孙，她让仆人给杯中加满酒，又朝张骞举杯道："平日里无缘得见张大人，但是张大人的功业却如雷贯耳，今日妾身借此酒向大人一表敬意！"

张骞在出使西南夷之前司马相如与卓文君曾经来给他送行，并且卓文君飞鸽传书到成都嘱咐卓王孙好生招待张骞，今日他能跟卓王孙有如此情义还多亏了文君当时的安排，他心中感激卓文君的古道热肠，又担心卓王孙的身体，于是同卓文君饮完了这杯后问道："夫人谬赞，实不敢当！请问令尊的身子怎么了？"

卓文君狠狠地瞪了卓王孙一眼："回张大人，家父前些日子腹中疼痛吃不下饭，家里请了大夫来诊治，说他肝气郁结凝滞，多半是由于操劳过度加上饮酒过量所致，所以吩咐他万勿再饮酒。可是他说要是不能喝酒那还不如早早去死，大夫无奈只好同意他每日饮酒不能超过一杯，要妾身在家好好看管。可是他……前天就喝多了发酒疯，昨天又一人喝了一坛……"文君话未说完双眼便已红了，眼泪马上便涌了出来，强忍着在眼眶中打转。

张骞知道肝病确实不能再多喝酒，他放下酒杯温言安慰卓王孙道："卓兄，今后我们见面以茶代酒。茶几近于道，你我坐而论之岂不更妙？"

卓王孙却气鼓鼓地说道："兄弟你有所不知，这两天为兄喝的都是闷酒。啥原因你问我的宝贝闺女好了！"

张骞想起来刚才卓王孙在门口要烧掉司马家的灯笼，他立刻便知道八成是岳父和女婿之间有了啥龃龉，这种事他在卓文君面前也只能当和事佬，于是便笑着说道："卓兄，家里的事情还有啥你摆不平过不去的？别生气了，我陪你出城骑马散散心可好？"

卓王孙觑着眼看向文君，谁知她被张骞这番话触动了伤心事，泪水再也忍不住夺眶而出，她掩面失声痛哭了起来，转身跑出了堂外。张骞震惊之余陪着小心问卓王孙道："卓兄，这……到底是怎么了？"

卓王孙双眼望天长长叹了口气，然后从怀中摸出一团被揉得皱皱巴巴的白绢递给了张骞。张骞展开一看，是用极其漂亮的李斯小篆书写的一首诗：

> 皑皑终南雪兮，皎皎长安月。
>
> 闻君有两意兮，故来相决绝。
>
> 镜中朱颜改兮，鬓上霜雪新。
>
> 今夕弦上曲兮，明朝不复闻。
>
> 历历陈仓道兮，萋萋灞河桥。
>
> 廿载封侯梦兮，成空不须啼。
>
> 何以轻一诺兮，男儿重意气。
>
> 愿得一心人兮，白头不相离。

署名竟然是卓文君，题头是《白头吟书赠司马相如》。张骞满腹疑问地抬头问卓王孙："令爱……要跟司马大人分开？"

卓王孙十分生气地说道："是司马相如那个狗崽子写了休书过来，要娶茂陵大户人家的年轻闺女！"

张骞完全明白了，他心中颇为不齿司马相如为人：这么多年在朝中与张骞同列为郎中、太中大夫，司马相如绝对是文采斐然，也曾出使西南夷立下一些功劳，但近年来并无太多建树，主要靠跟馆陶长公主的关系在朝中才能占据一席之地。张骞跟卓王孙结拜为了兄弟，心中自然便向着卓王孙和文君，他劝卓王孙道："卓兄，文君才华姿容都是当世一等一的人物，你还怕她找不到合适的夫婿？你别发愁了，做兄弟的也当尽力为文君物色夫君。"

卓王孙听了张骞的话后心中一动，他上下打量了张骞半天才缓缓说道："对了，为兄这次来长安还有一件事要操办，你随我来！"他离席带着张骞来到后院中一间仓房，推开房门一看便让张骞吃了一惊：只见满屋的木架上堆放的都是各色蜀锦、各色玉器、各色珍珠和数不清的金锭。卓王孙十分得意地对张骞说道："哥哥我要给霍去病和蒙贞那对小家伙做媒人，卫大人家里肯定没范衡老儿家里有钱，拿不出范老儿瞧得上的聘礼，看看我给去病准备的怎么样？价值黄金两万斤！"

张骞忍不住哑然失笑，他觉得卓王孙这位老哥哥实在是颇有童心，竟然存了心跟范衡计较。范衡这些年来不再经商，专心在朝堂上辅政，而卓王孙家的盐铁丝绸生意都做得风生水起，再加上当中还有范衡的帮忙，眼下自然比范衡的家产要多了不少。张骞也不说破，他笑着对卓王孙说道："兄长你多虑了，范大人不会在乎卫大人给去病准备的聘礼多少，去病和贞儿是天作之合，任凭谁也拆不开，聘礼多点少点又能如何？"

卓王孙却不以为然："老弟你有所不知，范衡那老儿我最清楚，我们生意人虽然嘴上不说，心里那杆秤贼着呢。我这次是要他对这门亲事绝对挑不出一根刺儿来！"

张骞心中好笑，他问卓王孙："那兄长此次前来长安，可曾见过卫大人和范大人？"

卓王孙脸上一红："我这不是等你回来一起去见的嘛！"

张骞抚掌笑道："好！我跟霍将军约定中午到大将军府会面，你跟我同去，明儿个所有人都见得到！"

昨天晚上霍去病跟张骞分别后回到了舅舅卫青的家中，他自幼跟随舅舅长大，现今虽然已经是贵极人臣的骠骑将军、冠军侯，他仍舍不得离开舅舅的家。这里让他割舍不下的还有一层缘由，那就是范衡和蒙贞父女也住在这里。他习惯了听到范衡的读书声和蒙贞的琴声，这些仿佛已经融入了他的生命里，成为他灵魂中不可分割的一部分。

霍去病将照夜白拴在了卫青府外的马厩里，给这位小伙伴加足了草料，与众卫士分别后带着小白和金虎进了院子。他叩开院门后没有让仆人们声张，而是先命人将小白和金虎牵进了后院，两个小家伙这次出征被霍去病和张骞训练成了极有灵性的战士，霍去病示意它俩不许发声，它俩便乖乖跟着仆人朝后院走去，几乎没有发出任何声音。霍去病在前院中卸下了盔甲，静悄悄地朝自己后院的房屋走去，沿途看到前院厢房中舅舅房间已经熄了灯，范衡的房间也没有亮光，整个后院静悄悄的，只有两间房子的窗户中透出温暖的灯火。霍去病认得自己房间旁边的屋子是弟弟霍光的，他无声地走到了窗前，听到房内传来隐隐的读书声。霍去病认出了弟弟的声音，听到他读到："使之主祭而百神享之，是天受之；使之主事而事治，百姓安之，是民受之也。天与之，人与之，故曰：天子不能以天下与人。舜相尧二十有八载，非人之所能为也，天也。尧崩，三年之丧毕，舜避尧之子于南河之南。天下诸侯朝觐者，不之尧之子而之舜；讼狱者，不之尧之子而之舜；讴歌者，不讴歌尧之子而讴歌舜，故曰天也。夫然后之中国，践天子位焉。"

霍去病跟范衡读过这段文章，他知道是《孟子》中关于舜帝继位的故事，尧帝让舜通过祭祀、主事来考察他，发现天上的神灵和人间的百姓都很高兴，尧帝知道这是上天和人民要给予舜天下，而不是自己要给予舜天下。后来尧帝崩，舜为他守孝三年后隐居南河边上，想让尧帝的儿子继承天下，可是天下诸侯朝觐却不去尧帝儿子那里，而是来舜隐居的地方；天下百姓有诉讼官司也不去找尧帝的儿子，而是来找舜；连唱歌的人也都竞相歌颂舜的功德而不去歌颂尧帝的儿子，舜确实是真命天子。想到这里霍去病心中涌起一阵感动：上古三皇五帝的善政在经书中多有记载，弟弟霍光能读进去这些书，一定会有出息。

霍去病悄悄离开了霍光的房外，像猫一样无声无息地朝蒙贞的房间走去，他十分想念她，可是离她越近，心中又觉得紧张，不知道当她站在面前时要说什么才好。现在已经过了子时，不知她还点着灯在干什么，他想从窗纱的缝隙中去悄悄看上一眼再回房歇息，就在他将要走到窗边的时候，只听到蒙贞的房门吱呀一声被打开了，蒙贞身着一件红色羊皮坎肩从门内走了出来，把霍去病吓了一跳。

蒙贞在回廊中就着窗子中透出的灯光仔细打量霍去病，只见他的脸庞虽然消瘦了一些，但却仍然棱角分明英气逼人。塞外的风尘在他的脸上留下了深深的印记，让霍去病看起来像是一个三十岁上下的中年人，而不是一个年仅十九岁的青年。他已经卸去了盔甲，身上穿的是自己给他缝制的寒衣，胸前缀着的那块双虎鸡心玉佩在月光的照耀下泛着温润的光芒，照得蒙贞心中热热的。她望着他的眼睛只说了一句："你……你终于回来了……"便语声哽咽，再也说不下去了。

霍去病看着蒙贞眼中噙满的泪水，心中百感交集。他轻轻走上前去，从怀中摸出了一样东西塞入了她的手中，蒙贞透过泪光看去，那是一块巴掌大小的青玉，玉身晶莹剔透十分可爱，尚且带着霍去病的体温，她破涕为笑问道："这……是从哪里来的？"

"这是我在狐奴河上游河滩中寻得的，匈奴人说那里有祁连山里冲出来的美玉，我去找了给你。"

蒙贞心下十分感动，她嘴上却嗔道："你去领兵打仗就好，哪里还要管这么多闲事？"

霍去病挠了挠后脑说道："你……把玉佩都给我了，我自然要找一块还给你。到时我再找长安的匠人把这块玉雕出来。"

蒙贞不再说话，她将祁连玉放入了自己的怀中，顿时觉得心中充满了暖意。她听霍去病好奇地问道："你……你知道我回来了？"

蒙贞抿嘴一笑："当然，照夜白的蹄声我认得，你的……我也认得……"

霍去病没有听出来蒙贞话中有话，他喃喃自语道："照夜白的蹄声？你怎么能跟其他的马分别出来？"

蒙贞柔声说道："每匹马的性子都不一样，跑起来步子也不一样啊！就算照夜白的蹄声跟其他马相似，小白和金虎的脚步声我是不会听错的，你的……"她本来想说"你的脚步声我更不会听错"，但是话还未出口便突然觉得害羞，她脸上一红，硬生生把这句话收住了。

霍去病却没注意到这些细节，他在想为何蒙贞能听到这么多细微的声音，还能分出不同，他一拍脑袋恍然大悟道："是风雷琴！贞儿，你是不是因为练风雷琴才练就这顺风耳的本事？"

蒙贞把小嘴一嘟："也许是吧！可是顺风耳这名字不怎么好听呢。"

霍去病尴尬地挠挠头："我……找不出别的词来……"

蒙贞看到他脸上呆萌茫然的神情，心里真个是甜蜜之极，她低声对霍去病说道："咱们别在这里说话啦，说不定会把爹爹吵醒，我陪你去后花园里走走好不好？"

霍去病心中一阵欢喜，他跟着蒙贞信步朝后花园走去，此时月光如水洒在花园里，将一切物事都镀上了一层银色。小白和金虎本来已经在后花园的窝里睡着了，此时听到主人前来，两个家伙都醒来想跟霍去病玩耍，而一边的大白和二白则一贯高冷，并不为二人的到来所动，继续蜷在窝里呼呼大睡。霍去病担心金虎和小白的叫声惊醒他人，他冲它们做了个安静的手势，金虎和小白顿时老实了下来。霍去病看着蒙贞脸部侧面柔和的曲线，心中有无数话想跟她说，却一时不知道从何说起。

两人就这么绕着花园中的水池缓步而行。现在已经是隆冬时节，池水上结了一层厚厚的冰，在月光下更是显得清冷。过了良久蒙贞才开口问道："你……没有受伤吧？"

霍去病摇了摇头："没事，擦破了一点皮而已。"他想了想又补充说道："这次出征我军几乎全甲而还，战士损失不过五百余人。我们俘获了一万多匈奴战士，都安置在了狄道城，皇上下诏要我军好生照顾这些人。我把浑邪王世子兰立也带回来了。"

蒙贞知道霍去病跟她说这些话的意思是他这次出兵陇西没有对胭脂山诸部横加杀戮，而且对俘虏们还颇为优待，显然是听从了她的嘱咐。蒙贞心上热热的，她问霍去病："我听大将军说呼衍都离将军的爱子呼衍日磾也在胭脂山，被休屠王呼衍赫收为了义子，你可有他的消息？"

霍去病点了点头："我从俘虏口中问到了他的消息，呼衍公子一切安好，他叔叔休屠王对他甚为宠爱，可惜这次没能将他带回来。皇上日后肯定要我再次出征祁连，我一定把他找到带回长安。"

蒙贞说道："你一定能把他找回来。"她抬头看着天上的明月仿佛轻声自言自语道："我真想跟你一起出征，陪你去出生入死。我……待在长安，好多天都没有你的音信，整夜整夜睡不着，睁着眼到天亮盼望着前线军情，白天要是还等不到消息就昏沉沉的十分难受，好多次都想过这样活着还不如死了痛快，可是要死我也要死在你的身边……"

霍去病听蒙贞说话的语气十分平静，就好像在跟他说一件再也平常不过的事情，可是他的心里却如刀割一般难受。他站到了蒙贞面前，轻轻握住了她的双手，看着她的双眼语声颤抖地说道："贞儿，是我不好……我以后出征多给你写信……每天都写……你要好好的……不要难过……"

蒙贞看着霍去病的眼睛，脸上渐渐绽放出了笑容，她温言安慰霍去病道："你不要担心，只要一见到你，我就全都好啦！你是朝廷的大将，出征时千头万绪都要管，不要每天写信给我，我只盼望这仗快点打完，好让我能天天见到你。"

霍去病突然觉得浑身都是力量，他提高了声音："对！我早点把乌维和伊稚斜的脑袋砍下来，把匈奴彻底降服，以后我们天天待在一起不分开！"

蒙贞被他洪亮的声音吓了一跳，她用手捂住了霍去病的嘴，转头看看四周并无异样才放下心来。霍去病把她的手重新握住，凑在她耳边轻声说道："你知道吗？我出征时仿佛觉得你就在我身边，无处不在。"蒙贞耳边传来他口中呼出的气息，登时觉得一阵头晕，她呢喃道："怎么……怎么会呢？"

"张大人跟我说过相思之苦。他说在他出使西域颠沛流离之际，无论是看到流云还是雪山，明月还是银河，但凡见到世间一切美好的东西，眼前都能幻化出图雅公主的样子，在他脑中萦绕不去。你对我也是一样。我看到祁连山上的日落，仿佛就看到了你；我看到冰封的黄河，仿佛也看到了你；我看到胭脂山上的明月，就会想到我们都是在这一轮明月的光照下，就觉得离你很近很近。贞儿，就算我出征万里之外，你也不曾离开我身边。"

蒙贞的眼泪决眶而出，霍去病将她紧紧抱在怀里。两人在风露中伫立良久，却丝毫感觉不到冬夜的寒意。直到蒙贞听到家中仆人们起床准备洒扫晨炊的声音才依依不舍地分开各自回房歇息。

霍去病回到房间后躺在温暖的炕上很快便进入了梦乡，他这一觉睡得香甜之极，一直到了午时才自然醒来。他听到院中人声渐渐热闹了起来，似乎是舅舅和范衡在前堂接待客人，他这才突然想起来张骞中午时分会来造访。他立刻翻身取水洗了一把脸，漱了漱口，便穿戴整齐快步走向前堂，进到堂中才发现卫青、范衡、蒙贞、卫律、卫英都已经在厅中坐定，对面坐着的除了张骞外竟然还有卓王孙，大家都在不紧不慢地喝茶，霍去病甚为尴尬，坐到了自己的席位上，对卓王孙和张骞拱手致歉："不知卓先生大驾光临，未能迎接，请先生见谅。"卓王孙笑着跟他客气了几句。

霍去病坐定后偷眼瞄了一下蒙贞，只见她低头不语，脸上一片绯红，顿时便觉得堂上的气氛有些怪异。他再看卫青，只见卫青脸上似笑非笑，一副难以捉摸的表情，让霍去病更加心里忐忑起来。他再朝范衡看去，只见范衡脸上是一副既好笑又无奈的样子，霍去病这下心中更是不安，难道因为自己晚起失礼让大家这么不高兴？

隔了半晌卫青才缓缓开口："卓大人的盛情卫某心领了，可是这聘礼卫家不能要。贞儿和去病从小情投意合，我也早就看出来了，我也想等到时机成熟时便跟范先生提亲。既然卓先生和张大人都已经在汉中见证了去病和贞儿情定终身，那范先生和我今日就权当去病和贞儿的长辈，请卓先生和张大人当做媒人，把他俩的婚事给定了。聘礼自然由我替去病张罗，嫁妆请范先生给贞儿置办。但是卫某有一不情之请，务必要让他俩的婚事从简，万万不可奢靡过度。去病和贞儿各自都不缺本事，日后的富贵本来也不劳我们担心。请范先生回头卜上一卦，选一个吉日举行大典宴请宾客，到时卓先生和张大人一定是我卫家的上座贵宾。"

霍去病听到舅舅在堂上说破了自己和蒙贞的儿女私情，心下又惭愧又感动。他之前没敢跟舅舅说起来，一是担心万一舅舅不同意，二是生怕自己的私事打乱卫青用兵的节奏和安排。但是听到舅舅竟然如此支持自己和蒙贞的婚事，他眼中蓦然一热，眼前的视线登时模糊了起来。

卓王孙听了卫青的话后虽然也觉得不无道理，但是自己带了两万斤黄金的聘礼来送给卫青，却被卫青干脆利落地拒之门外，似乎并不十分承自己的情，他心里感到颇为不痛快。范衡看出来卓王孙一副还欲分辩的样子，便有心给他找个台阶下，他拿起案上的贴金木简看了一看对卓王孙笑道："卓先生给小女备下的聘礼太重，你让我这个做爹爹的如何置办嫁妆呢？你看这样如何，你之前在汉江边上送了风雷琴给小女，我便将昆仑琴送给去病。这上面列的聘礼中，我就取这一对连城玉璧，以一双琴、一对璧给他俩，也算是我们这些做长辈的祝福他俩琴瑟和鸣、双璧相辉吧！卫大人，张大人，卓先生，你们觉得如何？"

卫青十分高兴地点了点头："就照范大人说的办！"张骞心中也觉得

范衡实在是很会做人，这周遭所有人的脸面都保住了。卓王孙也抚掌笑道："范大人总是有办法！我早听小女说过这昆仑琴的来历，你把它给蒙贞姑娘做嫁妆，卓某阖府上下之财加起来也比不上大人的一根琴弦呢！"

范衡笑道："卓先生莫要说笑，这琴是贞儿先祖蒙恬将军的遗物，本来无价，但是对我家来说意义非凡。卓先生送的这一对连城璧，却是不易得的礼物。"

卓王孙见范衡如此识货，心中大为高兴，他捋着胡子很是得意地说道："范大人过奖了！其实这对玉璧也是昆仑玉，是从玉虚峰万年玄冰下找到的，虽然不值几个钱，但是跟你家的琴倒是绝配。卫大人刚才说请大人卜卦选个吉日，择时不如撞时，那不如请大人现在就起一卦？"

范衡笑道："谨从尊命。"他对身边的卫律说道："律儿，帮我把蓍草盒子取来。"卫律立刻起身到墙边的柜子中帮范衡取来了装有蓍草的红漆木盒，只见他对着盒子闭目默念了一会儿，将里面的五十根蓍草拿了出来，他去掉了一根蓍草，然后用两手将参与演卦的四十九根蓍草任意分为两股，左手一股象天，右手一股象地。接着从右手任取一根蓍草，置于左手小指间，用以象人。天地人"三才"格局既成，范衡接着以四根为一组，将左右手中的蓍草分数完毕，再把左手所余蓍草置于左手中指与无名指间，右手所余蓍草茎置于左手食指与中指间，到此为止才算完成了第一变。范衡接着将左手指缝间的余数去除放在了一边，又把余下的蓍草按照刚才的办法算了两次，三变之后就得到了一卦。他仔细观察案前蓍草的排列，眉头渐渐拧了起来。

座上众人大气都不敢出，霍去病的手心中全都是汗，蒙贞的心在胸腔里狂跳，她根本不敢再去看范衡的脸色。卓王孙在对面也是坐立不安，他生平最是相信卜卦算命看相之学，对这类结果往往奉为圭臬。而张骞则经历过万里跋涉，身犯险地无数次，相信的是万般事情最终要靠自己，对卜卦之术并不迷信，他此时想的却是万一这个卦象不好，自己该找什么理由帮霍去病和蒙贞圆过去。

卫青则一直在观察范衡的脸色，他看到范衡眼中渐渐有了光彩，紧皱的眉头也慢慢舒展了开来，便知道这卦象肯定不错。果不其然，范衡良久才抬起头来，朗声说道："泽山咸！上上大吉！"

霍去病胸前仿佛卸下了一块千钧大石，他立刻朝蒙贞看去，只见她也正看着自己，眼中是如春水般的脉脉深情。霍去病竟然不敢跟她对视，脸上一红将目光移开了，耳边听到范衡解卦得意的声音传来："本卦下卦为艮，艮为山，上卦为兑，兑为泽，山中有泽，山水互相交融，便是咸卦的卦象。君子要取法于高山大泽虚怀若谷才好啊！此卦中兑柔在上，艮刚在下，柔上而刚下，不仅主两人情投意合，还主将来家中女强男弱。去病，你今后能受得了贞儿管你吗？"

霍去病脸上更红了，他尴尬地说道："其实……那也没啥……"

张骞微笑着给霍去病开脱："惧内的人都有福气。说句大不敬的话，高祖皇帝何尝不是如此？"

张骞这句话把大家都逗乐了，却又不敢放声大笑，卫青赶紧转移了一个话题："请范先生选下一个好日子，我想速速把去病和贞儿的婚事办了。再过几个月天气转暖，我跟去病肯定又要出征。"

范衡想了一下道："卫大人，最近的吉日是腊月初八，腊月是祭祀之月，让他俩也沾沾祖先的福气。"

卫青点点头笑道："那就这么定了！请卓先生和张大人两位媒人一定要赏脸来我家喝这杯喜酒，我和范先生立刻去操办这件大喜之事！"

卓王孙得意地说道："卫大人，就算您不请小人，小人也要厚着脸皮来讨杯酒喝。"

卫青虽然是第一次见到卓王孙，却早已听范衡、张骞和霍去病说起无数次了，他很喜欢卓王孙身上的豪侠之气，今天见面跟他十分投缘。卫青听卓王孙跟他开玩笑说要赖也要来，不由得心中莞尔，他忍住笑对卓王孙正色说道："卓先生，皇上诏令皇后和王夫人在未央宫宣室殿操办庆功大宴，要我上报这几年来为边事立下大功之人。我也将卓先生报给了皇上，不日便会有诏书前来，邀请卓先生进宫赴宴。"

卓王孙听到卫青将他列为北击匈奴的功臣之一，激动得浑身颤抖了起来，他伏地朝卫青叩了一个头，大声道："卓某何德何能……得大将军如此眷顾……我……我……"

"卓先生请起。这几年来先生在成都和临邛所打造的兵器着实厉害，这可是大功劳。"卫青说道。

卓王孙半晌才坐直了身子，他欲言又止，最后还是忍不住问道："大将军，小人有一事相求。"

卫青微笑着说道："先生请说。"

"我有一个好朋友，打造铁器比我还在行。说来成都的冶铁作坊还是他和他长兄帮我建起来的，大将军是否可请他也前往宣室殿面见圣上？"

卫青纵声长笑道："卓大人真是有情有义！我已经请了孔仅和他长兄孔雷一同前来，最多再有三天便到长安。还有当年你在南阳遇见的桑弘羊也回来了，你过几天可以一并见到。"

卓王孙对卫青佩服得五体投地，这位一人之下万人之上的长平侯如此对待下属和朋友，是卓王孙生平所未见过的，他口不能言，只能朝卫青再度致谢。卫青见今日在座诸人兴致极高，便要吩咐仆人备下酒宴畅饮一番。这时他看到府中掌事卫禄匆匆前来递上一封信。他定睛一看，信是由黄绫包着的一块木简，上面的封泥上竟然印着"昭阳初升"四个篆字。卫青一下子便坐直了身子，他小心地揭下封泥取出木简，只见上面写着几行极为娟秀的李斯小篆："谨奉诏恭请卫青大将军并霍将军、范大人阖府于十一月二十九日午时前往未央宫宣室殿赴宴，王瑶拜上。"

卫青连忙问卫禄："送信的人哪里去了？"卫禄赶紧回答道："是宫里的一个小太监，骑马匆匆而来，说是奉的夫人懿旨，但又不是皇上的圣旨，所以不敢入门惊扰大人，要小人务必亲手交到大人手中。"

卫青明白了，二十九日就是六天之后，这场宴会就是刚才他告诉卓王孙的庆功宴。他对座上众人扬了扬手中的木简："宣室赐宴在二十九日，今日在座的都去。今日请各位在敝府饮上几杯薄酒，恕我今日不能陪大家尽兴，下午我还要带去病出去一趟。"

卫青中午设宴在府上招待卓王孙和张骞，再加上今天又是霍去病和蒙贞大喜的日子，宾主尽欢。卫青刻意没有多喝，他知道范衡酒量惊人，便让范衡陪着张骞和卓王孙痛饮。卓王孙喝到了传说中的桂魄菊魂，一尝之下便被惊呆了，觉得滋味远胜于自己按照范衡家酿仿作的大汉魂。他心下惭愧之极，发现自己真乃井底之蛙，不知天高地厚。卫青又依次给卓王孙和张骞喝上了皇帝赐给他的昆仑觞和王夫人赐给他的醉侯嬴，让张骞和卓王孙开怀畅饮。卓王孙越喝越心惊，但觉这大将军府中连酒都可谓卧虎藏龙，更不用说人了。这酒喝到了未时初刻，卓王孙颓然醉倒不省人事，范衡指挥卫律和卫英将卓王孙扶到客房内歇息，他陪着张骞在厢房内喝茶，而卫青和霍去病则要出门了。

蒙贞知道霍去病肯定是要跟卫青去办公事，她依依不舍地送霍去病到了门口。她看到家里的仆人们正在往卫青和霍去病所乘的马车上装酒，放上去了一坛大汉魂，一坛昆仑觞，一坛桂魄菊魂和一坛醉侯嬴，她心下吃了一惊，不知道卫青和霍去病要跟谁去喝酒，还喝这么多。卫青看到了蒙贞紧紧跟着霍去病到了门口，他心里先是涌起了一阵温暖，紧接着又涌上了一股悲凉之意。他太知道在前线出生入死的感觉了，是时刻准备着战死沙场马革裹尸的。蒙贞不可能不知道霍去病每次出征都有可能回不来，但是从她看着去病的眼神中卫青却分明感觉到了两人生死相许的情义，他心中感激蒙贞这样的好姑娘，能够下定决心跟去病一起度过余生绝不容易，两人注定今后聚少离多，甚至不知何时便会生离死别。

卫青注视着蒙贞跟霍去病在门前依依惜别，霍去病伸手去理了一理蒙贞额前的秀发。这个小小的动作却在卫青的心中激起了万丈波浪，他想起了前些日子在醉风楼上王瑶问他的话：你这一生中，可曾对谁一见倾心？

这个问题当时他无法回答，但是他现在已经知道答案了。去年春天梨园初见，她在宣曲殿上扮演西楚霸王项羽，当她手中牵着飞燕赤朝自己走过来时，他以为她是天上的仙子不敢直视；今年冬天再见到时是在醉风楼上，她宛若一名绝世佳公子同自己对饮醉侯嬴，他才看到了她眼中的神采。如果第一次是因为自己俯首在宣曲殿下不算见面的话，那是否醉风楼上的相会才是初见呢？如果是的话，那这些日子里一闭上眼，眼前便都是她的影子，这算是倾心吗？

253

卫青下意识地从怀中摸出了那枚玉虎在掌中摩挲，他看到霍去病正要跟蒙贞分别，心中突然被什么东西触动了一下，对霍去病温言说道："让贞儿同我们一起去吧，我们去看看两位老朋友。"

霍去病又惊又喜，立刻拉着蒙贞的手上车坐到了后排，问卫青道："舅舅，我们是要去看谁呢？"

"雷被和丙吉。"卫青回答道。

"噢！"霍去病欢快地答应了一声，他低声对蒙贞说道："就是咱们俩在灞河边见到的丙吉，我们还教他射箭来着。"

"嗯，我知道。"

车子在长安城内的石板道上不徐不疾地行进，卫青在前面想着心事，霍去病和蒙贞在后面也不敢说话。不一刻马车便抵达了内官狱，卫青一手提起一坛酒下了车，吓得车夫和随从连忙上前抢着要拿，卫青却让他们在门口好生等着。霍去病也连忙提起两坛酒下了车，带着蒙贞跟着舅舅朝狱内走去。内官狱的大小狱吏们看到竟然是大将军卫青前来，吓得六神无主纷纷跪下迎接，卫青信步朝狱内走去，他也不需要人领路，而是自顾自走到了关押雷被的狱室门口，将两坛酒往门口一放，朝狱室内看了过去。

室内点着一盏如豆的油灯，光线颇为昏暗。在牢房的最里面背朝卫青坐着一名满头银发的老者，他的背影甚为瘦削，这场景看起来十分凄凉，卫青知道这就是雷被。霍去病和范衡参与淮南之案会审前都见到了雷被，那时雷被由于思虑过度迅速消瘦，霍去病和范衡当时都被吓了一跳，前几日卫青回来时范衡立刻告诉了雷被的近况，卫青一直等着霍去病出征归来，然后一起来看望他。

霍去病和蒙贞也来到了雷被的狱室门口，他俩轻轻将酒放下，默不作声地站在了卫青身边。雷被早已听到了有人前来，但是他却不回头，霍去病看到他的肩膀不易察觉地抽动了几下，便轻声说道："雷先生，我舅舅……前来看你了。"

雷被转过身站了起来，他的脸上布满了刀刻般的皱纹，泪水在他脸上的

254

沟壑中蜿蜒，他强装笑颜，说道："大将军……卑职终于又见到你了……"

卫青看到雷被憔悴的容颜跟四年前在灞桥客栈中初次相会时判若两人，饶是他听霍去病说起过，心中有了预料，还是大大吃了一惊。他打量了一下牢房中凌乱的茅草和一床残破的棉被，不由得心中怒意大炽，他走上前一步低声问道："丙吉呢？他怎么没来照顾你？"

雷被神情凄然地摇了摇头说道："大将军莫要错怪，是我害了丙吉兄弟。上次皇上廷审伍被和庄助，我不知天高地厚，在皇上面前举荐丙吉，没想到后来因为我获罪连累于他，他……因为得罪了内官狱长史……被关押在了地牢里……"

霍去病强忍着胸中的怒火，他一字一顿地问雷被："地牢在哪里？"

雷被神情茫然地说道："就在这层牢房的下面。"

霍去病转身就要朝地牢走去，却被卫青厉声喝住了："去病，你去把内官狱长史给我找来！"

霍去病领命转身而去，不多时他便提着一个胖子快步走了过来，朝地上重重一摔，喝道："你这狗贼，知道大将军前来查看却躲了起来，你做了什么亏心事？"

那胖子已经吓得屁滚尿流，连声求饶："卑职不敢，卑职不敢啊！大将军身份贵重，我等小鱼小虾出现岂不是要脏了大将军的眼？哎呦……霍大人饶命……"他口中连声求饶，原来是被霍去病在腰间重重踹了一脚。

卫青用眼神示意霍去病不要再折磨他，并用平静的语调问那长史："丙吉犯了什么罪？他在哪里？"

那长史哆嗦成了筛糠一般，结结巴巴说道："回……回大将军，他……他殴打长官……癫狂发作……所以……小人把他关了起来……"

卫青朝霍去病使了个眼色，霍去病从他腰间找到了一串钥匙，扔给了一边跪着的一个小吏说道："把丙大人带过来！"那小吏飞快地跑了下去，不多时便同另外一名狱吏搀着一个人走了过来。那人头发散乱面目全非，双眼被打得肿起老高，只剩下了一条缝。他见到卫青和霍去病后挣扎着跪了下来，口中发出含混不清的声音，卫青凝神静听，才依稀听出是在跟自己、去

255

病和蒙贞请安。他走上前去拨开了那人的头发，依稀认出是丙吉的模样，卫青心中一阵刺痛，他安慰丙吉道："丙大人，有卫某在，一定要查个明白。"丙吉听到卫青的话后低头失声痛哭，他浑身颤抖着爬到了那长史跟前，伸出双手喉咙里发出含混不清的声音，吓得那长史连连往后退缩。

卫青心中起疑，那长史一定是拿了丙吉的什么东西。他看到带丙吉上来的两名狱吏跪在那里偷偷交换眼色，便厉声喝问道："你们两个给我老实交待，这混账东西都对丙大人做了什么？"

那两名狱吏被卫青的暴喝吓破了胆，一个高瘦一点的竟然被当场吓昏了过去，咕咚一声摔在了地上，那个矮胖一点的连忙叩头求饶："大将军饶命，大将军饶命！丙……丙大人用金子给雷……大人买酒菜……因为皇上诏令……雷被下狱永不得赦，我们长官便奉了张汤大人的命，不许丙大人再给雷大人买好酒好肉……丙大人不理会，就被我们长官……关了起来……"他不敢再说下去，低着头跪在那里颤抖不已。

卫青冷笑了一声继续问道："那是谁把丙大人打成了这样？丙大人触犯了大汉律中的哪条？"

那狱卒用几乎听不到的声音嗫嚅道："长史要拿走丙大人身上的金子，丙大人不给，争夺中丙大人将他的手咬了一口，他……就令人下了狠手……"

卫青目光阴毒地扫了一眼还在地上发抖的长史，转头又问那狱吏："丙大人被打成这样，廷尉知道吗？"

那狱吏低头说道："回大将军，张汤大人曾经来过一次，看到了丙大人在狱中昏迷不省人事，长史说是丙大人自己从楼梯上摔了下来，张大人看了一眼便走了。"

卫青素来不喜欢张汤，他冷冷哼了一句："张大人治狱多年，竟然分不清跌伤还是打伤，他这御史大夫做的可真不赖。"

这句话听在内官狱各人的耳中，不异于一声惊雷。张汤如果得罪了卫青，那他这一脉的门生故旧怕是今后都要玩完儿。那长史更是被吓了个半死，他大声喊道："大将军饶命！小人再也不敢了！"他一边磕头如捣蒜，一边从怀中摸出了一枚沉甸甸的金锭塞入了丙吉的手中。丙吉如获至宝般捧在手里，他挣扎着站起身来，将金锭交到了霍去病的手中。

霍去病认得，这是去年拜托丙吉照顾雷被时自己塞给他的金锭。丙吉上次见到自己时要把余下的金子还给自己，自己没要。没想到这金子竟然成了丙吉受苦的引子。霍去病眼中一阵湿热，他一把将地上的长史提了起来，将手中的金锭狠狠地砸在了他的嘴上，将他满口的牙都敲了下来，霍去病还不解恨，索性将那长史的右臂一拳打断，又将他的左腿一脚踢断，厉声对那长史说道："狗奴才！下次见到你家主子张汤，你就说是我打的，让他来找我便是！"

谁知那长史先是长声惨呼，听到霍去病的话后却连声求饶："爷爷饶命，爷爷饶命！这是小人自己摔的，爷爷怎么会动手打自己孙子呢？"

霍去病听到他的话后又好气又好笑，对他厉声喝道："赶紧打开牢门，让卫大人进去！"长史连忙呼喝那名小吏将雷被的狱室打开。卫青拿起一支火把走了进去，他照着雷被细细查看了一番，见他身上虽然脏乱，但是并没有像丙吉那样浑身是伤，他的心略微放下了一些，但是卫青看到火光照耀下雷被的双眼显得空洞而无神，甚至在看到霍去病扶着不成人形的丙吉进来时都神情木然，他的心又蓦然收紧了。

霍去病扶着丙吉躺在了榻上，他听到丙吉身体移动时骨骼咔咔作响，也感到了丙吉每移动一步都要承受的巨大痛苦，这痛苦让他的身子发出剧烈的颤抖。霍去病心中十分难过，他转头去看蒙贞，只见蒙贞的脸上已经挂满了泪水。雷被慢慢走到了丙吉的榻前跪下，抚摸着他的手，喉咙中发出嘶嘶的声音，似乎是在嘶声痛哭，但是干枯的眼中却流不出一滴泪水。丙吉轻轻握住他的手，喉咙中也发出了一阵含混的声音，仿佛是在安慰雷被。霍去病上前摸了一下丙吉的额头，触手处只觉十分烫手，他急急对卫青说道："舅舅，我们得请医生给他诊治。"

卫青知道丙吉眼下受的内外伤都十分严重，贸然挪动他说不准便会留下终身残疾，他转念一想从腰间解下印囊递给霍去病："你快快去请淳于缇萦太医，让她屈尊前来内官狱，就说我在此恭候！"

霍去病大喜过望，他转身就走出了狱室，又回头对蒙贞说道："照顾好丙大人，给他擦洗退烧。"蒙贞点头会意，还躺在地下那长史用满嘴漏风的语调高声叫道："爷爷慢走！你们这些奴才还愣着干嘛！快帮奶奶给丙大人擦擦身子！"

周边的狱吏们争先恐后跑来服侍丙吉，顷刻间丙吉的衣服便被剪开，露出了布满伤口的身体，卫青饶是久经沙场见惯了血光，也被这暗狱之中卑鄙的手段所震惊了：丙吉浑身上下没有一块完整的地方，多处衣服的布料跟伤口都黏在了一块，蒙贞只能用布沾了水在他的额头和腋下擦拭，帮他降温。这样约莫过了两炷香的功夫，大家听到狱室外面传来一阵动静，蒙贞回头一看，只见霍去病搀着一名白发苍苍的老妇人走了进来。卫青见到是淳于缇萦前来，立刻走上前俯身拜倒低声说道："淳于太医大恩，卫青感激不尽！"

淳于缇萦微笑着朝卫青的方向说道："你个大将军啊，还跟我客气什么！我看不见东西不方便跟你行礼，你也莫要跟我客气。病人呢？"

蒙贞见到缇萦竟然是这样一位慈祥的老婆婆，她想起来父亲曾经说过缇萦太医当年救了父亲和母亲，心中一股感激之情油然而生，她跪在了缇萦面前说道："蒙贞拜见淳于太医，奴身替家父范氏讳衡谢太医当年救命之恩！"

淳于缇萦先是愣了一下，她走上前来用双手在蒙贞的脸上摩挲了几下，口中叹道："很好，很好！原来是你……替我问候你爹爹，叫他没事到我家陪我说说话，这些年我身边的人是越来越少了……"

"奴身一定转告家父！"蒙贞泣道。

缇萦不再说话，她在蒙贞的引领下摸到了丙吉的脉，把脉良久后她拉起了丙吉的手，在他拇指上找到了少商穴，吩咐蒙贞把药箱中的银针取来，她用一枚粗针在丙吉的少商穴上一扎，刺出了少量血来。

蒙贞和霍去病都吃了一惊，只见她在丙吉的另外一只手上如法炮制，然后便听得丙吉喉中发出一阵剧烈的咳嗽，缇萦示意狱吏们将丙吉扶起来，丙吉大口咳出了几团痰血，有气无力地说道："谢太医救命之恩，谢大将军和霍将军。"

他说话语气虽然虚弱，但是吐字清晰之极，竟然同刚才判若两人。卫青和霍去病见识了缇萦的惊世神技，都觉得十分不可思议。霍去病扶着丙吉叹道：“丙兄弟，你怎么不跟这帮混蛋说是我要你来照顾雷大人的？你说出来谁还敢欺负你？”丙吉脸上一红回答道：“皇上下诏不许大将军和您为雷大人求情，我……怎么能连累你们？”卫青和霍去病对望一眼，心下都是既难受又感动，竟然一时无言。

缇萦叹了一口气：“你这孩子真是个实心眼儿。”她示意丙吉躺下，对霍去病和蒙贞说道：“他没什么大碍，皮外伤而已，骨头都没断，把瘀痰清出来就好了。你们给他喝些羊肉汤和红枣鸡蛋醪糟，补补元气。”霍去病和蒙贞连连点头，缇萦又让卫青把雷被的手拿了过来，她给雷被诊脉，脸上却隐隐现出了忧色。

卫青注意观察雷被的神色，看到他眼中的光芒尽失，仿佛是一具行尸走肉，心中的忧虑大增。果不其然，缇萦诊完雷被的脉后对卫青低声说道：“请大将军借一步说话。”卫青扶着缇萦走到了狱室外的拐角处，缇萦对卫青说道：“大将军，雷被的病怕是麻烦些。老身看他八成是在大喜大悲之下，再加上觉得连累了丙吉心中愧疚，以致情绪抑郁心神不宁。他肝郁气滞，脉沉弦无力，均为血淤之象。”缇萦停顿了一下又补充说道：“大将军，你要防着他自寻短见。”

卫青知道缇萦说的不无道理。雷被在淮南一案中先是为社稷立下了大功，皇上本来要对他大加封赏，后来却牵连出了当年窦婴的命案而被打入大狱，皇上更是下旨要他永不得赦，这番起伏可谓惊心动魄。卫青心下十分焦虑，他问道：“淳于太医，那……他的病能治吗？”

缇萦叹了口气道：“如果他不是在这内官狱里，原本也有的治，可是他长年在这牢中，就要麻烦许多。”

卫青低声道：“无论如何请太医想个法子……雷大人是国家忠良，他的母亲更是有恩于社稷……花多少钱都行，我……”

缇萦不屑地打断了卫青的话：“皇太后给我的赏赐不比皇帝给你的少，雷被得的是心病，不是花钱吃药便能医治的，但是这方子怕是只有你才能开得出来。记住，要让他觉得自己不是个废人，要给他找事情做。”

259

卫青知道自己失言，他连忙给缇萦赔礼："请太医恕晚辈无礼，晚辈一定会想办法治好他。"

缇萦满意地点了点头，她四处闻了闻，问卫青道："你带了酒过来？为何不请老身喝上几杯？"

卫青又惊又喜："太医赏脸，卫某求之不得！"他正要吩咐霍去病和蒙贞准备酒具，那边躺着的长史又立刻叫了起来："还不赶紧去醉风楼给太爷爷准备酒菜！别忘了羊肉汤和红枣鸡蛋醪糟！"

卫青见这个长史居然是个人精，被霍去病打成这样还不忘巴结自己，心中又是好气又是好笑。他从怀中摸出一锭银子扔了过去，乐得那长史眉开眼笑，全然忘了自己身上的伤痛，更是大声用漏风的嘴吆喝狱吏们分工整治雷被的狱室，片刻工夫室内竟然焕然一新，各处都被擦得干干净净，被子也被换成了新的，地上也多了几条蒲团和木案，更是有人去给卫青等人温酒伺候，竟然把这间本来肮脏醒龊的狱室变成了还不错的会饮之处。不多时狱吏们便将醉风楼的一桌席面给抬了回来，给丙吉的羊肉汤和红枣醪糟也赫然在列。

蒙贞和两名狱吏服侍丙吉在榻上喝了半碗羊肉汤和半碗醪糟，丙吉顿时觉得元气大增，浑身的血脉也通畅了许多。缇萦不让他下地走动，而是躺在榻上休息养神。另一边卫青霍去病和缇萦雷被坐在一起饮酒，霍去病负责给缇萦斟酒夹菜，卫青则负责照看雷被。几人很快便将三坛酒喝了个精光，只余下了那坛醉侯嬴。

卫青见缇萦酒量不俗，心中暗自佩服，雷被一直十分沉默地跟大家对饮，席间不苟言笑，甚至对卫青和霍去病问他的问题似乎也都没有什么反应。卫青心中忧虑，他想了半晌突然间有了主意，卫青让霍去病打开了醉侯嬴的泥封，给雷被斟满了一杯酒："雷先生请品品这坛酒，看看有什么不同。"

雷被喝了一口便道："此酒甚为粗糙，味道不如其他的，但也还过得去。"他咂了咂嘴后脸色却变得难以捉摸起来，他看了看杯中的酒，又喝了一大口，等酒入喉后竟然惊喜地叫了起来："这酒是什么来历？竟然回味不绝？"

卫青微笑着对雷被说道："这酒名为醉侯嬴，是邯郸所出。"

雷被喃喃道："醉侯嬴……难道是跟信陵君门客侯嬴有关？"他饱读诗书，自然知道信陵君窃符救赵的故事。

"正是，这是邯郸百姓为了感念侯嬴，从魏国信陵君处抄到当年大梁城中宴请侯嬴的方子，在邯郸城下取太行山泉水酿成的，"卫青回答道，"雷大人喝这酒的时候，第一口多半会觉得平淡无奇，但是余味会追着你走，等你喝第二口时才能品出此酒的奇妙之处。若是你喝惯了这酒，这辈子怕是都舍不得离开了。"

"酒如其人，"缇萦在一边叹道，"侯嬴乃千古英雄，无双国士，这酒也真配得上他。"

"我第一次喝到这酒的时候，跟雷大人的感觉一样，后来我专门到太史令司马谈家里去向他请教侯嬴和朱亥的故事，司马谈和司马迁拿出史书给我细细讲了一番。"卫青又给雷被和缇萦斟满了酒，接着说道，"我才知道侯嬴在魏国都城大梁做夷门监的小官做了几十年，既贫又贱，但是信陵君却待他为幕中第一贵客，所看重的是他的才华和义气。后来信陵君用他的计策窃符救赵解邯郸之围，临行前同侯嬴告别，侯嬴对信陵君说道：'臣宜从，老不能，请数公子行日，以至晋鄙军之日，北向自刭，以送公子'，我读书不多，但这个场景却读后便不能忘……"卫青说到最后竟然语声哽咽。

他此时想到的不仅仅是侯嬴轻生死重一诺的千秋义气，还想到了前些日子跟王瑶在醉风楼上对饮，王瑶托付刘闳给他时的音容笑貌。他不敢多想，将樽中美酒仰天喝了个一滴不剩。

雷被也将杯中酒一饮而尽，沙哑着嗓子对卫青说道："卫大人，我雷被也愿意为大人赴汤蹈火，不惜此躯！可惜我被羁押在这地方，此生恐怕再也无法见到天日，我……我还不如死了痛快……"他说到最后竟然失态，放声痛哭了起来。

卫青却干脆利落地打断了雷被的哭声："雷大人正值年华鼎盛的时候，为何说出这等丧志的话？想当年侯嬴七十岁时还是个小小的城门监，却从不妄自菲薄，最后功成邯郸，煊赫大梁。雷大人一定不会终老在内官狱，即使眼下你还在这里，也有很多事情可以去做。"

雷被收住了哭声："请大将军指教。"

"我前几日去司马谈家里，看到他家堆满了各种史书典籍，他虽然双眼已经盲了，却告诉我他要和他儿子司马迁一起写一部震古烁今的《太史公书》。我想雷先生何不效仿司马谈，带着丙吉大人写一部《古今兵法通要》？我看过雷大人写的《淮南鸿烈》，里面《兵略训》一章可谓不世雄文。"卫青若有所思地说道，"何况，大人在内官狱不过是一时之困，皇上迟早会放你出来。"

雷被眼中的光芒渐渐亮了起来，他一字一顿地重复道："《古今兵法通要》……卑职一定不负大人所托。大人击败匈奴的兵法，卑职也要给大人记下来，以待后人仰止。"

"仰止不敢当，不过是供后人参详罢了。大汉与夷狄之间，将来怕是还会有无数次大战。兵者凶器也，不得已用之。如何能惩恶扬善，止干戈而四海平，则非我力所能及，只能拜托你和丙大人多动动心思了。"

雷被眼中的光芒被卫青的话点燃，他把手上的陶樽捏得粉碎，大声对丙吉说道："丙吉兄弟，咱们准备好笔墨，这几天就动手！"

丙吉侧卧在榻上，刚才众人的对话他听得清清楚楚，他用力地"嗯"了一声表示领命。"虽千万人，吾往矣。"这是孟子说过的话，丙吉不知怎么就突然想了起来。他在心里默念了几遍，一时间胆气横生，身上也仿佛渐渐有了力量。

十一月二十九日转眼便到了，这些日子里皇帝一次早朝也没有上过，而卫青阖府上下都在忙着张罗霍去病和蒙贞的婚事。卫青和范衡商量了一下，决定不大宴宾客，只在家里摆上一席家宴招待张骞、卓王孙、苏建等人也就罢了，是以家中虽然喜气洋洋，但是并没有对外声张。二十九日上午卫青便带领范衡霍去病一行前往未央宫，随行的还有蒙贞、卫律和卫英。皇帝传下诏令要蒙贞带着风雷琴前往，卫青问明缘由后才知道是因为蒙贞在馆陶长公主家中弹奏了一曲《出塞》技惊四座，长公主和李延年告诉了皇帝，皇帝也想见识见识。卫青把自己的夫人和三个孩子都留在了家中，怕他们年岁尚小，到宫里闹腾惹皇帝和百官不高兴。到了宫门前便有太监引领卫青一行前往宣室殿，蒙贞和卫律、卫英都是第一次入宫，打从进了南阙起三人便眼花缭乱：只见北面的前殿高耸入云，西面的沧池碧波荡漾，殿前供皇帝和百官行走的御道和步道平整宽阔，长达两百余丈；道路两旁的羽林卫士衣甲鲜明，兵刃如雪。三人哪里见过这等阵势？立刻被这气势磅礴的宫室震住了。

卫青一开始还担心卫律和卫英到了宫中失礼，后来看他们十分安静也就放心了。范衡进了宫便被四名太监用便轿抬了起来，走了一刻钟众人才抵达宣室殿。随行的太监引领卫青等人入座，卫青看到对面卓王孙和卓文君也已经来到，却没见司马相如。卓王孙下首坐了两人，卫青不认识，范衡却知道是孔仅和孔雷两兄弟，紧挨着孔雷的是桑弘羊。桑弘羊现在看起来更加成熟稳重了，气定神闲地上前给卫青一行逐个施礼。范衡则把孔氏兄弟介绍给卫青认识，卫青见孔氏兄弟稳重有礼，心中也十分欢喜。随后张骞、苏建、李蔡、李广、公孙敖、公孙贺等人也悉数来到，大家稍作寒暄便各自入座等着皇帝登场。

约莫过了一炷香的时间，殿前乐声四起，众臣纷纷起身迎接皇帝大驾。只见刘彻身着黑色长寿纹绵袍从殿外走了进来，他没有穿朝服，头戴一顶黄金便冠，脸上气色很好，显得十分俊朗。他身后两侧跟着的分别是长公主刘嫖和皇后卫子夫，身后跟着的是夫人王瑶。王瑶穿了一件浅绿色信期纹长裙，衬得她身材愈发婀娜。王瑶身后跟着的是一群公主和皇子们，刘彻的大女儿刘凌和二女儿刘云、皇长子刘据都在其中，就连还在襁褓中的皇次子刘闳也被奶妈抱着前来凑热闹了。霍去病发现刘细君也在里面，这几个月不见，细君从诸侯王的翁主变为了皇家的公主，她出落得越发可爱，脸色也十分红润。霍去病知道她的养母王瑶对细君不错，霍去病本来对王瑶并无任何好感，他知道由于王瑶入宫，自己姨妈卫子夫在皇帝心中的地位大不如前了，所以霍去病一直颇为忌惮王瑶，今天看到细君一副高高兴兴的样子，他心中对王瑶的好感顿时大增。人群的最后面跟着的是东方朔和李延年，东方朔见到霍去病便朝他挤眉弄眼，李延年却低着头走过去仿佛对霍去病视而不见。

这边太监苏文伺候着各位主子落座，东方朔和李延年也坐在了皇帝和后宫的两侧。刘彻环视四周打量了一番，他高声对卫青说道："卫青，你怎么不把夫人和孩子们带来？朕都把朕的家人带来了，你是不是跟朕见外了？"

　　卫青听到刘彻这么说心中咯噔一下，连忙叩首："微臣不敢！微臣的孩子们年纪尚小，不懂礼数，怕惊扰到陛下和宫里的贵人们……"

　　"好了好了！"刘彻今天心情十分不错，他笑着打断了卫青的话，"朕今天要办的是一场家宴，你和去病都是朕的至亲，今天是你们跟朕一起宴请为社稷立功的臣子们，等会儿开宴后你和去病也是主人，替朕多敬敬在座的各位爱卿！"

　　卫青和霍去病听了刘彻的话后心下一阵感动，当即俯身谢恩。而座中其他人则品到的是各种不同滋味：东方朔、苏建和张骞打心眼里为卫青和霍去病高兴；卓王孙是瞠目结舌：他虽然早就知道卫青是当朝第一重臣，却没想到能跟皇帝亲近到这个份上；孔氏兄弟则是将卫青当神一样看待；桑弘羊在羡慕的同时，自己则暗下决心今后要成为像卫青霍去病这样的天子近臣；卫子夫见弟弟和外甥受宠，心里十分自豪；王瑶更是衷心替卫青高兴；只有坐在角落中的李延年心中一阵酸楚：什么时候自己也能像卫霍一般得享殊宠？

　　刘彻见今天该来的差不多都到齐了，跟身边的刘嫖耳语了几句，刘嫖击掌三下，殿前的少府太官和汤官齐声长呼道："传宴！"宣室殿前的几百名太监和宫女齐声呼应，声震四方。只见一道道菜从殿外传了进来，每道菜都放在煨了炭火的铜盘上，再置于木案中端了上来。卫青知道由于御厨离宣室殿还有三百丈之遥，在这隆冬时节必须加以保温。随着少府汤官太官一声声菜名报上来，饶是众人面前放的都是六尺长四尺宽的巨案，一会儿便被各色菜肴摆得满满当当。

　　东方朔见传上来的有酱鹿舌、炙明虾、煨五牲、烩鲤鱼、蒸螃蟹、烧乳鸽，道道摆放精美，香气四溢，忍不住咽了好几口口水。眼看菜要上完了，他最关心的酒还不见踪影。东方朔十分纳闷，难道皇帝今天要破天荒只闷头吃菜不成？

　　就在东方朔胡乱猜疑的同时，刘彻转身对坐在后面的王瑶说了几句话，

264

王瑶起身走出了殿外，她命外面的太监们抬了一个巨大的长方形铜鼎放在了殿门口，范衡朝那铜鼎看去，少说也有四尺长、三尺宽，两尺深。那鼎看起来十分沉重，要十个太监龇牙咧嘴才搬了过来，怕是有千斤之巨。范衡自己深谙酿酒之道，他略一计算便心里暗叫不好：这鼎中如果装的是酒的话，怕是有六七百斤之多，这殿中今天也就三十余人，每人二十斤只多不少。果不其然，范衡耳边听到刘彻的声音传来："诸位爱卿，这酒是用去年收下的新稻酿成的，瑶儿花费了不少心血来调配这个方子，今天朕和诸位爱卿要把这鼎中的酒喝完，喝不完不许走！朕今天让瑶儿监酒，谁也不许耍赖！"他语调转为柔和，说道："瑶儿，给诸位爱卿上酒！怎么喝你就看着办吧！"

王瑶朝刘彻盈盈一拜，对群臣笑了笑，说道："各位大人，这酒所用稻米颇为不一般，是天子籍田中去年秋天所收获的。皇上令大农丞在长安一带试种稻米，引灞河水入籍田，一试之下便大获成功。籍田中所出的稻米再加上终南山泉水投曲酿制，再经三蒸三滤去其糟粕，是以酒体如水般清澈，因此皇上亲自取名为'四海清平'，有请各位大人品尝。"

殿上众臣心下惊异，天子亲耕所获的稻米那可不是一般人能享用的，一般都是用来祭祀神灵祖先，这番用来造酒赐给群臣，足可见皇帝之用心良苦。眼见众太监从鼎中取酒分装到铜壶里，再给各人面前的酒杯斟满，一股甘冽的酒香顿时弥漫在宣室殿中。卫青见王瑶并不指挥太监们将铜鼎搬入殿内，而是仍然放置在殿外隆冬的寒风里，他看到王瑶身上衣衫单薄，不禁为她暗自担心，心中默念可不要让她受了风寒。王瑶也正朝卫青这边看过来，两人目光相接卫青立刻避让了开来，耳边听到王瑶朗声说道："各位大人，此酒性子平和，冷饮最佳，冬日里也不例外，夏天时则要放到凌室中冰镇，这就请各位品尝。"她又朝刘彻盈盈一拜朗声说道："请陛下开宴！"

刘彻兴致极高，他举杯对卫青说道："卫青，朕先同诸位爱卿共饮三杯，接下来乐舞伺候，这一席就交给你了，你替朕多敬大家几杯！"他仰首将金樽中的清酒一饮而尽。

卫青连忙谢恩，也大口喝干了杯中的四海清平。卫青但觉酒体醇香无比，入喉甘甜爽冽，冰冰的甚是受用。李广苏建等人喝惯了边境一带所出的糙米酒，喝到这等宫室神作后犹如身在梦中，巴不得省去所有的繁文缛节开怀喝个够；卓王孙虽然游历天下，但是他一贯自视甚高，总觉得巴蜀汉中他自家所产的酒才是天下第一，这次来到长安他喝到的酒一次比一次惊心动魄，一次比一次更有味道，让他心中十分惊异。

而座中的造酒行家范衡喝到这酒后更是惊叹不已。他从小跟着父亲云游四海打理家中的生意，足迹遍布大江南北长城内外。他喝过的酒不计其数，更是自幼便跟随父亲在南阳府中酿造家酒。他不像卓王孙一样挑剔，而是入乡随俗遇酒便喝，连匈奴人的马奶酒他都喝过。他听王瑶说这酒经三蒸三滤后才出坛，他一尝之下便被折服了：范衡在卫青府上所酿的桂魄菊魂只是经过一次压滤，所以酒体较为浑浊，但是能留下满满的桂花菊花香味，而这四海清平被压滤了三次，酒如泉水般清澈透明，稻米的香气却仍然留在齿颊间久久不散，可谓是天下一等一的美酒。

刘彻连着干了三大杯酒，他微醺之下大声说道："李延年！你给大家准备了什么曲子？"

李延年连忙出列在刘彻面前跪下："回陛下！微臣近日里教细君公主弹唱《诗经》，公主颇有精进，一会儿会请细君公主为陛下唱一曲《采薇》。微臣近日里跟东方朔大人一起编排了一首新曲，待会儿给陛下演奏。还有微臣曾经在长公主府上听闻蒙贞姑娘演奏过一曲《出塞》，可谓是人间难闻，待会儿请蒙贞姑娘也给陛下演奏一曲。"

刘彻大声叫好，他让王瑶继续监酒，李延年则命人在殿中摆好了琴台，细君公主在李延年的带领下站到了殿中央。霍去病仔细打量细君，看到她天真无邪的双眼中满含着笑意朝自己看来，头发也比前几个月乌黑发亮了许多，小脸圆圆的十分可爱，他朝细君笑着点点头以示鼓励，心中却涌上一阵凄凉：就在几天前他接到邸报，细君的父亲刘建和母亲江都王妃因为忤逆不端，被张汤和审卿报于皇帝，以谋逆大罪斩首于江都城。还好细君对这一切都不知道，而且皇帝给她找的养母是王夫人，细君也算是今生有了个很好的归宿。

霍去病正出神间听到了李延年开始抚琴演奏，弦音清澈如水洒落在宣室殿的各个角落里，而细君的童音也曼声响起：

采薇采薇，薇亦作止。曰归曰归，岁亦莫止。

靡室靡家，猃狁之故。不遑启居，猃狁之故。

采薇采薇，薇亦柔止。曰归曰归，心亦忧止。

忧心烈烈，载饥载渴。我戍未定，靡使归聘。

采薇采薇，薇亦刚止。曰归曰归，岁亦阳止。

王事靡盬，不遑启处。忧心孔疚，我行不来！

彼尔维何？维常之华。彼路斯何？君子之车。

戎车既驾，四牡业业。岂敢定居？一月三捷。

驾彼四牡，四牡骙骙。君子所依，小人所腓。

四牡翼翼，象弭鱼服。岂不日戒？猃狁孔棘！

昔我往矣，杨柳依依。今我来思，雨雪霏霏。

行道迟迟，载渴载饥。我心伤悲，莫知我哀！

　　《采薇》虽然是周朝的歌曲，里面说的猃狁其实就是匈奴的古称。歌中描绘一名战士从春天杨柳依依时离家同匈奴作战，经年累月恶战后在雨雪纷纷中回到家园的故事。琴音与歌声交错相伴，竟然把这曲原本悲凉的出征人之歌演绎得十分慷慨浩然。今日在座的都是在汉匈大战立下汗马功劳的文武群臣，不少人原来都熟悉这首歌曲，但是今天在这宣室殿中听到经李延年调过律、细君用无邪童音演唱的歌曲，竟然让众人的心弦都颤动不已。苏武今天也跟着父亲来到了宣室殿中，他细细品味歌中的每一句话，仿佛就是眼下汉军守边将士的写照，不由得心下凄然，差一点落下泪来。

　　刘细君唱到最后一句时连续三叹，将"昔我往矣，杨柳依依。今我来思，雨雪霏霏"连唱了三遍。这句歌词优美之极，伴着李延年的琴音久久回响在未央宫宣室殿内。歌声停歇良久都无人出声，都陶醉在天籁般的童音和琴音中。过了一会儿刘彻才悠悠说道："李延年，你这曲子编排得不错，细君唱得也好，难为你这些日子教她研习音乐了。朕回头各有赏赐。接下来是什么曲子？"

李延年伏地谢恩："谢陛下！微臣和东方大人先卖个关子，等演奏完了要请陛下和各位大人猜一下这曲子的名字。东方大人吹箫，微臣司钟。"

殿中诸人无不知道李延年的编钟造诣出神入化，不少人曾经在这里亲眼目睹过他一个人如鬼魅般操演项羽编钟，都觉得匪夷所思不似人类，今天见他又要故技重炫，还把东方朔也拉了进来。东方朔平日里颇为不正经，殿上的众臣中怕是有一半都不待见他，今天听李延年说东方朔要弄箫，大家纷纷翘首以待，想看看这个怪物能奏出一曲什么东西来。

东方朔朝刘彻施礼后起身站到了殿中，从腰间取出了一管玉箫，而李延年则走到了大殿一侧的项羽编钟跟前操起了钟锤。东方朔朝李延年颔首示意，便闭上了双眼吹了起来，箫声起音是宫音，漫长悠扬，仿佛是千万人的呼喊声从终南山回荡过来经久不息，接着箫声变调为徵音，听起来格外雄浑明朗，此时编钟声大作，却是低沉有力的角音，箫声和钟声在宣室殿中相会，震得众人心中共鸣不已，仿佛那声音能将人体穿透，然后在体内冲撞激荡。

蒙贞闭上双眼全神聆听，钟声一下下敲击在她的心坎之上。她仿佛看到了上万名役工喊着号子，用石锤一下下砸向城墙上的夯土；而那箫声则显得空旷灵动，宛如一只百灵鸟在空中辗转翱翔，在蒙贞眼前划出了道道曲线。她的目光追逐那只百灵，分明看到了百灵飞过一座座雄伟的宫室：最前面的依稀是刚才进来的凤阙，接着是巍峨的未央宫前殿，再下来便是自己所在的方方正正的宣室殿，再往后的宫殿她不认识了，但是鳞次栉比好不壮观！蒙贞觉得置身于一座巨大的建筑群中，显得自己格外渺小。

东方朔和李延年一曲合奏完毕，殿中众人都还沉浸在乐声中回不过神来，良久刘彻才击掌叹道："两位爱卿辛苦了，这曲可谓是天作之合。诸位你们都猜猜看，这是关于什么的曲子？"他手指着卫青说道："卫青，你先说。"

卫青用力想了一会儿："曲声慷慨雄壮，莫不是与行军打仗有关？"

东方朔冲他眨眨眼摇了摇头，刘彻依次让霍去病、苏建、卓王孙、张骞等人猜了一遍，有说大河奔腾的，有说太庙祭祀的，但是都一一被李延年和东方朔否定了，等轮到蒙贞时，她犹豫了一下："东方大人和李大人演奏的这一曲，可是跟未央宫有关？"

东方朔和李延年面面相觑，心下吃了一惊。李延年朝蒙贞拱手道："姑娘猜的不错！请问姑娘何以得知？"

蒙贞咬着嘴唇想了一下："东方大人以宫音起调，宫音本来就是王者之音，东方大人却奏出了万千人一起呼喊的气势，想必是在为陛下筑城或者作战；后来东方大人微音变调，李大人角音跟上相和，这三音五行分属土、火、木，奴家想起来家父曾经讲过未央宫当年修筑之时，为了防备宫室中的梁柱日后被虫所蚀，萧相国命人支起铁锅，用大火将运来的黄土炒熟杀死虫卵后才另行夯筑。奴家听到此曲以此三音为主，其余两音为辅，便斗胆猜测这曲子是在描摹皇上所居住的未央宫。"

东方朔和李延年对视一眼，心下彻底被蒙贞的辨析所折服了，他俩还没来得及回答蒙贞，刘彻却忍不住问道："你俩别卖关子了，贞儿猜的对不对？"

两人连忙面朝刘彻跪下齐声说道："回陛下，蒙贞姑娘说的分毫不差。"东方朔接着说道："微臣平日里伺候陛下在石渠阁勤政，有一日闲来无事，在书架上翻到了萧相国作未央宫的实录……"

刘彻打断了东方朔的话笑骂道："你个猴精，老子在石渠阁勤政，你倒在里面乱翻书看，小心老子打断你的腿！"

东方朔抓耳挠腮道："陛下英明神武，将侏儒们都赶出了宫去，身边就剩下微臣这一个体己的人了，微臣的腿要是断了谁给陛下伺候笔墨呢？"

刘彻又好气又好笑，他忍不住骂道："你个混账东西，当年是谁出主意把侏儒们都赶出宫的？你别在老子跟前卖乖了，赶紧告诉朕看了萧相国实录后咋了？"

殿中群臣见皇帝对东方朔一会儿称老子一会儿称朕，还真不拿他当外人，都觉得这小子真不简单。卫青跟东方朔一起共事良久，对他的底细知道得一清二楚：刚才皇帝说起把侏儒们都赶出了未央宫，卫青晓得是当年东方朔设的局。当年东方朔以三千书简上书，皇帝看了两个多月，大赞之下却只给他了一个小小的公车令，那时他俸禄微薄，又始终未得皇帝召见，东方朔便用计吓唬给皇帝养马的几个侏儒道："皇帝告诉我你们这些人既不能种田，又不能打仗，更没有治国安邦的才华，对国家毫无益处，因此打算杀掉你们，你们还不赶紧去向皇帝求情！"侏儒们被东方朔吓得要死，见到皇帝后哭着求饶。皇帝十分诧异，问明原委后即召来东方朔责问。东方朔岂能放过这个面见皇帝的机会？他厚着脸皮对皇帝说他是不得已才这样做的：侏儒身高三尺，他身高九尺，然而他们的俸禄却一样多，所以侏儒们都要被撑死，他却要被饿死。皇帝当场笑得前仰后合龙颜大悦，从此让他待诏金马门，到现在竟然成了天子身边第一亲近的人。而那帮侏儒们最后真的被皇帝从宫里遣散了。

东方朔正襟危坐，说道："陛下英明！事情是这样的：微臣每次给陛下转运文书，从石渠阁走到前殿都要用时两刻以上，跑好几里地呢！微臣一开始十分想不开，为啥这未央宫要修这么大？后来在石渠阁偷……看前朝实录，才知道萧相国当年奉高祖之命建造未央宫，请了前秦的将作大匠阳城延谋划督建。阳城延跟萧相国一起商议，要以自古未有之大格局来营建，历时六年而成。臣看了营造图之后凤夜难眠，真觉得这是造化神工，虽鬼神难以完成。陛下试想一下，未央宫格局大开大阖，以终南山为阙，渭水为池，龙首山为依，不仅是空前，也怕是要绝后的天子居所！"他咽了一口吐沫乞求道："陛下能否赐杯酒给微臣？刚才虽然喝了三巡……可是陛下把微臣给漏掉了……"

刘彻正听得出神，听到他中途停住讨酒喝立刻命人道："给他倒上一壶！"东方朔眼巴巴看着酒被端了上来，立刻仰头对着酒壶一阵狂饮，他肚子渐渐隆起，竟然一口气将壶中酒喝了个精光。刘彻耐着性子看他打了几个饱嗝，用袖子擦了嘴，然后摇头晃脑地继续说道："后来高祖回来见到未央宫如此巍峨不禁大怒，立刻将萧相国召来责问，责怪他天下初定民生凋敝，为何作如此壮丽的宫室？萧相国回答高祖道：天子以四海为家，宫室如果不巍峨壮丽，何以体现天子威严？而且也不用让高祖的后世子孙再烦心营造宫室的事情了。所以陛下啊，当年萧相国营造未央宫，其实他也考虑到了陛下今日的威仪。微臣感念萧相国当年的深谋远虑，又折服于未央宫的煌煌气度，更是佩服陛下的凛凛天威，所以便跟李大人合作了这首曲子，曲名就叫做《未央》。"

刘彻不知不觉间被东方朔戴了一顶又一顶高帽子，心中十分受用。他默念"未央"这两个字，一下子生起了无数感慨，他点了点头对东方朔说道："曼倩，难为你以此曲进谏，要朕不忘先祖恩德。朕回头要去高庙和长陵亲祭，你陪朕一起去，回来朕再赏你这酒鬼几坛酒。"他转头又看着蒙贞若有所思地说道："贞儿，有些日子没见，你转眼就成了个大姑娘了！你要给朕和诸位爱卿弹奏个什么曲子？是不是也要朕和诸爱卿猜一猜？"

蒙贞脸上红了一红，她立刻离席而起朝刘彻跪拜道："回陛下，奴家刚才听东方大人和李大人演奏的《未央》入了神，适才刚刚得了一曲，若是扫了陛下和各位大人的雅兴，还请陛下和大人们见谅。"

刘彻微微吃了一惊，他以为蒙贞早已经准备好了曲子。他听李延年跟他提过蒙贞在豫章郡时曾经在刘赐面前用一具绝世之琴弹奏过一曲《云梦》，竟然让刘赐当场吐血；前几日她又在馆陶长公主家中用司马相如的绿绮弹奏了一曲《出塞》，更是弹断了绿绮的七根琴弦。这些传说听到刘彻的耳中，他觉得多少有玄乎夸大的成分，所以安排在宣室殿赐宴时他想起来了这些事情，便要李延年特意传旨请蒙贞携带风雷琴一同前来，他想听听《云梦》和《出塞》两首曲子。但是蒙贞刚才说她从东方朔和李延年处得到启发新得了一曲，他顿时兴趣大增，想听听蒙贞到底能弹出来什么。

一边的李延年听蒙贞说新得一曲，心中吃惊之余更多涌上的是妒意，尤其是他看到刘彻饶有兴味地盯着蒙贞，甚至还不自觉地坐直了身子，他知道皇帝对这名少女产生了极大的兴趣。只见蒙贞抱着风雷款款走到殿中的琴台前，将琴放平后朝皇帝和众臣盈盈一拜后跪坐了下来，双目似闭非闭，素手在琴弦上抚弄了起来。

霍去病凝神静听，但闻一阵清冽的羽音响起，宛若万年玄冰在阳光照耀下慢慢融化，渐渐汇成小溪，再流入大河之中。河水中夹杂着碎冰，羽音变调宛若浮冰相互撞击发出的悦耳声音。霍去病再往风雷琴上看去，只见蒙贞的手法由快变慢，紧接着弹出的一阵羽调犹如玉宇澄空般高洁纯净，突然间她素手翻飞加快了速度，霍去病看得眼花缭乱一阵目眩，索性也闭上了双眼凝神静听起来：那琴音突然开始飘忽不定，眼前风云突变乌云四合，然后天上垂下一幅包裹大地的晶幕，纷纷扬扬的雪花从天幕中落了下来。

风卷着雪花在天地间游荡，一层层落在高山之巅的玄冰上面。从山巅朝四周看去，是宽广的河谷、繁星般的毡房。一条大河在山谷间朝东南方向流去，两岸是如云一般的牛羊和马群。一只雄鹰正在山谷中飞过，它越飞越高，穿过层层云雾来到了碧蓝的天上，只见眼前一排雪峰在阳光照耀下熠熠生辉，在云层之上骄傲地挺身而立。一阵大风将云层吹散，阳光直射大地，透过浮云的间隙看到的是一望无际的碧绿草场、深蓝色的湖泊和灰褐色的高山。雄鹰朝着西北方向飞翔，在两边夹峙的高山中掠过，在谷地的尽头是无边的大漠，一队队骆驼在沙丘上缓缓行走，斜阳将骆驼的影子投射在沙丘上，显得十分苍凉。大漠中竟然有一望无际的湖泊，周边布满了绿洲，居民的炊烟从绿洲中袅袅升起，而在炊烟之外的地平线上，又一座连绵的雪山横在那里，仿佛正张开怀抱等待着远方客人的到来。

过了良久，风雷琴上弦音渐渐消失，蒙贞也缓缓睁开了眼睛。她头上冒出了丝丝白气，额头却不见汗。她调匀呼吸跪坐在琴前等候皇帝发问，而刘彻已经听得呆住了，他一言不发，双眼望向蒙贞身后的远方出神。殿中诸人也都如梦初醒，依次回过神来，范衡精于琴道，却也被蒙贞的琴音带着神游在天地之间，他好不容易才把心律调整如常。范衡觉得蒙贞这一曲弹出了天地之大，可谓是出神入化了，纵使师旷复生也不遑多让。

过了半晌刘彻才问道："这曲子叫什么名字？"

蒙贞恭恭敬敬答道："回陛下，名为《祁连》。"

"朕听明白了，你弹出的不仅是祁连山的恢宏气势，你还替朕把祁连山纳入了大汉的疆土。"

"陛下圣明！骠骑将军出征陇西得胜归来，祁连山南麓已经是我大汉的疆土。"蒙贞垂首回答道。

"祁连山南麓……"刘彻喃喃自语，"祁连山外是什么地方？张骞，你给朕说说。"

张骞连忙回答道："回陛下，是大漠和大湖，再往西还有三百里的戈

272

壁，然后就是天山了。楼兰、乌孙、康居、大宛诸国都在那边。"

"嗯，天马也在那里。"刘彻又是自言自语，他突然提高了嗓音说道："去病，正月过后你替朕再次出兵祁连山，把匈奴占据的北麓也夺过来！"

霍去病大声回复道："微臣领旨！请陛下放心，去病一定不辱圣命！"

刘彻满意地点了点头，他举杯饮了一口四海清平，笑着对群臣说道："朕这几年来心里都挺高兴，因为有诸位爱卿在替朕操持军务，不管是在前线还是在后方，都可谓兢兢业业从无挂漏。朕这些日子里也一直在想，这几年同匈奴作战屡战屡胜，是上天命数使然呢？还是咱们君臣同仇敌忾、戮力同心所致？今天朕发此一问，哪位爱卿能给朕说个明白？"

皇帝这问题让大家都傻眼了，无论如何回答怕是都有疏漏之处，谁也不敢说自己的功劳比皇帝还大，最后还不是都要把高帽子戴到皇帝的头上？众人生怕皇帝问到自己，都把脑袋垂了下去看着眼前的案子不语。刘彻眼光一一扫过群臣，看到下面一片死寂，于是把目光落在了自己身侧正举着酒壶咕嘟咕嘟畅饮的东方朔身上。

东方朔刚才借《未央》一曲把皇帝的马屁拍得山响，他以为这下没自己的事情了，加上又坐在皇帝的侧面，便趁皇帝大发感慨的同时自己抓紧吃喝一阵子。他刚把酒壶放下，手中抓了一只乳鸽正在专心撕咬，耳边听到皇帝不紧不慢的声音传了过来："曼倩，朕看你有话要说？"

东方朔万万没想到自己会被刘彻直接点了名字，他差点没被口中的乳鸽噎死，伸长脖子呃呃了好几声才缓过劲来。他环顾左右发现汲黯今天没有在场，便立刻换了一副笑脸说道："陛下，命运乃上天渊薮，臣不敢妄言，但臣知道自陛下继位以来，遵天之道，顺地之理，循人之伦；万物无不适得其所，可以说是德化广布四海，国本安若泰山。陛下征伐匈奴乃是正义之师，岂有不胜之理？"

东方朔给皇帝一顶顶高帽子戴了上去，听得刘彻心花怒放，但是他可不糊涂，仍然不依不饶，喝道："你少拍朕的马屁！朕今儿个问你们这个问题，是要写进本朝实录留给子孙后代资政用的！你不用给朕讲大道理，朕要知道个究竟！"

东方朔这下不敢造次了，他脑子转得飞快，想了一下便挺直了身子正色回答道："臣伏观陛下功德，陈五帝之上，在三王皇右。不仅如此，还能广纳天下贤士，本朝可谓人才济济：卫大将军堪比孙武，霍将军堪比蒙恬，范衡大夫堪比管仲，张骞大人堪比季札，董仲舒大人堪比孟轲，卓王孙先生堪比猗顿，孔仅孔雷堪比干将莫邪，李广将军堪比李牧，苏建将军堪比子产。有了这么多贤人在位，陛下还为啥要担心匈奴呢？陛下请恕臣所知有限，陛下如果一定要问行军打仗的事情，那就去问大将军和骠骑将军；如果要问财税收支，那就去问范大人好了；如果要问盐铁兵器，那就去问卓王孙和孔氏兄弟；如果要问交通外国，那就去问张骞大人吧！"

殿中诸人都被东方朔这一番话逗乐了。这小子十分会溜须拍马，这下不仅把刘彻捧到了五帝之上，还把在座的各位都狠狠夸奖了一番。但是刘彻也被东方朔的话点醒了：打仗其实打的是综合国力，大汉能够屡次击败匈奴一雪前耻，靠的真还是天下雄厚的财力、精良的兵器、及时的粮草补给、对匈奴地势的了解，再加上卫青霍去病用兵如神，三军同仇敌忾才得以实现。他心中去了疑问后顿觉神清气爽，笑着继续问东方朔："那请问东方大人，你的才能堪比哪位先贤呢？"

东方朔十分利索地回答道："陛下，微臣再不济也是苏秦张仪之流。"

"哦，"刘彻微笑道，"你是要去替朕把伊稚斜骗回来呢，还是想去南越和西南夷挂上几国相印？"

卫青这些年在范衡的指导下读了不少书，知道皇帝语带讥讽：当年张仪凭三寸不烂之舌把秦国的大敌楚怀王骗到了咸阳，最后让楚怀王落得身死异国的下场；而苏秦游说六国合纵对付秦国，当年风光无两，身挂六国相印。在皇帝心中怕是这张仪苏秦都不是啥好鸟，卫青不禁替东方朔捏了一把汗。谁知东方朔却不慌不忙道："回陛下，伊稚斜和乌维罪无可赦，请陛下把他们的脑袋砍下来祭天好了。不过臣愿意跟霍将军一起出征陇西，凭此三寸不烂之舌把浑邪王和休屠王劝降回来。南越和西南夷更好办，等臣办妥了陇西之事便动身上路！"

刘彻颇为诧异地看了东方朔一阵子才开口："君前无戏言，你真的要去？"

"微臣愿意立下军令状，胭脂山诸部不降，陛下大可将臣的舌头割了去喂狗。"

刘彻脸上浮现出了一丝笑意，他转头对一直坐在自己身后的长女刘凌说道："凌儿，你去给霍将军和东方大人斟酒。"

刘凌一直坐在母亲卫子夫的身边，她跟弟弟刘据、妹妹刘云一直静静看着今日的朝会，间或朝霍去病偷偷看去几眼。母亲身为皇后，平日里对他们管教极严，他们姐弟三人不敢有一丝一毫失礼。父皇突然间要她给霍去病和东方朔斟酒，她下意识地站起身来，双颊已经是绯红一片。身边的宫女早已经端着酒壶随侍在她身边，她很不自然地走到了东方朔面前，端起了酒壶给东方朔的酒杯添满，待他喝完后又给他倒满了一杯。她接着朝霍去病走去，而霍去病也早已经躬身相迎，她给霍去病斟满了一杯，静静等候他喝完，双目却不敢跟他对视。霍去病打量了一眼已经十四岁的表妹，只见她的眉眼像极了刘彻，脸庞却更像母亲，已经出落得十分漂亮，脸上的神情却是十分的羞涩。霍去病喝完了一杯低声谢道："谢公主赐酒！"刘凌脸上更加红了，她不敢看霍去病，给他的杯中斟满了酒便欲转身逃开。

殿上诸人都看得出来这位极受宠爱的公主显然是喜欢上了霍去病，卫青和范衡心里都隐隐觉得不妙。一边的蒙贞也看出来了，她突然间心跳加快，脑子里竟然变得一片空白，耳边恍惚听到刘彻的声音传来："凌儿别走，你给霍去病斟上三杯，朕有话要说。"

霍去病也感觉到了殿中气氛不对，他恍惚间连喝三大杯酒，但是刘彻的话语还是清清楚楚地传入了自己的耳中："凌儿，朕今日给你做主，将你许配给霍去病为妻，待他春天出征回来后便择吉日成婚。"

刘凌不敢相信自己的耳朵。她曾经被刘彻许配给了淮南王刘安太子刘迁，虽然她十分看不上刘迁，甚至为此大闹渐台，都没能改变父皇的主意。后来淮南之狱大兴，刘安和刘迁先后自杀，她的婚事也就再也没人提起。她今天见到霍去病后之所以感到尴尬，是由于她一直暗地里喜欢这位表哥。即使是在淮南之狱未兴的日子里，她虽然认命准备嫁给刘迁，但是对霍去病的思念却与日俱增，不知在多少个夜晚以泪洗面。

此时刘凌朝父亲看去，只见父亲正冲自己微笑，神情中充满了慈爱，她心下一阵感动，眼泪夺眶而出，脸上却绽放出了久已未见的笑容。她回过头来再朝霍去病看去，刚刚挂在脸上的笑容立刻消失得无影无踪，端着酒壶的手也剧烈颤抖了起来。

刘凌眼前的霍去病根本没有在看自己，而是怔怔地看着不远处坐着的蒙贞。刘凌看到霍去病脸色苍白失魂落魄的样子心里竟然一疼，她再看向蒙贞，只见那姑娘垂首坐在那里，眼中的泪水正一滴一滴掉落在面前的案子上。

卫青、范衡、卓王孙和张骞也全都惊呆了。皇帝这一赐婚事前完全没有任何征兆，卫青朝姐姐看去，发现卫子夫的脸上也满是错愕，他便知道这肯定不是姐姐的意思，否则早会从椒房殿里传来消息。皇帝既然开了金口，让他收回成命是比上天还难，卫青十分后悔自己失策，他应该把去病和蒙贞婚事的喜帖发给姐姐一份，这样说不定皇帝提前就能知道，今日之事便不会发生。

刘彻看着眼前的情景，心中何尝不明白是怎么回事。他也有点后悔自己太过冒失，当着群臣的面给女儿赐婚，谁知霍去病和蒙贞已经好上了。但是同时他也颇为生气，霍去病乃朝中重臣，他的终身大事竟然不跟自己和皇后说上一声，眼下最为受伤的恐怕还是自己的宝贝女儿刘凌。他不动声色静观事态发展，倒要看看霍去病这小子要怎么处理。

过了良久，霍去病脸上才恢复了血色，他走出来朝刘彻伏地跪拜，语声颤抖道："陛下，微臣……出身贫贱，才学疏浅，断断配不上……公主殿下，请陛下收回成命，为公主另择快婿。"

刘彻从鼻孔里哼了一声，带着几分不屑："你贵为皇后的外甥，何来贫贱一说？你有什么隐情给朕说出来，朕听听看。"

霍去病颤抖着声音低头说道："回陛下，臣……与蒙贞姑娘在去年就……私定终身，约定此生共生死同荣辱，臣……不敢再有他想……"

刘彻的目光顿时变得阴冷起来，他转向卫青问道："卫青，你代父之职，怎么管教的他，让他不经媒妁便私定终身？"

东方朔听到霍去病自己说出来私定终身，不禁在心里暗暗叫苦："这孩子也太实诚了，这话怎能在皇帝面前说出来？"他看到卫青立刻出列，跪在霍去病身边对皇帝说道："陛下，微臣知罪，是微臣管教无方。这件事是臣有所疏漏，去病和蒙贞的婚事其实是经媒人介绍的，是臣没有及时告知陛下和皇后，有负陛下和皇后平日教导，请皇上责罚臣！公主的婚事关系到国家大运，请……陛下三思。"

卫青这番话让堂中诸人悚然动容，卓王孙和张骞对望一眼后一起出列跪倒，两人几乎同时说道："陛下，臣等可以为卫大人作证，臣等便是媒人。"

刘彻的眼神变得柔和了一些，他看着下面跪着的几个人一言不发。他身侧的馆陶长公主看到卫青和霍去病脸上的神情十分痛苦，立刻便起了恻隐之心。刘嫖知道此刻皇后卫子夫并不适合出面劝解，便思忖着是不是自己出面替为卫青和霍去病开脱一下，正犹豫间见夫人王瑶端了一杯酒跪到了刘彻面前，柔声对刘彻说道："陛下请息怒，自古英雄多情，像霍将军这等国家才俊，喜欢上几个姑娘实属正常。臣妾斗胆敬陛下一杯四海清平，愿陛下万寿无疆，天下河清海晏。"

东方朔长长地吐了一口气，心中对王瑶佩服至极：这么短短的两句话听起来简单，但是却给刘彻和霍去病都留下了余地。果不其然，馆陶长公主也笑着对刘彻说道："皇帝啊，王夫人说的在理儿！你看看你姐夫平阳侯曹寿不也是又娶妻又纳妾的吗？你姐姐也没往心里去！老身那口子在世时，在家干的偷鸡摸狗的事情就更多了去了！先帝对这些事还不是睁一只眼闭一只眼？"

刘嫖说的是刘彻亲姐夫平阳公主之夫曹寿和她自己丈夫堂邑侯陈午。他俩确实都有纳妾之事，当时孝景皇帝也没多追问。殿上众人见到卫青昔日的仇人馆陶长公主居然出面为卫青和霍去病开脱，心下无不是百感交集。而刘彻见到王瑶出列为霍去病说情，心下立刻软了一些："去病，你跟凌儿的婚事朕这就给你定下来，贞儿就做你的侧室吧。卫青和范衡，朕这样安排可好？"

卫青和范衡都知道皇帝已经是给他俩天大的面子，虽然心中还是有些惴惴，但是已经觉得这是最好的结局了，两人当即叩首谢恩。起身后卫青回首给霍去病使了个眼色，叫他赶紧给皇帝道谢。

霍去病却没有理会舅舅给他使的眼色，他朝前膝行两步，再次伏地叩首："微臣昧死请陛下收回成命，微臣……心中能装得下的……只有蒙贞一人……"

刘彻被霍去病的执拗彻底激怒了，心中的怒气如排山倒海一般涌来，恨不得上前去踢他两脚。但是他脸上却显得出奇的平静，只是冷冷地笑了一声，从牙缝里挤出来一句话："你们都退下吧，东方朔，李延年，你俩陪朕在宫里走走。"

他刚说完便起身离席朝外走去，贴身太监苏文和东方朔、李延年也赶紧起身跟着刘彻走出了宫外。刘凌哀怨地看了霍去病一眼，掩面跑出了宣室殿。只剩下殿中一干人等面面相觑，不知如何是好。

刘彻沿着宣室殿的台阶信步而下，他表面看起来十分平静，实则心乱如麻。他万万没想到霍去病在群臣面前竟然如此不给自己面子，让爱女当众心碎，心中一半对霍去病十分恼火，另一半却又暗自赏识霍去病的铮铮骨气。

烦闷中刘彻沿着西边的大道走去，一路上遇见无数少府所属的太监宫女在忙着收拾宣室殿的残宴。今天天气晴好风和日丽，殿外也不怎么冷，刘彻一路上无话，东方朔和李延年在身后小心地陪着，大气也不敢出。苏文本来要给皇帝叫一架步辇，也被皇帝喝止了，四人在羽林卫士的护卫下一直走了三里多地，不知不觉间已经走到了靠近西宫墙的中央官署。

今天本来是百官沐日，官署门前冷冷清清，刘彻带着三人走了进去。这里的院落很大，四面都是掌管天下钱粮工农的令官或郎官的办差之处，庭院中砌着一条长长的鹅卵石散水步道。刘彻走在鹅卵石上，他今天穿了一双软底鹿皮靴，脚下被石头按摩得颇为舒服。院子里十分肃静，他自顾自想着心事，却被从一间偏室中传来的算盘噼啪声打断了思路。

苏文见皇帝朝声音传来的方向皱起了眉头，他立刻跑了过去一脚将门踢开，朝里面一看便低声吼道："你个混账东西，皇上在院子里散步，你打什么破算盘！扰了圣驾小心你的脑袋！"他仍不解恨，将桌子上的一块木简夹手夺过,顺手扔出了门外。

刘彻见苏文竟然如此蛮横,心中十分不高兴,他呵斥苏文道:"不许羞辱朝中命官!给朕把东西捡起来!"

苏文见皇帝冲自己发怒,吓得浑身一哆嗦,连忙跑过去将那片木简捡了起来,刘彻看到木简上工工整整写着密密麻麻的隶书,他示意苏文将木简拿过来看看。这一看不打紧,刘彻被上面写的内容吸引住了。这片木简的标题是《传食》,上面写着从千夫长到普通士卒,每月应该供给多少米粮、食盐和菜肉,每匹马每月该供给多少粮秣,从明细到总数列得清清楚楚。刘彻心下惊异,他朝屋内高声喊道:"你出来吧,给朕说说你算的是什么?"

从屋内快步走出来一名身材中等的少年,他虽然穿了一身便服,但是礼仪法度一如上朝般严谨,他趋上前给刘彻跪下请安道:"微臣霍光不知陛下前来,惊扰了圣驾,请陛下恕罪。"

刘彻认得这少年,竟然是霍去病的异母弟霍光。想起霍去病刘彻便感到一阵头疼,他没好气地问霍光:"今天你不去宣室殿赴宴,来这里干什么?"

霍光刚才也被苏文的蛮横给吓了一跳。他是认识苏文的,平日里苏文对他也颇为客气,不知道今天苏文哪里来这么大的火气。霍光想了一下回复道:"回陛下,家兄前些日子从陇西回到长安,跟微臣谈起了一万匈奴降卒的供给资费,说是朝廷连年用兵,海内帑币吃紧,看能不能以战养战,少麻烦朝廷,微臣今日来帮家兄算算账。"

刘彻心中轻轻一动,他看到霍光正跪在起伏不平的鹅卵石上,显然是由于双膝吃疼身子微微颤抖,但是他脸上却神色如水般平静。刘彻温言对他说道:"你起来吧!你给朕说说看,账算得怎么样了?"

"谢陛下!"霍光站起了身子,低着头对刘彻说道:"此次骠骑将军出征陇西,俘获匈奴战士一万一千零七十八人,牛四万零两百三十七头,羊八万三千二百五十一只,战马两万二千零三匹。按陇西一带与匈奴和西羌关市价,牛每头两千钱,马每匹一万钱,羊每只五百钱,此战我军收获财产三亿四千两百一十二万九千五百钱。但是按照陛下颁赐匈奴降卒的诏书,大汉供给匈奴降卒每人田宅一座值一万钱,每人陇西郡十五亩良田价值三万钱,便要支出四亿四千三百一十二万钱，再加上每月供给匈奴降卒饮食每人还要八百钱，以一年为期，这项开销又是一亿余钱，最后算下来我军虽然打了胜仗，却要亏空两亿余钱，折合黄金两万斤左右。"

刘彻一边听，一边看木简上的数字，霍光居然背的一丝不差，刘彻暗自佩服他的博闻强记。颁赐匈奴降卒的诏书是他自己下来的，每人赏十五亩良田、田宅一座也是他定的，没想到这笔账一算下来竟然让朝廷亏空黄金两万斤。他吃惊之余问霍光："依你之见该如何以战养战，把这亏空补上？"

霍光稽首答道："请陛下恕臣妄言，臣窃以为不用颁赐匈奴降卒田宅，而是令他们去河套一带屯垦，这样陛下可一举两得：首先只用给衣食流转之费，不过亿万而已；其次可替我大汉增加粮食供给，令边塞更加富饶。"他顿了顿又说道："这样也可让我大汉屯边的军民心中宽慰，陛下请试想一下：汉军浴血奋战夺取的塞北之地，陛下诏令关中几十万军民背井离乡前往屯垦，何曾赐给过他们田宅？只不过是免除了他们的田赋和徭役而已。如果陛下待匈奴降卒太厚，那获胜的我朝军民该作何想？"

刘彻被霍光的一番话说得悚然动容，他心中完全被眼前这个十几岁的少年所折服了，但是他又不愿意朝令夕改，在一个半大毛孩子面前示弱，便装出了一副语重心长的样子对霍光说道："你说的很好！不过这些朕也想到了，朕为何要厚赐匈奴降卒？是希望以此重挫匈奴部落的士气，要他们知道投降大汉后日子过得比以前还好，跟我军作战时不要再拼死抵抗，这样我军便可迅速将匈奴击垮。"

霍光低头说道："陛下深谋远虑，绝非臣等能及，谢陛下教诲！"

刘彻用慈祥的眼光打量了霍光一番："你回去忙你自己的事情吧，朕还要去别处走走。"霍光连忙跪下送刘彻一行出官署。

皇帝身边的苏文现在可算是后悔至极：他今天见霍去病惹了皇帝，刚才见到霍光时便想给霍光个下马威，好替皇帝出一口恶气。谁知自己刚才所作所为不仅没能对霍光不利，反而给了霍光一个天大的机会表现了一番。如果霍光日后深得皇帝信任，自己还怎么混得下去？他越想越心惊，双腿竟然不自觉地颤抖了起来。

刘彻走出很远后对东方朔说道："曼倩，你给朕起一卦，这次去病出征祁连会怎样？"

东方朔领命，他心里面悬着的石头也落了地，看来皇帝已经差不多原谅霍去病了。他跪在地上将蓍草摆弄了一番，面有喜色对刘彻说道："陛下，这是师卦，骠骑将军必然大胜。"

刘彻脸上的表情看不出是忧是喜，"那你再给朕起一卦，看看凌儿的婚事会如何？"

东方朔又摆弄了一阵子，他低头嗫嚅道："是……是否卦……"

刘彻的心一下子凉了半截，他不愿意再纠结在这件事上，隔了一会儿对东方朔道："你去给朕传旨，要浑邪王世子兰立前来见朕，朕申时在石渠阁等他。"

东方朔得令飞奔而去，只留下李延年和苏文伺候在他身边。李延年看了一下刘彻的脸色，低声对刘彻说道："陛下，臣有一言想进于陛下，但又怕说出来让陛下生气。"

"但说无妨，朕不会怪你。"

"易者变也。占卜得公主婚事不利，跟蒙贞与公主同在局中相冲有关。陛下何不将蒙贞纳入宫中？一来可除去对公主的不利，二来可为陛下后宫添色。"

今年冬天的漠北王庭格外寒冷，从十一月里开始大雪就不断落下，在草原上积了三尺多厚，牛羊都无法找到草来吃，到正月里便冻死饿死了一大批，马在厚厚的雪中只能艰难行走，根本无法快跑。更让伊稚斜感到雪上加霜的是，他十一月便得到了胭脂山诸部落中忠于他的折兰王等全部被霍去病斩杀的消息，祁连山南麓也已经尽数落入了汉军手中。眼下王庭中人心浮动，主战主和的两派整日里争论不休，他的眼线告诉他许多部落的族人们开始怀念老单于在位时跟大汉表面上小打小闹、实际上互通有无的日子了，让他心里更加忧虑。他自己的单于之位来之不正，一旦王庭发生内乱，那后果不堪设想。

在内忧外患的夹击下，伊稚斜病倒了，连日里高烧不退，即使是部落中最有声望的大夫来帮他诊治也无济于事。乌维无奈之下请来了王庭中资格最老的萨满巫师来看伊稚斜，老巫师已经年近九十，他到了帐中便将怀中的一个铜壶取出，将里面的水倒入了金帐中烧得正旺的一盆炭火里，水汽立刻蒸腾起来，充满了整个大帐。

伊稚斜在床上有气无力地看着巫师的身影如同鬼魅般在水汽中若隐若现，一边的乌维也十分紧张，他其实担心的不是父亲的病，他担心的是自己目前羽翼未丰，一旦父亲驾崩，统领东部草原的左贤王怕是要觊觎单于之位，胭脂山那边的休屠王呼衍赫和浑邪王兰杰也非等闲之辈，眼下只有父亲才能镇得住他们，不过只要假以时日，自己总有一天能登上单于之位。眼下要做的就是耐心等待，同时培养自己的力量。

所以此时此刻乌维还是装出了一副极其悲伤关切的样子，守护在父亲的病榻前，这几日来他一直没有离开伊稚斜的身边，让伊稚斜心下也颇为感动：打虎亲兄弟，上阵父子兵，这个儿子算是有孝心的，日后自己的大位传给他肯定没错。正在这时萨满巫师开始在帐内手舞足蹈起来，口中念念有词，他跳了一会儿突然停了下来，仿佛被鬼魅附体一般，看着伊稚斜万分惊恐地吼叫了起来。

伊稚斜和乌维开始被他吓了一跳，接下来仔细聆听巫师的叫喊，更是吓得两人魂不附体：巫师是在跟一个鬼魂对话，而这个鬼魂竟然是老单于的夫人乌兰阏氏。伊稚斜和乌维看着那老巫师对着空中乌兰阏氏的鬼魂又拜又叩，一副失魂落魄的样子，几乎要肝胆俱碎。过了半天帐内的雾气慢慢消散，而那萨满巫师则已经浑身是汗，虚脱般瘫倒在了榻前的羊皮地毯上。乌维顾不得巫师还在大口喘气，一下子扑到巫师面前问道："你……你都看到了什么……"

"太子殿下，是乌兰阏氏的鬼魂……她对我说……她一定不会饶过你们……她会调动胭脂山她娘家的大军……来攻打你们……"

伊稚斜和乌维对望一眼，又听那萨满巫师继续说道："她还说……她的女婿张骞也会率领大军来替她和她儿子女儿报仇，她一定要杀了……单于……"

伊稚斜和乌维被巫师的话吓到了，半晌伊稚斜才问道："那我们该怎么办？"

巫师又翻着白眼念念有词了半天，用手指向北方："单于大人，你要向北方出发，躲到北方的瀚海去才能躲过这场灾难，到明年秋天之后再回来。"

乌维用征询的目光看了一眼伊稚斜，伊稚斜冲他做了一个手势，他会意后将巫师送出了金帐，立刻转身回来在伊稚斜榻前跪下，带着哭腔问道："父王，我们该怎么办？"

伊稚斜有气无力地说道："我去瀚海避一避，你也不要待在王庭了，你带兵五万去胭脂山，跟兰杰和呼衍赫会合，到了胭脂山立刻夺取他们的兵权，把他们抓回王庭关起来。你……一定要把祁连山南麓夺回来，要不……我们就断了一条右臂……如果汉军从祁连山包抄过来打我们，我们就死无葬身之地了！"

乌维眼中燃起了仇恨的怒火，他咬牙切齿地对父亲说道："请父王放心，我一定会把胭脂山夺回来！"

与此同时，远在胭脂山的浑邪王兰杰也正在幕中同休屠王呼衍赫商议事情。两人都喝多了马奶酒，正是酒酣耳热的时候，兰杰又端起金碗敬了呼衍赫一杯，说道："呼衍兄弟，我在王庭的内线来报，伊稚斜已经连续病了一个月都没能下床，王庭里面说什么的都有。万一伊稚斜就这么死了，立谁为新的单于就是个问题，我怕王庭立刻大乱啊！你我需要早作打算。"

呼衍赫同兰杰对饮了一杯，装作漫不经心地问道："那我们该怎么办呢？"

兰杰没有说话，他从怀中摸出了一张绢纸打开放在了呼衍赫的面前，呼衍赫定睛看去，是一封用匈奴文字写的信，他从头到尾细细读过，看到落款后脸上现出了喜色，他抬头问兰杰道："这是贤侄从长安发来的？"

兰杰喝了一口酒不紧不慢地说道："是的。大汉皇帝对他很好，封他为临安侯，食邑两千户。还要他给我们带消息，如果我们归顺大汉，立刻封我们为万户侯，不仅可以仍旧住在胭脂山，还有关中的封地。"

呼衍赫犹豫了一下："可是如果这样……我们岂不是违背了对祖先的誓约了吗？"

兰杰不以为然："是伊稚斜违背先祖誓约在先，谋害了于丹太子，谋害了乌兰阏氏和图雅居次，这都是我胭脂山部落的亲人啊！而且大汉皇帝说了，如果我们能向大汉称臣，两国之间永修和睦互通关市，与汉天子世代以兄弟相称，单于之位仍然保留。"他压低了声音："兰立私底下打听到的，大汉皇帝今后想让图雅公主之子卫律来当大单于呢！"

"卫律！"呼衍赫失声道："那个小杂种？"

285

兰杰有些不高兴了："卫律身上流着一半胭脂山的血，他当单于有什么不好？我们为什么非要为了那些虚名去跟大汉打仗？这七八年打下来，匈奴损失了好几万战士，丢失了几千万亩牧场，我们得到了什么好处？你知道吗？前几个月我胭脂山被俘虏的一万多战士都在河套分到了田宅，现在纷纷捎信给家中亲人，要他们去河套会合，从此不要再跟大汉作对了。休屠王殿下，你我要识时务，听你哥哥我的话，我肯定不会害你。"

呼衍赫的眼中渐渐放出了光芒，他敬了兰杰一碗马奶酒："兄长的好意我当然知道，请容我再想一想！"

太阳照在祁连山的雪峰上，升起又落下，而雪山的色彩也日复一日经历着从红色变为金色再变为白色的过程。眼见到了三月初三，祁连山南麓河谷中的积雪开始融化，阳处山坡上的小草也探出了头来，从远处看已经能发现隐隐的绿意。一只雪狐带着它的三只幼崽正在一块石头上晒太阳，三只小狐狸毛茸茸的十分可爱，它们刚刚吃饱母亲的奶，正在母亲身边不停打闹。它们的母亲正眯着眼睛在打盹，对这三个小家伙明显无可奈何，只能时不时用爪子拨弄一下这几个淘气鬼，让它们不至于太过分。

就在狐狸妈妈打盹的时候，一个黑色的魅影无声无息地从天际落了下来，它迅速降低高度贴着地面飞行，将身影隐藏在河谷嶙峋的岩石中，朝着四只雪狐所在的岩石上掠来。黑影快如闪电，当狐狸妈妈察觉到危险的时候已经晚了，黑影伸出尖利的爪子抓起了一只最肥的小狐狸将它带到了空中，扇动翅膀便朝着高处飞去，狐狸妈妈起身要追赶已经来不及了，它只能眼睁睁地看着自己的孩子从身边被生生掠走，喉咙间发出了一声长长的悲鸣。

就在黑影飞到离地两丈开外的高度时，一道白色的影子从岩石中一跃而起，一掌拍在黑影的头上将它拍落了下来，白色的小狐狸也从黑影的爪子中掉了下来，落入了松软的泥土中，趴在地上簌簌发抖。它虽然被利爪抓伤，身上现出了几道血痕，但是性命并无大碍。雪狐妈妈欢快地大叫一声，狂奔过去营救小狐狸，等它跳过几块岩石落在小狐狸身边时，却被眼前的景象吓呆了。

刚才跃起救下小狐狸的竟然是一只年轻的雪豹，雪豹身材健硕之极，浑身散发出随时要爆发出来的活力，正蹲在小狐狸的身边，看着眼前落在地上挣扎的一只黑色猎鹰。那猎鹰刚才被雪豹一掌打蒙了，硕大的身体在地上扭曲挣扎，好不容易才醒过神来，发现了对面的豹子和一侧的狐狸母子。眼见到手的美餐就要被人夺去，猎鹰心下恼怒之极，它伸长脖子朝天上长鸣了三声，然后便扇动翅膀飞到了半空中，朝雪豹恶狠狠扑了过来，伸出两只尖利的爪子向雪豹的眼睛抓去。

　　雪豹毫不畏惧，它迎着猎鹰飞来的方向朝前一扑，钢鞭似的尾巴甩了出去，重重地抽打在猎鹰的身上，将猎鹰一下子抽到了一侧的岩石上。这一鞭怕是有千钧之势，那猎鹰竟然被抽得浑身骨头尽碎，从岩石上摔下来，抽搐了几下便气绝身亡。

　　雪狐母子被眼前的一幕吓傻了，完全忘了还要逃跑，雪狐妈妈看到雪豹朝自己的方向走来，它紧紧护住了小狐狸，朝雪豹呲了呲牙准备拼死一搏。谁知那雪豹压根就没看自己，大步经过了自己身边，朝河谷深处走去。雪豹跳上了一块岩石朝天际看去，它的瞳孔急速收缩，映出了六只猎鹰的影子。

　　这六只猎鹰比刚才死去那只体型还要大上一倍不止。刚才死去同伴发出的召唤将它们引了过来，它们敏锐的眼睛早已经看到了地面上同伴惨死的一幕，见到凶手后分外眼红，为首的猎鹰发出了几声鸣叫，六只鹰在空中散开，从不同的方位朝雪豹冲了下来，每只鹰如碗口大的利爪都伸了出来，大有将雪豹撕碎的气势。

　　雪豹只是弓起了身子，从喉咙间发出了两声低吼，然后高高跃起躲过了几只猎鹰致命的一击，在空中漂亮地转了个身，一口咬住了为首猎鹰的脖子，将它按到了地上，而几乎与此同时，两道白色的魅影和一道金色的闪电不知从何处窜了出来，在空中分别和其余三只猎鹰相遇，都是一口咬住了鹰的脖子，将鹰从空中叼了下来，顷刻间四只鹰便已经被咬断了脖子，命丧当场。

　　余下的两只猎鹰悲鸣一声，在空中急转，欲振翅飞走，只听到一声金石相激般的弦响，一支钢箭从远处飞来，射穿两只猎鹰的身体后箭势不衰，朝前飞出了几十步开外，射入了山体。两只猎鹰在空中便已气绝身亡，打着旋掉了下来。

雪狐妈妈被眼前惨烈的一幕吓破了胆，它叼起小狐狸的脖子便朝回奔去，带着余下的两只小狐狸钻入了洞里不见了。此时只听到一阵马蹄声从远处传来，十几名骑士沿着河谷朝这边赶来，当先一人翻身下马走到了三只雪豹和一只金毛大狗的身边，亲昵地摸了摸它们的脑袋，他顺手捡起了地上的一只死鹰看了一看，这一看不打紧，他原本轻松的脸色顿时变得紧张起来。

后面两名骑士也紧跟了上来，一名便服打扮身形瘦高的汉子问道："甘父，你这一箭双雕的本事可真俊啊，啥时候能把我教出来？"

手里面拿着死鹰的骑士正是甘父，他刚才远远看到六只鹰在围攻三豹一犬，他虽然不担心豹犬会吃大亏，但是也不愿让大白一家和金虎受伤，于是便出手射死了两只猎鹰。他笑着对那名高瘦的骑士说道："东方大人，你何必以己之短量人所长？我也写不了辞赋啊！"

那名高瘦的骑士正是东方朔，他在皇帝面前夸下海口要凭三寸不烂之舌将浑邪王和休屠王劝降回大汉，皇帝也就真的让他随军出征了。东方朔听到甘父这样回答，十分惊奇地从马上跳了下来，大声对甘父说道："你可是越来越会卖弄文辞了！这都是你家主公教你的吗？"

甘父笑着回答道："张骞大人平日里教我读些书，不过我这一路跟着东方大人学到的也不少。"他看到后面一名青年将军也下了马朝自己走来，便换了一副严肃的神情走上前去，"霍将军，这不是寻常的野鹰，这是匈奴部落中训练出来的猎鹰。"他将那只死鹰递给了霍去病。

霍去病入手但觉十分沉重，他在上林苑中也驯过皇帝的猎鹰，他知道这鹰绝非寻常之辈，比起关中汉地的鹰隼大了一倍不止。他看到死鹰的左腿上有一只铜环，铜环上刻了一只正仰天咆哮的熊，他问甘父道："甘父大人，这鹰是从哪里来的？"

"回将军，这是从瀚海部落中熬出来的。我们王庭北边有无边无际的瀚海，那里更加寒冷，打猎十分不容易，所以部落中的人便用这一等一的猎手帮助打猎，这只鹰能啄死一头狼。"甘父顿了顿又说道："卑职担心的

288

是，这种等级的猎鹰在一个部落中都没有几只，怕是只有部落首领才能有，可是今天我们碰到的就有七只。"

霍去病环视四周，看到了六只猎鹰的尸体躺在地上，问甘父道："那大人的意思是？"

甘父看了看天空说道："我担心这次王庭派出了大军来偷袭我们，说不定乌维和兰觉也来了。"

霍去病听到兰觉的名字眼中凶光一闪，他冷冰冰地说道："那正好，我还有笔账要跟他算。"

甘父听到霍去病这句话后竟然不由自主打了个寒颤，霍去病盯着死鹰看了一会儿，突然对甘父说道："甘父大人，你赶紧去公孙大人营中报信，防止敌人偷袭。"

甘父立刻领命上马飞奔而去，东方朔不解地问道："霍将军，胭脂山匈奴早已是惊弓之鸟，我军夺取河西之地犹如探囊取物，将军为何还如临大敌？"

霍去病长长地看了东方朔一眼说道："东方大人首次随军出征，万万不可轻敌，我舅舅在狼山一战中便中了兰觉和伊稚斜的埋伏差点殉国，他的坐骑踏雪乌骓就是被兰觉的暗箭给射死的。"

东方朔不敢再多说话，他见霍去病翻身上马便也跟着上马往回走去，金虎和三只豹子尾随着他们一起回营。一路上霍去病都不同东方朔讲话，两人默默地并辔而行，到了营中东方朔才试探地问道："霍大人，卑职可否到你帐中讨杯酒喝？咱们把范大人也叫上？"

霍去病默然点了点头，东方朔和他一起下马，两人将坐骑交给侍从后进得帐内，早有人去通知行军司马范衡了。不一会儿帐内美酒佳肴一应具备，范衡也到了，三人坐下便开始饮酒。

霍去病心事重重，他每次举杯只是轻抿一口，东方朔本来就贪杯，一会儿便喝了不下一斗。范衡知道霍去病所忧为何，他有心开导霍去病，跟他对饮了一杯："去病，你大可不必自寻烦恼，如今皇上命我们前来收复河西，如果我们能够不辱圣命的话，你和贞儿的婚事就会有转机。你眼下要做的就是打好这场仗。"

东方朔也随声附和道："霍将军，你看皇帝对你有多好！这次随军出征给你派了两百个厨子，一百车酒肉菜肴，自古以来行军打仗，谁能有你这份殊荣啊？说句不敬的话，就是大将军怕是也没这个福气！可见你在皇上心中的分量有多重！"他敬了范衡一杯："范大人，请恕我酒后妄言，霍将军大可将公主和令爱一起娶了，我看也没什么不妥！"

范衡脸上刚露出一丝苦笑，旁边的霍去病一拳将面前的酒杯砸了个粉碎，他厉声对东方朔说道："东方大人，你要是再敢妄言我的私事，别怪我对你不客气！"

东方朔一脸错愕地看着霍去病，霍去病眼中凶光毕现，东方朔却也毫不畏惧同他的目光对视。范衡觉得心中一阵酸楚，他放下酒杯对霍去病说道："去病，东方大人是一片好意，你不能这样对待东方大人。"

霍去病自知失态，他低下了头不说话。范衡看了他一会儿叹气道："你太年轻想不开，你再回想回想那天在宫里的场景，你一口将皇帝的好意回绝，皇帝后来对你怎么样？他既没有再下圣旨逼你跟公主成婚，也没有对贞儿怎么样，而是命东方大人和我陪你出征祁连山；命李广大人和张骞大人出征右北平。你自己不要钻牛角尖。皇上是何其聪明的人，你不愿意娶公主，难道他会逼死你不成？你自己一个人静静吧，我和东方大人先回去了，你早点歇息。"

范衡说完便拄着拐杖起身，被东方朔搀扶着回自己营帐歇息去了。目送他俩的身影走远，霍去病觉得自己十分委屈，他真想放声大哭一场，可是这是千军万马所在的祁连大营，哪里有让他痛哭流泪的地方？他想到了舅舅卫青，想起了在他六岁那年被长安城中的无赖少年欺负的时候，他也是哭着回到家里，要舅舅出面替他打抱不平。舅舅没有带着他去找那些无赖，而是把他抱了起来，给他擦干了泪水，从那天开始教他武功，六年间把他从一个自幼多病的瘦弱孩童变成了一个健壮敏捷的少年，他也在十二岁那年报了仇：那伙儿无赖在长安街头欺行霸市的时候再度遇到了霍去病，霍去病已非当年，而是以一当十把他们全都打趴下，送进了长安令狱中。

想起往事他突然明白了一个道理：不管是天大的委屈或者仇恨，归根到底都要靠自己解决。宣室赐宴后他一直痛恨皇帝，但是刚才范衡的话也提醒了他，皇帝要把公主许配给自己，难道皇帝这么做错了吗？刘凌肯定是喜欢自己的，她想要嫁给自己难道她也错了吗？贞儿跟自己两情相悦难道也错了吗？她更是没有错。难道错的是自己？霍去病痛苦之下将一壶酒一股脑儿倒进了口中，他此时多么希望拼得一醉，把这些烦恼统统忘记。

他一壶接着一壶喝下去，到了第六壶的时候眼前已经是一片模糊，他分不清那是醉意还是泪水，周边的侍卫们都不敢上来劝他。这时帐外突然走进来一名军侯模样的人来，进帐之后看到霍去病便吃了一惊，然后立刻亮出腰牌将帐内的侍卫们统统赶出了大帐，那人走上前来一把夺过霍去病手中的酒壶，急急说道："你……你……"眼中竟然落下了泪来。

霍去病就着烛火打量那人，只见他容貌俊俏，英气逼人，只是眼中含泪显得刚中带柔，竟然有几分美人姿态。霍去病舌头打着结问道："你……归属哪部？……我……怎么从来没见过你……"

那人却不答话，将头上的武冠解开，把上唇和下巴上粘着的胡子揭下，顿时便将一头青丝展现在了霍去病的面前，而灯下那俏丽的容颜正似笑非笑地望着霍去病，腮边却还挂着一连串晶莹的泪珠。来的不是别人，正是霍去病朝思暮想的蒙贞。

霍去病不敢相信自己的眼睛，他用力揉了一揉眼睛再定睛看去，确认是蒙贞无疑，他口中喃喃道："贞儿，贞儿，真的是你吗？我……是在做梦吗？"

蒙贞朝前走上几步，紧紧抱住霍去病含泪说道："霍郎，是我，是我啊！我来看你了……"

霍去病闻到了她身上的气息，是特有的少女体香混合着她房中焚香的味道，霍去病对这味道再也熟悉不过，他再无怀疑，在蒙贞的怀抱中失声痛哭道："你……你终于来了……"

蒙贞没有料到霍去病竟然会失态痛哭，她心中又爱又疼，将他抱紧了柔声安慰道："是啊，我们今后再也不分开了好不好……"

霍去病渐渐收住了哭声，他扳着蒙贞的肩膀仔细打量她的容颜，口中喃喃道："你瘦了，也黑了，你告诉我，你是怎么到这里的？"

蒙贞被他炽热的眼光看得不好意思起来，她低声回答道："是卫大将军……给我的关防令符，教我易容前来找你。"

霍去病心下十分感动，军中不能有女子前来，舅舅作为三军主帅，不可能不明白这个道理，他还给了蒙贞关防令符，可谓是担当了极大的干系。他点了点头说道："原来如此，我舅舅给你的令符自然不会有人起疑，可是……你为什么要来这里呢？这里多危险你知不知道？"

蒙贞见他关心自己安危，心中感到一阵温暖，她犹豫了一阵子才柔声回答道："你先答应我不许生气，也不许找任何人的麻烦，我才告诉你。"

霍去病想了一会儿才回答道："我答应你！"

"你出征之后卫律跑去告诉舅舅，说平阳公主知道你在宣室殿当场拒绝了皇上的赐婚，十分生气，觉得你没大没小不识抬举，便存了心要跟你为难。舅舅大惊之下询问卫律，原来才知道是平阳公主托人进宫对皇上说要把我许配给她的儿子曹襄，这样刘凌公主便可以跟你完婚。皇上将这事留中了没有答应，但是平阳公主却直接到了咱们家里，以当年舅舅主人的身份要把我许配给她的儿子曹襄。"

霍去病气得浑身发抖，舅舅虽然当年是平阳公主家的骑奴，但是却为刘家立下了不世功勋，平阳公主怎么还能对舅舅颐指气使？气愤之余霍去病的酒也醒了大半，他咬牙切齿地问道："卫律是怎么知道的？那舅舅怎么说？"

"卫律偷偷跑来跟我说是李延年告诉他的。李延年素来跟馆陶长公主和平阳公主家交好，他的消息很灵通。舅舅对平阳公主说我是范大人的女儿，如果她来提亲应该要征得我爹爹的同意，他不能为我做主。平阳公主大骂了舅舅一通就离开了，临走前留下一句话说等我爹爹出征回去后她跟我爹爹说。"她顿了一顿哽咽着说道："我跑了这么远来找你，是想告诉你，我不想再回长安了……图雅公主在世时经常跟我说起她家在胭脂山的牧场有多么漂亮，牛羊有多么可爱，雪山有多么巍峨，歌声有多么悠扬，马奶酒有多么香醇……霍郎，咱们这一仗不要打了，让东方大人去把浑邪王和休屠王劝降，等大军班师回长安后我们就隐居在祁连山好不好？"

霍去病完全被蒙贞说服了，他看着她的眼睛一字一顿地说道："好！我这次出征本来就没打算同兰杰和呼衍赫动武。兰杰的儿子兰立被皇上封为了临安侯，而呼衍赫的义子呼衍日碑更是呼衍都离将军的独生子，舅舅嘱咐我一定要将呼衍日碑好好的送回长安。贞儿，你不要担心，东方大人一定能将兰杰和呼衍赫劝降，归顺大汉，那时我跟你就再也不回长安，我们在祁连山下放牛养羊可好？"

蒙贞含泪点了点头，霍去病在灯下看到她娇艳无比的容颜，紧紧将她搂在怀中，朝她的朱唇深深吻了下去。蒙贞闭上了双眼，两人的唇舌缠绵在了一起，顿时便觉得神魂俱醉，他们深吻良久，霍去病起身将蒙贞抱了起来，进入了内帐之中。

这一夜春宵帐暖，两人抵死缠绵，仿佛要在这短短的几个时辰内把这一生一世都过完。

而那边厢甘父从霍去病处得令，星夜兼程赶往合骑侯公孙敖的营中。他已经隐隐感觉到情况不妙，今天一下子歼灭了七只猎鹰，这在甘父的记忆中还是第一次。他自小在狼山王庭长大，记得族人们口口相传的故事：在瀚海周边的大大小小几十个部落中，有一个部落专门寻找小鹰和小雕抚养熬炼，长大后成为部落中最为恐怖的杀器，比兰觉驯养的狼贲营还要残暴。甘父听到过三只猎鹰便将一千多匹野马惊扰到投湖自杀的故事：据传说这种猎鹰专门去抓马的眼睛，抓瞎后便去抓马的屁股，马群惊慌之下便被鹰群赶着朝危险的地方跑，要么是断崖，要么是湖泽，马群在头马的带领下往往失去了理智，最后酿成惨剧。

合骑侯公孙敖是卫青的结拜兄弟，这次出征被封为了祁连将军。他一直自视甚高，朝中群臣除了卫青外没有谁能入得了他的法眼。前几年出征狼山时霍去病还将他从李广的剑下救出来过一次，因此公孙敖对霍去病表面上还是十分客气。然而在公孙敖的心目中霍去病是晚辈，论辈分霍去病还要称他为叔父：而且实际上霍去病不管是在卫青面前，还是在私下场合也是这么叫的。从两人一起带兵到狄道城准备出征开始，公孙敖便与霍去病产生了分歧，公孙敖认为匈奴反复无常，过去大汉赠与甚厚仍然不能满足匈奴贪得无厌的胃口，所以一直坚持不能相信兰杰和呼衍赫，他主张将胭脂山诸部落的军力全部消灭后再说劝降的事情；而霍去病则坚决不同意，认为汉军应该少杀戮，多以德化感召匈奴部落的人。跟霍去病站在一侧的是东方朔，他对公孙敖一直表面上敷衍，其实主要还是看在卫青的面子上，东方朔打心眼里十分反感这个志大才疏的家伙。

　　甘父飞驰到公孙敖营中时已经过了戌时，他急急报于大帐外的侍卫，谁知公孙敖因为饮酒过多已经睡了，那些侍卫们都不敢惊醒公孙敖的酣睡，硬生生把甘父留在了中军帐边的客帐中。甘父只能就着案子的边缘眯了一会儿，等着早上公孙敖能及时醒来。他朦胧中连做了好几个梦，一会儿梦到霍去病大破乌维，一会儿又梦到伊稚斜率领大军前来袭营，一时间火光冲天喊杀声阵阵。甘父从噩梦中醒来，他揉了揉眼睛，却仿佛听到了千军万马奔腾的声音从远处传来，他霍地站起身来冲出帐外，只见东方已经发白，拂晓的晨光照耀在河谷中间，已经能看得到汉军连绵的营地。他把耳朵贴在地面上聆听，脸色立刻变得苍白，他立刻折回到公孙敖的大帐前，急促地对守门的什长说道："快快叫醒公孙将军，敌人前来袭营了！"

　　那什长本来正站着打盹，被甘父一下子摇醒了，心里十分不痛快，他大声喝道："哪里有什么敌人来袭营，你做了噩梦吧！"

　　甘父大怒，一个巴掌将那什长扇倒在地，大踏步走进了大帐中，只听到公孙敖的声音在里面响起："一大清早你们不去好好操练，在这里吵吵什么？"

　　甘父没有理会公孙敖的呵斥，他径直走到他面前跪下说道："公孙将军，卑职甘父奉骠骑将军之命前来传话，匈奴大军前来袭营了！"

　　公孙敖脸色变了一变，他立刻披上盔甲跟着甘父走到了大帐之外，只见远处传来隐隐的马蹄声，飞扬的尘土也依稀可见。公孙敖立刻传令汉军列阵备战，只听几声号角响过，上万名骑兵已经准备就绪，在营前列成虎楔阵等着主将发号施令。公孙敖翻身上马飞驰到了阵前朝远处看去，只见几里外烟尘滚滚，几万名匈奴骑兵正朝这里呼啸而来。

公孙敖和甘父都觉得心下骇然。这支匈奴大军从气势和阵法来看不像是胭脂山部落的军队，甘父想起昨天射下的鹰来，他心中一颤：这八成是王庭和瀚海部落的大军奔袭而来。

公孙敖纵马来到了一个较高的土丘上朝阵前望去，只见匈奴大军离汉军的虎楔阵还有两里开外，强弓尚不能及，忙吹响号角示意三军将士稳住，待敌军冲到阵前百丈之内再放箭。公孙敖看到敌人怕是有五万之多，自己所带的汉军只有不到两万人，他心下算计先用强弓劲弩射杀几千人，待到敌人阵脚大乱时便用虎楔阵将敌人分割包围各个击破，是以虽然敌众我寡，他心中却并不紧张。

甘父却没有公孙敖那样镇静，他谙熟匈奴兵法，看到今天匈奴大军的进攻阵势颇为不寻常，心都已经悬到了嗓子眼儿。果不其然，匈奴大军在汉军阵前一里开外突然停住，接着从匈奴阵中传来一阵阵令人毛骨悚然的鸣叫声，甘父看到无数黑影从匈奴阵中升起，升到天际变成了无数黑点，然后远远绕开汉军前锋朝汉军两翼和后方迅速飞来。

甘父大惊失色，他高声叫道："大伙儿赶紧往右边撤，撤到山崖下面！"可是已经来不及了，上千只体型硕大的猎鹰飞到了汉军阵后，对着已经列好队的步兵和骑兵俯冲了下来。

汉军今天所用的虎楔阵是卫青带领三军所操演的蒙恬《备胡六策》中的阵法之一，阵形宛如虎牙交错，前面伸出的虎牙便是用铁胎弓和铁胎弩的材官战士列成阵形用以袭杀远处的敌人，并作为抵挡敌人第一波冲锋的主要力量。虎牙中的汉军弓弩手轮番射击，等敌人到了阵前五十丈之内便迅速变阵，由身后以逸待劳的骑兵上前冲杀，骑兵将敌阵冲乱之后再由手持丈二长矛的步军前往清理战场，将混乱中的敌人刺死。此阵在同匈奴作战中屡次使用，战果辉煌，从无败绩。可是今天匈奴却派出了从天而降的猎鹰从阵后发起了袭击，鹰爪极其锋利，抓在马的屁股上立刻便是几道血槽，登时汉军后阵中排列的骑兵阵脚大乱，不少马儿受惊，四下里惊慌逃窜，将一座好好的虎楔阵冲得七零八落。

　　看到汉军阵脚大乱，对面的匈奴阵中吹响了冲锋的号角，几万骑兵朝汉军如潮水般涌来，虽然当先的弓弩手们拼死稳住阵脚一轮轮放箭出去，但是架不住匈奴前锋和自己人的前后冲撞，很快箭势便稀落了下来。甘父看到公孙敖还立在小山丘上发呆，而一只巨大的猎鹰正悄无声息地朝他的后颈抓去，甘父一箭将那猎鹰射落，拨马冲过去对公孙敖大声喊道："公孙将军，变阵！让大军去山崖下面！"

　　公孙敖这才如梦初醒，他连声吹响号角，汉军将士得令，在混乱中拼死搏杀，仗着兵器锋利和身高体壮的优势慢慢扭转不利的战局，一时间竟然跟匈奴大军胶着在了一起。无奈匈奴军中的驯鹰者不断吹动哨子指挥群鹰，不停袭扰汉军后方，不一会儿战局便又不利于汉军。公孙敖看出来了甘父的用意，他不断吹响号角催动大军朝右方的山崖下移动，眼看到了离山崖仅有百步开外，公孙敖变换号令，汉军立刻改为龟形阵，依托着山崖围成了半圆，将围在阵中的匈奴战士悉数砍死，强弓劲弩手在盾牌的掩护下到了外侧，对着四面八方围过来的匈奴人射出一阵箭雨，将阵前的两千多名匈奴人全部射死。随即公孙敖指挥箭手们朝天上的猎鹰群射去，当场射下一百多只猎鹰，余下的鹰立刻振翅高飞，飞到了汉军箭不能及的半空中盘旋，等待机会继续攻击。

　　前来围攻的匈奴大军不敢近前，躲得远远的咒骂呐喊，公孙敖眼见形势立刻逆转，不由得心中得意起来。他收拾部众重新列阵，命令龟阵朝前移动了一些，但是天上的猎鹰随时可能袭扰汉军的后方，阵虽然能守住了，但是却无法出击，这也让公孙敖十分头疼。

　　甘父在身边请求公孙敖道："公孙将军，卑职请您立刻放狼烟求救，让霍将军赶来救援，卑职怕……敌人再耍什么花招……"

　　公孙敖根本就不愿意向霍去病求救，他没好气地说道："这点匈奴人有啥好怕的？你要害怕了就赶紧回去，让骠骑将军准备好酒宴给我庆功好了！"

　　甘父觉得公孙敖不可理喻，他忍住怒气说道："卑职听令！卑职这就告辞了！"他拨马便从阵中奔了出去，朝霍去病大营的方向飞驰而去。甘父经过一名汉军弩手的尸身时在马上侧身抄起了一具大黄连弩，他在马上转了个身子，朝身后扑来的两只猎鹰连放两箭，将两只鹰从空中射落，他再往匈奴阵中看去，立刻心中大骇：匈奴大军中已经立起了十几架高高的抛石机，匈奴人正在往抛石机中装填石块。甘父立刻回身坐正，拨马朝最近的一座汉军烽燧奔去。他一边回头用弩狙杀来袭的猎鹰，一边控辔往小山上跑去，饶是甘父骑术精湛箭法超群，还是架不住猎鹰一波一波袭来，眼看离烽燧还有十几丈开外，一头猎鹰终于抓伤了甘父的马臀，另一头则将马的右眼啄瞎了，马儿吃疼长嘶一声前蹄陷入了一道石缝中，将甘父一下子抛出去好远。甘父的右肩也被猎鹰抓出了几道血槽，他抽出腰中短剑将身后的两只猎鹰砍死，在地上几个打滚便到了烽燧下面，他抓起身边的桐油火把伸进了烽燧下煨着的炭火中，火把立刻燃烧起来，冒出滚滚浓烟，甘父背靠烽燧舞动火把，将前来袭击的几只猎鹰熏走，然后将火把高高抛起，落在了烽燧上的积薪中，那堆积薪立刻燃起了熊熊烈火，狼烟朝天上直冲而去。

范衡前一晚上跟东方朔一起离开霍去病大帐后没有立刻回去，而是就近到了东方朔的帐中继续喝酒。两人都是心事重重，担心霍去病的情绪是否能很快平静下来。这场闷酒喝到了半夜范衡才回到自己帐中休息，谁知他回去后怎么也睡不着，竟然一直睁着眼熬到了天亮。他看自己仍无睡意，便起身洗漱，出了内帐看军务文书，这时一名什长跑了过来传令，邀请范衡到霍去病帐中议事。

范衡坐轿来到了霍去病的帐中，霍去病满脸笑容，起身搀扶范衡坐下，给他倒茶，范衡见霍去病一夜之间仿佛变了一个人似的，又恢复成了之前那个阳光少年，他心下宽慰之极，端起茶杯喝了一口。这一口茶正要咽下，一股熟悉的味道却传入了他鼻中，是他在卫青府里所熟悉的香味，这香味只有自己房间才有，是爱女蒙贞为了治疗他的失眠而特别调制的熏香。

此时霍去病已经屏退了帐中的其他人，一名军侯打扮的年轻人从内帐中走了出来，他身材高挑，面如冠玉，走到范衡面前便当头跪下，叫了一声"爹爹"便语声哽咽说不出话来。

范衡不敢相信自己眼前所见，他用力揉了揉眼睛，心中一阵狂跳，他颤抖着伸出手轻轻抚摸爱女的秀发，强作平静地问道："你……来了就好……家中可是发生了什么事情吗？"

蒙贞哭着将近日来发生的一切跟范衡说了一遍。范衡过了好半天才将心绪慢慢平静下来，他沉吟了半晌说道："平阳公主深得先帝和当今皇上的宠爱，又是大将军之前的主人，在长安是一直颐指气使惯了的。曹襄本来就有妻室，她这次不过是为了替皇帝出一口恶气而已。皇帝留中了她的奏章不发，说明皇帝心里其实是明白的，俗话说强扭的瓜不甜，皇帝应该是等着一个合适的台阶下。你们俩不用担心，这次打了胜仗回去什么都好办。"

霍去病和蒙贞对望一眼，两人心中都是大喜过望。霍去病迟疑着又问范衡："范大人，贞儿跑到我的营中……是否也要告诉东方大人？"

范衡微笑道："你们是瞒不过东方大人的，而且我们也不需要瞒着他。倒是贞儿在其他人面前万万不要以女儿身出现。"

霍去病和蒙贞点头称是，此时帐外传来一阵喧嚣声，门口的卫士在帐外大声说道："东方大人求见将军！"

霍去病连忙说道："立刻请东方大人进来！"他话音刚落，东方朔那高瘦的身影便冲了进来，他看到范衡先是一愣，接着便看到了蒙贞，他的目光在蒙贞脸上转了两转，霍去病赶紧说道："东方大人，这是……"

东方朔立刻提高了嗓门说道："霍将军客气了！行军打仗之事今后还要请甄大人多多指教！"他一边朝范衡和霍去病挤眉弄眼，一边朝蒙贞拜了一拜。蒙贞何等聪明，她立刻起身回礼，粗声粗气道："东方大人莫要折杀卑职了，请大人多多关照才是！"

帐中诸人忍不住相视而笑，过了一会儿范衡问东方朔："东方大人急急赶来所为何事？"

东方朔皱着眉头道："我昨晚一夜都感到心神不宁，今早便起了一卦，卦象对我军不利，所以赶紧到范大人帐中去合计合计，卫士们告诉我大人一早便来霍将军这里了，所以我也跟了过来。"

范衡正要问东方朔占得了哪一卦，门外一名校尉急急跑进来禀报：

"报霍将军，公孙将军那边燃起了狼烟，怕是……军情危急！"

霍去病立刻出帐望去，只见近处几座烽燧上正冒着滚滚狼烟，显然是公孙敖大军受到了攻击，而且情况十分危急。他立刻返回大帐将盔甲穿戴整齐，对范衡和东方朔一拜说道："范大人和东方大人，你们两位率领一万兵马在此镇守，谨防敌人偷袭，我去驰援公孙将军。"

范衡想了一下："路上小心伏兵。"霍去病点点头表示会意，他走上前抱了蒙贞一下，转身便走出了帐外。他解下腰间的号角呜呜吹响，指挥麾下的校尉、部侯、曲侯集结兵马，片刻间一万骑兵便已经列阵完毕，霍去病策马在阵前巡视了一番，兵分三路拨马朝公孙敖大营方向飞驰而去。

公孙敖与霍去病相距六十里左右扎下大营互为呼应，中间隔了九座烽燧。霍去病率领大军用了小半个时辰便到达了公孙敖大营附近，他远远看到浓烟滚滚冲天而起，心中便觉得不妙，等他奔上山坡朝大营中看去时，眼前的景象还是让他大吃了一惊：只见上千座大帐已经被烧得只剩下骨架，装载粮草辎重的大车还在熊熊燃烧，不远处悬崖下集结着几千汉军兵马，却显然已经无力再战，或坐或躺喘息不已，大多数人身上已经是伤痕累累。而汉军阵前则留下了无数匈奴骑兵和汉军的尸体，相互枕藉叠成了小山一般，阵前血流成河，将周边的土地和河水都染成了红色。

霍去病四处打量，已经看不到匈奴敌军的影子，他策马前行，看到中军护着满头满脸是血的公孙敖蹒跚走了过来，他连忙下马走上前去，朝公孙敖一拱手问道："公孙大人，这……是怎么回事？"

公孙敖勉强还了一礼气愤地说道："霍将军，这分明是胭脂山部落前来偷袭我军，还用上了这些鬼东西！"他一脚踢开身边的一只死鹰接着说道："后来看到我军燃起了狼烟才撤兵离开。我跟大人说过，跟他们没有什么可谈和的，派兵把他们杀个精光才是正理！霍大人坚持要去议和，你也看到了是什么后果！"

霍去病不愿跟他较劲，只是淡淡说道："公孙大人，攻击你部的未必是胭脂山部落。兰杰的儿子在我们手中，他会不管他儿子的死活吗？依我看来，这是王庭派来的大军。"

公孙敖知道霍去病说的有道理，但是他不愿意就此屈服，而是跟霍去病争论道："霍大人，匈奴人本来就是一窝狼，谁攻击我们有分别吗？"

霍去病不愿意跟他再继续这个话题，他环顾四周问道："公孙大人，此战我军损失多少兵马？匈奴人呢？"

公孙敖顿时没了底气，他低头说道："我军伤亡六千人，匈奴军大体相当。"

霍去病看了一眼汉军阵中落下的无数块大石，心里知道匈奴大军出动了重兵器，再加上猎鹰从空中攻击，否则汉军不会吃这么大的亏。饶是如此，匈奴人也没有占到丝毫便宜，他看到阵前层层叠叠的匈奴人尸体，想到这么多年来两国之间几十万青年男子先后血染疆场，他心中竟然升起一股悲凉。

霍去病四处张望，却不见甘父的身影，他问公孙敖："甘父大人呢？"

公孙敖有气无力地指着远处的烽燧："他应该是在那里。"

霍去病看到那座烽燧还冒着滚滚浓烟，他立刻上马冲了过去，到了近前他看到甘父浑身是血背靠烽燧坐在地上，手中还握着一柄短剑，在他身边是十几只已经死去的猎鹰。霍去病的心蓦然收紧，他翻身下马快步走到甘父身前，只来得及叫了一声"大人"便哽咽了。

甘父浑身上下都是血洞，还在汩汩往外冒血。他的双眼已经被猎鹰啄了出来，脸上的创伤深可见骨。甘父气若游丝，仅凭着一口真气维持生命，他察觉有人前来便努力朝这边扭转了头，听到霍去病的声音后他的脸上现出了一丝笑容，他如释重负般放下了手中的短剑，从胸膛中长长呼出了一口气，对霍去病断断续续说道："霍……将军，我……不行了……你回去……转告我家主公……说我不能陪他……再度出使……你帮我……把这个……还给他……"甘父艰难地从右手拇指上摘下一枚青玉引弦，颤抖着朝霍去病的方向伸出了手。霍去病接过沾满了甘父鲜血的引弦放入了怀中，含泪安慰甘父道："大人，你不会有事的，我这就带你回去，医正一定能将你治好！我……我日后陪你和张大人一同出使，我……我给你们当护卫……"

甘父艰难地笑了一笑，他握住霍去病的手，咳出了一大口鲜血，努力接着说道："霍大人，你……还记得……我们……在灞桥客栈中……第一次相见吗？我……我那时便知道你……是个……英雄……替我家主公……好好照顾……律儿……"他声音渐渐微弱，最后终不可闻。

　　霍去病感到甘父的手渐渐冰冷，手腕处的脉搏也停止了跳动。这名跟随张骞出使十三年，辗转五万里，为大汉立下万世不灭功勋的异族英雄，就这样惨死在了自己族人的鹰爪之下。霍去病眼中的泪水结成了冰，掉落在了沙土中，他跪下朝甘父拜了一拜，起身回头冷冷看了一眼公孙敖麾下正在列队的残兵，抱起甘父的尸身翻身上马，头也不回地朝自己的大营飞驰而去。

　　范衡和东方朔没想到霍去病这么快就回来了，蒙贞跟着东方朔跑出大帐迎接，却看到了霍去病带回来的甘父遗体。霍去病将甘父的尸身抱回大帐中，用布将他脸上的血污擦拭干净，范衡想起来四年前在灞桥客栈与甘父初次相遇的情形，甘父起身引弓将董豹手中长剑射落的一幕仍然清晰地在眼前不断回放，他泪如雨下，浑身剧烈颤抖，泣不成声。

　　蒙贞也已经悲伤欲绝，死死咬住自己的手背才不至于哭出声来。她见到父亲伤心失态，便走过去抱住了父亲的肩头。东方朔昨天还跟甘父一起打猎，甘父教他引弓用箭之道，才过了一夜便阴阳永隔，他怔怔望着甘父的尸身，眼泪一滴滴落在了前襟上。

　　霍去病从怀中摸出了甘父要他交给张骞的青玉引弦，递给了范衡，肃然道："范大人，这是甘父大人要我转交给张骞大人的，烦劳大人代我转交。我这就去给甘父大人报仇。"

　　他朝范衡、东方朔和蒙贞作了一揖便要转身出门，却听到范衡在身后叫了他一声，便回身停住了。范衡眼中的泪水已经被怒火烧干了，他一字一顿地问霍去病："你凭什么为甘父大人报仇？"

　　霍去病不假思索回答道："匈奴大军携带攻城用的抛石机，肯定行动迟缓，我率领骑兵一天内肯定可以赶上。"

　　范衡又问道："刚才这一战，匈奴参战的猎鹰有多少只你知道吗？"

　　霍去病迟疑了一下回答道："我看到地上的死鹰怕是有一两百只。"

范衡沉默了一下："昨天我看到你们带回来的死鹰脚上的铜环了，这是瀚海部落熬出来的猎鹰。胭脂山部落并无熬鹰的传统，此战必是王庭派出的大军，而且带来的猎鹰不会少于一千只。匈奴人带来抛石机就是为了用鹰阵偷袭我军后方，逼迫我军到有依靠的地方然后发重石攻击，那时我军绝无可躲的地方。你这次贸然追击，一定会落入匈奴人的圈套，凶多吉少。"

"那……我军该怎么办？"

范衡转向东方朔说道："东方大人，可否请你起一卦测测吉凶？"

东方朔立即取出蓍草排列起来，他看了一会儿卦象说道："回范大人，这是屯卦。主卦为震，客卦是坎。震卦的卦象是雷，所谓"春雷一声惊万物"，代表的是我军。坎卦的卦象是水，水总是往下流，代表的是匈奴。从卦象再对应天时来看，眼下是春天万物萌生春雷响动之时，我军的力量逐渐在增强，而匈奴的力量在日益衰落。这虽然是我军兴起的大好良机，但是匈奴兵力仍然十分强大，我军急于出击不一定取得好结果，应当耐心囤聚力量，待时而动。"

"好个屯卦，好个待时而动！"范衡高声说道，他问东方朔道："东方大人，皇上给你准备了多少丝绸给兰杰和呼衍赫？"

东方朔回想了一下说道："生丝五百斤，湘绣和蜀绣各五百匹。"

"哈哈哈……"范衡纵声长笑起来，接着脸色一变目露凶光："生丝最好！贞儿，还记得爹给你讲过的网开三面的故事吗？"

蒙贞含泪回答道："女儿记得，那还是小时候我和狗儿去抓麻雀时您告诉我们的……"

东方朔自然知道范衡说的是商汤把捕鸟的网四去其三，以免对鸟儿赶尽杀绝的故事。范衡满意地点了点头对蒙贞说道："可这次爹爹不会再网开三面了，老子说"天网恢恢，疏而不失"，咱们这次教他一只也跑不掉！去病，这次出征我和贞儿一起陪你去。"

乌维率领着余下的四万匈奴大军在祁连山谷西北方向设下埋伏，等着霍去病率军前来攻击，他放出了猎鹰在天上警卫盘旋，一有敌情便俯冲下来通报。他料想霍去病和公孙敖一定会前来追击，谁知过了五天也没有动静，他这下心里慌了，跟随行的五名万骑长商议后决定拔营朝胭脂山腹地进发，与浑邪王兰杰和休屠王呼衍赫相会。

乌维早已经得知兰杰的儿子兰立被霍去病俘虏去了大汉，这个没骨气的家伙见到了大汉皇帝的封赏浑身骨头都酥了，不仅立刻投降，还将王庭和胭脂山的底细给汉军翻了个底儿掉。这还不算完，这小子竟然不知天高地厚，居然以大汉国临安侯的名义人模狗样地写了一封劝降信给父亲伊稚斜，气得伊稚斜口吐鲜血昏厥了过去。乌维想到这里心里突然放松了一些，这次他如果能把胭脂山部落收归自己麾下，再加上王庭的兵力，自己就是匈奴各部落中最强的一支，左贤王根本就不在话下。那时父亲的生死就没啥关系了，何况父亲还有几个姿色颇为不俗的阏氏，他死后也都会归为己有……想到这里乌维兴奋得浑身冒汗，仿佛伊稚斜马上就要驾崩似的。

乌维派出了前锋去知会兰杰和呼衍赫，要他们前来跟自己会合商议军情。晚上乌维便在祁连山与合黎山之间的山口安下营寨，这里进可攻退可守，是兵家必争之地，离兰杰和呼衍赫的营地也只有十几里之遥。他晚上命人在帐中备下了酒宴，等着兰杰和呼衍赫前来，一直等到了戌时三刻才听到外面有动静传来。他起身相迎，进帐的是休屠王呼衍赫和义子呼衍日磾，呼衍赫相貌堂堂，比乌维高了半个头去，而他的侄子呼衍日磾更是伟岸，足足比乌维高了一个多头来。乌维打量着休屠王和义子，见他们脸色不善，心中急速盘算该怎么应付，他赔着笑脸说道："叔父多年没见了，侄儿十分想念呢！弟弟也长这么高了……"

呼衍赫根本不买乌维的账，他大剌剌坐好，饮了一杯女奴敬上的马奶酒，抹了抹嘴边的残酒说道："乌维，我今天来这里是要跟你确认一件事情：我的结拜兄弟哲木和忽尔思，是不是你害死的？"

乌维听到呼衍赫的话后肝胆俱裂，这两位胭脂山的万骑长确实是他在朔方阵前命人害死的，然后栽赃到了卫律母亲图雅的身上。他死活也不能承认这件事，便抵赖道："叔父怎能错怪侄儿呢？两位大英雄是图雅那个贱人逃跑前刺死的，跟小侄……一点关系也没有……"

303

"放屁！"呼衍赫把手中的金杯狠狠摔在了乌维的头上，砸得他眼冒金星，耳边又听到呼衍赫的怒骂声如雷霆一般传来："他俩是看着图雅长大的，跟图雅的母亲更是情同姐弟，图雅为什么要害他们？再说他们俩武功高强，图雅一个小姑娘能奈他们何？"他顿了一顿又接着骂道："我还听说你派兰觉那个鬼东西害死了我哥哥呼衍都离和呼衍坚，今天我们这笔账要跟你好好算一算！日磾，把他拿下！"

呼衍日磾得令，他一个大步朝前跨出，抓住乌维的领子便将他提了起来，在半空中将乌维倒转了过来，然后头朝下重重一摔，顿时摔得乌维眼冒金星，半天也爬不起来。

乌维虽然被摔得七荤八素，脑子还算清醒，他知道自己绝对不能松口承认自己干下的滔天恶行，他大声喊冤道："叔父千万不要相信奸人的挑拨离间！呼衍都离将军是被李广所射杀，呼衍坚将军更是被卫青设计毒死！至于忽尔思和哲木两位将军的死，真的是图雅那贱人为了救她的贱种不惜与我族人不共戴天所刺死的啊！叔父你想想，我要是想近身行刺两位万骑长，哪里会有机会呢？就是图雅借助两位万骑长对她的信任，跟她拥抱告别时被她两刀刺死的，然后她趁着我军大乱时带着托赫那个贱种跑了！我对天发誓，我乌维所说句句是实，否则要天雷劈向我们部落，让我伊稚斜全家不得好死！"

呼衍赫见到乌维涕泪交下，他一时间将信将疑，便给呼衍日磾使了个眼色，让他不要继续殴打乌维，语气也缓和了一些："那兰杰告诉我他在狼山王庭听霍去病说，是你害死的图雅和两位万骑长，还亲眼看到你射死了乌兰阏氏，难道这些都是他骗我的？"

乌维眼珠一转说道："乌兰氏那个贱人的确是我射死的，那是她里通汉军罪有应得。图雅也是我射死的，那是因为我要给忽尔思将军和哲木将军报仇！但是我发誓忽尔思将军和哲木将军是被图雅刺死的！不信你把兰杰叫来对质！对了，他为什么不来我的营中？就是因为他儿子投降了大汉，他也想投降大汉所以心虚！呼衍叔父，你家世代忠于单于，你可不要被他们给骗了！"

这番话说得呼衍赫心里半信半疑，乌维说的也不是没有道理，难道是自己错怪了乌维？他沉默了一会儿对呼衍日磾说道："日磾，咱们先回去合计合计再说！"接着他转向乌维恶狠狠地说道："你要是敢跟我耍花招，我叫你死无葬身之地！"

乌维转身从墙上的箭囊中取出了一枝箭用力折断扔在了地上，大义凛然道："叔父，我要是敢骗你的话，下场有如此箭！"呼衍赫冷冷地盯住他看了一会儿，然后从鼻腔中长长哼了一声，带着呼衍日磾扬长而去。

乌维被呼衍赫吓出了一身冷汗，他悄立良久才回过神来，乌维轻轻吹了一声口哨，埋伏在大帐外的八名卫士鱼贯进入了帐内。为首的一人问乌维道："太子殿下，为何不发令让我们把这两人宰了？"

乌维摸了摸脑门上被砸出来的大包恶狠狠地说道："兰杰今天没来，杀了呼衍赫只能让事情更糟。我们得想个计策，把他们一网打尽。"他看了一眼帐中摆的酒宴对八名武士说道："他们敬酒不吃吃罚酒，别怪我不客气了！咱们吃！"

第二天乌维派出猎鹰和斥候在东南方向巡视，没有发现任何异常之处，监视汉军动向的探子也发来报告，霍去病大营和公孙敖大营一切如常，炊烟人马都跟往常无异。乌维知道自己跟公孙敖的一战对汉军起到了震慑作用。但是这个战果他却不满意，这次出征他是要夺回祁连山南麓，而不是在这里采取守势跟汉军胶着。要把匈奴内部统一起来，将兰杰和呼衍赫宰掉才是第一要务，然后集中王庭余下的四万大军和胭脂山的十万大军攻击汉军，借助猎鹰阵取胜应该没什么问题。可是，怎样才能把兰杰和呼衍赫解决掉呢？

乌维想了一天也没想到好的法子，眼见太阳又转到了西边，将北面连绵的祁连山照得通体变成了金色，他骑马沿着营寨缓缓而行，望着祁连山的壮丽景色发呆。突然间他听到天空传来一阵急促的鸣叫，乌维抬头看去，只见两只猎鹰在自己头上盘旋，朝着西边发出警觉的叫声。乌维心里一阵慌张，难道汉军从西北方向打来了吗？他想想又觉得不可能，除非汉军插上了翅膀，否则是无法翻越祁连山绕到自己身后的。

但是头顶的猎鹰鸣叫声越来越响亮，还夹杂着一丝焦躁不安，乌维心中感到恐慌起来，他立刻打发身边的卫士安排斥候前往查看，几名斥候出发还不到一刻时间，乌维已经听到了远处隐隐传来千军万马奔腾的声音，他眯着眼睛朝西边看去，无奈夕阳照过来什么也看不清楚，只能看到远处地平线上飞扬的尘土如乌云一般升了起来。乌维大喜过望，难道是父亲增兵支援自己来了吗？

乌维短暂的喜悦很快便化为了嘴里苦涩的尘土，成千上万支火箭已经呼啸着朝自己身后的大营中飞来，瞬间便点着了毡帐和粮草，将大营变成了一片火海。乌维大惊之下取出骨笛连连吹响，匈奴大军仓促之下集结，准备迎战，而瀚海部落的鹰军也在匆忙之中在上空列好了阵形准备出击。乌维看到上千只苍鹰在头顶盘旋待命，心中顿时有了底气，乌维吹动骨笛召唤鹰师，那些苍鹰排成了乌云一般的阵形，分为左中右三路朝着汉军阵中扑去。

前来攻击乌维大军的正是霍去病。他跟范衡仔细商量了行军路线，最后决定留下八千大军镇守祁连山大营，由东方朔和范衡坐镇，而他则率领一万大军绕道沙漠和居延海，然后沿着弱水河谷到达祁连山西北侧，从匈奴大军上风发起进攻。这条道路极其凶险，但是却能出其不意。霍去病本来要蒙贞留在大营，谁知范衡却要霍去病把蒙贞带上，告诉他关键时刻她能帮上忙。霍去病对范衡的话从来就不怀疑，如果不是出于安全考虑他自然愿意将蒙贞带在身边，于是便痛快地答应了。大军日夜兼程，度沙漠，翻雪山，涉大泽，辗转一千多里，终于在第六天来到了乌维大军的阵前。霍去病号令三军稍事休整，吃过了肉脯和炒面，喝过了祁连雪水后便朝乌维大军发起了进攻。

乌维大军被汉军攻了个措手不及，眼看着营帐和粮草都化为了一片火海，乌维又气又恨，他不断指挥大军列阵准备迎战，也幸亏他这次带来的兵马都是王庭的精锐，才能很快在这极其混乱的局势中稳住了阵脚，列成了四个万人骑兵队列迎战。匈奴大军用盾牌抵挡汉军火箭的袭击，慢慢消除了恐慌后朝汉军攻来的方向稳步推进，而天上的猎鹰阵也如风一般朝汉军阵中扑去。

霍去病时刻留意着猎鹰阵的动向，眼看着三队猎鹰乌云压顶般朝汉军阵后的骑兵扑来，霍去病举起号角吹响，只见骑兵阵中朝天射出了无数支箭，不少鹰被箭射死在阵前，没有被射中的鹰纷纷在空中变向躲避，却突然被什么东西网住了一般，从空中纷纷落了下来，接着从骑兵阵中冲出了一队步兵，每人手持长枪将落在地上还在扑腾的猎鹰——刺死。

乌维远远望到自己的猎鹰大军迂回到了汉军的阵后俯冲下来，他心中大喜过望，吹动骨笛示意匈奴大军等汉军阵形大乱后便立刻掩杀过去。一开始他看到汉军阵后传来一阵骚动，前面的阵脚也似乎受到了后阵的影响变得纷乱起来，乌卫立刻指挥骑兵变阵朝汉军阵中冲锋，眼见几万名骑兵如风一般掠过草原离汉军越来越近，乌维仿佛看到了胜利的曙光，他的嘴角现出了一丝狞笑。

但是他的笑容随即便凝固在了脸上，他看到天空中的猎鹰不知被什么东西网住了一般，纷纷从空中掉落了下来，而汉军阵中的凌乱也仿佛在瞬间便不复存在，骑兵勒住了混乱无章的步伐，出阵迎战的是几千名手持连弩的箭手。一轮齐射之后，匈奴大军便少了几千人，再一轮齐射后，两军阵前全是倒地呻吟的匈奴人马，第三轮齐射之后，乌维看到自己的四万大军只剩下了一半。接着他听到了汉军阵中冲锋的号角，近万汉军骑兵如决堤的河水一般冲了过来，兵器的锋刃在夕阳照射下显得格外耀眼。

乌维心里大叫不妙，他连声催动身边的鹰奴调集群鹰飞起来扰动汉军阵形，谁知无论哨音如何吹响，只有百余只猎鹰从汉军阵后飞了回来，途中汉军箭如雨下，将空中的鹰群又射下来一大半。乌维见状大惊，他不知道汉军阵后发生了什么事情，自己精心熬炼了多年的猎鹰阵竟然就这样被破了。

阵前的军情并不容乌维多想，汉军的前锋已经冲入了匈奴大军阵中，一马当先的便是霍去病，他手持长枪接连挑下十几名匈奴骑兵，随即一眼在纷乱的兵马中看到了呆立在战场中的乌维。霍去病调转马头立刻朝乌维扑来，乌维远远看到霍去病拍马冲了过来，竟然被霍去病脸上狰狞的杀气吓了个半死，在原地呆住动弹不得。眼见霍去病离他越来越近，只有五十丈之遥了，他分明看到了霍去病扔出长枪刺死了前面挡路的一名万骑长，然后从弓匣中取出了一张铁弓，张弓搭箭便朝他射来。

乌维吓得从马上滚了下来，前几年在狼山他被霍去病射中了一箭，虽然没有性命之忧，但是仍然心有余悸。他听到那支箭带着尖利的破空之音从头上飞过，一下子射死了身后的两名骑兵，他吓得腿都软了，根本爬不起来。他身边的两名鹰奴见主人危急，连忙吹动鹰哨，指挥着残余的猎鹰朝霍去病扑来。

此时战场上喊杀声震天价响，汉军骑兵在匈奴阵中左冲右突如入无人之境，留下了一排排匈奴人的尸体，乌维大军眼见败局已定，霍去病眼中只剩下了乌维这个杀害了图雅、呼衍都离、于丹、呼衍坚、乌兰阏氏和舅舅坐骑踏雪乌骓的仇人，他纵马挥剑将挡在他和乌维之间的百余名卫士一一砍落于马下，手中的赤霄剑上沾满了敌人的鲜血。眼看着离乌维只有十几丈之遥了，照夜白只要几个起落便可以将乌维的脑袋砍下，霍去病的双眼也因为愤怒而血红一片，他太专注于乌维那张苍白无血色的脸上惊慌的表情，全然没有注意到身后飞来的几十只猎鹰。就在一只巨大的猎鹰伸出双爪向霍去病右肩抓去的一刹那，一支钢箭从霍去病身后飞来，将那只猎鹰射了个透，箭势未衰，带着死鹰朝前翻滚了几下才落在了地上。

霍去病突然惊觉，他回头看去大吃一惊，只见几十只鹰尾随着他作势便欲扑来，其中一只鹰用尖利的喙在照夜白的臀部狠狠啄了一口，照夜白吃惊之下高高跃起载着霍去病飞驰而去，霍去病在马上不停朝后挥剑，都被鹰群躲了过去。他箭匣中的箭已经用完，手中只剩下这一柄赤霄剑，霍去病心中焦急之下照夜白又被群鹰啄下两块肉来。他知道自己不能再待在马上，否则他和照夜白都会死在鹰群的攻击之下，他对照夜白嗯哨一声示意它快跑，然后自己从马背上飘然落下，在地上连着打了几个滚后起身，伏低了身子全神贯注对付空中来袭的敌人。

群鹰看着地上的猎物鸣叫不已，从四面八方扑了下来。霍去病紧握剑柄死死盯着先扑下来的猎鹰，他耳边突然听到了蒙贞的声音从远处传来："霍郎，甲寅、丙丑、辛卯方位！"霍去病闭上了双眼，以天干为地上方位，以地支为空中方位将赤霄剑按照指示的方位画了个半圆，三只鹰被赤霄剑砍为了六段，他感到脸上飞溅来的鹰血仍然是温热的，耳边蒙贞的声音又继续响起："庚巳、戊子、申午！"霍去病运剑在这三个方位，又将四只鹰砍落在了地上。

说话的正是蒙贞。她依然是一副军侯打扮跟随霍去病出征。本来范衡也要前来，无奈骑兵长途奔袭不能带车，只能由蒙贞代父出征。范衡嘱咐汉军用五百斤生丝搓成了极其结实的丝线系在了箭尾之上，上千名弓箭手朝天上相近的方位射击便能结成一张天罗地网，将未被射死的鹰网住。这一计果然奏效，一下子将八百多只猎鹰网在了阵中，当即刺死或者射死。但是霍去病急于追击乌维，全然没有留意到身后追来的残余猎鹰。等到蒙贞发现时为时已晚，她策马赶来，先是用身上仅存的一箭射了离霍去病最近的一只，然后呼唤小白一家和金虎前来支援霍去病，她则坐在了一边闭上双眼，以她绝世的听音之术全神贯注地分辨空中猎鹰飞翔的声音，来给霍去病指示方位。

三只雪豹和金虎赶来时，情势最危急的其实并不是霍去病，它们发现几十名匈奴骑兵正赶来准备偷袭蒙贞。大白呼啸着指挥二白和小白朝敌人冲了过去，留下金虎在蒙贞和霍去病身边照看。金虎几次高高跃起将空中的猎鹰叼了下来，帮霍去病猎杀敌人。那边雪豹一家在空中腾挪飞扑，顿时咬死了十几名骑兵，将马群惊得四处逃窜，不一会儿便淹没在了汉军骑兵的锋刃之下。此时四万匈奴大军几乎已经被汉军全部消灭，霍去病的中军护卫们纷纷引弓将空中的猎鹰射落，霍去病用赤霄剑将最后一只猎鹰砍落后睁开了眼睛，他看到身边不远处蒙贞席地而坐，浑身散发出丝丝白气，显然是劳神过度。他极目四望寻找乌维的身影，却发现乌维在几名骑兵的掩护下已经跑出了很远，霍去病正欲吹响号角指挥大军追击，却惊奇地看到天边飞下来几只巨大的金雕，抓起乌维和几名随行鹰奴的手臂，将他们带到了半空。金雕展翅高飞，带着乌维飞越了祁连山的雪峰朝北而去，不一会儿便消失在了北方的天际。

第十三章

流觞酒泉

　　此时夕阳已经从地平线上落了下去，这场大战也已结束，几千名汉军骑兵在战场上四处巡视，搜寻残存的敌人和己方的伤员，不一会儿便找到了了几千名投降的匈奴战士。乌维大军的粮草和营帐仍旧在熊熊燃烧，照亮了祁连山河谷中凄凉的战场。此时在北侧的雪山之上，一名匈奴首领和随行的八名卫士正立马在半山腰的一块巨冰上默默注视着战场，这九个人全程目睹了汉军将四万多乌维精锐全部消灭的惨烈一役，到现在还心有余悸，都惊骇到说不出话来。

　　这名匈奴首领便是浑邪王兰杰。他率领八名亲随上山，本来是要观察乌维大军的动向。他对乌维的人品素来不齿，所以当乌维派人来请他和呼衍赫前往金帐饮酒相会时，他力劝呼衍赫不要前往，并且告诉呼衍赫是乌维害死了他的两名哥哥呼衍都离和呼衍坚，也害死了乌兰阏氏和图雅居次。谁知呼衍赫暴怒之下竟然要带着义子呼衍日磾前往对质，兰杰苦劝不果，只能任由呼衍赫带着呼衍日磾前往，但是他自己却留了个心眼，暗自调遣浑邪部的五万兵马沿着祁连山南麓布防以待不测。他自己则带领亲随登高瞭望，以便用烽火指挥大军作战。谁知他竟然看到了汉军如从天降，绕过了祁连山从西北方向杀了过来，从乌维军的背后发起了攻击。兰杰在战场的正北偏西一点，离战场不过八里之遥，他看到了汉军射向天际的箭上面系着的丝线的反光，亲眼目睹了传说中的猎鹰阵就这样被汉军的丝网所破。兰杰在恐惧之余只能在心中暗自庆幸自己没打算跟汉军开战：他已经打定了主意，准备明天一早便派遣使者前往汉军营中议和，今晚一定要去说服呼衍赫跟他一起去。

想到这里兰杰立刻拨马下山，两刻的工夫他便到了东南面呼衍赫的营中。呼衍赫也刚刚接到汉军刚才全歼乌维大军的战报，正处于半信半疑地惊恐之中，他见到兰杰前来，心中稍微安定了一些问道："兄长，汉军把乌维的人马全都消灭了，这是真的吗？"

兰杰点了点头苦笑道："是真的，我刚才在山上，看得清清楚楚，可惜乌维那小子逃脱了。"

呼衍赫听到兰杰竟然惋惜乌维没有被汉军杀死，心中顿时感到一阵不快，他沉下了脸问兰杰："兄长为什么要这么说？汉军把乌维打败了，我们脸上就很有光彩吗？"

兰杰听出了呼衍赫语气中的不满，但是他十分不以为然地说道："乌维就是草原上的一条毒蛇，他活着只会害死更多草原上的人，汉军把他杀掉是替天行道，我们部落的族人们才能过上安稳的日子。"

呼衍赫一时默然，隔了一会儿他才继续问道："兄长，你说汉军会来打我们吗？"

兰杰摇了摇头说道："肯定不会。兰立在长安颇受优待，大汉皇帝跟他说得很明白，只要我们肯跟大汉皇帝讲和，约定不同大汉为敌，往来互通关市，我们不仅能保留胭脂山的领地，还能在大汉封侯。"

呼衍赫有些不高兴地问道："兄长，你我都是匈奴部落的天王，怎么能再受封于大汉？"

兰杰也有些不高兴了，他反问呼衍赫："当年老上单于跟大汉皇帝还结为昆弟呢，我们做臣子的为何不能受封于大汉？"

呼衍赫一时无言，兰杰看他满怀心事便劝慰道："弟弟，你再想想吧，明早我会派使者到汉军中表示善意，至于今后怎么跟大汉和谈，咱们兄弟俩还要一起多合计合计，时候不早了，你早点歇息。"说完后便起身朝帐外走去。

呼衍赫也起身将兰杰送出了帐外，目送兰杰一行上马走远，才长长吐了一口气回到了帐中。呼衍赫看到侍立在一旁的呼衍日碑，便问他："孩儿，你说说看，义父该怎么做？"

呼衍日碑面无表情，稽首回复道："义父，李广和卫青跟孩儿有不共戴天之仇，不管义父如何打算，孩儿都要替父亲和叔叔报仇。"

呼衍赫想起了在乌维帐中听到乌维对天发誓说呼衍都离是被李广一箭射死，呼衍坚更是被卫青设计毒死，他胸中顿时燃起了熊熊的怒火，咬牙切齿地说道："我呼衍赫要是不报兄长之仇，我就不配呼衍这个姓！"

而此时在离呼衍赫大帐不到二十里外的战场上，霍去病和蒙贞正相互偎依在照夜白的身边，望着战场上仍未熄灭的战火各自想着心事。刚才蒙贞以听音辨位之术将霍去病从鹰爪中解救了出来，她精力消耗太多，浑身竟然被汗湿透，在霍去病的怀中温暖了半天才缓了过来，此时身子还在微微发颤。霍去病给照夜白身上的创口上了药，照夜白十分通人性地卧了下来，让蒙贞和霍去病靠在自己身上取暖。金虎和小白也凑了过来，一边一个挨着蒙贞和霍去病卧下，将身体的热量传递给主人们。霍去病用手轻抚小白的脑袋，小白回过头用粗糙的舌头舔了舔霍去病的手，让霍去病感到一阵温热。霍去病的贴身卫士们已经围在了照夜白的四周几十步开外，既不打搅主将，又能洞悉周遭的情势。这时明月已经从祁连山的雪峰后面升了起来，将河谷照得一片明亮，尽管霍去病已是身经百战，看到战场上枕藉的匈奴人尸体还是心有余悸。他感到蒙贞的身躯颤抖得更加厉害了一些，便将她抱得更紧，安慰她道："别怕，我们打胜了。"

蒙贞转脸看着霍去病，双眼中噙满了泪水，她哽咽着说道："霍郎，我不是害怕，我是为这些匈奴人难过……他们也都是……别人家的孩子……别人家的丈夫……图雅公主也是匈奴人，她……对我们很好很好……"

霍去病一时无语，心下凄然。图雅在第一次见到蒙贞时便仗义出手相救，在朔方城中与蒙贞和霍去病相处时日虽然不长，但是对蒙贞如同亲生女儿一般。霍去病亲眼见到图雅在朔方教蒙贞唱匈奴人的歌曲，那幅场景便如同烙在心中一样永远不能忘却。霍去病听到蒙贞轻轻哼起了长调牧歌，那是他熟悉的旋律：不仅在朔方城下，在自己家里也曾听范衡用长笛奏过这曲。

但在此时此刻听来，霍去病却感到格外凄凉，他想起刚才蒙贞说的话，阵前身亡的匈奴青壮年何尝不是别人家的孩子和丈夫？心中登时便如堵了一块千钧大石，沉甸甸的十分难受。

蒙贞感觉到了霍去病心情的变化，她柔声说道："霍郎，我们这次打了胜仗，去跟浑邪王讲和吧！我们今后不回长安了，就在这里放牛放羊好不好？"

霍去病沉吟了一下，脸上露出了微笑，他温言答道："好啊！本来这次出征皇上也不是想真的打仗，只是没想到遇到了乌维。这次如果我们能跟兰杰和呼衍赫立下盟约，从此祁连山一带无战事，我就能跟舅舅直捣漠北龙庭瀚海，把乌维和伊稚斜的脑袋砍下来，然后让律儿去当单于。从此我就跟你在祁连山放牛放羊……"霍去病说到最后突然觉得自己失言，不该把皇帝对他和卫青说的军国秘策说出来，但是他又极其信任蒙贞，当下只是住嘴不再说话。

蒙贞心中欢喜到了极点，她掩饰不住心中的兴奋问道："真的吗？如果律儿当了单于，那汉匈之间就再也不会打仗啦！我们可以经常去草原上看他。爹爹提起当年他去匈奴境内做生意时的情形，说每次去都会醉卧在草原上，夜晚闻着花香数着星星，可谓是人间一大乐事呢！看，流星！"

霍去病顺着蒙贞手指的方向看去，一颗流星拖着长长的尾巴划过了整个天际，消失在了祁连山的背后。他转头再去看蒙贞，只见她闭上了双眼，双手交握放在胸前，双唇微微颤动，似乎是在低声自言自语。月光下霍去病看得分明，一颗晶莹的泪珠从她长长的睫毛上掉落了下来，滚入了祁连山河谷中仍旧枯黄的草地上。

第二天一早，浑邪王兰杰便派出使者前来霍去病营中探视，送上了玉璧一双，黄金百斤，祁连雪貂皮百张，五百只羊和一百头牛。霍去病见兰杰派来的使者执礼甚恭，给自己的礼物也颇为丰厚，便也十分客气地接待使者，他已经连夜飞鸽传书到了范衡和东方朔镇守的大营，要他俩会同公孙敖前来胭脂山跟浑邪王和谈。霍去病计算着范衡和东方朔到来的时间，便约定三天后在兰杰金帐同兰杰和呼衍赫见面，霍去病也将带来的丝绸作为礼物回赠给了匈奴使者，匈奴使者看到五色炫曜的丝绸后激动不已，连连向霍去病道谢。

将匈奴使者送走后，霍去病和蒙贞立刻上书长安，将在胭脂山全歼乌维王庭主力的事情原原本本奏报给了皇帝，又把浑邪王赠送的礼物除了牛羊之外也都一并贡了上去。两人将军中杂务料理完毕后并辔出营巡视，霍去病屏退了汉军精锐护卫，只带了金虎和小白跟着他俩一起出营。此时已经到了长安柳絮纷飞的时节，塞外虽然还是一片肃杀的景象，但是草色遥看已经透出了隐隐的绿意。霍去病和蒙贞朝祁连山河谷西北方而去，一会儿纵马奔腾，一会儿缓缓而行，如此过了两个时辰，两人看到一条奔腾而来的大河横在前面挡住了去路，河水竟然是从西南流向东北，河两岸壁立千仞，在深深的河道中仍然集满了冰雪，只有一线咆哮的河水切开冰层朝下游奔流而去。而河的对岸就是巍峨的祁连雪山，山谷中巨大的冰川蜿蜒而下，冰舌探出了山体很远，一直伸到了草原之上，阳光照射下冰层融化，形成了道道溪流汇入了大河之中。

蒙贞望着阳光下幽兰的冰川叹道："霍郎，匈奴人的祖先真是聪明，他们选择了祁连山的河谷作为蕃息之地，既有肥美的水草蓄养牛羊，又有高山大河当做天堑护卫，大汉能把他们打败真是不容易。"

霍去病想了一会儿缓缓说道："贞儿，是很不容易，不过也在意料之中，你还记得范先生跟皇上说过的话吗？这几十年来当今天子和列位先帝体恤孤老，爱惜民力，徭役不违农时，田赋更是自古未有之低，因此四海之内同仇敌忾，亿兆生民恨不得饮伊稚斜之血、寝乌维之皮。再加上张骞大人通晓西域情势，孔仅和卓王孙砥砺无双兵器，我们怎么会打不过匈奴？所以范先生当年对皇上说此战还未开始其实胜负已分，我那时还不明白，现在回头看去，确实如此。"

蒙贞低头想了一会儿才叹了一口气说道："是啊，爹爹那时就能预料到，真可谓神机妙算。可是霍郎，就算我们把伊稚斜和乌维杀了，律儿当了大单于，我们就能保证今后汉匈之间就永远不打仗吗？"

霍去病沉吟了片刻才回答道："贞儿，这个问题我也时时想起。舅舅在朔方时教过我蒙恬大将军所著的《备胡六策》，当中提到下策是塞防和游击，中策是屯垦和攻坚，上策是关市跟和亲。一开始我怎么都想不通为何上策是关市跟和亲，眼下经历的大仗多了才明白过来：和之本为战，战之标为和，只有我大汉足够强大，才能保关市平安、通婚和睦，才能让万国来朝，胡汉一家，天下大同。要是我军打不过匈奴的话，'和'根本就无从谈起。"

蒙贞想了一会儿仿佛也明白过来了，她接着说道："其实就是这个道理。如果两国势均力敌的话，就很难有真正的和平。除非一国极其强大，周边的小国不得不前来依附，那时才能有盛世出现。当年齐国和楚国、齐国和燕国、晋国和楚国、晋国和秦国都打得不可开交，直到高祖一统天下后才算安定下来。华夏对内如此，对外更是这样。汉匈之间要想有和平，恐怕只能先把匈奴打趴下才行。"

霍去病点了点头说道："是的，过两天要是我们能跟浑邪王和休屠王谈好，那匈奴右臂就断了，接下来皇上要对付的就是左贤王和王庭。我猜皇上很可能让我舅舅出兵去攻占王庭，再另行派兵去攻打辽东左贤王部。这两场仗打胜后律儿便可去王庭登单于之位，我就陪你回到祁连山放牛放羊好不好？"

蒙贞心中甜蜜之极，但却又间杂着一丝不知何处而来的不安，她还是点了点头说道："霍郎，军国之事比我们的私情重要，这个道理我懂。不管是皇帝要你去王庭还是辽东，我都不会有半分阻挠。我只希望这场仗快些打完，好让汉匈两国的百姓都能好好歇一歇。"

霍去病只觉心中一阵温热，他安慰蒙贞道："贞儿，也许皇上根本就不需要我再出征辽东和王庭了。当朝武将人才济济，我舅舅自然比我强过百倍，其实张骞、公孙敖、李广、李息、赵破奴这些人都堪当大用，皇帝未必就要我再去出征，而是在祁连山这一带设立边塞，加强屯垦。"

蒙贞又惊又喜，她揉了揉眼睛问道："霍郎，此话当真？"

霍去病十分肯定地点了点头："出征前皇上在未央宫召见时曾经说过，陇西一带是交通西域的咽喉要道，打胜后必须设立郡守，从关内移民实边，把河西之地变为大汉的领土。说不定过几日便有诏书前来，让我在此地建城设郡。"

蒙贞欢喜得几乎要落下泪来，她低声说道："那……我们一时半会儿就不用回长安了……"

霍去病知道她的心思，接着她的话大声说道："对！如果这样的话我们一时就不回长安，先把河西营造得像铁桶一样后再说！"

蒙贞侧过脸看了霍去病一眼，只见他脸上神色刚毅，在祁连千里雪山的映衬下显得格外俊朗。她心中柔情一漾，催马朝来时的方向驰去。霍去病见蒙贞策马如风一般奔腾了起来，也催动照夜白尾随她而去。身后金虎和小白紧紧跟随，一时间草原上蹄声滚滚势如雷霆，将周边的鸟儿惊起了一大片。

蒙贞一口气奔出了小半个时辰，阳光下她只觉南风拂面，暖意盎然，心中的快乐恨不得全都倾倒出来，充斥在这天地间，让所有人都跟着快乐。如此这般狂奔之下，她发现胯下的骏马已经开始口泛白沫，马背上触手可及处也变得滚烫，她知道该停下休息了，她眼角余光扫到了一片泛着粼光的水面，于是她放缓速度朝水源走去，到得近处才发现是一眼清澈之极的泉水，水汩汩从地下窜出，将泉眼所在的小潭灌满，然后朝着东南方欢快地流去，在地上冲出了一条长长的小溪和星罗棋布的小池塘。蒙贞所骑的骏马看到了泉水后高声嘶鸣，仿佛是在召唤同伴们赶紧前来享用，不一会儿霍去病也驱马前来，两人下马后各自牵引着马儿上前饮水，霍去病看到小白和金虎早已经趴到了潭边贪婪地大喝了起来，他平时见惯了小白和金虎喝水，从来没见过它们渴成这个样子，于是他也蹲下身来掬水在手喝了一口，这一喝之下竟然让他怔住了：泉水甘洌之极，淡淡的甜味直接冲到了心里面，齿颊间却仿佛是饮了醇酒一般回味无穷。他想了半天突然大声对蒙贞说："贞儿，这水……怕是能酿出世上无双美酒来！"

蒙贞也捧起泉水喝了一口，她细细品味下高兴地说道："我们赶紧请爹爹来这里酿酒！怕是这水酿出来的酒比昆仑觞还要强出不少！"

霍去病正要回答蒙贞，他突然看到泉水对面不远处的岩石后面一个人影缓缓站了起来，那人在原地伸了个懒腰便朝这边走来，让霍去病立刻紧张了起来，他右手按在了腰间的剑柄上注视着那人的一举一动。只见那人衣衫褴褛，衣着既非匈奴人的打扮，也不是寻常汉人服饰，他头发散乱，胡须花白，脸上肤色黝黑，一双眼睛似醉非醉地朝自己打量了几眼便蹒跚着朝泉水走去。小白和金虎早已听到了动静，它俩伏低了身子，喉咙中发出隐隐的咆哮，警告着来人不要靠近。

谁知那人竟丝毫不为小白和金虎的杀气所动，他走到小白和金虎跟前俯身摸了摸它们的脑门叹道："这对畜生还真不赖！"说来也怪，这一豹一犬立刻便老老实实趴了下来，竟然朝着那乞丐摇起了尾巴。霍去病看到这一幕后跟蒙贞对望一眼，两人心下都觉得这乞丐十分邪门。蒙贞见那乞丐走到了泉水跟前试图弯腰蹲下身去喝水，但是他的双膝似乎难以弯下，脸上露出了痛苦的表情，她连忙对那乞丐说道："丈人且慢。"她顺手解下了腰间的皮囊，俯身在泉水中将皮囊灌满，快步走到乞丐跟前将皮囊递给了他，那乞丐也泰然受之，接过皮囊仰天咕嘟咕嘟喝了几大口后赞道："快哉！"他用油腻腻的袖子抹了抹嘴，将皮囊还给了蒙贞，冲她笑道："你也喝几口。"

蒙贞并不嫌弃这个乞丐用过自己的皮囊，她也接过来喝了几口又递给了乞丐，那乞丐举起来又喝了几口，脸上突然现出了一副憾色，他砸吧砸吧了嘴仿佛自言自语道："这水虽好，味道还是寡淡，要是有酒就更好了！"

霍去病从照夜白的背上解下来了一个大大的皮囊朝蒙贞扔了过去，蒙贞接过后拔下了塞子递给了乞丐，那乞丐大刺刺地接了过来仰天便往自己口中倒去，那酒顺势形成一条酒柱直接落入他的口中，他竟然一口气将皮囊中的两斗酒喝了个精光。对岸的霍去病见他肚子渐渐鼓起，眼中的光芒却大盛，刚才脸上还带着的几分醉意顷刻间消失殆尽，不由得暗自心惊。

那乞丐将空空的皮囊还给了蒙贞，仰天长笑道："这酒真不错！回去告诉你爹爹，桂菊混酿到这般境地已属难得，但是要用上蓝田的水、终南山下的菊花和钱塘江边上的桂花，那味道更是不同，可以让他试一试。"

蒙贞看向霍去病，两人目光相接，心中存疑。但是还不待开口询问，那乞丐已经从怀里取出了两只杯子，他把一只递给了蒙贞，另一只扔到了泉水中，顺着水势朝霍去病漂去，他口中说道："老夫也不能白喝你们的酒，这两只杯子就送给你们，在月光下饮酒可是大大的妙！这杯子配葡萄酒最好，方子你们去找张骞要，葡萄大可在祁连山下种。老夫这就告辞了，咱们后会有期！"

318

霍去病从水中捞起来酒杯细细打量，杯身以玉刻成，中间花纹若隐若现，赫然竟是祁连山的形状，他连忙朝那老者转身而去的背影喊道："敢问丈人名号？"

那乞丐全然没了刚才步履蹒跚的样子，他大步走到了岩石后面，竟然从背面牵了一头青牛出来，他对霍去病长笑道："你们这两个娃娃很不赖，不枉老夫把风雷琴送给你们了！"

蒙贞突然记起当年在汉江边上卓王孙说起寻访天下名琴，一个乞丐将风雷送给了卓王孙，要他转赠给范衡的事情，她连忙追了上去大声喊道："请丈人务必留下名址，我们定当前往致谢！"

那乞丐骑上了牛背，头也不回说道："挫锐解纷尘与光，青牛背上岁月长。我不过是老子门下一条走狗，名字何足道也！你我若是有缘，自然再能相见。"他催动手中牛鞭劈空炸响，那青牛竟然撒开蹄子跑了起来，带动草地上的烟尘朝西方滚滚而去，刹那间便不见了踪影。

霍去病和蒙贞对望了一眼，心中都是一阵怅然。二人伫立良久，看着长龙般的烟尘渐渐被风吹散在寂寥的旷野中，远处雪山巍然，近处荒草萋萋，极目处好一幅苍凉雄浑的塞外图景。

霍去病见太阳已经偏西，想起来回营路上还得两个时辰，便和蒙贞朝东方策马而去，到得大营已经是太阳落山时分。霍去病和蒙贞回到中军大帐后发现行军校尉早已把一堆文书放到了案头，霍去病顾不上用饭便立刻开始细细检阅，蒙贞在一旁帮他撰写节略奏章，两人一直处理军务到了第二天巳时。两人觉得腹中饥饿，又困又累，正打算吃过早饭后睡他黑甜一觉，突然听到外面角声大作，竟是友军会师而来的号子。他和蒙贞连忙出帐相迎，只见东方朔神气十足地骑马而来，身后紧跟着的便是范衡的马车，车子刚一停稳范衡便被两名侍从搀扶着走了下来，蒙贞看到父亲气色清朗地出现在面前，她捂住嘴低声叫了一声后便迎了上去，紧紧搂住范衡伏在他的肩头呜呜哭了起来。

范衡刚才一路上看到的都是惊心动魄的惨烈战场景象，他深知这一战无比凶险，霍去病和蒙贞绕行千里从乌维背后出击，中间如果出了任何差错都不堪设想。他跟东方朔这几天一直担惊受怕，他自己更是连连失眠。前天深夜他接到了霍去病营中的飞鸽传书，看到捷报后他激动得魂不守舍，连夜和东方朔一起拔营前往胭脂山下与霍去病会合。此刻他看到女儿毫发无损地依在自己的怀抱中，也禁不住老泪纵横，紧紧抱住蒙贞，在她耳边低声哽咽道："贞儿，你……太不容易了……别哭，别忘了你可是去病帐前的军侯。"蒙贞听到范衡的耳语，立刻收住了眼泪放开了范衡，她后退两步朝刚刚下马的东方朔双手抱拳一揖，粗声粗气道："东方大人，卑职有失远迎，请大人恕罪！"

东方朔脸上立刻现出一副惶恐之色，他连忙还礼道："甄大人此番出征大胜而还，回京后皇上还不得封个三千户？大人千万莫要折煞卑职，今后卑职还要请大人在皇上面前多多关照才是！"

东方朔这一番话听在范衡和霍去病的耳中是既好笑又佩服。蒙贞这些日子里在霍去病营中都以曲侯行装示人，唇上还贴了假胡须。她本来就身材高挑英气勃勃，是以女扮男装后一般人也难以辨认，这些日子里也没引起太多关注。只有霍去病身边的几名亲随对这位突然冒出来的甄大人心存疑虑，不知道是什么来历，但是历次出征皇帝都指派青年才俊随军，所以也就没太放在心上。但是刚才在她跑上前抱着范衡哭泣的时候，有几个年长的校官已经听出了这是女子哭泣的声音，不过看到面前几位主官都若无其事的样子，他们也只能把心里的疑问硬生生憋回去。

霍去病和蒙贞将范衡和东方朔迎进了大帐落座，屏退了其他侍从后谈起了这几天来的种种经历。霍去病将大战娓娓道来，他虽然说得波澜不惊轻描淡写，但是却听得范衡和东方朔心惊肉跳。范衡听到浑邪王兰杰已经派人前来修好，而且约定了明天就去兰杰金帐议和，他想了一会儿皱着眉头问道："去病，休屠王呼衍赫可有派来使者？"

霍去病回答道："回大人，没有，不过我们明天在兰杰帐中应该能见到他。"

范衡眼中精光暴现，他一字一顿地说道："明天我和东方大人去会会兰杰和呼衍赫，你和贞儿整饬兵马严阵以待，摆朱雀玄武阵。"

霍去病心里一紧：朱雀玄武阵是蒙恬《备胡六策》中的大阵之一，两军前后呼应，进可攻退可守，是以不变应万变的绝佳阵势，他随即领会了范衡的用意，当即领命。四人商议军务完毕，霍去病吩咐备上酒菜，为范衡和东方朔接风，蒙贞则把在泉水边遇到乞丐的事情细细跟范衡说了一遍，又把乞丐送给她和霍去病的两只玉杯也呈了上来。范衡听到那乞丐说起把风雷琴送给了蒙贞，又教他用蓝田的水加上钱塘江的桂花和终南山的菊花酿酒，心中大感惊奇，等他再细看这两只杯子时，他的脸色陡然变了。

座中诸人都看到了范衡神色的变化，大家都屏息静坐，不敢惊扰范衡。过了良久范衡才缓缓说道："去病，贞儿，这人可不是什么乞丐，这是大汉方域之外的神仙。他早先通过卓王孙送给你们的风雷琴是当年师旷所用的神物，这次亲手送给你们的杯子，是西域的绝世奇珍夜光杯。"

东方朔低声轻叹道："难道是当年周穆王跟西王母对饮时所用的夜光杯？"

"不错。"范衡的声音依旧冷静无比，"去病、贞儿，你们把这对杯子献给皇上，加上这次你们立下的军功，之前皇上心中的结，应该就能解开了。"

霍去病和蒙贞对望一眼，心中都是惊喜过望，二人俯身朝范衡深深一拜。

第二日一早，兰杰派出的使者便来到了霍去病大营，一行十余人恭恭敬敬地将范衡和东方朔迎到了兰杰王庭金帐前。兰杰已经在帐前迎候，范衡和东方朔一下车便各自被几名浑邪部中的绝色美女敬上了三碗下马酒，这酒以马奶酿成，酒体醇厚，酒力颇强，饶是范衡和东方朔酒量都不俗，这三大碗下来也让他俩颇有几分醉意。待到进了金帐中按照主宾之位坐定，兰杰早已预备下了丰盛的宴席，范衡看面前的食案中是盛得满满的手抓羊肉、风干牛肉、大块的干奶酪和大碗的酸奶子，案边一个大铜壶里装的定是马奶酒无疑，他知道匈奴族中接待贵客的风俗就是大碗喝酒大块吃肉，客人不醉那就是招待不周。他朝东方朔使了个眼色，见东方朔会意后便朝兰杰施礼致意，用匈奴语说道："感谢浑邪王殿下的盛情招待，我三十年前曾经来过胭脂山王庭贩卖丝绸，当年曾经见过殿下一面，这么多年过去了，殿下还是如同祁连山上的雄鹰一般勇猛啊！"

兰杰听范衡竟然用十分流利的匈奴语跟他说话，心中既惊奇又高兴，他细细回想三十年前的光景，突然一拍大腿说道："原来是你！你就是那个喝不醉的汉人范衡！"

范衡笑道："不敢不敢！殿下当年把我灌倒在了草原上，连吐了一天一夜，从此好几个月都不能闻马奶酒的味道！"

兰杰长声笑道："范大人，你当年把我麾下的八名勇士都喝趴下了，我怎么能让你醒着出去？这故事要是流传到汉地，我们匈奴人的颜面何在？来来来，我们先干一杯！"他举起金杯一饮而尽，然后将空杯子朝范衡照了一照，示意他赶紧跟上。

范衡却不急着喝，他端起杯子问道："殿下，此番我奉大汉皇帝之命前来跟你和休屠王议和，不知休屠王人在哪里？"

兰杰皱了皱眉头说道："昨天他答应过前来，应该不会爽约……"

"对，我答应过兄长前来，怎么会说话不算呢？"一个浑厚的声音从帐门口传了进来，门帘被人掀开，两名彪形大汉低头弯腰走了进来，当先一人鹰视虎步，年纪约莫五十岁上下，正是休屠王呼衍赫，他身后的一名少年比他还高了半头，几乎跟东方朔一样高，却比东方朔魁梧了许多，乃是呼衍赫的义子、呼衍都离的独生子呼衍日磾。

这两人一进大帐便被范衡认了出来。他来胭脂山经商时也见过呼衍赫，而那名少年眉眼间像极了他的叔叔，定是呼衍日磾无疑。范衡想起来呼衍都离为了保护于丹惨死在渔阳冰河中的故事，心中忍不住一阵酸楚。他看到兰杰脸色不善地递给了呼衍赫和呼衍日磾各自一大杯酒，阴着脸对他们说道："大汉的贵客前来，你们怎么迟到这么久？"

呼衍赫和呼衍日磾将酒一饮而尽，笑着说道："兄长切莫怪罪，我刚才在给大汉来的使者准备礼物，所以路上耽搁了一阵子。"他放下杯子击掌三声，四名侍从抬着一件沉甸甸的东西走进了帐中，呼衍赫上前揭开了上面盖着的红布，只见一尊金光闪闪的人形金像现在众人眼前，金像轮廓粗犷，眉目狰狞，头上镶嵌着红绿相间的宝石，兰杰见到金像后惊道："呼衍兄弟，这……是你部落的祭天金人，你……怎么能当礼物送人？"

呼衍赫朗声说道："兄长，我呼衍世家一心归附大汉，我们休屠部落五万余人打算全部迁往长安。我要把这祭天金人进献给大汉皇帝，奏请大汉皇帝在长安为我部落建庙，从此休屠部在长安延续祭祀，不再返回胭脂山。"

呼衍赫此语一出，帐内立刻鸦雀无声，兰杰将信将疑地看着呼衍赫，半天才开口问道："兄弟，你这是当真的吗？"

时光如流水般一去不回，现在已经到了三月底，眼见长安的初夏便要到来，暮春的气息却仍旧十分浓烈：杨柳的飘絮还在漫天飞舞，宛若是飞雪一般，落到地上后被春风卷起，成为一大团一大团的棉球，借着风力在未央宫广袤的宫室之间游荡。而刘彻的心绪也跟这些柳絮一般在空中飘来飘去没个定处。

七天前刘彻接到了霍去病从前线发来的奏章，看到汉军在胭脂山全歼乌维四万大军、兰杰和呼衍赫前来议和的捷报，刘彻激动得几乎在后宫王夫人处失态流泪。这场大捷对大汉来说太重要了，张骞五年前说的断匈奴右臂、凿通西域的战略目标居然经过这一战便实现了，从此汉使出河西、通天山、交万国的梦想成真，合楼兰、乌孙、月氏诸国之力剿灭伊稚斜和乌维的那一天也不远了，这是中国古往今来列位先皇亘古未有的功业，如何能不让刘彻激动呢？

但是刘彻这七天来一直心神不定。他打算要好好封赏霍去病，但是霍去病在宣室大宴上当着满朝文武的面断然拒绝了同长女刘凌的婚事，又让他颜面无存。后来姐姐平阳公主前来要他将蒙贞赐婚给曹襄，他却也觉得不妥。他对霍去病的感觉是极其复杂：一方面他十分欣赏这位性子耿直、勇冠三军却又不乏谋略的青年将军；一方面又觉得这人实在是愣得可以，根本是无法理喻。这几天刘彻一直思前顾后不知如何是好，用过晚膳后干脆就到石渠阁处理政务，顺便让自己清醒清醒。正在此时刘彻接到小黄门来报，东方朔从胭脂山星夜兼程赶回了长安，正在凤阙前叩阍求见。刘彻心中一动，立刻命人去把东方朔叫进来，不一会儿东方朔便来到了石渠阁，他带回了一份长长的奏章，以及两件刘彻无论如何想象不到的礼物。

东方朔先给刘彻看的是休屠王的祭天金人，金人高三尺有余，要四名力士才能抬起。刘彻先是被金人那副异族面孔吸引住了，他走上前去用手触摸金人，感到从金人身上传递过来一股神秘的力量，不过这股力量稍作挣扎便臣服在了他的手中。接着东方朔献上来的是一对玉杯，杯子在灯光下漫射出迷人的光泽，半透明的杯身隐隐发出亮光，将两只杯子上的纹路照得十分清楚。刘彻盯着杯子看了半天后问东方朔："曼倩，这杯子从何而来？"

"回陛下，是霍将军在酒泉遇到了一位奇人送给他的，他要微臣进献给皇上。微臣和范衡大人一起考证了一下，这对杯子应该是当年周穆王和西王母在瑶池相会饮酒时所用的夜光杯，一只上面是天然形成的祁连山图案，另一只上面是天然的昆仑山图案。"

刘彻盯着夜光杯上的花纹看了半天，果然是山形连绵、气象万千，隐隐有包涵宇宙之势。他仿佛自言自语道："酒泉？那是什么地方？"

"回陛下，是祁连山我军大营附近的一处泉水，水质极好，味如佳酿。"

刘彻点了点头，他用微微颤抖的手拿起奏章看了起来，刘彻看得极慢，用了一炷香的工夫才看完了奏章，他脸上的表情也由严肃慢慢转为霁和，他强自按耐住心头的起伏，用平静的语气对东方朔说道："曼倩，你来拟诏，准浑邪王和休屠王前来长安，准其在长安建庙之请。着令大将军卫青筹办浑邪王休屠王二部在长安的安置事宜，令李息率军五万前往陇西迎接匈奴二部，以防有变，"他顿了一顿接着说道，"霍去病自请为陇西郡守离开长安戍边之请再议，速令骠骑将军回京复命。"

东方朔接旨后立刻前去拟诏，刘彻叫住了他："曼倩，把这对夜光杯赐给皇长子刘据，让他多惦记惦记他表兄开边之功，一会儿你拿到皇后那里吧。"

东方朔低头领命退了下去。刘彻感到心中所有的郁结都被霍去病、范衡和东方朔联名所上的这道奏章一扫而空，他起身信步朝石渠阁外走去。凭栏处春风熏醉，暖意盎然，只见天边一轮下弦月挂在渐台之上，耳边传来了未央宫钟室报时的钟声，在雄伟的长安城上空悠悠地回响。

《未央弦歌》全书完，欲知后事如何，请看第三部《轮台泣血》。